ALYSON NOËL

Evermore – Das Schattenland

Buch

Ever und Damen sind füreinander bestimmt. Sie sind seelenverwandt und in Gedanken verbunden. Viele Hindernisse haben sie schon überwunden, bis sie endlich zusammen sein konnten. Durch unzählige Jahrhunderte hindurch haben sie sich gesucht und gefunden, Feinde bekämpft und ihr Leben füreinander gegeben. Doch jetzt scheint ihre Hoffnung auf ein Zusammensein endgültig dahin. Ever hat einen fatalen Fehler begangen: Sie hat einen Fluch auf Damen gebracht, der seine Seele für immer ins dunkle Schattenland verbannen könnte. Sollten Ever und Damen sich jemals berühren oder zu nahe kommen, wäre ihre Liebe für immer verloren. Ever ist verzweifelt, aber so leicht will sie sich nicht geschlagen geben. Es muss einen Weg geben, ihre Liebe zu retten. Daher wendet sie sich der Magie zu und trifft dabei unverhofft auf jemanden, der ihr schnell sehr viel bedeutet. Jude ist ein cooler Surfer und scheint genau auf Evers Wellenlänge zu liegen. Und obwohl sie ihn erst seit kurzem kennt, ist ihr dieser Junge mit den grünen Augen und den magischen Fähigkeiten schnell sehr vertraut. Immer hat sie daran geglaubt, dass Damen ihre große Liebe ist. Obwohl sie auch jetzt noch fest davon überzeugt ist, macht es Damen ihr nicht gerade leicht. Er zieht sich zurück, um sie beide vor dem drohenden Unheil zu bewahren. Ever und Jude kommen sich währenddessen immer näher. Welche Rolle spielt Jude in ihrem Leben? Und wird ihre Liebe zu Damen bestehen können?

Von Alyson Noël lieferbar:

Die Evermore-Reihe:

Die Unsterblichen, Band 1 (20360 und 47379)
Der blaue Mond, Band 2 (20361 und 47380)
Das Schattenland, Band 3 (20377)
Das dunkle Feuer, Band 4 (20378)
Der Stern der Nacht, Band 5 (20379)
Für immer und ewig, Band 6 (20380)

Die Serie mit Evers kleiner Schwester Riley:

Riley – Das Mädchen im Licht, Band 1 (20383)
Riley – Im Schein der Finsternis, Band 2 (20384)
Riley – Die Geisterjägerin, Band 3 (20385)
Riley – Die Geisterjägerin. Der erste Kuss, Band 4 (20386)

Alyson Noël
EVERMORE
Das Schattenland
Band 3

Roman

Ins Deutsche übertragen
von Marie-Luise Bezzenberger

GOLDMANN

Die Originalausgabe erschien 2009
unter dem Titel »Shadowland«
bei St. Martin's Press, New York.

Verlagsgruppe Random House FSC-DEU-0100
Das FSC®-zertifizierte Papier *Holmen Book Cream* für dieses Buch
liefert Holmen Paper, Hallstavik, Schweden.

1. Auflage
Taschenbuchausgabe Mai 2012
Copyright © der Originalausgabe 2009 by Alyson Noël
Published by Arrangement with Alyson Noël.
Copyright © der deutschsprachigen Ausgabe 2010
by Page & Turner/Wilhelm Goldmann Verlag, München,
in der Verlagsgruppe Random House GmbH
Umschlaggestaltung: UNO Werbeagentur, München
Umschlagcollage: Getty Images/Nancy Sams
und Getty Images/Elizabeth Watt
Autorenfoto: Nancy Villere
NG · Herstellung: Str.
Druck und Bindung: GGP Media GmbH, Pößneck
Printed in Germany
ISBN: 978-3-442-47620-6

www.goldmann-verlag.de

IM GEDENKEN AN BLAKE SNYDER
1957 – 2009

Ein inspirierender Lehrer,
dessen Großzügigkeit, Begeisterung
und aufrichtige Leidenschaft daran,
anderen zu helfen, unübertroffen ist.
Möge sein Geist in seinen Büchern
und in seinen Lehren weiterleben.

*Fate is nothing but the deeds
committed in a prior state of existence.*

Ralph Waldo Emerson

AURA-FARBEN

Rot: Energie, Kraft, Zorn, Sexualität, Leidenschaft, Furcht, Ego

Orange: Selbstbeherrschung, Ehrgeiz, Mut, Bedachtsamkeit, Willensschwäche, apathisch

Gelb: Optimistisch, glücklich, intellektuell, freundlich, unschlüssig, leicht zu beeinflussen

Grün: Friedlich, heilend, Mitgefühl, hinterlistig, eifersüchtig

Blau: Spirituell, loyal, kreativ, empfindsam, liebenswürdig, launisch

Violett: Hochgradig spirituelle Weisheit, Intuition

Indigo: Wohlwollen, hochgradig intuitiv, auf der Suche

Rosa: Liebe, Aufrichtigkeit, Freundschaft

Grau: Depression, Traurigkeit, Erschöpfung, wenig Energie, Skepsis

Braun: Habgier, selbstbezogen, rechthaberisch

Schwarz: Mangelnde Energie, Krankheit, unmittelbar bevorstehender Tod

Weiss: Vollkommenes Gleichgewicht

EINS

Alles ist Energie.«
Damens dunkle Augen blicken unverwandt in meine, fordern mich auf zuzuhören, diesmal wirklich zuzuhören. »Alles um uns herum ...« Sein Arm vollführt eine weit ausholende Geste, folgt einem schwindenden Horizont, der bald in Schwarz vergehen wird. »Alles in unserem scheinbar stofflichen Universum ist überhaupt nicht stofflich. Es ist Energie, pure, vibrierende Energie. Und obwohl unsere Wahrnehmung uns vielleicht einredet, dass alle Dinge entweder fest, flüssig oder gasförmig sind – auf der Quantenebene sind das alles bloß Teilchen innerhalb von Teilchen. Es ist alles nur *Energie*.«

Ich presse die Lippen zusammen und nicke; seine Stimme wird von der in meinem Kopf übertönt, die mich drängt: *Sag's ihm! Sag es ihm, jetzt gleich! Hör auf, es vor dir herzuschieben, und bring's hinter dich! Schnell, bevor er wieder anfängt zu reden.*

Aber ich tue es nicht. Ich sage kein Wort. Ich warte einfach nur darauf, dass er fortfährt, damit ich es noch weiter hinauszögern kann.

»Heb die Hand.« Er streckt die Hand aus, die Handfläche nach vorn, auf meine Hand zu. Langsam und vorsichtig hebe ich den Arm, fest entschlossen, jeglichen Hautkontakt zu vermeiden, als er sagt: »Und jetzt sag mir, was siehst du?«

Ich blinzele mit zusammengekniffenen Augen; mir ist

nicht ganz klar, worauf er hinauswill. Dann zucke ich die Achseln und antworte: »Na ja, ich sehe helle Haut, ein oder zwei kleine Leberflecken, Nägel, die wirklich eine Maniküre nötig hätten …«

»Genau.« Er lächelt, als hätte ich gerade die leichteste Prüfung der Welt bestanden. »Aber wenn du sie so wahrnehmen könntest, wie sie *wirklich* ist, dann würdest du nichts dergleichen sehen. Stattdessen hättest du einen Schwarm Moleküle vor dir, mit Protonen, Neutronen, Elektronen und Quarks. Und in diesen winzigen Quarks, bis zum allerwinzigsten Pünktchen, würdest du nichts als reine, vibrierende Energie sehen, die sich so langsam bewegt, dass sie fest erscheint, und doch schnell genug, dass man sie nicht als das erkennen kann, was sie wirklich ist.«

Wieder kneife ich die Augen zusammen; ich bin mir nicht sicher, ob ich das glaube. Ungeachtet der Tatsache, dass er sich seit Hunderten von Jahren mit diesem Kram beschäftigt hat.

»Ganz im Ernst, Ever. Nichts steht für sich allein.« Jetzt hat er sich richtig für sein Thema erwärmt und beugt sich zu mir herüber. »Alles ist eins. Gegenstände, die fest erscheinen, wie du und ich und dieser Sand, auf dem wir sitzen, sind in Wirklichkeit nur eine Energiemasse, die langsam genug vibriert, um stofflich zu wirken, während Dinge wie Geister so schnell vibrieren, dass sie für die meisten Menschen fast unmöglich auszumachen sind.«

»Ich sehe Riley«, bemerke ich, bemüht, ihn an all die Zeit zu erinnern, die ich mit meiner Geisterschwester verbracht habe. »Oder jedenfalls habe ich sie früher gesehen, du weißt schon, bevor sie die Brücke überquert hat und weitergezogen ist.«

»Und genau deswegen kannst du sie ja nicht mehr sehen.« Er nickt. »Ihre Vibration ist zu schnell. Obwohl es Leute gibt, die durch all das hindurchblicken können.«

Ich schaue auf den Ozean vor uns, auf die anrollenden Wellen, eine nach der anderen. Endlos, unaufhörlich, unsterblich – genau wie wir.

»Jetzt heb noch mal die Hand und halt sie so dicht vor meine, dass wir uns gerade eben nicht berühren.«

Ich zögere, fülle meine Hände mit Sand; ich will das nicht tun. Im Gegensatz zu ihm kenne ich den Preis, die schreckliche Konsequenz, die der leiseste Hautkontakt bringen kann. Das ist auch der Grund, weshalb ich seit letztem Freitag jede Berührung mit ihm gemieden haben. Doch als er abermals die Handfläche vorstreckt, hole ich tief Luft und hebe ebenfalls die Hand – und schnappe nach Luft, als seine Hand der meinen so nahe kommt, dass der Zwischenraum, der uns trennt, rasierklingenschmal ist.

»Fühlst du das?« Er lächelt. »Dieses Kribbeln, die Hitze? Das ist unsere Energie, die sich kurzschließt.« Er bewegt die Hand vor und zurück, manipuliert das Ziehen und Schieben des Energiefeldes zwischen uns.

»Aber wenn wir alle miteinander verbunden sind, wie du behauptest, warum *fühlt* sich dann nicht alles gleich an?«, flüstere ich, angezogen von dem unleugbaren magischen Strom, der uns verbindet und wunderbare Wärme durch meinen Körper fließen lässt.

»Wir *sind* alle verbunden, wir sind alle aus derselben vibrierenden Quelle geschaffen. Aber während einen manche Energie kaltlässt, fühlt sich die, für die man bestimmt ist, genau *so* an.«

Ich schließe die Augen, drehe mich weg und lasse die Tränen meine Wangen hinunterströmen, kann sie nicht länger zurückhalten. Ich weiß, dass mir das Gefühl seiner Haut an meiner verwehrt ist, die Berührung seiner Lippen, der warme Trost seines Körpers an meinem. Näher als dieses elektrische Energiefeld, das zwischen uns vibriert, werde ich ihm nicht kommen, dank der furchtbaren Entscheidung, die ich getroffen habe.

»Die Wissenschaft erfasst gerade eben erst, was Metaphysiker und die großen spirituellen Lehrer schon seit Jahrhunderten gewusst haben. Alles ist *Energie*. Alles ist *eins*.«

Ich kann das Lächeln in seiner Stimme hören, als er die Hand nach mir ausstreckt, seine Finger mit den meinen verschlingen will. Doch ich zucke rasch zurück und fange seinen Blick gerade lange genug auf, um den verletzten Ausdruck zu bemerken, der über seine Züge huscht – derselbe Gesichtsausdruck, den er hat, seit ich ihm das Gegengift eingeflößt habe, das ihn ins Leben zurückgeholt hat. Er fragt sich, warum ich so still bin, so distanziert, so fern – warum ich ihn nicht berühren will, da ich doch noch vor ein paar Wochen gar nicht genug von ihm bekommen konnte. Fälschlicherweise glaubt er, es läge an seinem verletzenden Verhalten – an seinem Flirten mit Stacia, seinen Gemeinheiten mir gegenüber –, und dabei hat es in Wirklichkeit überhaupt nichts damit zu tun. Er hat unter Romans Bann gestanden, genau wie die ganze Schule. Es war nicht seine Schuld.

Was er nicht weiß, ist, dass das Gegengift, obwohl es ihn ins Leben zurückgeholt hat, in dem Moment, als ich der Mischung mein Blut hinzugefügt habe, auch dafür gesorgt hat, dass wir niemals zusammen sein können.

Nie.

Niemals.

Bis in alle Ewigkeit.

»Ever?«, flüstert er. Seine Stimme ist tief und aufrichtig.

Doch ich kann ihn nicht ansehen. Kann ihn nicht berühren. Und ganz bestimmt kann ich die Worte nicht aussprechen, die zu hören er verdient.

Ich habe Mist gebaut. Es tut mir so leid. Roman hat mich reingelegt, und ich war verzweifelt und dumm genug, um auf seinen Trick reinzufallen. Und jetzt gibt es keine Hoffnung für uns, denn wenn wir uns küssen, wenn wir DNS austauschen, dann stirbst du …

Ich kann nicht. Ich bin der größte Feigling aller Zeiten. Ich bin erbärmlich und schwach. Ich bringe einfach den Mut dazu nicht auf.

»Ever, bitte, was ist los?«, fragt er, erschrocken über meine Tränen. »Du bist jetzt schon seit Tagen so. Liegt es an mir? Habe ich irgendetwas getan? Denn du weißt doch, ich erinnere mich kaum an das, was passiert ist, und das, was an Erinnerungen allmählich zurückkommt, also, inzwischen musst du doch wissen, dass das nicht wirklich ich war. Ich würde dir *nie* absichtlich wehtun. Ich würde dir *nie* irgendetwas zu Leide tun.«

Ich schlinge die Arme fest um meinen Körper, ziehe die Schultern hoch und senke den Kopf. Und wünsche mir, ich könnte mich kleiner machen, so klein, dass er mich nicht mehr sehen kann. Ich weiß, dass seine Worte wahr sind, dass er unfähig ist, mich zu verletzen. Nur ich bringe etwas so Schlimmes fertig, etwas so Leichtsinniges, so lächerlich Impulsives. Nur ich kann dämlich genug sein, auf Romans Köder reinzufallen. So versessen darauf sein, mich als Damens einzige wahre Liebe zu beweisen – die Einzige sein zu wollen, die ihn retten kann. Und jetzt seht euch den Schlamassel an, den ich angerichtet habe.

Er rückt näher, legt den Arm um meine Taille und zieht mich an sich. Doch ich kann diese Nähe nicht riskieren;

meine Tränen sind jetzt lebensgefährlich und müssen von seiner Haut ferngehalten werden.

Hastig stehe ich auf und renne zum Wasser. Ich krümme die Zehen und lasse den kalten weißen Schaum gegen meine Schienbeine spritzen. Und wünsche mir, ich könnte in der Gewaltigkeit des Ozeans untertauchen und von der Ebbe fortgetragen werden. Alles, um die Worte nicht aussprechen zu müssen – alles, um meiner einzigen wahren Liebe, meinem ewigen Partner, meinem Seelengefährten der letzten vierhundert Jahre, nicht sagen zu müssen, dass ich, obgleich er mir die Ewigkeit gegeben haben mag, uns unser Ende gebracht habe.

So verharre ich, schweigend und reglos. Warte, bis die Sonne untergeht, ehe ich mich zu ihm umdrehe. Dann betrachte ich seinen dunklen, schattenhaften Umriss, fast nicht von der Nacht zu unterscheiden, und spreche trotz des Brennens in meiner Kehle. »Damen«, sage ich leise. »Liebster, ich muss dir etwas sagen.«

ZWEI

Ich knie neben ihm, die Hände auf den Oberschenkeln, die Zehen im Sand vergraben, und wünsche mir, dass er mich ansehen würde, etwas sagen würde. Und wenn nur, um mir zu sagen, was ich bereits weiß – dass ich einen schweren, dummen Fehler gemacht habe, einen Fehler, der wahrscheinlich nie wiedergutgemacht werden kann. Das würde ich mit Freuden akzeptieren – verdammt, das habe ich *verdient*. Was ich nicht ertragen kann, ist dieses absolute Schweigen und dieser geistesabwesende Blick.

Und ich will gerade etwas sagen, *irgendetwas*, um diese unerträgliche Stille zu beenden, als er mich ansieht, mit so müden Augen, dass sie die vollkommene Verkörperung seiner sechshundert Lebensjahre sind. »Roman.« Seufzend schüttelt er den Kopf. »Ich habe ihn nicht erkannt, ich hatte keine Ahnung –« Seine Stimme erstirbt, sein Blick gleitet davon.

»Du hättest es doch unmöglich wissen können«, wende ich ein, bemüht, jegliche Schuldgefühle auszumerzen, die er vielleicht empfindet. »Du warst vom ersten Tag an in seinem Bann. Glaub mir, er hat das alles geplant, hat dafür gesorgt, dass alle Erinnerungen vollständig gelöscht waren.«

Seine Augen suchen in meinem Gesicht, betrachten mich eingehend, ehe er aufsteht und sich abwendet. Er starrt aufs Meer hinaus, die Hände zu Fäusten geballt, als er fragt: »Hat er dir etwas getan? War er hinter dir her oder hat er dir irgendwie wehgetan?«

Ich schüttele den Kopf. »Das war gar nicht nötig. Es hat gereicht, mir durch dich wehzutun.«

Er dreht sich um, seine Augen werden dunkler, während seine Züge sich verhärten. Dann atmet er tief durch. »Das ist alles meine Schuld.«

Mit offenem Mund starre ich ihn an und überlege fieberhaft, wie er das denken kann, bei dem, was ich ihm gerade geschildert habe. Ich trete neben ihn und rufe: »Sei doch nicht albern! Natürlich ist es nicht deine Schuld! Hast du denn *überhaupt* nichts von dem mitgekriegt, was ich gesagt habe?« Heftig schüttele ich den Kopf. »Roman hat dein Elixier *vergiftet* und dich *hypnotisiert*. Du hattest nichts damit zu tun, du hast einfach nur getan, was er von dir wollte – du hattest keine Kontrolle darüber!«

Doch ich habe kaum geendet, als er meine Worte bereits mit einer Handbewegung abtut. »Ever, verstehst du denn nicht? Hier geht es nicht um Roman oder dich, das hier ist *Karma*. Das ist die Vergeltung für sechshundert Jahre egoistisches Leben.« Er schüttelt den Kopf und lacht, allerdings ist es kein Lachen von der Sorte, bei dem man mitlachen möchte. Es ist eines, bei dem einem kalt wird bis ins Mark. »Nach all diesen Jahren, in denen ich dich geliebt und verloren habe, wieder und wieder, war ich mir sicher, *das* wäre meine Strafe dafür, wie ich gelebt habe. Ich wusste ja nicht, dass du durch Drinas Hand umgekommen bist. Aber jetzt sehe ich die Wahrheit, die ich die ganze Zeit verkannt habe. Gerade als ich mir sicher war, dass ich dem Karma ein Schnippchen geschlagen habe, indem ich dich unsterblich mache und dich für immer an meiner Seite behalte, zeigt mir das Karma, was Sache ist, indem es uns eine Ewigkeit zusammen gestattet, aber nur mit Gucken, nie wieder mit Anfassen.«

Ich strecke die Hand nach ihm aus, will ihn festhalten, ihn trösten, ihn davon überzeugen, dass das gar nicht wahr ist. Doch ebenso schnell zucke ich zurück, und es fällt mir wieder ein: Es ist die Tatsache, dass wir uns nicht berühren können, die uns beide an diesen Punkt gebracht hat.

»Das ist *nicht wahr*«, beteure ich. »Wieso solltest *du* bestraft werden, wenn *ich* diejenige bin, die den Fehler gemacht hat? Verstehst du das denn nicht?« Frustriert von seiner eigenartigen Sicht der Dinge schüttele ich den Kopf. »Roman hat das die ganze Zeit geplant. Er hat Drina *geliebt* – ich wette, das hast du nicht gewusst, oder? Er war eines von den Waisenkindern, die du damals während der Renaissance in Florenz vor der Pest gerettet hast, und er hat sie all die Jahrhunderte lang geliebt, hätte alles für sie getan. Aber Drina hat sich nichts aus ihm gemacht, sie hat nur dich geliebt – und du hast nur mich geliebt. Und dann, na ja, nachdem ich sie getötet habe, hat Roman beschlossen, mich fertigzumachen – nur hat er das durch *dich* getan. Er wollte, dass ich den Schmerz erleide, dich nie wieder berühren zu können – genauso, wie es ihm mit Drina geht! Und es ging alles so schnell, ich habe einfach –« Ich verstumme, weil ich weiß, dass es sinnlos ist, reine Wortverschwendung. Er hat aufgehört zuzuhören. Er ist davon überzeugt, dass es seine Schuld ist.

Aber ich weigere mich, auf diesen Zug aufzuspringen, und ich werde auch nicht zulassen, dass er das tut.

»Damen, bitte! Du kannst doch nicht einfach aufgeben! Das hier ist kein Karma – das war *ich!* Ich habe einen Fehler gemacht, einen schrecklichen, grauenvollen Fehler. Aber das heißt doch nicht, dass wir das nicht wieder hinkriegen können! Es muss doch eine Möglichkeit geben!« Ich klammere mich an eine ultratrügerische Hoffnung, erzwinge einen Eifer, den ich gar nicht empfinde.

Damen steht vor mir, eine dunkle Silhouette in der Nacht, und die Wärme seines traurigen Blicks dient uns als einzige Form der Umarmung. »Ich hätte niemals anfangen sollen«, sagt er. »Ich hätte nie das Elixier brauen sollen – hätte die Dinge ihren natürlichen Lauf nehmen lassen sollen. Im Ernst, Ever, schau dir doch das Ergebnis an. Es hat nichts als Leid gebracht!« Sein Blick ist so betrübt, so zerknirscht, dass mir fast das Herz zerspringt. »Für dich ist es allerdings noch nicht zu spät. Du hast dein ganzes Leben vor dir – eine Ewigkeit, in der du alles sein kannst, was du willst, alles tun kannst, was du willst. Aber ich …« Er zuckt die Achseln. »Ich bin mit einem Makel behaftet. Ich denke, wir alle sehen das Ergebnis meiner sechshundert Jahre.«

»*Nein!*« Meine Stimme bebt, weil meine Lippen so sehr zittern, dass es sich bis auf meine Wangen ausdehnt. »Du haust jetzt nicht einfach ab, du verlässt mich nicht noch einmal! Ich bin den letzten Monat durch die Hölle gegangen, um dich zu retten, und jetzt, da es dir wieder gut geht, werde ich nicht einfach aufgeben. Wir sind füreinander bestimmt, das hast du selbst gesagt! Wir haben bloß gerade einen vorübergehenden Rückschlag einstecken müssen, das ist alles. Aber wenn wir uns beide richtig da reinhängen, dann fällt uns bestimmt was ein, wie wir …«

Ich halte inne, weil ich sehe, dass er sich bereits abgesetzt hat, in seine öde, trostlose Welt, wo er allein an allem schuld ist. Und ich weiß, dass es an der Zeit ist, den Rest der Geschichte zu erzählen, die schäbigen, bedauerlichen Teile, die ich lieber weglassen würde. Vielleicht sieht er das Ganze dann anders, vielleicht …

»Das ist noch nicht alles«, sage ich und rede hastig drauflos, obwohl ich keinen Schimmer habe, wie ich das, was als Nächstes kommt, ausdrücken soll. »Bevor du also davon ausgehst, dass das Karma es auf dich abgesehen hat oder sonst was, musst du noch etwas anderes wissen, etwas, worauf ich nicht unbedingt stolz bin, aber trotzdem ...«

Dann hole ich tief Luft und erzähle ihm von meinen Ausflügen ins Sommerland – jene magische Dimension zwischen den Dimensionen –, wo ich gelernt habe, durch die Zeit zurückzureisen, und dass ich mich, als ich die Wahl zwischen ihm und meiner Familie hatte, für *sie* entschieden habe. Überzeugt, dass ich irgendwie die Zukunft wiederherstellen könnte, von der ich sicher war, dass sie mir gestohlen worden war, und doch lief all das nur auf eine Lektion hinaus, die ich bereits kannte:

Manchmal ist das Schicksal einfach außerhalb unserer Reichweite.

Ich schlucke heftig und starre auf den Sand hinunter; ich will Damens Reaktion nicht sehen, wenn er in die Augen eines Menschen blickt, der ihn verraten hat.

Doch anstatt sauer oder erschüttert zu sein, wie ich gedacht hatte, hüllt er mich in wunderschönes, schimmerndes weißes Licht – ein so tröstliches, verzeihendes, so reines Licht, dass es wie das Tor zum Sommerland ist, bloß noch besser. Also schließe ich die Augen und umhülle ihn ebenfalls mit Licht, und als ich die Lider wieder öffne, sind wir von einem wunderbaren, warmen, dunstigen Schein umgeben.

»Du hattest doch gar keine Wahl«, sagt er mit sanfter Stimme und tröstendem Blick, tut alles, um meine Scham zu lindern. »Natürlich hast du dich für deine Familie entschieden. Das war richtig. Ich hätte dasselbe getan – wenn ich die Wahl gehabt hätte.«

Ich nicke, lasse sein Licht noch heller leuchten und füge noch eine telepathische Umarmung hinzu. Dabei ist mir klar, dass das nicht einmal annähernd so tröstend ist wie eine echte, aber fürs Erste reicht es. »Ich weiß das von deiner Familie, ich weiß alles, ich habe alles gesehen.« Er sieht mich an, und seine Augen sind so dunkel und eindringlich, dass ich mich zwinge weiterzusprechen. »Du hast immer so geheimnisvoll getan, wenn es um deine Vergangenheit ging, wo du herkommst, wie du gelebt hast – also habe ich mich eines Tages nach dir erkundigt, als ich im Sommerland war. Und ... na ja ... da ist deine ganze Lebensgeschichte ans Licht gekommen.«

Ich presse die Lippen zusammen und schaue ihn an, wie er da so reglos und stumm vor mir steht. Und seufze, als er mir auf telepathischem Wege mit seinen Fingern über die Wange streicht und ein Bild erzeugt, das so bedacht ist, so greifbar, dass es fast wirklich erscheint.

»Es tut mir leid«, sagt er und liebkost mental mit dem Daumen mein Kinn. »Es tut mir leid, dass ich so wenig bereit war, mich dir mitzuteilen, dass du dazu gezwungen warst. Aber obwohl das alles vor langer Zeit geschehen ist, möchte ich lieber nicht darüber sprechen.«

Ich nicke; ich habe nicht die Absicht, ihn zu bedrängen. Dass er mit angesehen hat, wie seine Eltern ermordet wurden, gefolgt von jahrelangen Misshandlungen in den Händen der Kirche, ist kein Thema, auf das ich näher eingehen will.

»Aber da ist noch mehr«, sage ich, weil ich ein wenig Hoffnung wecken möchte, indem ich ihm noch etwas anderes berichte, was ich in Erfahrung gebracht habe. »Als sich dein Leben vor mir entfaltet hat, hat Roman dich am Ende getötet. Aber obwohl es anscheinend Schicksal war, dass das passiert, habe ich es trotzdem geschafft, dich zu retten.« Ich sehe ihn an, merke, dass er alles andere als überzeugt ist, und fahre hastig fort, ehe er sich mir ganz entzieht. »Ich meine, ja, vielleicht ist unser Schicksal ja manchmal vorherbestimmt und unveränderlich, aber es gibt doch auch wieder Momente, in denen es ganz allein durch unser Handeln bestimmt wird. Als ich also meine Familie nicht dadurch retten konnte, dass ich durch die Zeit zurückgereist bin, da lag das nur daran, dass das eine Bestimmung war, die nicht verändert werden konnte. Oder, wie Riley gesagt hat, kurz bevor sie bei dem Unfall wieder umgekommen sind: ›*Du kannst die Vergangenheit nicht ändern, sie ist einfach da.*‹ Aber als ich dann plötzlich hier in Laguna war und dich retten konnte, na ja, ich glaube, das beweist, dass die Zukunft nicht immer feststeht, nicht alles wird ausschließlich vom Schicksal bestimmt.«

»Vielleicht.« Er seufzt. »Aber dem Karma kann man nicht entrinnen, Ever. Es ist, was es ist. Es urteilt nicht, es ist weder gut noch böse, wie die meisten Menschen denken. Es ist das Resultat allen Handelns – gutem und schlechtem. Ein ständiges Ausbalancieren von Ereignissen, Ursache und Wirkung, wie du mir, so ich dir. Säen und Ernten, alles rächt sich irgendwann. Ganz gleich, wie man es ausdrückt, am Ende ist es dasselbe. Und so gern du auch etwas anderes denken möchtest, genau das passiert hier. Jede Aktion löst eine Reaktion aus. Und das hier ist das, was mein Handeln *mir* eingebracht hat.« Er schüttelt den Kopf. »Die ganze Zeit habe ich mir eingeredet, ich hätte dich aus Liebe unsterblich gemacht ... Aber jetzt sehe ich, dass ich es in Wirklichkeit aus Selbstsucht getan habe, weil ich nicht ohne dich leben konnte. *Deswegen* geschieht das jetzt alles.«

»Und das war's dann also?«, frage ich kopfschüttelnd und fasse es kaum, dass er entschlossen ist, so leicht aufzugeben. »So endet also alles? Du bist dir so verdammt sicher, dass das Karma dich drangekriegt hat, dass du nicht einmal versuchen wirst, dich zu wehren? Du bist so weit gekommen, nur damit wir zusammen sein können, und jetzt, da wir vor einem Hindernis stehen, versuchst du nicht einmal, über die Mauer zu klettern, die uns im Weg ist?«

»Ever.« Sein Blick ist warm, liebevoll, allumfassend, doch er hebt den besiegten Tonfall seiner Stimme nicht auf. »Es tut mir leid, aber es gibt ein paar Dinge, die *weiß* ich ganz einfach.«

»Na gut.« Ich schaue zu Boden und wühle die Zehen tief in den Sand. »Nur weil du ein paar Jahrhunderte mehr auf dem Buckel hast als ich, heißt das noch lange nicht, dass du das letzte Wort behältst. Denn wenn wir in dieser ganzen Geschichte *wirklich* zusammen drinstecken, wenn unsere Leben, genau wie unser Schicksal, *wirklich* miteinander verknüpft sind, dann ist dir doch wohl klar, dass das hier nicht nur *dir* passiert. Ich bin auch ein Teil davon. Und du kannst dich nicht einfach davon abwenden – du kannst dich nicht von *mir* abwenden! Wir müssen zusammenarbeiten! Es muss eine Möglichkeit geben –« Jäh bleibe ich stecken; ich zittere am ganzen Leib, und meine Kehle ist so eng, dass ich nicht mehr sprechen kann. Alles, was ich fertigbringe, ist, hier vor ihm zu stehen und ihn stumm zu drängen, einen Kampf mit mir zu führen, von dem ich mir nicht sicher bin, ob wir ihn gewinnen können.

»Ich habe nicht vor, dich zu verlassen«, sagt er, und in seinem Blick liegt die Sehnsucht von vierhundert Jahren. »Ich *kann* dich nicht verlassen, Ever. Glaub mir, ich hab's versucht. Aber am Ende finde ich doch immer wieder zurück an deine Seite. Du bist alles, was ich jemals gewollt habe – alles, was ich jemals geliebt habe. Aber, Ever –«

»Kein *aber*.« Abwehrend schüttele ich den Kopf und wünsche mir, ich könnte ihn in die Arme nehmen, meinen Körper eng an seinen schmiegen. »Es muss eine Möglichkeit geben, irgendein Heilmittel. Und zusammen werden wir es finden. Wir sind zu weit gekommen, um uns von Roman auseinanderbringen zu lassen. Aber allein kriege ich das nicht hin. Nicht ohne deine Hilfe. Also, bitte versprich es mir – versprich mir, dass du es versuchen wirst.«

Er sieht mich an, und sein Blick fängt mich ein. Dann schließt er die Augen und füllt den Strand mit so vielen roten Tulpen, dass die ganze Bucht bis zum Bersten voll wächserner roter Blütenblätter auf gebogenen grünen Stielen ist – das ultimative Symbol unserer ewigen Liebe bedeckt jeden Quadratzentimeter Sand.

Und dann hakt er sich bei mir ein und geht mit mir zurück zu seinem Auto. Nur seine weiche schwarze Lederjacke und mein T-Shirt trennen unsere Haut voneinander. Genug, um uns die Konsequenzen eines versehentlichen DNS-Austausches zu ersparen, aber nicht in der Lage, das Knistern und die Hitze abzuschwächen, die zwischen uns pulsieren.

DREI

»Weißt du was?«

Miles sieht mich an, als er in mein Auto steigt. Seine großen braunen Augen sind noch weiter aufgerissen als sonst, und sein süßes Babygesicht ist zu einem breiten Grinsen verzogen. »Nein, lass stecken. Nicht raten. Ich sag's dir einfach, denn das glaubst du *nie im Leben!* Da kommst du *nie* drauf!«

Ich lächele und höre seine Gedanken ein paar Augenblicke, ehe er sie aussprechen kann, doch ich verkneife mir die Antwort: *Du fährst nach Italien, zu einem Schauspiel-Kurs!* Nur Sekunden, bevor er herausplatzt: »Ich fahre nach Italien, zu einem Schauspiel-Kurs! Nein, korrigiere, nach *Florenz!* Die Heimatstadt von Leonardo da Vinci, von Michelangelo, von Raphael!«

Und die deines guten Freundes Damen Auguste, der alle diese Künstler tatsächlich gekannt hat!

»Dass das möglich wäre, wusste ich schon seit ein paar Wochen, aber es ist erst gestern offiziell bestätigt worden, und ich kann's immer noch nicht glauben! Acht Wochen in Florenz, und nichts als Schauspielen, Essen und heißen Italienern auflauern …«

Ich werfe ihm einen raschen Blick zu, während ich aus seiner Auffahrt zurücksetze. »Und Holt hat mit alldem kein Problem?«

Miles sieht mich an. »Hey, du weißt doch, wie das läuft. Was in Italien passiert, *bleibt* in Italien.«

Außer wenn es das nicht tut. Meine Gedanken wandern zu Drina und Roman, und ich überlege, wie viele abtrünnige Unsterbliche wohl da draußen sind und nur darauf warten, in Laguna Beach aufzutauchen und mich zu terrorisieren.

»Jedenfalls, ich fahre bald, gleich nach Schulschluss. Und bis dahin muss ich ja noch so viel vorbereiten. Ach ja, und außerdem hätte ich beinahe das Beste daran vergessen. Zufällig haut das alles ganz genau hin, weil *Hairspray* nämlich die Woche vorher ausläuft, also kriege ich noch meine letzte Verbeugung als Tracy Turnblad – ich meine, jetzt mal im Ernst, wie super *ist* das?«

»Megasuper.« Ich lächele. »Wirklich. Gratuliere. Und absolut verdient, darf ich vielleicht hinzufügen. Ich wünschte nur, ich könnte mitkommen.«

Und in dem Augenblick, als ich das sage, begreife ich, dass es wahr ist. Es wäre so schön, all meinen Problemen zu entfliehen, in ein Flugzeug zu steigen und einfach von alldem wegzufliegen. Außerdem vermisse ich es, Zeit mit Miles zu verbringen. Die letzten paar Wochen, als er und Haven sowie auch alle anderen in der Schule unter Romans Bann gestanden haben, waren mit die einsamsten Tage meines Lebens. Damen nicht neben mir zu haben, war mehr, als ich ertragen konnte, aber ohne den Rückhalt meiner beiden besten Freunde auszukommen, das hat mir fast den Rest gegeben. Doch Miles und Haven erinnern sich an nichts, keiner der Betroffenen tut das. Nur Damen hat Zugang zu kleinen Erinnerungsfetzen, die ihm schreckliche Gewissensbisse bereiten.

»Ich wünschte auch, du könntest mitkommen«, meint er und dreht an meiner Stereoanlage herum, versucht, genau den richtigen Soundtrack für seine Hochstimmung zu finden. »Vielleicht können wir ja nach dem Abschluss alle nach

Europa fahren! Wir könnten uns Eurorail-Pässe besorgen, in Jugendherbergen übernachten, mit dem Rucksack durch die Gegend ziehen – wie cool wäre das? Nur wir sechs, du weißt schon, du und Damen, Haven und Josh, und ich und, na, mal sehen ...«

»Du und *na, mal sehen?*« Wieder werfe ich ihm einen Blick zu. »Was geht denn hier ab?«

»Ich bin eben Realist.« Er zuckt die Schultern.

»Bitte.« Ich verdrehe die Augen. »Seit wann denn das?«

»Seit gestern Abend, seit ich weiß, dass ich nach Italien fahre.« Lachend fährt er sich mit der Hand durch sein kurzes braunes Haar. »Hör zu, Holt ist ganz toll und so, versteh mich nicht falsch. Aber ich mache mir nichts vor. Ich tue nicht so, als wäre das Ganze mehr, als es ist. Es ist, als ob wir ein Verfallsdatum hätten, verstehst du? Volle drei Akte, mit einem klaren Anfang, einer Mitte und einem Ende. Bei dir und Damen ist das nicht so. Ihr beide seid anders. Ihr habt lebenslänglich.«

»*Lebenslänglich?*« Kopfschüttelnd sehe ich ihn an, während ich an einer Ampel halte. »Klingt für mich eher nach einer Gefängnisstrafe als nach glücklich und zufrieden bis ans Ende ihrer Tage.«

»Du weißt schon, was ich meine.« Er inspiziert seine Nagelbetten und dreht seine pink lackierten Tracy-Turnblad-Fingernägel hierhin und dorthin. »Es ist bloß, ihr beide seid so aufeinander eingestimmt, so *verbunden*. Und das meine ich ganz wörtlich, so wie ihr mehr oder weniger dauernd rumknutscht.«

Jetzt nicht mehr. Ich schlucke heftig und trete das Gaspedal durch, sobald die Ampel grün wird. Mit lautem Reifenquietschen schieße ich über die Kreuzung und lasse eine dicke Gummispur hinter mir zurück. Und ich werde erst langsamer, als ich auf den Parkplatz fahre und nach Damen Ausschau halte, der immer auf dem zweitbesten Platz parkt, neben meinem.

Doch selbst nachdem ich die Handbremse angezogen habe, ist er nirgends zu sehen. Und ich will gerade aussteigen und frage mich, wo er sein könnte, als er direkt neben mir auftaucht, die behandschuhte Hand an meiner Wagentür.

»Wo ist denn dein Auto?«, fragt Miles und mustert ihn, während er die Tür zuschlägt und sich seinen Rucksack über die Schulter hängt. »Und was ist mit deiner Hand?«

»Habe ich abgeschafft«, antwortet Damen, den Blick fest auf mich gerichtet. Dann schaut er kurz zu Miles hinüber, und als er dessen Gesichtsausdruck sieht, fügt er hinzu: »Das Auto, nicht die Hand.«

»Hast du es gegen ein anderes ausgetauscht?«, erkundige ich mich, aber nur, weil Miles zuhört. Damen braucht Dinge nicht zu kaufen, einzutauschen oder zu verkaufen wie normale Menschen. Er kann alles manifestieren, wonach ihm der Sinn steht.

Er schüttelt den Kopf und geht mit mir zum Tor. Lächelnd antwortet er: »Nein, ich hab's einfach am Straßenrand abgestellt, mit laufendem Motor.«

»*Bitte?*«, schreit Miles auf. »Willst du mir etwa erzählen, du hast ein schwarzes BMW M6 Coupe *an der Straße stehen lassen?*«

Damen nickt.

»Aber die Kiste kostet hunderttausend Dollar!«, Miles schnappt nach Luft, und sein Gesicht läuft knallrot an.

»Hundert*zehn*.« Damen lacht. »Vergiss nicht, das war eine Sonderanfertigung mit allen möglichen Extras.«

Miles starrt ihn an. Die Augen quellen ihm praktisch aus

dem Kopf. Er ist unfähig zu begreifen, wie jemand so etwas tun kann – *wieso* jemand so etwas tun sollte. »Äh, okay, also lass mich das mal klarstellen: Du bist einfach aufgewacht und hast beschlossen, *Hey, was soll's? Ich glaube, ich stelle meine aberwitzig teure Luxuskarre mal eben so am Straßenrand ab ... WO JEDER SIE SICH UNTER DEN NAGEL REISSEN KANN?*«

Wieder zuckt Damen die Schultern. »So in etwa, ja.«

»Denn nur für den Fall, dass du's nicht gemerkt hast«, fährt Miles fort und hyperventiliert inzwischen beinahe. »*Ein paar* von uns leiden unter einem gewissen *Automangel. Ein paar* von uns haben so grausame Eltern erwischt, dass sie für den Rest ihres Lebens auf die Güte ihrer Freunde angewiesen sind.«

»Entschuldige.« Damen zuckt noch einmal die Achseln. »Daran hab ich wohl nicht gedacht. Obwohl, wenn's dir damit besser geht, es war für einen sehr guten Zweck.«

Und als er mich ansieht und sein Blick meinem begegnet, auf seine ganz besondere Art, zusammen mit dem üblichen Wärmeschwall, habe ich plötzlich dieses grässliche Gefühl, dass das Auto abzuschaffen nur der Anfang seiner Pläne ist.

»Und wie kommst du jetzt zur Schule?«, frage ich, gerade als wir das Tor erreichen, wo Haven wartet.

»Er ist mit dem Bus gefahren.« Havens Blick wandert zwischen uns hin und her; ihr vor Kurzem leuchtend blau gefärbter Pony fällt ihr ins Gesicht. »Ohne Quatsch. Ich hätte es auch nicht geglaubt, aber ich hab's mit eigenen Augen gesehen. Hab gesehen, wie er aus dem großen gelben Bus geklettert ist, zusammen mit all den anderen ohne Führerschein, den Strebern, Vollidioten und dem ganzen Ausschuss, denen nichts anderes übrig bleibt, als mit dem Ding zu fahren.« Sie schüttelt den Kopf. »Und ich war so schockiert von diesem Anblick, dass ich x-mal geblinzelt habe, nur um sicher zu sein, dass er es wirklich ist. Und dann, als ich mir immer noch nicht sicher war, habe ich mit meinem Handy ein Foto gemacht und es Josh geschickt, und der hat es mir bestätigt.« Sie hält das Handy hoch, damit wir es sehen können.

Ich werfe Damen einen verstohlenen Blick zu und frage mich, was er wohl vorhat, und dabei fällt mir auf, dass er anstelle seines üblichen Kaschmirpullis ein einfaches Baumwoll-T-Shirt trägt und statt der Designerjeans irgendein No-Name-Teil. Sogar die schwarzen Motorradstiefel, für die er praktisch berühmt ist, haben braunen Gummiflipflops Platz gemacht. Und obwohl er diesen ganzen Firlefanz nicht braucht, um immer noch genauso unglaublich gut auszusehen wie am ersten Tag, als wir uns begegnet sind – dieser neue, unauffällige Look passt einfach nicht zu ihm.

Oder jedenfalls nicht zu dem Damen, den ich gewohnt bin.

Ich meine, obwohl er unbestreitbar klug, freundlich, liebevoll und großzügig ist – er ist dabei auch ganz schön extravagant und eitel. Macht sich ständig einen Kopf um seine Klamotten, sein Auto, sein Image im Allgemeinen. Und versucht bloß nicht, ihm sein wahres Geburtsdatum zu entlocken, denn für jemanden, der unsterblich ist, hat er definitiv einen Komplex wegen seines Alters.

Doch obwohl mir seine Klamotten normalerweise völlig egal sind, oder womit er zur Schule fährt, kriege ich dieses furchtbare Gefühl im Bauch, als ich ihn noch einmal anschaue – so ein beharrlicher Druck, der meine Aufmerksamkeit fordert. Eine definitive Warnung, dass dies hier nur der Anfang ist. Dass diese jähe Verwandlung sehr viel tiefer reicht als irgendein kostensparendes, menschenfreundliches, umweltbewusstes Programm. Nein, das hier hat etwas mit gestern Abend zu tun. Etwas damit, dass er sich von seinem Karma verfolgt glaubt. Als hätte er sich eingeredet, dass alles wieder ins Lot kommt, wenn er sich von seinen kostbarsten Besitztümern trennt.

»Wollen wir?« Lächelnd nimmt er meine Hand genau in dem Augenblick, in dem es klingelt, und lotst mich von Miles und Haven weg, die die nächsten drei Stunden damit verbringen werden, sich gegenseitig Nachrichten zu simsen und zu versuchen dahinterzukommen, was mit Damen los ist.

Ich sehe ihn an, seine behandschuhte Hand in meiner, als wir den Flur hinuntergehen. »Was ist los?«, flüstere ich. »Was ist wirklich mit deinem Auto passiert?«

»Habe ich doch schon gesagt. Ich brauche es nicht. Es ist ein unnötiger Luxus, den ich mir nicht mehr gönnen möchte.« Er sieht mich an und lacht, doch als ich nicht einstimme, schüttelt er den Kopf und sagt: »Jetzt schau doch nicht so ernst. Ist doch keine große Sache. Als mir klar geworden ist, dass ich das Ding nicht brauche, bin ich damit in eine Gegend gefahren, wo die Leute wenig Geld haben, und hab's am Straßenrand stehen gelassen, wo jemand es finden kann.«

Ich presse die Lippen zusammen und blicke starr geradeaus; ich wünschte, ich könnte seine Gedanken *sehen*, die er für sich behält, könnte ergründen, worum es hier *wirklich* geht. Denn trotz der Art und Weise, wie er mich ansieht, trotz seines abfälligen Achselzuckens ergibt nichts von dem, was er gesagt hat, auch nur annähernd einen Sinn.

»Na ja, das ist ja alles gut und schön, ich meine, wenn du das so machen musst, dann, super, viel Spaß.« Ich bin fest überzeugt, dass das alles überhaupt nicht super ist; allerdings bin ich schlau genug, das nicht laut zu sagen. »Aber wie genau hast du vor, dich jetzt fortzubewegen, nachdem du dein Auto abgeschafft hast? Ich meine, nur für den Fall, dass du's nicht gemerkt hast, das hier ist Kalifornien. Ohne Auto kommt man hier nirgendwohin.«

Eindeutig belustigt von meinem Ausbruch sieht er mich an, was nicht gerade die Reaktion ist, die ich beabsichtigt hatte. »Was ist denn am Bus so verkehrt? Der kostet doch nichts?«

Mir bleibt der Mund offen stehen, fast traue ich meinen Ohren nicht. *Und seit wann zerbrichst du dir den Kopf darüber, was irgendetwas kostet, Mr.* »*Ich mach Millionen mit Pferdewetten und manifestiere alles, was ich sonst noch so brauchen könnte*«? Kaum habe ich das gedacht, wird mir klar, dass ich vergessen habe, meine Gedanken abzuschirmen.

»So siehst du mich also?« Kurz vor der Klassentür bleibt er stehen, offensichtlich gekränkt von meiner achtlosen Beurteilung. »Als oberflächlichen, materialistischen, narzisstischen, konsumversessenen *Trottel?*«

»*Nein!*« Abwehrend schüttele ich den Kopf und drücke seine Hand. Und hoffe, dass ich ihn damit überzeugen kann, obwohl ich es irgendwie schon so gemeint habe. Nur nicht auf so fiese Weise, wie er glaubt. Mehr in Richtung: *Mein Freund weiß die schönen Dinge des Lebens zu schätzen.* Weniger: *Mein Freund ist eine männliche Version von Stacia.* »Ich meine nur …« Ich blinzele und wünsche mir, ich wäre nur halb so redegewandt wie er, fahre aber trotzdem fort: »Ich verstehe das Ganze wohl einfach nicht.« Dann zucke ich die Achseln. »Und was soll der Handschuh?« Ich hebe seine in Leder gehüllte Hand in unser beider Blickfeld.

»Ist das nicht offensichtlich?« Kopfschüttelnd zieht er mich auf die Tür zu.

Doch ich bleibe stehen und weigere mich, mich von der Stelle zu rühren. Gar nichts ist offensichtlich. Nichts von alldem ist noch irgendwie logisch.

Die Hand am Türknauf hält er inne und ist ziemlich gekränkt. »Ich dachte, das wäre fürs Erste eine gute Lösung. Aber vielleicht wäre es dir ja lieber, wenn ich dich überhaupt nicht anfasse?«

Nein! So hab ich das nicht gemeint! In dem Augenblick, in dem ein paar unserer Klassenkameraden näher kommen, schalte ich auf Telepathie um und erinnere ihn daran, wie schwer es war, während der letzten drei Tage jeglichen Hautkontakt zu vermeiden. So zu tun, als wäre ich erkältet, obwohl wir beide wissen, dass wir nicht krank werden, und andere alberne Vermeidungstechniken, bei denen ich mich in Grund und Boden geschämt habe. Es war schlicht und einfach eine Qual. Einen Freund zu haben, der so gut aussieht, so sexy und so absolut toll ist, und ihn nicht berühren zu können – das ist die schlimmste Folter, die es gibt.

»Ich meine, ich weiß ja, dass wir es nicht riskieren können, aus Versehen mit dem Schweiß des anderen in Berührung zu kommen oder so was, aber findest du nicht, dass das irgendwie *komisch* aussieht?«, flüstere ich, sobald wir allein sind.

»Das ist mir egal.« Sein Blick ist offen und aufrichtig. »Es ist mir nicht wichtig, was andere Leute denken. Nur *du* bist mir wichtig.«

Er drückt meine Finger, öffnet per Gedankenkraft die Tür und führt mich direkt an Stacia Miller vorbei zu unseren Plätzen. Und obwohl ich sie seit Freitag nicht mehr gesehen habe, als sie aus Romans Bann erwacht ist, bin ich mir sicher, dass ihr Hass auf mich kein bisschen nachgelassen hat. Und auch wenn ich auf ihren üblichen Trick vorbereitet bin, mir ihre Tasche in den Weg zu stellen, damit ich darüber stolpere – heute ist sie zu sehr von Damens neuem Look abgelenkt, um diese abgedroschene Nummer durchzuziehen. Langsam wandert ihr Blick an ihm hinunter, von Kopf bis Fuß, und fängt dann noch einmal von vorn an.

Doch nur weil sie mich ignoriert, heißt das noch lange nicht, dass ich mich entspannen oder gar denken kann, es wäre vorbei. Denn in Wahrheit ist es bei Stacia *nie* vorbei. Das hat sie unmissverständlich klargemacht. Wenn überhaupt, dann ist sie wahrscheinlich bösartiger denn je – und diese kleine Pause ist nicht mehr als die Ruhe vor dem Sturm.

»Beachte sie gar nicht«, flüstert Damen und rückt seinen Stuhl so dicht an meinen, dass die Kanten der Schreibbretter sich praktisch überlappen.

Und obwohl ich nicke, die Wahrheit ist – ich kann sie nicht ignorieren. So gern ich auch so täte, als wäre sie unsichtbar, ich kann es nicht. Sie sitzt jetzt vor mir, und ich bin vollkommen besessen von ihr. Spähe ihre Gedanken aus, will sehen, was zwischen ihnen passiert ist, wenn überhaupt etwas passiert ist. Denn auch wenn ich weiß, dass Roman für all das Geflirte und Gekuschele und Geknutsche verantwortlich ist, blieb mir nichts anderes übrig, als es mit anzusehen. Obwohl ich weiß, dass Damen jeglicher freie Wille genommen worden war – das ändert nichts daran, dass es tatsächlich passiert ist –, dass Damens Lippen auf ihre gedrückt waren, während seine Hände über ihre Haut gewandert sind. Und obwohl ich ziemlich sicher bin, dass das Ganze nicht viel weitergegangen ist als bis dahin, würde ich mich doch verdammt viel besser fühlen, wenn ich ein paar Beweise hätte, um meine Theorie zu untermauern.

Ganz gleich wie verrückt, schmerzhaft und vollkommen masochistisch es ist – ich werde nicht aufhören, bis ihr Gedächtnis nachgibt und sämtliche schrecklichen, schmerzlichen, qualvollen Einzelheiten ans Licht kommen.

Gerade will ich tiefer graben, will bis ins innerste Zentrum ihres Gehirns vordringen, als Damen mir die Hand drückt und sagt: »Ever, bitte. Hör auf, dich selbst zu quälen. Ich hab's dir doch schon gesagt, da gibt es *überhaupt* nichts zu sehen.« Ich schlucke schwer, den Blick starr auf ihren Hinterkopf gerichtet, sehe zu, wie sie mit Honor und Craig tratscht und höre kaum zu, als er hinzufügt: »Es *ist* nichts passiert. Es ist nicht so, wie du denkst.«

»Ich dachte, du kannst dich nicht mehr erinnern?« Ich drehe mich zu ihm um, und sobald ich den Schmerz in seinen Augen sehe, empfinde ich überwältigende Scham. Kopfschüttelnd sieht er mich an.

»Vertrau mir einfach.« Er seufzt. »Oder versuch es wenigstens. *Bitte*.«

Ich hole tief Luft, schaue ihn an und wünsche mir, ich könnte ihm vertrauen. Weiß, dass ich ihm vertrauen sollte.

»Ganz im Ernst, Ever. Erst kommst du nicht mit meinem Liebesleben in den letzten sechshundert Jahren klar, und jetzt machst du dich wegen letzter Woche fertig?« Er beugt sich zu mir herüber. Mit drängender, schmeichelnder Stimme fügt er hinzu: »Ich weiß, dass du unheimlich verletzt bist. Wirklich. Aber passiert ist nun mal passiert. Ich kann's nicht rückgängig machen, ich kann's nicht ändern. Roman hat das mit Absicht getan – du darfst ihn nicht gewinnen lassen.«

Wieder schlucke ich heftig; ich weiß, dass er Recht hat. Ich benehme mich lächerlich, völlig irrational.

Außerdem, denkt Damen, der jetzt auf Telepathie umschaltet, weil unser Lehrer Mr. Robins hereingekommen ist, *weißt du doch, dass das nichts bedeutet. Die Einzige, die ich jemals geliebt habe, bist du. Ist das nicht genug?* Er berührt mit dem behandschuhten Daumen meine Schläfe und schaut mir tief in die Augen, während er mir unsere Geschichte zeigt, meine vielen Inkarnationen, als junge Dienstmagd in Frankreich, als Tochter eines Puritaners in Neuengland, als kokette Dame der feinen englischen Gesellschaft, als Künstlermuse mit prachtvollem roten Haar –

Ich sperre Mund und Augen auf, dieses Leben habe ich noch nie gesehen.

Doch er lächelt nur, und sein Blick wird wärmer, während er mich die Höhepunkte jener Zeit sehen lässt, der Augenblick, als wir uns kennen gelernt haben – bei der Eröffnung einer Galerie in Amsterdam –, unser erster Kuss noch am selben Abend draußen vor der Galerie. Er präsentiert mir nur die romantischsten Momente und erspart mir meinen Tod, der sich stets und unausweichlich ereignet, ehe wir zu irgendetwas kommen können.

Und nachdem ich diese wunderschönen Augenblicke gesehen habe, seine unbeirrbare Liebe zu mir unverhüllt vor mir gesehen habe, schaue ich ihm in die Augen und beantworte seine Frage, als ich denke: *Natürlich ist das genug. Du warst immer genug.*

Und dann schließe ich beschämt die Augen, als ich hinzufüge: *Aber bin ich auch genug für dich?*

Und ihm endlich die *tatsächliche* Wahrheit gestehe – meine Furcht, dass er das Händchenhalten mit Handschuh bald leid sein wird, das telepathische Umarmen, und sich bei einem gesunden, normalen Mädchen mit ungefährlicher DNS etwas Echtes suchen wird.

Er nickt, als er mich mental in die Arme nimmt, eine so

warme, so geborgene, so tröstliche Umarmung, dass all meine Ängste verfliegen. Und er antwortet auf die Entschuldigung in meinem Blick, als er sich vorbeugt, die Lippen dicht an meinem Ohr: »Gut. Nachdem das also geklärt ist, von wegen Roman.«

VIER

Als ich mich auf den Weg zum Geschichtsunterricht mache, überlege ich, was wohl schlimmer sein wird – Roman zu begegnen oder Mr. Muñoz? Denn auch wenn ich beide seit Freitag nicht mehr gesehen habe, als meine ganze Welt aus den Fugen geraten ist – es besteht kein Zweifel, dass ich bei beiden einen ziemlich seltsamen Abgang hingelegt habe. Mein letzter Kontakt mit Mr. Muñoz bestand darin, dass ich total sentimental geworden bin und nicht nur gestanden habe, dass ich hellsehen kann – etwas, das ich sonst *niemals* tue –, sondern ihm auch noch zugeredet habe, sich mit meiner Tante Sabine zu verabreden. Etwas, das ich allmählich *ernsthaft* bereue. Und so unmöglich das auch war, das Einzige, was dem nahekommt, sind meine letzten Momente mit Roman, als ich mit der Faust auf sein Nabelchakra gezielt habe und fest entschlossen war, ihn nicht nur umzubringen, sondern ihn vollständig *auszulöschen*. Und das hätte ich auch getan – abgesehen davon, dass ich total eingeknickt bin und er davongekommen ist. Und obwohl es rückblickend wahrscheinlich so am besten war, bin ich immer noch wahnsinnig wütend auf ihn; wer weiß, ob ich es nicht noch einmal versuchen werde?

Doch die Wahrheit ist, ich *weiß*, dass ich es nicht noch einmal versuchen werde. Und zwar nicht nur, weil Damen mir in Englisch die ganze Zeit telepathische Vorträge gehalten hat, von wegen Rache sei *niemals* die richtige Antwort, und das Karma sei das einzig wahre Rechtssystem und jede Menge mehr Blabla von der gleichen Sorte. Sondern hauptsächlich, weil es nicht richtig ist. Ungeachtet der Tatsache, dass Roman mich ganz übel über den Tisch gezogen und mir nicht einen einzigen Grund gegeben hat, ihm je wieder zu trauen – ich habe trotzdem nicht das Recht, ihn zu töten. Das wird mein Problem nicht lösen. Wird überhaupt nichts ändern. Obwohl er widerlich ist und gemein und alles, was sich zu *böse* addieren lässt, habe ich trotzdem nicht das Recht –

»Na, da ist ja mein freches Äffchen!«

Er kommt an meine Seite getänzelt, blondes Wuschelhaar, meerblaue Augen und strahlend weiße Zähne, und streckt ganz beiläufig seinen starken, gebräunten Arm quer vor die Klassentür, sodass ich nicht eintreten kann.

Mehr ist nicht nötig. Dieser nachgemachte britische Akzent und dieser gruselige, lüsterne Blick, und *sofort* bin ich wieder schwer in Versuchung, ihn umzubringen.

Aber ich werde es nicht tun.

Ich habe Damen versprochen, dass ich es wohlbehalten zum Unterricht und zurück schaffe, ohne auf dergleichen zurückzugreifen.

»Also erzähl mal, Ever, wie war dein Wochenende? Haben du und Damen auch schön Wiedersehen gefeiert? Hat er es rein zufällig geschafft, dich zu *überleben?*«

Ich balle die Hände zu Fäusten und male mir aus, wie er wohl aussieht, wenn er nur noch ein Knäuel Designerklamotten und ein Häufchen Staub ist, trotz des Gewaltverzicht-Schwurs, den ich geleistet habe.

»Denn wenn du nicht auf meinen Rat gehört und mit diesem uralten Dinosaurier eine Nummer geschoben hast, dann ist wohl mein aufrichtiges Beileid angesagt.« Er nickt, den Blick fest auf mich geheftet, und senkt die Stimme, als er hinzusetzt: »Aber keine Angst, du wirst nicht lange allein sein. Wenn erst einmal die angemessene Trauerzeit vorbei ist, springe ich gern ein und fülle die Leere, die sein Tod hinterlassen hat.«

Ich konzentriere mich auf meinen Atem, ganz langsam und gleichmäßig, während ich den kräftigen, sonnengebräunten, muskulösen Arm betrachte, der mir den Weg versperrt, und weiß, dass nur ein einziger wohl platzierter Karateschlag notwendig wäre, um ihn in der Mitte durchzubrechen.

»Verdammt, auch wenn du's geschafft hast, dich zurückzuhalten und ihn am Leben zu lassen, du brauchst es nur zu sagen, und ich bin sofort da.« Er grinst, und sein Blick wandert auf extrem intime Art und Weise über meinen Körper. »Aber du brauchst nichts zu überstürzen oder dich gleich festzulegen. Lass dir so lange Zeit, wie du willst. Denn ich versichere dir, Ever, anders als Damen bin ich ein Mann, der warten kann. Außerdem ist es nur eine Frage der Zeit, bis du nach mir suchen wirst.«

»Es gibt nur eins, das ich von dir will.« Ich fokussiere meinen Blick auf ihn, bis alles um uns herum verschwimmt. »Nämlich dass du mich in Ruhe lässt.« Hitze steigt mir in die Wangen, als sein Blick zu einem lüsternen Feixen wird.

»Ich fürchte, daraus wird nichts, Darling.« Er lacht, mustert mich und schüttelt den Kopf. »Glaub mir, du willst mehr als das. Aber keine Angst, es ist genau, wie ich gesagt habe, ich warte so lange, wie's nötig ist. Damen ist derjenige, um den ich mir Sorgen mache. Und das solltest du auch tun. Nach dem, was ich die letzten sechshundert Jahre gesehen habe, ist er ziemlich ungeduldig. Tatsächlich sogar ein bisschen ein Hedonist. Hat auf nichts lange gewartet, soweit ich es sagen kann.«

Ich schlucke krampfhaft und gebe mir alle Mühe, ruhig zu bleiben, ermahne mich, nicht auf ihn hereinzufallen. Roman hat eine Begabung dafür, meine Schwachstelle zu finden, sozusagen mein psychologisches Kryptonit, und er lebt so ziemlich dafür, diese Schwachstelle auszunutzen.

»Versteh mich nicht falsch, er hat immer den Schein gewahrt – hat die schwarze Armbinde getragen, schien bei der Totenwache untröstlich zu sein –, aber glaub mir, Ever, seine Schuhe haben kein Moos ansetzen können, bevor er wieder auf der Pirsch war. Und darauf aus war, seinen Kummer in allem – oder sollte ich sagen, in *jedem* – zu ertränken, was ihm untergekommen ist. Und auch wenn du es vorziehst, das nicht zu glauben, lass es dir von jemandem gesagt sein, der die ganze Zeit dabei war. Damen wartet *auf niemanden*. Und auf *dich* hat er ganz bestimmt nie gewartet.«

Ich atme tief durch, fülle meinen Kopf mit Worten, mit Musik, mit mathematischen Gleichungen, die mir viel zu hoch sind, alles, um diese Worte zu übertönen, die wie sorgfältig geschliffene Pfeile sind, welche direkt auf mein Herz zielen.

»*Jawoll. Hab's selber geseh'n!*« Lächelnd verfällt er in einen schweren Cockney-Akzent und legt ihn gleich darauf wieder ab. »Drina hat es auch gesehen. Hat ihr das Herz gebrochen. Aber anders als in meinem Fall – und ich fürchte, anders als in deinem – war Drinas Liebe bedingungslos. Sie war bereit, ihn zurückzunehmen, egal, wo er gewesen war, ohne Fragen zu stellen. Was, seien wir mal ehrlich, etwas ist, was *du* nie tun würdest.«

»Das ist nicht wahr!«, entfährt es mir. Meine Stimme ist heiser und trocken, als würde ich sie heute zum ersten Mal benutzen. »Ich hatte Damen von dem Augenblick an, als wir uns begegnet sind, ich ... ich ...« Ich verstumme, mir ist klar, dass ich gar nicht hätte anfangen sollen. Es ist sinnlos, sich auf diesen Streit einzulassen.

»Verzeihung, Darling, aber du irrst dich. Du hast Damen nie *gehabt*, überhaupt nicht. Ein keuscher Kuss hier, ein bisschen Händchenhalten da.« Mit spöttischem Blick zuckt er die Achseln. »Jetzt mal ernsthaft, Ever, glaubst du wirklich, ein paar jämmerliche Fummelversuche können so einen gierigen, narzisstischen, zügellosen Kerl wie ihn befriedigen? Und noch dazu *vierhundert Jahre* lang?«

Ich schlucke abermals und zwinge mich zu einer Ruhe, die ich gar nicht habe, als ich zurückgebe: »Das ist sehr viel weiter, als du bei Drina jemals gekommen bist.«

»Na, dir habe ich das jedenfalls nicht zu verdanken«, faucht er und funkelt mich wütend an. »Aber wie gesagt, ich bin ein Mann, der warten kann. Damen nicht.« Er schüttelt den Kopf. »Ein Jammer, dass du so wild entschlossen bist, auf unerreichbar zu machen. Wir beide sind uns viel ähnlicher, als du denkst. Beide verzehren wir uns nach jemandem, den wir niemals wirklich kriegen werden.«

»Ich könnte dich umbringen, jetzt gleich«, flüstere ich. Meine Stimme bebt, meine Hände zittern, obwohl ich Damen versprochen habe, dass ich es nicht tun werde, obwohl ich es besser weiß. »Ich könnte —« Scharf ziehe ich die Luft ein; ich will nicht, dass er erfährt, was nur Damen und ich wissen, nämlich dass die schnellste Methode, einen Unsterblichen zu töten, darin besteht, auf dessen schwächstes Chakra zu zielen.

»Du könntest was?« Er lächelt, und sein Gesicht ist mir so nahe, dass sein Atem kalt meine Wange streift. »Mir vielleicht eins in mein Sakralzentrum verpassen?«

Mit offenem Mund starre ich ihn an und frage mich, wo er das gehört haben kann.

Doch er schüttelt nur lachend den Kopf. »Vergiss nicht, Schätzchen, Damen hat in meinem Bann gestanden, und das heißt, dass er mir *alles* erzählt hat, dass er *jede* Frage beantwortet hat, die ich ihm gestellt habe – einschließlich einer ganzen Menge über *dich*.«

Ich stehe da und weigere mich zu reagieren, entschlossen, gefasst zu wirken, unbeeindruckt – doch es ist zu spät. Er hat mich erwischt. Genau da, wo es drauf ankommt. Und glaubt ja nicht, das wäre ihm nicht klar.

»Keine Angst, ich habe nicht vor, auf dich loszugehen. Auch wenn dein eklatanter Mangel an Urteilsvermögen und die tragische Art, wie du Wissen falsch einsetzt, mir zeigt, dass ein schneller Schlag gegen das Kehlchakra ausreichen würde, um dich für alle Zeiten auszulöschen.« Er lächelt, und seine Zunge schlängelt sich über seine Lippen. »Es macht mir viel zu viel Spaß zuzusehen, wie du dich windest. Außerdem wird es nicht mehr lange dauern, bis du dich unter mir windest. Oder vielleicht auch auf mir. Geht beides.« Er lacht, die blauen Augen fest auf meine gerichtet, betrachtet mich auf eine so wissende, so intime, so eindringliche Weise, dass es mir unwillkürlich den Magen umdreht. »Die Details überlasse ich dir. Aber ganz egal, wie gern du es tun möchtest, du wirst auch nicht auf mich losgehen. Hauptsächlich weil ich habe, was *du* willst. Das Gegengift für das Gegengift. Das kann ich dir versichern. Du musst nur eine Möglichkeit finden, es dir zu verdienen. Du brauchst nur den *richtigen* Preis zu zahlen.«

Mit trockenem Mund und hängendem Unterkiefer starre ich ihn an, und der vergangene Freitag fällt mir wieder ein, als er genau dasselbe behauptet hat. Durch Damens Erwachen war ich so abgelenkt, dass ich das bis jetzt völlig vergessen hatte.

Ich presse die Lippen zusammen, als mein Blick dem seinen begegnet und sich zum ersten Mal seit Tagen wieder Hoffnung in mir regt. Ich weiß, dass es nur eine Frage der Zeit ist, bis das Gegengift mir gehört. Ich muss nur eine Möglichkeit finden, es ihm abzuluchsen.

»Ach, schau mal an.« Er feixt. »Anscheinend hast du unsere Verabredung mit dem Schicksal völlig vergessen.«

Er hebt den Arm, und ich will mich gerade vorbeidrängen, da senkt er ihn ebenso schnell wieder und lacht.

»Tief durchatmen«, gurrt er; seine Lippen streifen mein Ohr, seine Finger gleiten über meine Schulter und hinterlassen eine eiskalte Spur. »Kein Grund zur Panik. Kein Grund, wieder durchzudrehen. Ich bin sicher, wir können uns irgendwie einigen, eine Möglichkeit finden, das zu regeln.«

Mit zusammengekniffenen Augen starre ich ihn an, angewidert von dem von ihm festgesetzten Preis. Meine Worte sind entschlossen, als ich antworte: »Nichts, was du jemals *sagen* oder *tun* könntest, könnte mich dazu bringen, mit *dir* zu schlafen!« Genau in diesem Moment öffnet Mr. Muñoz die Tür, sodass die ganze Klasse es mitbekommt.

»Hey!« Roman lächelt, die Hände in gespieltem Aufgeben erhoben. »Wer hat denn was von Vögeln gesagt?« Er wirft lachend den Kopf zurück, sodass sein unheimliches Ouroboros-Tattoo aufblitzt. »Ich meine, ich will dich ja nicht enttäuschen, Darling, aber wenn ich auf eine gute Nummer aus bin, dann wende ich mich ganz bestimmt nicht an 'ne Jungfrau.«

Mit brennenden Wangen, den Blick starr auf den Boden gerichtet, stürme ich zu meinem Platz und verbringe die nächsten vierzig Minuten damit, mich jedes Mal zu krümmen, wenn meine Klassenkameraden sich gar nicht mehr einkriegen, weil Roman ein widerliches nasses Schmatzgeräusch in meine Richtung macht, trotz Mr. Muñoz' Bemühungen, sie zur Ruhe zu bringen. Und sobald es klingelt, schieße ich zur Tür; ich muss unbedingt Damen finden, bevor Roman ihn zu fassen bekommt. Ich bin überzeugt, dass Roman den Bogen überspannen und Damen die Beherrschung verlieren wird – etwas, das wir uns beide nicht leisten können, jetzt, da Roman den Trumpf in der Hand hält.

Doch gerade als ich den Knauf drehe, höre ich: »Ever? Hast du einen Moment Zeit?«

Ich halte inne; hinter mir stauen sich die anderen, die dringend auf den Flur hinauswollen, wo sie Romans Beispiel folgen und mich weiterärgern können. Sein spöttisches Gelächter folgt mir, als ich mich zu Mr. Muñoz umdrehe, um zu sehen, was er will.

»Ich hab's geschafft.« Er lächelt, seine Haltung ist stocksteif, und seine Stimme klingt beklommen, aber trotzdem will er unbedingt, dass ich Bescheid weiß.

Unbehaglich trete ich von einem Fuß auf den anderen, schiebe den Riemen meiner Tasche von einer auf die andere Schulter und wünsche mir insgeheim, ich hätte mir die Zeit genommen, mich in Fernsicht zu üben, damit ich ein Auge auf den Lunchtisch habe und mich vergewissern könnte, dass Damen sich an den Plan hält.

»Ich habe sie angesprochen. Genau wie du es mir geraten hast.«

In meinem Bauch rumort es, als mir dämmert, was er meint.

»Die Frau bei Starbucks? Sabine? Ich habe sie heute Morgen gesehen. Wir haben uns sogar eine Weile unterhalten, und –« Er zuckt die Achseln, und sein Blick gleitet davon, offenkundig ist er noch ganz hingerissen von diesem Ereignis.

Atemlos stehe ich vor ihm und weiß, dass ich dem ein Ende machen muss, ganz gleich, wie, bevor es aus dem Ruder läuft.

»Und du hattest Recht. Sie ist wirklich nett. Also, wahrscheinlich sollte ich dir das gar nicht erzählen, aber wir gehen Freitagabend zusammen essen.«

Ich nicke stumm und bin wie vor den Kopf geschlagen; die Worte fluten über mich hinweg, während ich verstohlen in seine Energie spähe und sehe, wie es sich in seinem Kopf abspielt:

Sabine steht in der Warteschlange und kümmert sich um ihren eigenen Kram, bis Mr. Muñoz auf sie zukommt ... woraufhin sie sich umdreht und ihn mit einem Lächeln bedenkt, das ... geradezu beschämend kokett ist!

Nur dass an dem Ganzen gar nichts Beschämendes dran ist. Jedenfalls nicht, was Sabine angeht. Und was Mr. Muñoz angeht auch nicht. Nein, das Schämen ist ganz und gar mein Ding. Die beiden könnten nicht glücklicher sein.

Das *darf* nicht passieren. Aus zu vielen Gründen, um sie aufzuzählen, darf dieses Abendessen niemals stattfinden. Einer davon ist, dass Sabine nicht nur meine Tante ist, sondern mein Vormund, meine Erziehungsberechtigte, meine einzige lebende Verwandte auf der ganzen Welt! Und ein weiterer, möglicherweise noch vordringlicherer Grund ist die Tatsache, dass Mr. Muñoz dank meines unbedachten Augenblicks der Schwäche am letzten Freitag weiß, dass ich hellsehen kann, während Sabine das *nicht* weiß.

Ich habe mir große Mühe gegeben, mein Geheimnis vor ihr zu verbergen, und auf gar keinen Fall werde ich mich von meinem bis über beide Ohren verknallten Geschichtslehrer outen lassen.

Doch gerade als ich ihm sagen will, dass er meine Tante auf keinen Fall, unter keinen Umständen zum Abendessen einladen und/oder irgendwelche Informationen weitergeben darf, die ich vielleicht in einem schwachen Moment versehentlich gebeichtet habe, als ich sicher war, dass ich ihn nie wiedersehen würde, räuspert er sich und sagt: »Na ja, also, du solltest lieber zum Lunch gehen, bevor es zu spät wird. Ich wollte dich gar nicht so lange aufhalten, ich wollte nur ...«

»O nein, das ist schon okay«, beteuere ich. »Ich –«

Doch er lässt mich nicht ausreden. Schiebt mich praktisch zur Tür hinaus, während er mich mit einer Handbewegung fortscheucht und sagt: »Geh nur. Such deine Freunde. Ich dachte nur, ich sollte mich bei dir bedanken, das ist alles.«

FÜNF

Beim Lunch setze ich mich neben Damen und bin erleichtert, alles genauso normal vorzufinden wie an jedem anderen Tag. Damens behandschuhte Hand drückt mein Knie, während ich mich rasch auf dem Campus nach Roman umschaue. *Er ist nicht mehr da*, denkt er.

Nicht mehr da? Mir bleibt der Mund offen stehen, und ich hoffe, dass er *nicht mehr da* im Sinne von »nicht hier« meint, und nicht im Sinne von »ein Häufchen Staub.«

Doch Damen lacht nur; der sanfte, melodische Laut hallt von seinem Kopf in meinen hinüber. *Nicht ausgelöscht, das versichere ich dir. Nur abwesend, das ist alles. Ist vor ein paar Minuten mit einem Typen weggefahren, den ich noch nie gesehen habe.*

Habt ihr miteinander geredet? Hat er versucht, dich zu provozieren? Damen schüttelt den Kopf und sieht mir eindringlich in die Augen, als ich hinzufüge: *Gut. Denn wir können es uns nicht leisten, ihn uns vorzunehmen – ganz gleich, was passiert! Er hat das Gegenmittel! Er hat es zugegeben! Was bedeutet, dass wir jetzt nur noch eine Möglichkeit zu finden brauchen –*

Ever. Damen runzelt die Stirn. *Das kannst du ihm doch unmöglich glauben! Das ist genau Romans Masche. Er lügt und manipuliert jeden in seiner Umgebung. Du musst dich von ihm fernhalten. Er benutzt dich. Man kann ihm nicht trauen …*

Ich schüttele den Kopf. Diesmal ist es anders. Ich kann es

fühlen. Und Damen muss es unbedingt auch fühlen. *Er lügt nicht. Im Ernst, er hat gesagt –*

Ich komme nicht einmal dazu, den Gedanken zu Ende zu denken, denn Haven beugt sich vor. »Okay, Schluss damit. Was ist hier los? Ganz im Ernst, das reicht jetzt.«

Ich drehe mich zu ihr um, und mir fällt auf, wie ihre freundliche gelbe Aura jäh in scharfem Kontrast zu der absichtlichen Schroffheit ihres vollständig schwarzen Outfits strahlt. Ich weiß, dass sie es nicht böse meint, obwohl sie unseretwegen definitiv beunruhigt ist.

»Ehrlich. Es ist, als ob … als ob ihr beiden irgendeine abgedrehte Methode habt, miteinander zu kommunizieren. So was wie Zwillingssprache oder so. Nur dass eure total lautlos ist. Und unheimlich.«

Achselzuckend öffne ich mein Lunchpaket und wickle ein Sandwich aus, das ich nicht zu essen gedenke, fest entschlossen, mir nicht anmerken zu lassen, wie sehr mich ihre Frage erschreckt hat. Dabei stoße ich Damens Knie mit meinem an, dränge ihn telepathisch dazu, einzuschreiten und das hier zu regeln. Ich habe nämlich keine Ahnung, was ich sagen soll.

»Tut bloß nicht so, als wäre nichts.« Ihre Augen werden schmal vor Misstrauen. »Ich schaue euch beiden jetzt schon eine ganze Weile zu, und allmählich finde ich das wirklich gruselig.«

»Was findest du gruselig?« Miles schaut von seinem Handy auf, allerdings nur einen Moment, dann simst er weiter.

»Die beiden hier.« Sie zeigt mit einem Finger mit kurzem, schwarz lackiertem Nagel, an dessen Spitze ein Klümpchen rosa Zuckerguss klebt. »Ich schwör's, die werden jeden Tag komischer.«

Miles nickt und legt sein Handy hin, während er uns einen Moment lang betrachtet. »Ja, das wollte ich auch schon zur Sprache bringen. Ihr beiden seid merkwürdig.« Er lacht. »Ach ja, und diese Michael-Jackson-Nummer, mit dem einen Handschuh?« Kopfschüttelnd schürzt er die Lippen. »Das haut bei dir ja *so was* von nicht hin. Der Look ist so out, den kannst nicht mal *du* wieder zum Leben erwecken.«

Haven runzelt die Stirn, genervt von Miles' Witz, wenn sie versucht, ernst zu sein. »Lach nur, so viel du willst«, sagt sie, und ihr stetiger Blick lässt nicht locker. »Aber irgendwas ist mit den beiden. Ich weiß vielleicht noch nicht was, aber ich krieg's schon noch raus. Du wirst schon sehen.«

Ich will gerade etwas sagen, als Damen kopfschüttelnd sein rotes Getränk in der Flasche kreisen lässt und sich zu Haven vorbeugt. »Verschwende deine Zeit nicht, so unheimlich ist das Ganze gar nicht.« Er lächelt. »Wir üben uns in Telepathie, das ist alles. Wir versuchen, die Gedanken des anderen zu erreichen, anstatt die ganze Zeit zu reden. Damit wir im Unterricht nicht mehr dauernd Stress kriegen.« Er lacht, woraufhin ich mein Sandwich so fest umklammere, dass die Mayonnaise an den Seiten herausquillt. Mit offenem Mund starre ich meinen Freund an, der gerade willkürlich entschieden hat, gegen unsere Regel Nummer Eins zu verstoßen: *Verrate niemandem, wer wir sind oder wozu wir fähig sind!*

Es beruhigt mich nur wenig, als Haven die Augen verdreht und erwidert: »Bitte, ich bin doch keine Vollidiotin.«

»Wollte ich damit auch nicht andeuten.« Wieder lächelt Damen. »Das funktioniert wirklich, ich versichere es dir. Möchtest du's mal versuchen?«

Ich erstarre, mein Körper ist völlig versteinert, regungslos, als würde ich gerade am Straßenrand Zeugin eines Unfalls sein – nur bin *ich* dieser spezielle Unfall.

»Mach die Augen zu und denk an eine Zahl zwischen eins und zehn.« Damen sieht Haven ernst in die Augen. »Konzentrier dich mit aller Macht auf diese Zahl, so eindeutig du kannst. Sieh sie in deinen Gedanken vor dir, so deutlich wie möglich, und wiederhol ihren Klang lautlos immer wieder. Alles klar?«

Sie zuckt die Schultern und zieht wie in tiefster Konzentration die Brauen zusammen. Allerdings bedarf es nur eines kurzen Blicks auf ihre Aura, die sich zu einem dunklen Täuschungs-Grün verfärbt, und eines raschen, heimlichen Einblicks in ihre Gedanken, um zu *sehen*, dass sie nur so tut. Und sich auf die Farbe Blau konzentriert, anstatt auf eine Zahl, wie Damen gesagt hat.

Mein Blick wandert zwischen den beiden hin und her. Ich weiß, dass sie ihn reinlegen will. Sie ist überzeugt, dass seine Eins-zu-Zehn-Chance, die richtige Zahl zu erraten, ihn zu sehr begünstigt. Und sie gibt nicht nach, als er sich das Kinn reibt, den Kopf schüttelt und feststellt: »Anscheinend kann ich nichts auffangen. Bist du *sicher*, dass du an eine Zahl zwischen eins und zehn denkst?«

Sie nickt und konzentriert sich noch stärker auf ein wunderschönes, pulsierendes Blau.

»Dann muss da zwischen uns was falsch geschaltet sein.« Damen zuckt die Achseln. »Ich kann überhaupt keine Zahl erkennen.«

»Versuch's mal bei mir!« Miles wendet sich von seinem Handy ab und beugt sich zu Damen hinüber.

Gerade hat er die Augen geschlossen, hat kaum seine Gedanken fokussiert, als Damen hervorstößt: »Du fährst nach *Florenz?*«

Miles schüttelt den Kopf. »*Drei*. Nur zu deiner Information, die Zahl war *Drei*.« Er rollt die Augen und feixt. »Und übrigens wissen *alle*, dass ich nach Florenz fahre. Also – läuft nicht.«

»Alle außer *mir*«, entgegnet Damen mit verkrampftem Kiefer. Sein Gesicht ist plötzlich blass.

»Na, Ever hat's dir bestimmt erzählt. Du weißt schon, telepathisch.« Miles lacht und nimmt sich wieder sein Handy vor.

Ich betrachte Damen eingehend und frage mich, warum er wegen Miles' Reise so betroffen ist. Ich meine, ja, okay, er hat mal dort gelebt, aber das war vor Hunderten von Jahren! Ich drücke ihm die Hand, will, dass er mich ansieht, doch er starrt Miles immer noch mit demselben entgeisterten Gesichtsausdruck an.

»Nette Nummer, das mit der Telepathie«, bemerkt Haven und wischt mit dem Finger über ihr Törtchen, bis er voller Erdbeer-Zuckerguss ist. »Aber ich fürchte, ihr werdet euch ein bisschen mehr anstrengen müssen. Alles, was ihr damit bewiesen habt, ist, dass ihr beide noch unheimlicher seid, als ich dachte. Aber keine Angst, ich krieg schon noch raus, was dahintersteckt. Es wird nicht lange dauern, bis ich euer schmutziges Geheimnis lüfte.«

Ich verkneife mir ein nervöses Auflachen und hoffe, sie macht nur Spaß. Dann spähe ich in ihre Gedanken, nur um zu *sehen*, dass sie es ernst meint.

»Wann fährst du?«, erkundigt sich Damen, allerdings nur, um den Schein einer Konversation zu wahren; er hat die Antwort bereits in Miles' Kopf entdeckt.

»Bald, aber nicht bald genug«, antwortet Miles, und seine Augen leuchten auf. »Startet den Countdown!«

Damen nickt, und sein Blick wird weicher. »Du wirst es toll finden. Jeder findet es toll. *Firenze* ist eine wunderschöne, reizende Stadt.«

»Warst du schon mal da?«, erkundigen sich Haven und Miles im Chor.

Die Augen in weite Ferne gerichtet, nickt Damen. »Ich habe früher einmal dort gelebt – vor langer Zeit.«

Haven schaut von ihm zu mir, und ihre Augen werden wieder schmal, als sie sagt: »Drina und Roman haben auch mal da gewohnt.«

Mit ausdrucksloser Miene zuckt Damen die Achseln, als bedeute ihm diese Verbindung überhaupt nichts.

»Also, findest du das nicht ein bisschen sonderbar? Dass ihr alle in Italien gelebt habt, in derselben *Stadt*, und dann alle drei *hier* gelandet seid – im Abstand von wenigen Monaten?« Sie beugt sich vor und vernachlässigt um der Antworten willen ihr Törtchen.

Doch Damen bleibt standhaft, weigert sich, nachzugeben oder irgendetwas zu tun, was alles verraten könnte. Er nippt lediglich an seinem roten Getränk und hebt abermals die Schultern, als lohne es sich kaum, näher darauf einzugehen.

»Sollte ich mir irgendwas ansehen, wenn ich dort bin?«, fragt Miles, mehr um die Spannung zu entschärfen als aus irgendeinem anderen Grund. »Irgendwas, das man sich nicht entgehen lassen sollte?«

Damen kneift die Augen zusammen und tut so, als denke er nach, obwohl die Antwort nicht lange auf sich warten lässt. »Alles in Florenz ist sehenswert. Aber du solltest dir definitiv den Ponte Vecchio anschauen, das ist die erste Brücke über den Arno, und die einzige, die nach dem Krieg noch steht. Oh, und du musst in die Galleria dell'Accademia, die neben anderen wichtigen Werken Michelangelos *David* beherbergt, und vielleicht –«

»*David* nehme ich mir auf jeden Fall vor«, verspricht Miles. »Genau wie die Brücke und den berühmten Dom, und all das andere, das auf der Top-Ten-Liste jedes Reiseführers steht. Aber mich interessieren mehr die kleineren, nicht so bekannten Sachen – du weißt schon, wo die ganzen coolen Florentiner hingehen. Roman hat so von diesem einen Laden geschwärmt, ich hab vergessen, wie er heißt, aber angeblich gibt's da drin irgendwelche obskuren Artefakte und Bilder und anderes Zeug aus der Renaissance, von dem nur wenige Leute wissen. Kennst du so was? Oder sogar Clubs, irgendwas, zum Shopping, so was in der Art?«

Damen betrachtet ihn mit einem so eindringlichen Blick, dass es mir kalt den Rücken hinunterläuft. »So auf die Schnelle fällt mir nichts ein«, sagt er und versucht, seine Miene weicher zu machen, obgleich seine Stimme eine unverkennbare Spannung verrät. »Obwohl die Sachen in jedem Laden, der behauptet, große Kunst auszustellen, aber nicht in den Reiseführern steht, wahrscheinlich nicht echt sind. Der Antiquitätenmarkt ist voller Fälschungen. Damit solltest du deine Zeit nicht verschwenden, wenn es so viele interessantere Dinge zu sehen gibt.«

Miles zuckt die Achseln, das Gespräch langweilt ihn, und er ist bereits wieder bei der nächsten SMS. »Von mir aus«, brummt er, während seine Daumen flink drauflostippen. »Kein Problem. Roman hat gesagt, er macht mir eine Liste.«

SECHS

Ich bin wirklich erstaunt, was für Fortschritte du gemacht hast.« Damen lächelt. »Das hast du alles ganz allein gelernt?«

Ich nicke, schaue mich in dem großen, leeren Raum um und bin zum ersten Mal seit Wochen zufrieden mit mir.

Von dem Moment an, als Damen verkündet hat, er wolle all die übermäßig gestylten Möbel abschaffen, mit denen er das Haus während Romans Schreckensherrschaft vollgestopft hatte, war ich voll dabei. Mit Feuereifer nutzte ich die Chance, die Reihe schwarzer Ledersessel und die Flachbildfernseher rauszuwerfen, den Billardtisch mit dem roten Filzbezug und die verchromte Bar – alles Symbole, physische Manifestationen der bisher trostlosesten Phase unserer Beziehung. Ich visierte jedes Möbelstück mit solchem Enthusiasmus an, dass ... na ja ... ich weiß eigentlich gar nicht, wohin es verschwand. Alles, was ich weiß, ist, dass es nicht mehr da ist.

»Sieht aus, als brauchst du meinen Unterricht gar nicht mehr«.

»Sei dir da mal nicht so sicher.« Lächelnd drehe ich mich um und streiche ihm mit meiner neuerdings behandschuhten Hand das dunkle, gewellte Haar aus dem Gesicht. Hoffentlich bekommen wir bald das Heilmittel von Roman oder finden wenigstens eine angenehmere Alternative. »Ich weiß nicht mal, wo das Zeug hin ist – geschweige denn, wie ich den Laden hier wieder vollmachen soll, wenn ich keine Ahnung habe, wo du all die Sachen untergebracht hast, die du früher hattest.«

Ich greife eine Sekunde zu spät nach seiner Hand und runzele die Stirn, als er zum Fenster hinübergeht.

»Die Möbel«, sagt er mit leiser Stimme und schaut auf den gepflegten Rasen hinaus, »sind genau da, wo sie ihren Anfang genommen haben. Sie sind in ihren Urzustand reiner, vibrierender Energie zurückgekehrt, mit dem Potenzial, alles zu werden. Und was den Rest angeht –« Er zuckte die Achseln, und die kräftigen Linien seiner Schultern heben sich ganz leicht, ehe sie wieder zur Ruhe kommen. »Na ja, das ist ja wohl nicht mehr wirklich wichtig, oder? Jetzt brauche ich es nicht mehr.«

Ich starre seinen Rücken an, betrachte seine schlanke Gestalt, seine lässige Haltung. Ich frage mich, warum er kein Interesse daran hat, die kostbaren Kunstgegenstände aus seiner Vergangenheit zurückzubekommen – den Picasso, der ihn in dem strengen blauen Anzug zeigt, den Velázquez von ihm auf dem sich aufbäumenden weißen Hengst – ganz zu schweigen von all den anderen unglaublichen, jahrhundertealten Relikten.

»Aber diese Objekte sind unbezahlbar! Du musst sie zurückholen. Die kann man doch nie im Leben ersetzen!«

»Ever, beruhige dich. Das sind doch nur *Sachen*.« Seine Stimme klingt fest, resigniert, als er sich wieder zu mir umdreht. »Nichts davon hat *wirklich* Bedeutung. Das Einzige, was etwas bedeutet, bist *du*.«

Und obwohl diese Ansicht unleugbar süß ist und von Herzen kommt, hat es nicht die Wirkung auf mich, die es haben sollte. Die einzigen Dinge, die ihm in letzter Zeit wichtig zu sein scheinen, sind, sein Karma zu sühnen und ich. Und auch wenn ich absolut kein Problem mit den ersten beiden Punkten auf seiner Liste habe – der Rest des Papiers ist leer.

»Aber genau da irrst du dich. Das sind nicht einfach nur *Sachen*.« Ich trete auf ihn zu, meine Stimme drängt und schmeichelt; ich hoffe, zu ihm durchzukommen und ihn diesmal dazu zu bringen, dass er zuhört. »Von Shakespeare und den Brontë-Schwestern signierte Bände, Kronleuchter von Marie Antoinette und Ludwig XVI. – so was kann man ja wohl kaum als *Sachen* bezeichnen. Das ist *Geschichte*, Herrgott noch mal! Das kannst du nicht einfach mit einem Achselzucken abtun, als wäre es nicht mehr als ein Karton voll altem Kram, den du der Wohlfahrt spendest.«

»Ich dachte, du kannst meine ‚verstaubte alte Rumpelkammer' nicht ausstehen, wie du es mal ausgedrückt hast.«

»Die Menschen ändern sich eben«, erwidere ich achselzuckend. Und wünsche mir nicht zum ersten Mal, er würde sich wieder in den Damen zurückverwandeln, den ich kannte. »Und wo wir gerade von ändern sprechen, wieso regt dich das mit Miles' Reise nach Florenz eigentlich so auf?« Mir fällt auf, wie er sich bei dem Wort »Florenz« versteift. »Wegen dieser ganzen Geschichte mit Drina und Roman? Die Verbindung, von der er nichts wissen soll?«

Er sieht mich einen Augenblick lang an, öffnet den Mund, als wolle er etwas sagen, dann wendet er sich ab und knurrt: »Ich bin ja wohl kaum das, was man als *aufgeregt* bezeichnen würde.«

»Weißt du was? Du hast absolut Recht. Bei einem normalen Menschen hätte man das wirklich kaum aufgeregt nennen können. Aber bei dem Typen, der immer der Coolste und der Gelassenste im Raum ist – du brauchst nur ein kleines bisschen die Augen zusammenzukneifen und den Kiefer anzuspannen, damit man sieht, dass du dich aufregst.«

Er seufzt und dreht sich wieder zu mir um. »Du hast doch gesehen, was in Florenz passiert ist.« Er blinzelt. »Trotz all seiner Vorzüge, es ist auch ein Ort der unerträglichen Erinnerungen, Erinnerungen, die ich lieber nicht erforschen würde.«

Ich schlucke heftig; mir fallen die Bilder wieder ein, die ich im Sommerland gesehen habe – wie Damen sich in einem kleinen dunklen Schrank versteckt und zusehen musste, wie seine Eltern von Verbrechern ermordet wurden, die sich das Elixier aneignen wollten. Und wie er dann später als Schützling der Kirche misshandelt wurde, bis die Pest in Florenz wütete und er Drina und den Rest der Waisen dazu gebracht hat, von dem Unsterblichkeitssaft zu trinken. Dabei hoffte er nur zu heilen und hatte keine Ahnung, dass das Mittel ewiges Leben schenken würde – und unwillkürlich komme ich mir vor wie die mieseste Freundin der Welt, weil ich dieses Thema angeschnitten habe.

»Ich konzentriere mich lieber auf die Gegenwart.« Mit einer Geste deutet er auf das leere Zimmer. »Und im Augenblick brauche ich wirklich deine Hilfe dabei, dieses Haus neu einzurichten. Laut meinem Makler stehen Käufer auf einen hübschen, sauberen, zeitgenössischen Look, wenn sie sich ein Haus zulegen wollen. Ich wollte es zwar eigentlich leer lassen, um die Größe der Räume so richtig zu betonen, aber wir sollten wohl versuchen –«

»Dein *Makler?*« Ich schnappe nach Luft und verschlucke mich praktisch an dem Wort, während meine Stimme zu dessen Ende hin um etliche Oktaven höher wird. »Wofür brauchst du denn einen *Makler?*«

»Ich verkaufe das Haus.« Er zuckt die Schultern. »Ich dachte, das hättest du verstanden?«

Ich schaue mich um und sehne mich nach dem uralten

Samtsofa mit den ausgebeulten Kissen. Das wäre der ideale Landeplatz für den Moment, wenn mein Körper zusammenklappt und mein Kopf in aller Stille explodiert, das weiß ich genau.

Doch stattdessen stehe ich einfach nur da, fest entschlossen, mich zusammenzureißen. Und betrachte meinen geradezu lächerlich gut aussehenden Freund der letzten vierhundert Jahre, als begegneten wir uns zum ersten Mal.

»Mach doch nicht so ein unglückliches Gesicht. Es hat sich doch nichts geändert. Es ist nur ein Haus. Ein viel zu großes Haus. Außerdem habe ich sowieso nicht so viel Platz gebraucht. Die meisten Zimmer habe ich nie benutzt.«

»Und was genau willst du dir dann anschaffen? Ein *Zelt?*«

»Ich dachte einfach, ich besorg mir was Kleineres, das ist alles.« Sein Blick fleht, bittet mich zu verstehen. »Nichts Unheimliches, Ever. Nichts, was dich verletzen soll.«

»Und wird dein Makler dir auch dabei helfen? Dir was *Kleineres* zu besorgen?« Ich mustere ihn und frage mich, was in ihn gefahren ist und wo das enden wird. »Ich meine, Damen, wenn du wirklich eine kleinere Wohnung willst, warum manifestierst du nicht einfach eine? Warum schlägst du diesen konventionellen Weg ein?«

Mein Blick huscht über ihn hinweg, von seinem prachtvollen, ziemlich langen glänzend dunklen Haar bis zu seinen vollkommenen Füßen in den Gummiflipflops, und ich muss daran denken, wie ich mich vor noch gar nicht langer Zeit danach gesehnt habe, wieder normal zu sein, so wie alle anderen. Jetzt jedoch, da ich mich allmählich an meine Kräfte gewöhne, sehe ich keinen Sinn darin.

»Um was geht's hier wirklich?« Ich kneife die Augen zusammen und komme mir ziemlich verraten vor. »Ich meine, du bist doch derjenige, der mich hierhergebracht hat. Du bist derjenige, der mich *so gemacht* hat. Und jetzt, nachdem ich mich endlich eingewöhnt habe, beschließt du, die Kurve zu kratzen? Jetzt mal ganz im Ernst. Warum machst du das?«

Anstatt zu antworten, schließt er die Augen. Projiziert ein Bild von uns beiden, wie wir lachend und fröhlich an einem wunderschönen Strand mit rosigem Sand herumtoben.

Doch ich schüttele nur den Kopf und verschränke die Arme fester vor der Brust. Weigere mich mitzuspielen, bis meine Fragen beantwortet werden.

Er seufzt. »Ich hab's dir doch schon gesagt, mein einziger Ausweg aus dieser Hölle, die ich selbst geschaffen habe, ist, für mein Karma zu büßen. Und die einzige Möglichkeit, das zu tun, ist, dem Manifestieren zu entsagen, dem Lotterleben, dem Geldausgeben und all dem anderen Luxus, den ich mir die letzten sechshundert Jahre gegönnt habe. Damit ich das Leben eines ganz gewöhnlichen Bürgers führen kann. Ehrlich, fleißig und bescheiden, mit denselben Alltagsmühen wie jeder andere.«

Ich starre ihn an, lasse seine Worte von Neuem in meinem Kopf ablaufen und kann kaum fassen, was ich da gerade gehört habe. »Und wie genau hast du vor, das zu tun?«, frage ich mit zusammengekniffenen Augen. »Hast du in deinen sechs Lebensjahrhunderten jemals einen richtigen Job gehabt?«

Obgleich es mir total ernst ist und ich absolut nicht scherze, wirft er den Kopf in den Nacken und lacht, als wäre es so. Schließlich fragt er: »Du glaubst wirklich, niemand wird mich anstellen?« Er schüttelt den Kopf und lacht noch lauter. »Ever, bitte. Meinst du nicht, dass ich schon lange genug lebe, um mir die eine oder andere Fertigkeit angeeignet zu haben?«

Gerade will ich etwas erwidern, will einwenden, dass es ja wirklich bemerkenswert ist zuzusehen, wie er mit der einen Hand einen Picasso malt, und zwar besser als Picasso, während er gleichzeitig mit der anderen Van Gogh überflügelt. Dass ich aber wirklich nicht glaube, dass ihm das dabei helfen wird, den heiß begehrten Job am Kaffeetresen des Starbucks an der Ecke zu kriegen.

Doch noch ehe ich das herausbringe, steht er neben mir, bewegt sich so schnell und so anmutig, dass ich nur noch stottern kann: »Also, für jemanden, der sich von seinen Gaben abgewandt hat, bewegst du dich immer noch unheimlich schnell.« Und ich bin mir dabei des wunderbaren warmen Kribbelns bewusst, das über meine Haut schwärmt, als er den Arm um meine Taille legt und mich dicht an seine Brust zieht, wobei er sorgfältig jeglichen Hautkontakt vermeidet. »Und was ist mit Telepathie?«, flüstere ich. »Hast du vor, die auch abzuschaffen?« Ich bin so überwältigt von seiner Nähe, dass ich die Worte kaum hervorbringen kann.

»Ich habe nicht vor, irgendetwas abzuschaffen, was mich dir näherbringt«, antwortet er. »Sag mir, was ist wichtiger, Ever? Die Größe meines Hauses – oder die Größe meines Herzens?«

Ich beiße mir auf die Lippe und wende den Blick ab. Angesichts der Wahrheit seiner Worte fühle ich mich klein und schäme mich.

»Ist es wirklich wichtig, ob ich lieber Bus fahre als BMW und ob ich lieber Sachen von der Stange trage als Gucci? Denn das Auto, die Klamotten, die feine Adresse – das sind alles nur Dinge, Sachen, die zu haben ja ganz nett ist, sicher, aber am Ende haben sie doch nichts mit meinem wahren Selbst zu tun. Nichts mit dem, wer ich *wirklich* bin.«

Ich schlucke heftig und schaue überall hin, nur nicht zu

ihm. Es ist ja nicht so, als würde ich mir etwas aus seinem BMW oder dem pseudo-französischen *chateau* machen; ich meine, wenn ich scharf auf so etwas bin, dann manifestiere ich es selbst. Doch auch wenn dergleichen nicht wichtig ist, wenn ich ehrlich sein soll, dann muss ich zugeben, dass sie ein Teil des anfänglichen Reizes waren – sie haben zu seinem glatten, leuchtenden, mysteriösen Image beigetragen, das mich unwiderstehlich angezogen hat.

Als ich ihn endlich wieder ansehe, wie er da vor mir steht, all seines üblichen Blendwerks und all des Firlefanzes beraubt, auf die absolute Essenz dessen reduziert, wer er wirklich ist, wird mir klar, dass er immer noch derselbe warmherzige, wunderbare Mensch ist, der er während der ganzen Zeit war. Was seinen Standpunkt nur untermauert. Nichts von all dem anderen Kram spielt irgendeine Rolle.

Nichts davon hat irgendetwas mit seiner Seele zu tun.

Ich lächele und muss plötzlich an den einen Ort denken, wo wir zusammen sein können – sicher und ungefährdet. Rasch packe ich seine behandschuhte Hand, sage: »Komm, ich will dir etwas zeigen!« und ziehe ihn mit.

SIEBEN

Zuerst hatte ich Sorge, dass er sich weigern würde, einen Ort aufzusuchen, der nicht nur ein gewisses Maß an Magie notwendig macht, um ihn überhaupt zu erreichen, sondern der, wenn man erst einmal dort ankommt, aus nichts anderem besteht als aus Magie. Doch kaum sind wir auf jener riesigen, duftenden Wiese gelandet, klopft er sich seine Jeans ab und reicht mir die Hand, während er sich umschaut. »Wow«, meint er. »Ich glaube, so schnell habe ich das Portal nie heraufbeschwören können.«

»Bitte, du warst doch derjenige, der es mir beigebracht hat.« Lächelnd betrachte ich die Wiese mit den pulsierenden Blumen und den zitternden Bäumen, und mir fällt auf, dass alles hier auf die absolut reinste Form der Schönheit und Energie reduziert ist.

Dann lege ich den Kopf zurück und schließe die Augen vor dem warmen, dunstigen Schein und dem schimmernden Nebel. Erinnere mich daran, als ich das letzte Mal hier war, wie ich mit einem manifestierten Damen auf genau dieser Wiese getanzt und den Moment des Loslassens hinausgezögert habe.

»Dann ist es für dich also in Ordnung, hier zu sein?«, frage ich; ich bin mir nicht sicher, wie weit sein Magie-Verbot reicht. »Du bist nicht sauer?«

Er schüttelt den Kopf und nimmt meine Hand. »Vom Sommerland bekomme ich nie zu viel. Es ist eine Manifestation von Schönheit und Verheißung in seiner reinsten Form.«

Wir gehen über die Wiese, getragen von dem Gras unter unseren Füßen, während unsere Finger die Blüten der goldenen Wildblumen streifen, die sich neben uns biegen und neigen. Und wir wissen, dass an diesem wunderbaren Ort alles möglich ist, wirklich alles, sogar – vielleicht, ganz vielleicht – wir.

»Das hat mir gefehlt.« Lächelnd schaut er sich um. »Nicht dass ich mich an die letzten Wochen ohne das alles erinnern kann, aber trotzdem, es kommt mir vor, als wäre es sehr lange her, seit wir das letzte Mal hier waren.«

»Es hat sich komisch angefühlt, ohne dich herzukommen«, erwidere ich und führe ihn zu einer hübschen balinesischen Hütte, die neben einem regenbogenbunten Bach steht. »Allerdings habe ich eine ganz andere Seite daran entdeckt, ich kann's gar nicht erwarten, sie dir zu zeigen. Aber später – nicht jetzt.«

Ich schiebe den weißen Gazestoff zur Seite, lasse mich auf weiche weiße Kissen plumpsen und lächele, als Damen genau neben mir landet. Seite an Seite liegen wir da und schauen zu den kunstvoll geschnitzten Kokosbalken hinauf. Die Köpfe beieinander, die Sohlen unserer Füße nur ein paar Zentimeter voneinander entfernt – das Resultat meines vom Elixier ausgelösten Wachstumsschubes.

»Was ist das?« Er dreht sich auf die Seite, und ich ziehe mit Gedankenkraft die Vorhänge zu. Bemüht, alles auszuschließen, was uns umgibt, damit wir unsere ganz private Sphäre genießen können.

»So eine Hütte habe ich mal auf dem Titelblatt von einem Reisekatalog gesehen, da ging es um irgendeine exotische Ferienanlage, und sie hat mir so gut gefallen, dass ich dachte, ich manifestiere einfach eine. Du weißt schon, damit wir ... abhängen können ... und ... *alles Mögliche*.« Ich wende den Blick ab; mein Herz rast, und mein Gesicht läuft rot an. Mir ist klar, dass ich höchstwahrscheinlich die jämmerlichste Verführerin bin, der er in seinen sechshundert Jahren über den Weg gelaufen ist.

Doch er lacht nur und zieht mich so dicht an sich, dass wir uns fast berühren. Nur durch einen ganz dünnen Schleier aus schimmernder Energie getrennt, einem pulsierenden Schutzschirm, der zwischen uns hängt – und uns einander nahe sein lässt, ohne dass wir einander schaden.

Ich schließe die Augen und ergebe mich der Woge aus Wärme und Kribbeln. Zwei Herzen schlagen in vollkommener Einheit, greifen aus und ziehen sich zurück, weiten sich und ziehen sich zusammen, das Tempo vollendet synchronisiert, als schlügen sie wie eins. Alles daran fühlt sich so schön an, so natürlich, so *richtig*, dass ich mich dichter an ihn schmiege. Ich drücke mein Gesicht in den Winkel, wo Schulter und Hals sich treffen und sehne mich danach, seine süße Haut zu schmecken und seinen Geruch einzuatmen. Ein leises Stöhnen dringt tief aus seiner Kehle, als ich die Augen schließe und mich gegen seine Hüften presse. Meine Zunge tastet nach seiner Haut, und er zuckt so schnell von mir weg, dass ich nur einen Mund voll Kissen abbekomme.

Hastig richte ich mich auf, sehe, wie er sich so schnell bewegt, dass er nur noch ein Schemen ist, und erst stehen bleibt, als er sicher auf der anderen Seite des Vorhanges steht. Seine Augen flammen, sein Körper bebt, als ich ihn anflehe, mir zu sagen, was geschehen ist.

Ich will zu ihm gehen, will ihm helfen. Doch als ich näher komme, weicht er abermals zurück, die Hand vor sich hingestreckt. Sein Blick warnt mich fernzubleiben.

»Fass mich nicht an«, stößt er hervor. »Bitte, bleib, wo du bist. Komm nicht näher.«

»Aber – *warum?*« Meine Stimme ist heiser, zittrig, meine Hände zittern an meinen Seiten. »Habe ich etwas falsch gemacht? Ich dachte ... na ja ... weil wir hier sind ... und weil im Sommerland doch nichts Schlimmes passieren kann ... Da dachte ich einfach, es wäre okay, wenn wir vielleicht versuchen –«

»Ever, das ist es nicht ... es ist ...« Er schüttelt den Kopf; seine Augen sind dunkler, als ich es jemals erlebt habe. So dunkel, dass man die Iris nicht mehr von den Pupillen unterscheiden kann, sie verschmelzen miteinander.

»Und wer sagt, dass hier nichts Schlimmes passieren kann?« Sein Tonfall ist so gereizt, sein Blick so schroff; er hat eindeutig einen weiten Weg von seinem üblichen Zustand der unerschütterlichen Ruhe zurückgelegt.

Ich schlucke heftig, blicke starr zu Boden und komme mir dumm vor, – zu denken, dass ich so wild darauf war, mit meinem Freund zusammen zu sein, dass ich es riskiert habe, ihm das Leben zu nehmen.

»Ich habe wohl einfach angenommen ...« Meine Stimme versagt, denn ich weiß sehr gut, was passiert, wenn man etwas *einfach annimmt*. In diesem speziellen Fall könnte der andere dann tot sein. »Es tut mir leid.« Mir ist klar, dass das vollkommen unzureichend ist, wenn man die Leben-oder-Tod-Umstände bedenkt, in denen wir uns befinden. »Ich ... ich hab's wohl nicht richtig zu Ende gedacht. Ich weiß nicht, was ich sagen soll.«

Damit ziehe ich die Schultern hoch, schlinge die Arme um meinen Oberkörper und versuche, mich kleiner zu machen, so klein, dass ich verschwinde. Und doch frage ich mich unwillkürlich, was an einem Ort, wo Magie sich so leicht einstellt und Wunden augenblicklich heilen, Schlimmes geschehen könnte. Ich meine, wenn wir hier nicht sicher sind, *wo dann?*

Damen sieht mich an und antwortet auf meine Gedanken. »Das Sommerland beinhaltet die Möglichkeit *aller* Dinge. Bis jetzt haben wir nur die helle Seite gesehen, aber wer kann schon sagen, dass es keine dunkle gibt? Vielleicht ist es gar nicht so, wie wir denken.«

Ich sehe ihn an und denke daran, wie ich zum ersten Mal Romy und Rayne begegnet bin und sie etwas Ähnliches gesagt haben. Währenddessen manifestiert er eine schön geschnitzte Holzbank und winkt mir dann, darauf Platz zu nehmen.

»Komm her.« Mit einem Kopfnicken drängt er mich, zu ihm zu kommen, als ich mich ans andere Ende setze; ich will ihm nicht zu nahe kommen und riskieren, dass er wieder explodiert. »Es gibt da etwas, das du einsehen musst – etwas, das du verstehen musst. Also mach bitte einfach die Augen zu und befreie deinen Kopf von allen zufälligen Gedanken und allem nutzlosen Kram. Sei offen und empfänglich für jede Vision, die ich dir schicke. Kannst du das?«

Ich nicke mit fest geschlossenen Lidern und tue mein Bestes, sämtliche Gedanken wie *Was ist los? Ist er sauer auf mich? Natürlich ist er sauer auf mich! Wie konnte ich nur so dumm sein? Aber* wie *sauer ist er? Ist es möglich, ihn dazu zu bringen, es sich anders zu überlegen und noch mal von vorn anzufangen?* aus meinem Kopf zu fegen. Mein übliches Paranoia-Repertoire ist auf Dauerschleife geschaltet.

Doch selbst nachdem ich das alles fortgeschafft habe und eine anscheinend durchaus annehmbare Zeit lang gewartet habe, habe ich lediglich eine schwere Leere aus dichtem, völligem Schwarz empfangen.

»Das verstehe ich nicht«, bemerke ich, öffne ein Auge und blinzele zu ihm hinüber.

Doch er schüttelt nur den Kopf, die Augen fest geschlossen und die Brauen vor Konzentration eng zusammengezogen, während er weiter mit aller Macht fokussiert. »Hör hin«, sagt er. »Und schau tief ins Innere. Mach einfach die Augen zu und schalte auf *Empfang*.«

Ich hole tief Luft und versuche es noch einmal, aber immer noch ist alles, was ich auffange, eine unheilvolle Stille und das Gefühl eines schwarzen, leeren Raums.

»Äh, tut mir echt leid«, flüstere ich. Ich will ihn nicht verärgern, aber ich bin mir sicher, dass ich das Wesentliche nicht mitbekomme. »Ich kriege hier nicht viel mehr als Stille und Finsternis.«

»Genau«, wispert er, unbeeindruckt von meinen Worten. »Jetzt nimm bitte meine Hand und dring tiefer ein, tauch mit allen Sinnen unter die Oberfläche, und dann sag mir, was du siehst.«

Wieder hole ich tief Luft und tue, was er sagt; ich greife nach seiner Hand und schiebe mich durch die feste Wand aus Schwärze, doch alles, was ich bekomme, ist mehr Schwärze.

Bis ...

Bis ...

Ich werde in ein schwarzes Loch gezogen, schlage wild mit Armen und Beinen um mich, kann nicht anhalten, kann nicht langsamer werden. Stürze im freien Fall in die Dunkelheit, und mein schrecklicher, greller Schrei ist der einzige Laut. Und dann, gerade als ich sicher bin, dass dieser Fall kein Ende nimmt – hört es auf. Der Schrei. Das Fallen. Alles. Lässt mich dort hängen. Ohne Haltetau. Frei schwebend. Vollkommen allein an diesem einsamen Ort ohne Anfang oder Ende. Verirrt in diesem trostlosen Abgrund, in

den keine Spur von Licht dringt. Zurückgelassen in dieser unendlichen Leere, eine verlorene und verlassene Welt ständiger Mitternacht. Langsam dämmert mir die grauenvolle Erkenntnis: *Hier lebe ich jetzt.*
Eine Hölle ohne Entrinnen.
Ich versuche davonzulaufen, zu schreien, um Hilfe zu rufen – doch es nützt nichts. Ich bin erstarrt, gelähmt, unfähig zu sprechen – vollständig allein, für alle Zeit. Mit voller Absicht von allem ferngehalten, was ich kenne und liebe – abgeschnitten von allem, was *existiert*. Und ich weiß, dass ich keine andere Wahl habe, als aufzugeben, während mein Verstand nichts mehr hergibt und mein Körper erschlafft.
Es hat keinen Sinn, sich zu wehren, wenn niemand mich retten kann.
So bleibe ich, allein, ewig, und ein schattenhaftes Bewusstsein kriecht auf mich zu, zerrt von einem Ort knapp außerhalb meiner Reichweite an mir ...
Bis ...
Bis ...
Ich werde mit einem Ruck aus dieser Hölle und in Damens Arme gerissen und sehe erleichtert sein schönes, ängstliches Gesicht über mir.
»Es tut mir so leid.... Ich dachte schon, ich hätte dich verloren ... Ich dachte, du kommst nie wieder zurück!«, stößt er hervor, und seine Stimme klingt wie ein Schluchzen in meinen Ohren.
Ich kralle mich an ihm fest; mein Körper zittert, mein Herz schlägt rasend schnell, meine Kleider sind schweißgetränkt. Noch nie habe ich mich so isoliert – so *losgelöst* – von allem gefühlt. Von *jedem lebenden Wesen*. Ich klammere mich fester an ihn, will nicht loslassen, und mein Verstand dockt

an seinem an und fragt, warum er mich das durchmachen lassen wollte.

Er löst sich von mir, nimmt mein Gesicht zwischen seine Hände, und seine Augen suchen in meinen. »Es tut mir leid. Ich habe nicht versucht, dich zu bestrafen oder dir irgendwie wehzutun. Ich wollte dir nur etwas zeigen, etwas, das du am eigenen Leib erfahren musstest, um es zu verstehen.«

Ich nicke; ich traue meiner Stimme nicht. Noch immer zittere ich von einem Erlebnis, das so grauenvoll war, dass es sich angefühlt hat wie der Tod meiner Seele.

»Mein Gott!« Seine Augen werden riesengroß. »Das ist es! Genau das ist es. Die Seele hört auf zu existieren!«

»Das verstehe ich nicht.« Meine Stimme ist rau und zittrig. »Was *war* das für ein schrecklicher Ort?«

Er schaut weg, und seine Finger drücken meine, als er antwortet: »Die Zukunft. Das Schattenland. Der ewige Abgrund, von dem ich gedacht habe, er wäre nur mir bestimmt – von dem ich *gehofft* habe, er wäre nur mir bestimmt.« Er schließt die Augen. »Aber jetzt weiß ich es besser. Jetzt weiß ich, dass du auch dorthin kommst, wenn du nicht vorsichtig bist – *extrem* vorsichtig.«

Ich sehe ihn an und will gerade etwas sagen, doch er schneidet mir das Wort ab, bevor ich dazu komme. »Während der letzten Tage habe ich immer wieder solche kurzen Visionen gehabt – eigentlich ganz kurze Rückblicke –, von verschiedenen Momenten aus meiner Vergangenheit ... sowohl aus der jüngeren als auch aus der weiter zurückliegenden.« Er sieht mich an, forscht eingehend in meinem Gesicht. »Aber in dem Augenblick, als wir hergekommen sind« – mit einer Geste deutet er auf unsere Umgebung – »kam es alles allmählich wieder, zuerst ganz langsam, bis alles aufgebrochen ist, einschließlich der Zeit, in der ich unter

Romans Kontrolle gestanden habe. Ich habe auch meinen Tod noch einmal durchlebt. Diese wenigen Augenblicke, als du den Kreis durchbrochen hast, bevor du mir das Gegengift zu trinken gegeben hast – du weißt ja, ich lag im Sterben. Ich habe mein ganzes Leben blitzschnell an mir vorbeiziehen sehen, sechshundert Jahre der hemmungslosen Eitelkeit, des Narzissmus, der Selbstsucht und der Gier. Wie ein endloser Film meines Handelns, alles Schlimme, was ich jemals getan habe – begleitet von dem, was ich ausgelöst habe –, die mentale und physische Wirkung meiner schlechten Behandlung anderer Menschen. Und obwohl es hier und da ein paar anständige Handlungen gegeben hat, die Mehrheit, nun ja, es lief auf Jahrhunderte hinaus, in denen ich mich um nichts anderes gekümmert habe als um meine eigenen Interessen und mir nur wenig Gedanken um irgendjemand oder irgendetwas gemacht habe. Mich ausschließlich auf die stoffliche Welt konzentriert habe, zu Lasten meiner Seele. Ich hatte keine Zweifel mehr daran, dass ich die ganze Zeit Recht hatte; mein Karma ist an allem schuld, was wir jetzt durchmachen.« Er schüttelt den Kopf und begegnet meinem Blick mit so unbeirrbarer Aufrichtigkeit, dass ich die Hand ausstrecken und ihn berühren, ihn festhalten möchte, ihm sagen möchte, dass alles gut wird. Doch stattdessen bleibe ich, wo ich bin; ich ahne, dass noch mehr kommt und dass es noch schlimmer werden wird.

»Und dann, im Augenblick meines Todes, da bin ich, anstatt hierherzukommen, ins Sommerland« – seine Stimme bricht, doch er zwingt sich weiterzusprechen – »an einem völlig gegensätzlichen Ort gelandet. Ein so kalter, dunkler Ort, dass es mehr ein Schattenland ist. Ich habe dasselbe erlebt wie du eben. Verlassen, im Nichts schwebend, allein – um bis in alle Ewigkeit so zu verharren.« Er sieht mich an, drängt mich zu begreifen. »Es war genau so, wie du es empfunden hast. Es war, als wäre ich völlig isoliert, seelenlos – ohne jegliche Verbindung zu irgendetwas oder irgendjemand anderem.«

Ich starre in seine Augen, und ein unheilvolles Fröstelnüberzieht meine Haut. Noch nie habe ich ihn so müde gesehen, so abgeklärt, so – *voller Bedauern*.

»Und jetzt verstehe ich das, was mir all die Jahre entgangen ist –«

Ich ziehe die Knie an die Brust, als Schutzschild gegen das, was als Nächstes kommt.

»Nur unsere Körper sind unsterblich. Unsere Seelen definitiv nicht.«

Ich wende den Blick ab, unfähig, ihn anzusehen, unfähig zu atmen.

»Das ist die Zukunft, der du dich gegenübersiehst. Die, die ich dir beschert habe, das heißt, falls irgendetwas passieren sollte, Gott bewahre uns.«

Instinktiv zucken meine Finger zu meiner Kehle empor; mir fällt wieder ein, was Roman über mein gefährdetes Chakra gesagt hat, über meinen Mangel an Wahrnehmungsfähigkeit und meine Schwäche, und ich überlege, ob es eine Möglichkeit gibt, dieses Chakra zu schützen. »Aber woher willst du das denn so genau wissen?« Ich sehe ihn an, als wäre ich in einem Traum gefangen, irgendeinem grauenhaften Albtraum ohne Ausweg. »Ich meine, es ist doch gut möglich, dass du dich irrst, denn es ging doch alles so schnell. Also war das vielleicht nur ein vorübergehender Zustand. Du weißt schon, als hätte ich dich so schnell wieder zum Leben erweckt, dass du gar keine Zeit für die Reise hierher hattest.«

Wieder schüttelt er den Kopf. »Sag mir, Ever, was hast du

gesehen, als *du* gestorben bist? Wie hast du die paar Augenblicke zwischen dem Moment, als deine Seele deinen Körper verlassen hat, und dem, an dem ich dich wieder zum Leben erweckt habe, verbracht?«

Ich schlucke und schaue weg, betrachte die Bäume, die Blumen, den farbenfrohen Bach, der ganz in der Nähe dahinströmt – und erinnere mich daran, dass ich mich auf genau dieser Wiese wiedergefunden habe. So angetan von ihrem betörenden Duft, ihrem schimmernden Nebelschleier, dem allumfassenden Gefühl bedingungsloser Liebe, dass ich versucht war, für alle Zeiten zu verweilen und niemals fortwollte.

»Dass du den Abgrund nicht gesehen hast, lag daran, dass du noch sterblich warst. Du bist *den Tod einer Sterblichen* gestorben. Aber in dem Moment, wo ich dich von dem Elixier habe trinken lassen, dir ewiges Leben gegeben habe, hat sich alles verändert. Statt einer Ewigkeit im Sommerland oder an jenem Ort jenseits der Brücke wurde das Schattenland zu deinem Schicksal.«

Er schaut weg, steckt so tief in seiner eigenen Welt der Reue fest, dass ich befürchte, ihn nie wieder erreichen zu können. »Wir können eine Ewigkeit auf der Erdebene leben, du und ich, zusammen. Aber wenn etwas passiert, wenn einer von uns stirbt –« Er schüttelt den Kopf. »Dann gehen wir in den Abgrund, und wir werden einander nie wiedersehen.«

Ich setze zu einer Erwiderung an, verzweifelt bestrebt, das alles anzufechten, ihm zu sagen, dass er völlig falschliegt, aber ich kann nicht. Es ist sinnlos. Ich brauche ihm nur in die Augen zu sehen, um die Wahrheit zu erkennen.

»Und so sehr ich auch an die heilende Magie des Sommerlands glaube – schau dir doch nur an, wie es meine Erinnerung wiederhergestellt hat –, ich kann es mir nicht leisten, schwach zu werden, ganz gleich, wie groß mein Verlangen nach dir auch zu sein scheint. Es ist zu riskant. Und wir haben keinerlei Beweis dafür, dass es hier anders sein wird als auf der Erdebene. Es ist ein Wagnis, das ich nicht eingehen kann. Nicht, wenn ich alles tun muss, was in meiner Macht steht, um dich vor Gefahr zu bewahren.«

»*Mich* vor Gefahr zu bewahren?« Mir bleibt der Mund offen stehen. »*Du* bist doch derjenige, der gerettet werden muss! Es ist doch *meine* Schuld, dass das alles überhaupt passiert ist! Wenn ich nicht –«

»Ever, bitte«, unterbricht er mich; seine Stimme ist streng, zwingt mich zuzuhören. »Du bist überhaupt nicht schuld daran. Wenn ich daran denke, wie ich gelebt habe – was ich alles getan habe ...« Noch einmal schüttelt er den Kopf. »Ich habe nichts Besseres verdient. Und wenn es irgendwelche Zweifel daran gegeben hat, dass mein Karma schuld ist, nun ja, ich denke, die sind jetzt ausgeräumt. Ich habe den größten Teil von sechshundert Jahren damit zugebracht, fleischlichen Genüssen zu frönen und meine Seele zu vernachlässigen, und das hier ist das Ergebnis – der Weckruf –, und unglücklicherweise habe ich dich da mit reingezogen. Täusch dich also nicht, meine Sorge gilt dir, und nur dir allein. Du bist meine einzige Priorität. Mein Leben ist nur insoweit wichtig, als ich lange genug gesund bleiben muss, um dich vor Roman zu retten, und alle, denen er sonst noch etwas antun könnte. Und das heißt, dass wir nie zusammen sein können. *Niemals.* Es ist ein Risiko, das wir nicht eingehen können.«

Ich drehe mich zu dem Bach um, und tausend Gedanken tosen durch meinen Kopf. Und obwohl ich alles gehört habe, was er gerade gesagt hat, obwohl ich den Abgrund selbst erlebt habe, würde ich nichts daran ändern wollen, was ich inzwischen bin.

»Und die anderen Waisen?«, flüstere ich. »Was ist aus ihnen geworden? Weißt du, ob sie auch böse geworden sind wie Roman und Drina?«

Mit einem Achselzucken erhebt sich Damen von der Bank und beginnt vor mir auf und ab zu schreiten. »Ich bin immer davon ausgegangen, dass sie inzwischen zu alt und zu gebrechlich sind, um jemals eine echte Bedrohung darzustellen. Das passiert nämlich nach den ersten hundertfünfzig Jahren – man altert. Und die einzige Möglichkeit, diesen Prozess rückgängig zu machen, ist, wieder von dem Elixier zu trinken. Ich würde darauf tippen, dass Drina einiges davon auf die Seite geschafft hat, als wir geheiratet haben, und es dann heimlich an Roman weitergegeben hat. Und der hat irgendwann gelernt, es selber herzustellen und es dann an die anderen weitergegeben.«

»Da ist Drina also jetzt«, flüstere ich, von Reue überwältigt, als mir die Wahrheit klar wird. Ganz gleich, wie böse sie war, das hatte sie nicht verdient. Niemand hat das verdient. »Ich habe sie ins Schattenland geschickt ... und jetzt ist sie –« Ich kann nicht weitersprechen.

»Das warst nicht *du*, das war *ich*.« Er füllt den Raum an meiner Seite aus, setzt sich so dicht neben mich, dass nur ein schmaler Streifen Energie zwischen uns pulsiert. »In dem Augenblick, als ich sie unsterblich gemacht habe, habe ich ihr Schicksal besiegelt. Genau wie deins.«

Ich schlucke, ebenso getröstet von seiner Wärme wie von seinem Bestreben, mir zu versichern, dass ich wirklich nicht dafür verantwortlich bin, die größte Feindin all meiner Leben geradewegs in diese Hölle geschickt zu haben.

»Es tut mir so leid«, flüstert er, und sein Blick ist voll Bedauern. »Es tut mir leid, dass ich dich in so was hineingezogen habe. Ich hätte dich in Ruhe lassen sollen ... hätte schon vor langer Zeit abtreten sollen. Du wärst so viel besser dran, wenn du mir nie begegnet wärst ...«

Abwehrend schüttele ich den Kopf, damit will ich gar nicht erst anfangen; es ist viel zu spät, um zurückzuschauen oder im Nachhinein zu zweifeln. »Aber wenn es uns bestimmt ist, zusammen zu sein – dann ist das hier vielleicht wirklich unser Schicksal.« Ich weiß, dass er nicht überzeugt ist, sobald ich in seinem Gesicht lese.

»Oder vielleicht habe ich etwas erzwungen, das niemals sein sollte.« Er runzelt die Stirn. »Hast du das schon mal bedacht?«

Ich blicke weg und nehme die Schönheit, die uns umgibt, in mich auf. Mir ist klar, dass Worte nichts an alldem ändern können. Nur Handeln kann helfen. Und zu unserem Glück weiß ich genau, wo wir anfangen müssen.

Ich stehe auf und ziehe ihn mit in die Höhe. »Komm. Wir brauchen Roman nicht – wir brauchen niemanden. Ich kenne genau den richtigen Ort.«

ACHT

Wir machen uns auf den Weg zu den Großen Hallen des Wissens. Dicht vor den steilen Marmorstufen bleibe ich stehen und mustere ihn; ich frage mich, ob er sehen kann, was ich sehe (ich hoffe es!) – die sich ständig wandelnde Fassade, die nötig ist, um dort einzutreten.

»Du hast sie also wirklich gefunden«, stellt er fest, und Ehrfurcht schwingt in seiner Stimme mit, während wir die dicht aufeinanderfolgenden heiligsten und schönsten Bauwerke der Erde betrachten. Der Tadsch Mahal verwandelt sich in das Parthenon, das zum Lotustempel wird, aus dem die Pyramiden von Gizeh hervorgehen, und so fort. Unsere gemeinsame Bewunderung und unser Staunen gewährt uns Zutritt zu der großen Marmorhalle, gesäumt von kunstvoll gemeißelten Säulen, wie geradewegs aus der griechischen Antike.

Damen schaut sich um, und sein Gesicht ist eine Maske absoluter Verwunderung, als er all dies in sich aufnimmt.

»Ich war nicht mehr hier, seit –«

Mit angehaltenem Atem starre ich ihn an, gespannt, die Einzelheiten seines letzten Besuchs hier zu hören.

»Seit ich nach dir gesucht habe.«

Ich blinzele, mir ist nicht ganz klar, was das bedeutet.

»Manchmal ...« Er sieht mich an. »Manchmal hatte ich Glück und bin rein zufällig auf dich gestoßen, bin genau zur richtigen Zeit am richtigen Ort gelandet. Allerdings musste ich meistens ein paar Jahre warten, bis es schicklich war, dass wir uns kennen lernen.«

»Du meinst, du hast mir *nachspioniert?*« Mit offenem Mund starre ich ihn an und hoffe, es war nicht so unheimlich, wie es sich anhört.

Er windet sich und wendet den Blick ab. »Nein, nicht *nachspioniert*, Ever. Bitte. Wofür hältst du mich?« Dann schüttelt er lachend den Kopf. »Es war mehr … im Auge behalten. Geduldig warten, bis der richtige Zeitpunkt gekommen war. Aber die letzten paar Male, als ich dich nicht finden konnte, ganz gleich, wie sehr ich mich bemüht habe – und glaub mir, ich *habe* mich bemüht, habe ich wie ein Nomade gelebt, bin von Ort zu Ort gezogen, überzeugt, dass ich dich für immer verloren hätte –, da habe ich beschlossen hierherzukommen. Und bin ein paar Freunden über den Weg gelaufen, die mir den Weg gezeigt haben.«

»Romy und Rayne.« Ich nicke, dabei kann ich die Antwort in seinem Kopf weder hören noch sehen, aber irgendwie spüre ich, dass es stimmt. Überwältigt von augenblicklichen Schuldgefühlen, weil ich bis jetzt nicht mal mehr an sie gedacht habe. Mich nicht einmal gefragt habe, wie es ihnen geht, wo sie sein könnten, bis eben.

»Du kennst sie?« Er blinzelt, eindeutig überrascht.

Ich presse die Lippen zusammen und weiß, dass ich ihm den Rest der Geschichte erzählen muss, die Teile, die ich gern weggelassen hätte.

»Sie haben mich auch hergeführt …« Ich halte inne, atme tief durch und schaue weg, betrachte lieber den Raum, als seinem fragenden Blick zu begegnen. »Sie waren bei Ava … oder zumindest Rayne war da. Romy war unterwegs …« Ich schüttele den Kopf und fange noch einmal von vorn an. »Sie war unterwegs und hat versucht, dir zu helfen, als du …«

Seufzend schließe ich die Augen und beschließe, es ihm stattdessen einfach zu *zeigen*. Alles, jede Einzelheit. Einschließlich der Teile, für die ich mich zu sehr schäme, um sie in Worte fassen zu können. Ich projiziere die Ereignisse jenes Tages, bis es keine Geheimnisse mehr zwischen uns gibt. Lasse ihn wissen, wie sehr sie sich abgemüht haben, ihn zu retten, während ich zu stur war und nicht zuhören wollte.

Doch anstatt sauer zu sein, wie ich befürchtet hatte, legt er mir die Hände auf die Schultern und sieht mich voller Verzeihen an, während er denkt: *Was geschehen ist, ist geschehen. Wir müssen voranschreiten, es gibt kein Zurückschauen.*

Ich schlucke krampfhaft und halte seinem Blick stand; ich weiß, dass er Recht hat. Es ist Zeit, in die Gänge zu kommen, aber wo sollen wir anfangen?

»Es ist besser, wenn wir uns trennen.« Seine Worte sind eine Überraschung für meine Ohren, und ich will gerade etwas sagen, als er hinzufügt: »Ever, denk doch mal nach. Du versuchst, etwas zu finden, das die Wirkung des Elixiers rückgängig macht, das ich getrunken habe, während ich versuche, dich vor dem Schattenland zu retten. Das ist nicht gerade dasselbe.«

Ich seufze enttäuscht, aber ich muss ihm Recht geben. »Dann sehen wir uns wohl zuhause. Bei mir, wenn es dir nichts ausmacht.« Ich lege meine Hand auf seine und drücke sie; es widerstrebt mir, sein deprimierend kahles Zimmer wiederzusehen, und ich bin mir nicht sicher, wie er jetzt zu dieser ganzen Karma-Fluch-Nummer steht, da sein Gedächtnis zurückgekehrt ist.

Und kaum hat er genickt und die Augen geschlossen, da ist er auch schon verschwunden.

Also hole ich tief Luft und schließe meinerseits die Augen, während ich denke:

Ich brauche Hilfe. Ich habe einen riesigen, schrecklichen Fehler gemacht, und ich weiß nicht, was ich tun soll. Ich muss entweder ein Gegenmittel gegen das Gegenmittel auftreiben, etwas, das die Wirkung von dem rückgängig macht, was Roman getan hat, oder eine Möglichkeit finden, an ihn heranzukommen, ihn dazu zu bringen, mit mir zu kooperieren. Aber nur so, dass ich … äh … mich dabei nicht auf eine Art und Weise ernstlich kompromittieren muss, bei der ich mich nicht wohlfühle – wenn du verstehst, was ich meine …

Ich fokussiere mein Streben, lasse die Worte wieder und wieder ablaufen. Und hoffe, dass mir das Zugang zu der Akasha-Chronik verschafft, jener andauernden Aufzeichnung von allem, das getan worden ist, gerade getan wird oder jemals getan werden wird. Ich bete, dass ich nicht wieder ausgeschlossen werde, wie beim letzten Mal, als ich hier war.

Doch als ich diesmal das vertraute Surren höre, finde ich mich anstatt in dem üblichen langen Gang mitten in einem Cineplex-Kino wieder. Die Lobby ist leer, die Snackbar verwaist, und ich habe keine Ahnung, was ich tun soll, bis sich eine Doppeltür vor mir auftut.

Ich betrete ein dunkles Kino mit klebrigem Fußboden und abgewetzten Sitzen; der Geruch von gebuttertem Popcorn hängt in der Luft. Also wandere ich durch die Sitzreihen, suche mir den besten Platz – den auf halber Höhe genau in der Mitte – und stütze die Füße auf den Sitz vor mir, als das Licht langsam ausgeht und eine Riesenportion Popcorn auf meinem Schoß erscheint. Sehe zu, wie der rote Vorhang sich öffnet und die große Leinwand zu flimmern und zu flackern beginnt und eine Fülle an Bildern rasch vorbeizuckt.

Doch anstelle der Lösung, auf die ich gehofft hatte, ist alles, was ich zu sehen bekomme, eine Folge von Ausschnitten aus Filmen, die ich bereits kenne. Das Ergebnis ist eine Art Collage der lustigsten Momente meiner Familie, geradewegs aus Oregon und mit einem Soundtrack unterlegt, den nur Riley hinkriegen konnte.

Ich sehe einen Clip von Riley und mir, wie wir auf einer selbst gebauten Bühne abrocken, vor einem Publikum, das aus unseren Eltern und dem Hund besteht. Bald darauf gefolgt von einem von Buttercup, unserer lieben blonden Labradorhündin. Mit aller Kraft streckt sie die Zunge in Richtung Nase und leckt wie wild, um an den Klecks Erdnussbutter heranzukommen, den Riley ihr dorthin geschmiert hat.

Und obwohl es überhaupt nicht das ist, worauf ich gehofft habe, weiß ich, dass es trotzdem wichtig ist. Riley hat versprochen, dass sie eine Möglichkeit finden würde, mit mir zu kommunizieren. Nur weil ich sie nicht mehr sehen kann, so hat sie mir versichert, heißt das nicht, dass sie nicht mehr da ist.

Also lasse ich meine Suche außen vor und sinke in meinen Sitz. Und weiß, dass sie neben mir sitzt, still und ungesehen. Dass sie diesen Moment gemeinsam erleben will, zwei Schwestern, die die Schmalfilm-Version dessen miteinander teilen, was früher einmal war.

NEUN

Als ich in mein Zimmer zurückkehre, wartet Damen dort. Er sitzt auf der Bettkante und hält einen kleinen Satinbeutel in der behandschuhten Hand.

»Wie lange war ich weg?«, erkundige ich mich, während ich mich neben ihn plumpsen lasse, blinzelnd auf meinen Wecker schaue und es mir ungefähr ausrechne.

»Im Sommerland gibt es keine Zeit«, erinnert er mich. »Aber hier warst du eine ganze Weile weg, würde ich sagen. Hast du etwas herausgefunden?«

Ich denke an die Filme, die ich gesehen habe, Rileys Version von »Die witzigsten Videos der Familie Bloom«, dann schüttele ich den Kopf. »Nichts Nützliches. Und du?«

Er lächelt und reicht mir den Seidenbeutel. »Mach ihn auf und schau's dir an.«

Ich ziehe das Band des Beutels auf, fahre mit einem Finger hinein und hole eine schwarze Seidenschnur heraus, an der eine Traube farbenfroher Kristalle hängt, von dünnen Goldbändern zusammengehalten. Ich lasse das Bündel vor mir hin und her baumeln und schaue zu, wie es das Licht einfängt und reflektiert, und denke, dass es hübsch ist, wenn auch ein wenig seltsam.

»Das ist ein Amulett«, sagt er und sieht mir aufmerksam zu, wie ich die einzelnen Steine betrachte, von denen jeder eine andere Form, Größe und Farbe hat. »Sie wurden viele Zeitalter lang getragen, und man sagt, sie haben magische Kräfte des Heilens, des Schutzes, für Wohlstand und Gleichgewicht. Bei diesem ganz besonderen Amulett allerdings, das eigens für dich angefertigt worden ist, liegt der Schwerpunkt auf der Schutzfunktion, weil es das ist, was du nötig hast.«

Ich sehe ihn an und frage mich, wie mir das hier helfen könnte. Dann fallen mir die Kristalle wieder ein, die ich verwendet habe, um das Gegenmittel herzustellen, und dass es tatsächlich hätte klappen können – wenn Roman mich nicht ausgetrickst und mich dazu gebracht hätte, der Mixtur mein Blut hinzuzufügen.

»Es ist ein absolutes Einzelstück, im Hinblick auf deine ganz persönliche Reise zusammengesetzt und angefertigt. Es gibt kein Zweites, nirgends. Ich weiß, das löst unser Problem nicht, aber wenigstens wird es helfen.«

Blinzelnd betrachte ich das Steingebinde und weiß nicht genau, was ich sagen soll. Gerade will ich es mir über den Kopf streifen, da sagt er: »Lass mich.« Er rafft mein langes Haar zusammen und drapiert es über eine Schulter, dann greift er um meinen Nacken und hakt die kleine goldene Schließe zu, ehe er das Amulett unter mein T-Shirt schiebt, wo niemand es sehen kann.

»Ist es ein Geheimnis?«, will ich wissen und rechne eigentlich damit, dass die Kristalle auf meiner Haut kalt und hart sind. Überrascht stelle ich fest, dass sie sich stattdessen warm und tröstlich anfühlen.

Er streicht mir das Haar von der Schulter und lässt es bis dicht oberhalb der Taille über meinen Rücken fallen. »Nein, es ist kein Geheimnis. Allerdings solltest du wahrscheinlich auch nicht damit prahlen. Ich habe keine Ahnung, wie weit Roman gekommen ist, also ist es wohl besser, keine Aufmerksamkeit damit zu erregen.«

»Er weiß Bescheid über die Chakren.« Ich sehe die Verblüffung in seinem Blick und beschließe, die Tatsache auszulassen, dass er selbst dafür verantwortlich ist. Dass er, ohne es zu wissen, alle möglichen Geheimnisse ausgeplaudert hat, während er unter Romans Bann stand. Er hat schon genug Gewissensbisse, kein Grund, es noch schlimmer zu machen.

Vorsichtig tippe ich mit dem Finger gegen das Amulett unter meinem T-Shirt und bin überrascht, wie fest es sich von außen anfühlt, im Vergleich zu dem Teil, der auf meiner Haut liegt. »Aber was ist mit dir? Brauchst du denn nicht auch Schutz?« Vor meinen Augen fischt er ein ähnliches Amulett unter seinem langärmeligen T-Shirt hervor und lässt es lächelnd vor meinem Gesicht baumeln. »Wie kommt es, dass deins so anders aussieht?«, erkundige ich mich und betrachte das Bündel glitzernder Steine.

»Ich hab's dir doch gesagt, sie sind alle verschieden. Genau wie alle Menschen verschieden sind. Ich habe meine eigenen Probleme, die ich bewältigen muss.«

»Du hast Probleme?« Ich lache, überlege jedoch ernsthaft, was das für Probleme sein könnten. Er ist doch so gut in allem, was er tut. Und ich meine wirklich *in allem*.

Er schüttelt den Kopf und lacht, ein wunderbarer Laut, den ich in letzter Zeit nicht einmal annähernd oft genug zu hören bekomme. »Glaub mir, ich habe auch Probleme.« Wieder lacht er.

»Und du bist sicher, dass diese Dinger uns beschützen werden?« Ich drücke das Amulett gegen meine Brust, und mir fällt auf, wie sehr es sich wie ein Teil von mir anfühlt.

»So ist es geplant.« Er steht vom Bett auf und geht zur Tür, während er hinzusetzt: »Aber Ever, bitte tu uns beiden einen Gefallen und lass es nicht drauf ankommen, okay?«

»Und was ist mit Roman?«, frage ich und mustere seine

hochgewachsene Gestalt, als er sich gegen den Türrahmen lehnt. »Findest du nicht, wir sollten einen Plan machen? Eine Möglichkeit finden, ihn dazu zu kriegen, dass er uns gibt, was wir brauchen, und das Ganze abhaken?«

Mit schmalen Augen schaut Damen mich an. »Ever. Sich mit Roman anzulegen, ist genau das, was er will. Wir tun besser daran, selbst eine Lösung zu suchen, ohne mit ihm zu rechnen.«

»Aber *wie* denn? Alles, was wir bisher versucht haben, hat nicht funktioniert. Und wieso sollen wir uns abrackern und nach Antworten suchen, wenn Roman schon längst zugegeben hat, dass er das Gegengift hat? Er sagt, ich brauche nur den richtigen Preis zu zahlen, und er rückt es heraus – das kann doch nicht so schwer sein.«

»Und bist du bereit, seinen Preis zu bezahlen?«, fragt Damen. Seine Stimme klingt tief und fest, während seine dunklen Augen die meinen suchen.

Ich schaue weg, meine Wangen werden glühend heiß. »Natürlich nicht! Oder jedenfalls nicht den Preis, an den *du* denkst!« Dann ziehe ich die Knie an die Brust und schlinge die Arme darum. »Es ist nur ...« Frustriert, dass ich mich verteidigen muss, schüttele ich den Kopf. »Es ist nur, dass –«

»Ever, *genau* das ist es, was Roman will.« Sein Kiefer spannt sich an, seine Züge verhärten sich, ehe er meinen Blick auffängt und seine Miene wieder weicher wird. »Er *will* uns voneinander entfernen, will, dass wir einander infrage stellen, er will uns auseinanderbringen. Er will, dass wir uns auf ihn einschießen und eine Art Krieg anfangen. Du hast keinen Grund, ihm zu trauen, er wird lügen und dich manipulieren. Es ist ein sehr gefährliches Spiel, das er da treibt. Und auch wenn ich verspreche, dass ich alles tun werde, was in meiner Macht steht, um dich zu schützen, du musst auch mithelfen. Du musst mir versprechen, dass du dich von ihm fernhältst, dass du all seinen Spott nicht beachten und dich nicht von ihm ködern lassen wirst. Ich finde eine Lösung. Ich lasse mir etwas einfallen. Nur, bitte, such die Antworten bei *mir*, nicht bei Roman.«

Ich presse die Lippen zusammen und schaue weg; dabei frage ich mich, warum ich so etwas versprechen soll, wenn doch das Heilmittel genau vor meiner Nase ist. Außerdem bin *ich* doch diejenige, die diese Situation verursacht hat. *Ich* bin diejenige, die uns in diesen Schlamassel hineingeritten hat. Also sollte *ich* auch diejenige sein, die uns da wieder herausholt.

Dann sehe ich ihn wieder an; eine Idee nimmt allmählich Gestalt an – eine Idee, die funktionieren könnte.

»Also, sind wir uns in Sachen Roman einig?« Damen legt den Kopf schief und zieht die Brauen hoch; er will nicht gehen, bevor ich zustimme.

Ich nicke, nur ganz wenig, aber genug, dass er so schnell die Treppe hinunterrennt, dass ich seinen Umriss nicht mehr erkennen kann. Die einzigen Zeichen, dass er hier war, sind das Amulett an meiner Brust und die rote Tulpe, die er auf meinem Bett zurückgelassen hat.

ZEHN

»Ever?«
Ich schließe das Fenster auf meinem Bildschirm und klicke zu dem Aufsatz zurück, den ich für Englisch schreiben soll. Mir ist klar, dass Sabine ausflippen würde, wenn sie mich dabei erwischt, wie ich nach uralten alchemistischen Formeln suche, anstatt die Hausaufgaben zu erledigen, die sie zu sehen erwartet.

Denn so schön es auch ist, neben Damen zu liegen und zu hören, wie der Schlag unserer Herzen sich zu einem einzigen verbindet, langfristig ist das nicht genug. Es wird niemals genug sein. Ich will eine normale Beziehung mit meinem unsterblichen Freund haben. Eine ohne Barrieren. Eine, in der ich das Gefühl, seine Haut zu berühren, *tatsächlich* genießen kann, im Gegensatz dazu, wie ich dieses Gefühl in Erinnerung habe. Und ich werde vor so ziemlich nichts Halt machen, um das zu erreichen.

»Hast du was gegessen?« Sie legt mir die Hand auf die Schulter, während sie auf den Bildschirm schaut.

Und da ich nicht vorbereitet bin, mich nicht gegen ihre Berührung abgeschirmt habe, reicht das aus, um ihre Version jener berüchtigten Starbucks-Begegnung zu *sehen*. Die sich unglücklicherweise gar nicht so sehr von der von Mr. Muñoz unterscheidet – die beiden lächeln einander mit jeder Menge Hoffnung an. Und obwohl sie wirklich glücklich zu sein scheint und sie es ohne Zweifel *verdient*, glücklich zu sein, besonders nach all dem, was ich ihr zugemutet habe, tröste ich mich noch immer mit der Vision von vor ein paar Monaten – die, in der sie eindeutig bei irgendeinem attraktiven Typen landet, der im selben Gebäude arbeitet wie sie. Ich überlege, ob ich irgendetwas sagen oder tun soll, um sie wieder auf den Teppich zu holen, schließlich wird aus diesem kleinen Flirt nichts weiter werden. Aber ich weiß, dass ich schon ein viel zu großes Risiko eingegangen bin, indem ich mich Mr. Muñoz gegenüber geoutet habe. Also sage ich kein Wort. Ich kann es mir nicht leisten, dass sie von meiner Gabe etwas mitbekommt.

Stattdessen drehe ich mich in meinem Stuhl herum und befreie mich aus ihrem Griff. Ich möchte es vermeiden, noch mehr zu *sehen* und warte darauf, dass ihr Energiestrom vergeht.

»Damen hat mir Abendessen gemacht«, sage ich mit leiser, ruhiger Stimme, obwohl das nicht wirklich stimmt. Es sei denn, man zählt das Elixier dazu, das ich getrunken habe.

Sie sieht mich an, und ihr Blick ist plötzlich besorgt, als er sich fest auf mich heftet. »Damen?« Sie tritt einen Schritt zurück. »Also, das ist ein Name, den ich schon eine ganze Weile nicht mehr gehört habe.«

Ich zucke zusammen und wünsche mir, ich hätte das nicht so hingesagt. Ich hätte es ihr langsam beibringen, sie erst an die Vorstellung gewöhnen sollen, ihn wiederzusehen.

»Heißt das, ihr seid wieder zusammen?«

Ich zucke die Achseln und lasse mir das Haar in die Stirn fallen, sodass mein Gesicht teilweise verborgen ist. Dann schnappe ich mir eine dicke Strähne und drehe sie zusammen, tue so, als suche ich nach gespaltenen Spitzen, obwohl ich so etwas gar nicht mehr habe. »Ja, na ja, wir sind immer noch – befreundet.« Wieder zucke ich die Schultern.

»Ich meine, eigentlich sind wir mehr als Freunde, wir sind mehr ...«

Ein Paar und dem Untergang geweiht ... Dazu bestimmt, eine Ewigkeit im Abgrund zu verbringen ... Wahnsinnig verliebt, aber nicht in der Lage, uns zu berühren ...

»Also, ja, ich meine, man kann wohl sagen, wir sind wieder zusammen.« Ich ringe mir ein so breites Lächeln ab, dass meine Lippen praktisch in der Mitte aufplatzen, lächele aber trotzdem weiter und hoffe, dass sie das dazu bringt mitzulächeln.

»Und das ist in Ordnung für dich?« Sie fährt sich mit der Hand durch das goldblonde Haar, eine Haarfarbe, die wir gemeinsam hatten, bis ich angefangen habe, das Elixier zu trinken, wodurch mein Haar noch heller geworden ist. Dann setzt sie sich auf den Rand meines Bettes, schlägt die Beine übereinander und lässt ihre Aktentasche fallen – drei sehr schlechte Zeichen, dass sie es sich für eines ihrer langen, unangenehmen Gespräche gemütlich macht.

Ihr Blick gleitet an mir auf und ab. Über meine ausgeblichenen Jeans, das weiße Tanktop und das blaue T-Shirt, sucht nach Symptomen, Merkmalen, Hinweisen, nach irgendeinem verräterischen Anzeichen für Teenager-Probleme. Erst vor Kurzem hat sie Magersucht und/oder Bulimie ausgeschlossen, als mein durch das Elixier ausgelöster Wachstumsschub mir zusätzliche zehn Zentimeter beschert sowie meine Figur mit einer dünnen Schicht Muskeln aufgepolstert hat, obwohl ich *nie* trainiere.

Diesmal jedoch ist es nicht mein Äußeres, das sie beunruhigt, es ist meine »*Ja-Nein-Doch*«-Beziehung mit Damen, die Alarmstufe Rot auslöst. Sie hat gerade mal wieder einen Elternratgeber zu Ende gelesen, in dem steht, dass eine turbulente Beziehung ein Anlass zu großer Sorge ist. Und obgleich das ja durchaus stimmen mag, nichts an der Beziehung zwischen Damen und mir könnte jemals zu einem Kapitel in irgendeinem Buch zusammengefasst werden.

»Versteh mich nicht falsch, Ever. Ich mag Damen, wirklich. Er ist nett und höflich, und er ist auf jeden Fall sehr beherrscht – und trotzdem, diese Selbstsicherheit hat irgendetwas an sich, etwas, das mir für einen jungen Mann in seinem Alter ziemlich komisch vorkommt. Als ob er irgendwie zu alt für dich wäre oder ...« Sie zuckt die Achseln, kann es nicht benennen.

Ich schiebe mir das Haar aus dem Gesicht, damit ich sie besser sehen kann. Sie ist heute schon die Zweite, der etwas Eigenartiges an ihm aufgefallen ist. Zuerst Haven mit dieser ganzen Telepathie-Nummer, und jetzt nimmt Sabine Anstoß an seiner Reife und seinem Selbstvertrauen. Und obwohl sich das ganz leicht erklären lässt - es ist die Tatsache, dass es ihnen überhaupt auffällt, die mir Sorgen macht.

»Und auch wenn ich weiß, dass ihr nur ein paar Monate auseinander seid, irgendwie wirkt er ... erfahrener. Zu erfahren.« Wieder zuckt sie die Achseln. »Und ich fände es nicht schön, wenn du dich zu etwas gedrängt fühlen würdest, wozu du noch nicht ganz bereit bist.«

Ich presse die Lippen zusammen und gebe mir alle Mühe, nicht loszulachen. Falscher könnte sie gar nicht liegen, anzunehmen, dass ich die unschuldige Maid bin, der der große böse Wolf nachstellt. Und nicht im Traum auf die Idee zu kommen, dass in dieser Geschichte eigentlich ich das Raubtier und derart hinter meiner Beute her bin, dass ich ihr Leben gefährde.

»Denn ganz gleich, was er sagt, du hast die Kontrolle über dich selbst, Ever. Du bist diejenige, die bestimmt, wer, wo und wann. Und egal, was du für ihn empfindest, oder für irgendeinen anderen Jungen, sie haben nicht das Recht, dir —«

»So ist es doch gar nicht«, falle ich ihr ins Wort, bevor das Ganze noch peinlicher wird, als es ohnehin schon ist. »*Damen* ist nicht so. Er ist der perfekte Gentleman, der ideale Freund. Ganz im Ernst, Sabine, du liegst da völlig falsch. Glaub's mir einfach, okay?«

Einen Moment lang sieht sie mich an, und ihre klare, orangerote Aura wallt; sie möchte mir glauben und weiß nicht genau, ob sie es tun soll. Dann nimmt sie ihre Aktentasche, geht zur Tür und bleibt kurz davor stehen. »Ich habe mir gedacht ...«, setzt sie an.

Ich schaue sie an und bin versucht, einen heimlichen Blick in ihre Gedanken zu werfen, trotz meines Schwurs, nie auf diese Art absichtlich ihre Privatsphäre zu verletzen – außer wenn es sich um einen Notfall handelt, was hier zweifellos nicht der Fall ist.

»Da doch bald die Ferien anfangen und ich dich nichts über irgendwelche Pläne für den Sommer habe sagen hören, da habe ich mir gedacht, es wäre vielleicht gut für dich, wenn du dir einen Job suchst, ein paar Stunden am Tag irgendwas arbeitest. Was meinst du?«

Was ich meine? Mit weit aufgerissenen Augen starre ich sie an; mein Mund ist trocken, und mir fehlen absolut die Worte. *Also, ich meine, ich hätte wohl doch in deinen Kopf gucken sollen, denn das hier ist eindeutig ein Notfall allererster Kategorie!*

»Kein Vollzeitjob oder so was. Du wirst reichlich Zeit für den Strand und für deine Freunde haben. Ich dachte nur, es wäre gut für dich, wenn —«

»Ist es wegen Geld?« Mein Verstand wirbelt, versucht verzweifelt, einen Ausweg zu finden. Wenn es nur darum geht, sich an den Kosten für die Hypothek und die Lebensmittel zu beteiligen, dann lege ich gern so viel hin, wie sie braucht. Verdammt, was mich betrifft, kann sie alles haben, was von der Lebensversicherung meiner Eltern noch übrig ist. Was sie aber nicht haben kann, sind meine Sommerferien. Auf keinen Fall. Geht *gar* nicht. Nicht einmal einen einzigen Tag.

»Ever, natürlich geht es nicht ums Geld.« Sabine wendet den Blick ab, ihre Wangen färben sich zartrosa. Es widerstrebt ihr, über finanzielle Dinge zu sprechen; merkwürdig für jemanden, der sich seinen Lebensunterhalt als Anwältin für Gesellschaftsrecht verdient. »Ich dachte einfach, es würde dir vielleicht guttun, du weißt schon, neue Leute kennen zu lernen, etwas Neues zu lernen. Mal für ein paar Stunden am Tag aus deinem üblichen Umfeld rauszukommen, und …«

Und nicht mit Damen zusammen zu sein. Ich brauche ihre Gedanken nicht zu lesen, um zu wissen, worum es hier wirklich geht. Jetzt, da sie weiß, dass wir wieder zusammen sind, ist sie entschlossener denn je, uns auseinanderzubringen. Und obgleich mir klar ist, wie besorgt sie wegen der ganzen Depressivität und der Launenhaftigkeit war, als wir getrennt waren, diesmal liegt sie völlig daneben. Es ist nicht so, wie sie denkt. Allerdings habe ich keine Ahnung, wie ich ihr das erklären soll und trotzdem meine Geheimnisse bewahren kann.

»… und zufällig gibt es bei uns in der Kanzlei gerade eine Stelle für ein Ferienpraktikum, und ich bin sicher, ich brauche nur mit den Senior-Partnern zu reden, und du kannst den Job haben.« Sie lächelt mit strahlendem Gesicht und leuchtenden Augen und erwartet, dass ich mich mit ihr freue.

»Aber sind denn solche Stellen nicht normalerweise für Jurastudenten vorgesehen?«, erkundige ich mich, überzeugt, dass ich absolut nicht dafür qualifiziert bin, mir diesen speziellen Schuh anzuziehen.

Doch sie schüttelt den Kopf. »So ein Praktikum ist das nicht. Das hier ist mehr eine Stelle fürs Telefon und die Aktenablage. Und richtig Geld gibt es dafür auch nicht; allerdings kannst du es dir als Schulpraktikum anrechnen lassen und bekommst einen kleinen Jahresend-Bonus. Ganz zu schweigen davon, dass so was auf deinen College-Bewerbungen richtig gut aussehen wird.«

College. Noch etwas, worüber ich mir früher jede Menge Gedanken gemacht habe, aber jetzt nicht mehr. Ich meine, was können mir denn all diese Vorlesungen und Professoren nützen, wenn ich bloß die Hand auf ein Buch legen oder einen heimlichen Blick in den Kopf meines Lehrers zu werfen brauche, um alle Antworten zu kennen?

»Es würde mich wahnsinnig ärgern, wenn irgendjemand anderes die Stelle kriegt, da ich doch weiß, dass du genau die Richtige dafür bist.«

Ich starre sie an und weiß nicht recht, was ich sagen soll.

»Für jemanden in deinem Alter ist so etwas eine gute Erfahrung«, fügt sie hinzu; ihr indignierter Tonfall ist das Resultat meines Schweigens. »Das wird in allen Büchern empfohlen. Es heißt, es fördert den Charakter, die Leistungsbereitschaft und die Disziplin, pünktlich zur Arbeit zu erscheinen und seine Aufgaben zu erledigen.«

Na super. Also muss ich mich bei Dr. Phil dafür bedanken, dass der Sommer für mich im Eimer ist. Ich bin stocksauer auf Sabine, bis mir wieder einfällt, wie sie am Anfang war, als ich hergekommen bin – ruhig und entspannt und vollkommen locker. Sie hat mir so viel Freiraum gegeben, wie ich brauchte. Es ist meine Schuld, dass sie sich verändert hat. Meine kurzzeitige Suspendierung von der Schule, meine

Weigerung, irgendetwas anderes zu mir zu nehmen als das rote Elixier, und das Drama mit Damen, das ist es, was sie verändert hat. Und das hier ist das Ergebnis – das gefürchtete Ferienpraktikum, das sie mir auf Biegen und Brechen besorgen will.

Aber ich kann auf gar keinen Fall den Sommer damit verbringen, mit Aktenbergen herumzujonglieren und unablässig Anrufe entgegenzunehmen, wenn ich möglichst viel freie Zeit brauche, um ein Gegenmittel für Damen zu finden. Und in Sabines Kanzlei zu arbeiten, wo sie und ihre Kollegen mir über die Schulter gucken, das geht einfach nicht.

Allerdings kann ich das wohl kaum so direkt sagen. Das würde bei ihr Alarm auslösen. Ich muss mich cool geben, ihr klarmachen, dass ich, obwohl ich überhaupt nichts gegen Disziplin und Charakterförderung habe, solche Dinge lieber allein in Angriff nehmen möchte.

»Ich habe überhaupt kein Problem damit zu arbeiten«, versichere ich ihr und gebe mir alle Mühe, nicht die Lippen zusammenzupressen, unruhig herumzurücken oder ihrem Blick auszuweichen, drei eindeutige Zeichen dafür, dass ich nicht ganz ehrlich bin. »Aber du tust doch so schon so viel für mich, da würde ich mich sehr viel besser fühlen, wenn ich mir selbst einen Job suchen könnte. Ich meine, ich weiß einfach nicht, ob ich für Büroarbeit geeignet bin, also könnte ich mich vielleicht ein bisschen umsehen. Schauen, was für Möglichkeiten ich habe. Ich beteilige mich auch an den Kosten für die Hypothek und die Lebensmittel, das ist das Mindeste, was ich tun kann.«

»Was denn für Lebensmittel?« Lachend schüttelte sie den Kopf. »Du isst doch kaum was! Außerdem will ich kein Geld von dir, Ever. Aber ich helfe dir, einen Kredit zu bekommen, wenn du möchtest.«

»Klar.« Ich zucke die Schultern und zwinge mir einen Enthusiasmus ab, den ich gar nicht empfinde, weil ich derlei konventionelle Dinge absolut nicht mehr benötige. »Das wäre toll!«, füge ich hinzu, weil ich weiß, je länger ich sie von dem Praktikum ablenken kann, desto besser ist es für mich.

»Also gut.« Sie trommelt mit den Fingern gegen den Türrahmen, während sie ihren Plan vollendet. »Du hast eine Woche Zeit, dir selbst etwas zu suchen.«

Ich schlucke und versuche, das Hervorquellen meiner Augen auf ein Minimum zu beschränken. *Eine Woche? Was ist denn das für ein Vorsprung, wenn ich noch nicht mal weiß, wo ich anfangen soll? Ich hatte doch noch nie einen Job. Ist es möglich, einfach einen zu manifestieren?*

»Ich weiß, das ist nicht viel Zeit«, meint Sabine, die meine Miene richtig interpretiert. »Aber ich wäre wirklich ärgerlich, wenn sie die Stelle an jemand anderen vergeben würden.«

Mit diesen Worten geht sie hinaus auf den Flur und schließt die Tür hinter sich, lässt mich sprachlos und wie vor den Kopf geschlagen zurück. Ich starre auf die Überreste ihrer orangeroten Aura, auf ihr magnetisches Energiefeld, das sich hartnäckig dort im Raum hält, wo sie gestanden hat. Und denke über die Ironie der Situation nach, dass ich mich gerade erst über Damen lustig gemacht habe, weil er davon ausgeht, dass er ohne jegliche Erfahrung einen Job finden kann. Nur um mich jetzt mit genau demselben Schicksal konfrontiert zu sehen.

ELF

Die ganze Nacht lang wälze ich mich ruhelos herum. Das Bett ist ein wirres Durcheinander aus schweißfeuchten Decken und Kissen, mein Körper und mein Verstand sind von Träumen erschöpft. Ich erwache kurz und schnappe nach Luft, nur um wieder hinabgezogen zu werden und an jenen Ort zurückzukehren, von dem ich mit aller Kraft fliehen wollte.

Und der einzige Grund, warum ich will, dass es aufhört, ist, dass Riley da ist. Fröhlich lachend greift sie nach meiner Hand und nimmt mich mit auf eine Tour durch ein sehr seltsames Land. Obwohl ich neben ihr herhüpfe und so tue, als mache der Ausflug auch mir Spaß, strebe ich doch mit aller Macht zur Oberfläche, sobald sie mir den Rücken zukehrt, eifrig bemüht, aus dieser Szene zu verschwinden.

Denn die Wahrheit ist, das ist gar nicht wirklich Riley. Riley ist fort. Hat auf mein Drängen hin die Brücke zu einem unbekannten Ort überquert. Und auch wenn sie mich immer wieder zurückzerrt, mich anschreit, dass ich aufpassen soll, ihr einfach vertrauen und aufhören soll davonzulaufen – ich weigere mich zu gehorchen. Überzeugt, dass dies hier irgendeine Strafe dafür ist, Damen geschadet, Drina ins Schattenland geschickt und alles, was mir lieb ist, riskiert zu haben, erlaube ich meinem Unterbewusstsein, diese aus Schuldgefühlen geborenen Bilder zu erzeugen, so zuckrig vor Glück und Fröhlichkeit, dass sie auf gar keinen Fall echt sein können.

Dieses letzte Mal jedoch, gerade als ich weglaufen will, steht Riley plötzlich direkt vor mir, versperrt mir den Ausgang und brüllt mich an, dass ich stehen bleiben soll. Sie steht vor einer großen Bühne und zieht langsam den Vorhang auf, sodass ein hoher, schmaler Kubus sichtbar wird – wie ein Kerker aus Glas –, in dem ein verzweifelter, wild um sich schlagender Damen gefangen ist.

Ich eile ihm zu Hilfe, während Riley zusieht, flehe ihn an durchzuhalten, während ich ihm helfe auszubrechen. Doch er kann mich gar nicht hören. Kann mich nicht sehen. Er kämpft einfach weiter, bis er von der Erschöpfung und von der absoluten Zwecklosigkeit so überwältigt ist, dass er die Augen schließt und geradewegs in den Abgrund versinkt.

Das Schattenland.

Das Reich für verlorene Seelen.

Mit einem Ruck fahre ich aus dem Bett auf und zittere am ganzen Leib, fröstele und bin schweißnass. Ein Kissen an die Brust gedrückt, stehe ich mitten in meinem Zimmer. Überwältigt, nicht nur von dem Gefühl der völligen Niederlage, sondern auch von der Botschaft, die meine imaginäre Schwester geschickt hat – dass ich meinen Seelengefährten nicht vor mir retten kann, ganz gleich, wie sehr ich mich auch bemühe.

Ich stürze zu meinem Kleiderschrank, ziehe mir etwas über und schnappe mir irgendwelche Turnschuhe, dann gehe ich in die Garage. Dabei weiß ich, dass es zu früh ist, um zur Schule zu fahren, zu früh, um irgendwo hinzufahren. Aber ich weigere mich aufzugeben. Weigere mich, an Albträume zu glauben. Irgendwo muss ich anfangen. Muss mich dessen bedienen, was ich habe.

Doch als ich gerade in mein Auto steigen will, besinne ich mich eines Besseren. Begreife, dass ich riskiere, mit dem

Öffnen des Garagentores und dem Anlassen des Motors Sabine zu wecken. Und obwohl ich ohne Weiteres hinausgehen und ein anderes Auto, ein Fahrrad, einen Motorroller oder alles manifestieren könnte, was ich will, beschließe ich, es stattdessen mit Laufen zu versuchen.

Ich war noch nie eine besonders gute Läuferin. War es viel eher gewöhnt, mich im Sportunterricht durch jede erzwungene Bahnrunde hindurchzuschleppen, als nach meiner persönlichen Bestleistung zu streben. Doch das war, bevor ich unsterblich wurde. Bevor mir die Gabe unglaublicher Geschwindigkeit zuteilwurde. Eine Geschwindigkeit, deren Grenzen ich noch nicht einmal ansatzweise ausgelotet habe, denn als ich zum letzten Mal gerannt bin, war es das erste Mal, dass mir dieses Potenzial überhaupt klar wurde. Jetzt jedoch, da sich mir die perfekte Gelegenheit bietet, herauszufinden, wie weit und wie schnell ich laufen kann, ehe ich anhalten muss, umkippe oder mit lähmenden Seitenstichen zu Boden sinke, kann ich es gar nicht erwarten, es auszuprobieren.

Ich schlüpfe zur Seitentür hinaus und mache mich auf den Weg zur Straße. Zuerst denke ich, ich sollte mich erst aufwärmen, sollte mit einem schönen, langsamen Joggingtempo beginnen, ehe ich auf dem Asphalt Vollgas gebe. Doch kaum bin ich losgetrabt, da brandet ein gewaltiger Adrenalinschwall in mir auf, kreist wie Raketentreibstoff durch meinen Körper. Und ehe ich es mich versehe, heißt es volle Fahrt voraus. Ich renne so schnell, dass die Häuser meiner Nachbarn nur noch undeutliche Schemen aus Stuck und Stein sind. Springe über umgekippte Mülltonnen und weiche schlecht geparkten Autos aus, während ich mit der Anmut und der Geschmeidigkeit einer Dschungelkatze von Straße zu Straße hetze. Meine Beine oder meine Füße sind mir praktisch überhaupt nicht bewusst; ich vertraue einfach darauf, dass sie mich nicht im Stich lassen. Dass sie mich in phantastischer Zeit zu meinem Bestimmungsort bringen.

Und es sind nicht mehr als ein paar Sekunden vergangen, als ich davor stehe, an dem einen Ort, von dem ich geschworen habe, dass ich niemals dorthin zurückkehren werde. Bereit, genau das zu tun, von dem ich Damen versprochen habe, dass ich es lassen würde. Vor Romans Tür, in der Hoffnung, irgendeinen Deal auszuhandeln.

Doch ehe ich auch nur die Hand heben kann, um zu klopfen, steht Roman vor mir. In einen dunkelvioletten Morgenmantel und einen blauen Seidenpyjama gekleidet; seine dazu passenden Samtpantoffeln mit in Gold gestickten Füchsen darauf schauen unter dem Saum hervor. Sein Blick ist aalglatt, fokussiert. Ohne eine Spur von Verblüffung mustert er mich.

»Ever.« Er neigt den Kopf zur Seite und bietet mir freie Sicht auf sein immer wieder aufblitzendes Ouroboros-Tattoo. »Was führt dich denn in diese Gegend?«

Meine Finger spielen mit dem Amulett unter meinem Hemd, und darunter rast mein Herz. Ich hoffe, Damen hat Recht damit, dass das Amulett den nötigen Schutz bieten wird – sollte es dazu kommen.

»Wir müssen uns unterhalten«, sage ich und versuche, nicht zurückzuzucken, als sein Blick über mich hinwegwandert, einen netten, langen, gemächlichen Ausflug genießt.

Mit zusammengekniffenen Augen blinzelt er in die Nacht, dann sieht er wieder mich an. »Wirklich?« Er zieht eine Braue hoch. »Und ich hatte keine Ahnung.«

Ich will schon die Augen verdrehen, doch da fällt mir die Absicht meines Besuchs wieder ein, und ich beschränke mich stattdessen darauf, die Lippen zusammenzupressen.

»Erkennst du die Tür wieder?« Er klopft hart mit den Fingerknöcheln dagegen, lässt einen hübschen, stabilen Laut ertönen, während ich mich frage, was er wohl im Schilde führen könnte. »Natürlich nicht«, meint er, und seine Mundwinkel zucken aufwärts. »Das kommt daher, weil sie neu ist. Nach deinem letzten Besuch war ich gezwungen, die alte zu ersetzen. Weißt du noch? Als du mit Gewalt eingebrochen bist, um meinen Elixiervorrat in den Ausguss zu schütten?« Lachend schüttelt er den Kopf. »Sehr ungezogen von dir, Ever. Und eine ganz schöne Schweinerei, muss ich sagen. Ich hoffe, du schaffst es heute, dich besser zu benehmen.« Er lehnt sich an den Türrahmen und bedeutet mir einzutreten. Dabei betrachtet er mich mit einem so eingehenden und so intimen Blick, dass es mir schwerfällt, mich nicht zu winden.

Ich gehe den Flur entlang und trete ins Wohnzimmer, wobei mir auffällt, dass die Tür nicht das Einzige ist, was sich verändert hat, seit ich das letzte Mal hier war. Die gerahmten Botticelli-Drucke und die Massen von Chintz sind verschwunden, das alles hat Marmor und Stein Platz gemacht, dunklen, schweren Stoffen, grob verputzten Wänden und schwarzen, zu Schnörkeln geformten Eisendingen.

»Toskanisch?« Ich drehe mich um und erschrecke, ihn so nahe vor mir stehen zu sehen, dass ich die einzelnen dunkelvioletten Sprenkel in seinen Augen sehen kann.

Er zuckt die Achseln und weigert sich, zurückzutreten und mir Raum zu geben. »Manchmal bekomme ich ein wenig Sehnsucht nach der alten Heimat.« Dann lächelt er, ein gemächliches Auseinanderweichen der Wangen, das strahlend weiße Zähne zur Schau stellt. »Wie du ja sehr gut weißt, Ever, zuhause ist es am schönsten.«

Ich schlucke heftig und wende mich ab, versuche, den

kürzesten Fluchtweg festzulegen, da ich es mir nicht leisten kann, auch nur den kleinsten Fehler zu machen.

»Also sag mir, wie komme ich zu dieser ungeheuren Ehre?« Er wirft einen Blick über die Schulter, während er zur Bar geht. Holt eine Flasche Elixier aus dem Weinkühlschrank und schenkt ein Glas aus geschliffenem Kristall voll, ehe er es mir hinhält. Doch ich schüttele nur den Kopf und wehre mit einer Handbewegung ab. Dann sehe ich zu, wie er damit zur Couch hinübergeht, sich darauffallen lässt und die Beine weit spreizt. Das Glas stellt er auf seinem Knie ab.

»Ich nehme doch an, du bist nicht mitten in der Nacht aufgekreuzt, um meine neue Einrichtung zu bewundern. Also sag schon, was ist der Zweck des Ganzen?«

Ich räuspere mich und zwinge mich, ihm geradewegs in die Augen zu blicken, ohne zurückzuzucken, zu schwanken, herumzuzappeln oder irgendwelche anderen Zeichen von Schwäche zu zeigen. Mir ist klar, dass sich diese ganze Situation innerhalb eines Augenblicks ändern kann – wie leicht ich mich aus einem Gegenstand milder Neugier in eine unwiderstehliche Beute verwandeln kann.

»Ich bin hier, um einen Waffenstillstand auszuhandeln«, sage ich und bin auf irgendeine Reaktion gefasst, bekomme aber nur seinen durchdringenden Blick. »Du weißt schon, eine Feuerpause, eine Friedenserklärung, ein –«

»Bitte.« Er winkt ab. »Erspar mir die Definitionen, Schätzchen. Ich kann das in zwanzig Sprachen und vierzig Dialekten sagen. Und du?«

Ich zucke die Achseln und weiß, dass ich Glück habe, es in einer ausgesprochen zu haben. Dabei sehe ich zu, wie er sein Getränk im Glas kreisen lässt; die rote Flüssigkeit schillert und funkelt, während sie an den Wänden des Glases emporsteigt und wieder zurückfällt.

»Und auf was für einen Waffenstillstand bist du aus? Ausgerechnet du solltest doch wissen, wie das funktioniert. Ich habe nicht die Absicht, dir irgendetwas zu schenken, es sei denn, du bist gewillt, mir deinerseits etwas zu geben.« Er klopft auf den schmalen Streifen Couch dicht neben ihm und lächelt, als würde ich tatsächlich in Erwägung ziehen, mich zu ihm zu setzen.

»Warum machst du das?«, frage ich, unfähig, meine Hilflosigkeit und meinen Ärger für mich zu behalten. »Ich meine, du siehst mehr oder weniger annehmbar aus, du bist unsterblich, du hast sämtliche Gaben, die dazugehören – du kannst doch jede haben, die du willst. Also warum bestehst du darauf, *mich* zu belästigen?«

Er wirft den Kopf zurück und lacht, ein gigantisches Brüllen, das den ganzen Raum füllt. Endlich beruhigt er sich hinlänglich, um mich anzusehen. »*Annehmbar?*« Er schüttelt den Kopf und lacht abermals, dann stellt er sein Glas auf den Tisch und holt einen goldenen Nagelknipser aus einem juwelenbesetzten Etui. »*Annehmbar*«, brummt er kopfschüttelnd. Und nimmt sich einen Moment Zeit, seine Fingernägel zu begutachten, ehe er den Blick von Neuem auf mich heftet. »Aber, siehst du, Schätzchen, das ist es ja gerade. Ich kann wirklich alles haben. *Alles* oder *jede*. Es ist immer so leicht. Zu leicht.« Er seufzt und macht sich über seine Nägel her, ist so beschäftigt mit diesem Unterfangen, dass ich schon überlege, ob er wohl weitersprechen wird, als er fortfährt: »Nach den ersten ... oh, so etwa hundert Jahren wird das ein bisschen öde. Und auch wenn du noch viel zu neu bist, um irgendetwas davon zu verstehen, irgendwann wirst du begreifen, was für einen Gefallen ich dir getan habe.«

Ich habe nicht den leisesten Schimmer, was er meinen könnte. *Einen Gefallen? Ist das sein Ernst?*

»Bist du sicher, dass du dich nicht setzen möchtest?« Er deutet mit seinem Nagelknipser auf den Sessel gleich zu meiner Rechten, drängt mich, Platz zu nehmen. »Du stellst mich als schlechten Gastgeber hin, wenn du darauf bestehst, so da stehen zu bleiben. Außerdem, hast du eigentlich eine Ahnung, wie niedlich du aussiehst? Ein bisschen ... *unpässlich* sicher, aber ungeheuer sexy.«

Seine Augen werden schmal, bis sie denen einer Katze gleichen, und seine Lippen öffnen sich gerade weit genug, dass seine Zunge hervorlugen kann. Doch ich rühre mich nicht vom Fleck und tue so, als bemerke ich es nicht. Bei Roman ist alles ein Spiel, und mich zu setzen hieße, eine Niederlage einzuräumen. Allerdings fühlt es sich nicht gerade wie ein Sieg an, hier auszuharren und zuzusehen, wie seine Zunge die Lippen befeuchtet und sein Blick an sämtlichen unangenehmen Stellen verweilt.

»Du bist sogar noch verrückter, als ich gedacht habe, wenn du meinst, du hättest mir einen *Gefallen* getan«, sagte ich. Meine Stimme ist heiser und kratzig und alles andere als fest. »Du *spinnst!*«, füge ich hinzu und bereue es augenblicklich.

Doch Roman zuckt lediglich die Achseln und wendet sich völlig ungerührt von meinem Ausbruch wieder seinen Nägeln zu. »Glaub mir, es ist mehr als nur ein Gefallen, Schätzchen. Ich habe dir einen *Lebenszweck* gegeben. Eine *raison d'être*, wie es so schön heißt.« Mit hochgezogenen Brauen schaut er zu mir herüber. »Sag mir, Ever, bist du nicht ganz und gar auf den ... Vollzug ... mit Damen fixiert? Suchst du nicht so verzweifelt nach einer Lösung, dass du dir tatsächlich eingeredet hast, es wäre eine gute Idee, *hierher*zukommen?«

Ich schlucke heftig und starre ihn an. Ich hätte es besser wissen müssen, hätte auf Damens Rat hören sollen.

»Du bist zu ungeduldig.« Er glättet die Ränder seiner frischgeschnittenen Nägel. »Wozu denn die Eile, obwohl die ganze Unendlichkeit vor dir liegt? Denk mal darüber nach, Ever, wie genau würdet ihr eure Ewigkeit verbringen, wenn ich nicht wäre? Damit, euch gegenseitig mit riesigen Sträußen verdammter roter Tulpen zu überschütten? Es so oft miteinander zu treiben, dass es zwangsläufig langweilig wird?«

»Das ist doch lächerlich.« Wütend funkele ich ihn an. »Und dass du das so siehst – als ob das irgendwas Ritterliches von dir wäre ...« Ich schüttele den Kopf, mir ist klar, dass es nicht nötig ist fortzufahren. Er ist wahnsinnig, verrückt, entschlossen, die Dinge auf seine eigene, egoistische Weise zu betrachten.

»Sechshundert Jahre lang habe ich mich nach ihr gesehnt«, sagt er und wirft den Nagelknipser zur Seite. »Und *warum*, fragst du? *Warum* sollte ich mich so lange um *dieselbe* Frau bemühen, da ich doch jede haben kann?« Er sieht mich an, als warte er auf die Antwort, doch wir wissen beide, dass ich nicht die Absicht habe, mich darauf einzulassen. »Es war nicht nur ihre Schönheit, wie du denkst – obwohl ich zugebe, dass das die Dinge am Anfang beschleunigt hat.« Er lächelt mit erinnerungsschweren Augen. »Nein, es war die simple Tatsache, dass ich sie *nicht haben konnte*. Egal, wie viel Mühe ich mir gegeben habe, wie lange ich mich nach ihr verzehrt habe, mir wurde nie« – mit eindringlichem Blick sieht er mich an – »*Zutritt* gewährt, wenn du so willst.«

Ich verdrehe die Augen, ich kann nicht anders. Dass er Jahrhunderte damit verschwendet hat, sich nach diesem Ungeheuer zu sehnen, interessiert mich nicht im Geringsten.

Doch er spricht einfach weiter und achtet nicht auf meine Leidensmiene. »Mach keinen Fehler, Ever, ich bin gerade dabei, dir etwas sehr Wichtiges mitzuteilen, etwas, was du wirklich nicht vergessen solltest.« Die Arme auf die Knie gestützt, beugt er sich vor. Seine Stimme ist ruhig und leise, von neuer Dringlichkeit erfüllt. »Wir wollen *immer* das, was wir nicht haben können.« Mit einem Kopfnicken lehnt er sich zurück, als hätte er mir gerade den Schlüssel zur Erleuchtung offenbart. »Das ist die Natur des Menschen. Wir sind so gepolt. Und so sehr du es auch vorziehen würdest, das nicht zu glauben, das ist der einzige Grund, weshalb Damen die letzten vierhundert Jahre damit zugebracht hat, sich nach *dir* zu sehnen.«

Ich betrachte ihn, die Miene gelassen, den Körper still. Mir ist durchaus bewusst, dass er versucht, mich zu verletzen, dass er auf die üblichen Knöpfe drückt und weiß, dass dies seit dem Augenblick, als ich von unserer Vergangenheit erfahren habe, eine meiner Ängste ist.

»Finde dich damit ab, Ever, sogar Drinas unglaubliche Schönheit hat nicht ausgereicht, um ihn zu halten. Du weißt doch bestimmt, wie schnell er ihrer überdrüssig geworden ist?«

Wieder schlucke ich; mein Magen fühlt sich an wie eine harte, bittere Murmel. *Seit wann gelten zweihundert Jahre als schnell?* Aber wenn man es mit der Ewigkeit zu tun hat, ist wohl alles relativ.

»Das ist doch kein Schönheitswettbewerb«, bemerke ich und krümme mich innerlich, als ich die Worte laut ausgesprochen höre. Ich meine, jetzt mal im Ernst, etwas Besseres habe ich nicht drauf?

»Natürlich nicht, Schätzchen.« Roman schüttelt den Kopf, in seinem Blick liegt Mitleid. »Wenn es so wäre, dann würde Drina gewinnen.« Er lässt sich zurücksinken, die Arme auf den Polstern der Sofalehne ausgebreitet, das Glas darauf abgestellt. Fordert mich heraus zu antworten. »Lass mich raten, du hast dir eingeredet, dass es hier um zwei Seelen geht, die sich als eine begegnen, füreinander bestimmt und all diese ... *Jugendschwärmerei?*« Er lacht. »Das denkst du *wirklich*, nicht wahr?«

»Du willst gar nicht *wissen*, was ich denke.« Ich kneife die Augen zusammen, entschlossen, jetzt, da meine Geduld verflogen ist, zur Sache zu kommen. »Ich bin nicht hergekommen, um mich von deinen philosophischen Litaneien langweilen zu lassen, ich bin gekommen, weil —«

»Weil du etwas von mir willst.« Roman nickt und stellt seinen Drink hin; Glas und Holz treffen mit einem festen, nassen Laut aufeinander. »In diesem Fall sitze ich am Steuer, was bedeutet, dass du nicht in der Position bist, das Tempo zu bestimmen.«

»Warum machst du das?« Ich schüttele den Kopf; dieses Spiel langweilt mich allmählich. »Wieso machst du dir die Mühe, obwohl du weißt, dass ich kein Interesse an dir habe? Dir muss doch klar sein, ganz gleich, was du Damen und mir antust, es wird Drina *niemals* zurückbringen. Was geschehen ist, ist geschehen. Das kann man nie wieder ändern. Und letzten Endes sind doch all diese Spielchen, dieser ganze Blödsinn, den du hier abziehst – in Wirklichkeit hält dich das alles doch nur davon ab, dein Leben zu leben, davon, dich fortzuentwickeln.« Ich schaue ihn weiter unverwandt an, mit festem, überzeugendem Blick. Beschwöre ein Bild davon herauf, wie er das Gegengift herausrückt und kooperiert. »Also bitte ich dich, so verständlich wie möglich – bitte hilf mir, das, was du Damen angetan hast, rückgängig zu machen, damit wir alle miteinander klarkommen können.«

Mit verkniffenen Lidern schüttelt er den Kopf. »Tut mir leid, Darling, der Preis steht fest. Jetzt bleibt nur noch die Frage, ob du bereit bist zu zahlen.«

Ich lehne mich an die Wand, müde und besiegt, doch ich lasse es mir nicht anmerken. Denn ich weiß, dass das Einzige, was er will, das ist, was ich ihm *niemals* geben werde. Dasselbe alte Spiel, vor dem Damen mich gewarnt hat. »Du kriegst mich nicht, Roman. Nie, niemals, solange ich –«

Ich komme nicht einmal zu dem noch abwertenderen, beleidigenderen Teil, weil er sich so schnell von der Couch erhebt, dass sein Atem meine Wange trifft, ehe ich auch nur blinzeln kann.

»Entspann dich«, flüstert er, und sein Gesicht ist so nahe, dass ich jede einzelne makellose Pore seiner Haut erkennen kann. »Auch wenn das viel Spaß machen würde oder zumindest ein netter Zeitvertreib wäre, ich fürchte, das ist es nicht. Ich bin auf etwas sehr viel Esoterischeres aus als auf einen Jungfrauenfick. Obwohl, wenn du's mal probieren möchtest, ganz ohne Verpflichtungen, dann versichere ich dir, Darling, dieser Aufgabe bin ich ganz sicher *gewachsen*.« Er lächelt, seine tiefblauen Augen bohren sich in meine, projizieren den Film, den er in seinem Kopf ablaufen lässt, den Film, in dem er und ich sowie ein riesiges Bett mitspielen.

Ich schaue weg; mein Atem geht ungleichmäßig, zu schnell, und ich raffe jedes Quäntchen Willenskraft zusammen, um ihm nicht das Knie in den Unterleib zu rammen, als seine Nase mein Ohr streift, meine Wange, meinen Hals, und meinen Geruch inhaliert.

»Ich weiß, was du durchmachst, Ever«, murmelt er, und seine Lippen streifen den oberen Rand meines Ohres. »Sich nach etwas zu sehnen, was so nahe ist, und doch – kann man es nie wirklich *schmecken*. Das ist ein Schmerz, den die meisten Menschen niemals erleben werden. Aber wir kennen ihn, nicht wahr? Du und ich sind dadurch verbunden.«

Ich löse die Fäuste und gebe mir alle Mühe, mich zusammenzureißen. Ich weiß, dass ich es nicht riskieren kann, irgendetwas Voreiliges zu tun, mir keine Überreaktion leisten kann.

»Keine Angst.« Er lächelt und gleitet außer Reichweite. »Du bist ein kluges Mädchen, bestimmt kommst du noch darauf. Und wenn nicht ... Na ja, es ändert sich nichts, nicht wahr? Alles bleibt genau so, wie es ist. Du und ich, unser Schicksal miteinander verwoben – bis in alle Ewigkeit.«

Er huscht den Flur hinunter, bewegt sich so schnell, dass es einen Moment dauert, bis ich seine Gestalt ausmachen kann. Mit geneigtem Kopf lotst er mich zur Tür, schiebt mich praktisch nach draußen, während er sagt: »Entschuldige, dass ich das hier so abkürze. Aber ich tue das eingedenk deines Rufs. Wenn Damen jemals herausfindet, dass du hier warst – nun, das könnte ziemlich tragisch für dich sein, *nicht wahr?*«

Er lächelt, strahlend weiße Zähne, goldenes Haar, gebräunte Haut und blaue Augen – das ultimative männliche Aushängeschild für Kalifornien: *Komm nach Laguna Beach und mach dir ein schönes Leben!* Und ich bin wütend auf mich selbst. Wütend, dass ich so dumm war, dass ich nicht auf Damen gehört habe, dass ich uns einem noch größeren Risiko ausgesetzt habe. Dass ich Roman noch etwas gegeben habe, womit er mich in der Hand hat.

»Tut mir leid, dass du nicht gekriegt hast, weswegen du hergekommen bist, Schätzchen«, schnurrt er, abgelenkt von einem alten schwarzen Jaguar, der gerade in die Auffahrt fährt, mit einem atemberaubenden Paar darin, dass geradewegs ins Haus marschiert. Er schließt die Haustür hinter den beiden, als er hinzusetzt: »Ganz gleich, was du tust, mach auf dem Rückweg einen Bogen um Marcos Wagen. Er flippt aus, wenn du das Ding auch nur schmutzig machst.«

ZWÖLF

Langsam gehe ich nach Hause. Oder zumindest ist das die Richtung, die ich ursprünglich eingeschlagen habe. Doch irgendwo biege ich unterwegs ab. Und dann noch einmal. Und noch einmal. Meine Füße bewegen sich so langsam, dass sie praktisch über den Boden schleifen; ich weiß, dass es keinen Grund gibt zu rennen, dass es nichts zu beweisen gibt. Trotz meiner Stärke und meiner Schnelligkeit bin ich Roman nicht gewachsen. Er ist der Meister in diesem Spiel, und ich bin lediglich seine Schachfigur.

Immer weiter trotte ich, tief ins Herz von Laguna hinein, oder ins »Village«, wie es auch genannt wird. Ich bin zu wach, um nach Hause zu gehen, und ich schäme mich zu sehr, um Damen gegenüberzutreten. Also suche ich mir meinen Weg durch die dunklen, leeren Straßen, bis ich vor einem gepflegten Haus stehe, mit blühenden Pflanzen zu beiden Seiten der Tür und einer sorgfältig zurechtgelegten, gewebten Fußmatte, die es warm, freundlich und vollkommen gutartig erscheinen lässt.

Nur ist es das nicht. Nicht einmal annähernd. Jetzt ist es eher der Schauplatz eines Verbrechens. Und anders als beim letzten Mal, als ich hier war, mache ich mir diesmal gar nicht die Mühe anzuklopfen. Das bringt ohnehin nichts. Ava ist längst weg. Nachdem sie das Elixier gestohlen und Damen zurückgelassen hat, damit er zusehen kann, wie er klarkommt, hat sie nicht die Absicht zurückzukehren.

Ich schließe mit Gedankenkraft die Tür auf und trete ein. Ehe ich am Wohnzimmer vorbei in die Küche gehe, schaue ich mich rasch um. Zu meiner Überraschung finde ich die für gewöhnlich sehr ordentliche Küche als absolutes Schlachtfeld vor – schmutzige Gläser und Teller stapeln sich im Spülbecken, während der Müll bis auf den Boden überquillt. Und obgleich ich mir sicher bin, dass das nicht Avas Werk ist, ist ganz offensichtlich jemand hier.

Leise schleiche ich den Flur hinunter, schaue in ein paar leere Zimmer, bis ich die blaue Tür am Ende des Flurs erreiche – die, die zu Avas sogenanntem Allerheiligsten führt, wo sie früher meditiert und sich bemüht hat, die jenseitigen Dimensionen zu erreichen. Als ich die Tür einen Spalt breit öffne und ins Dunkel spähe, kann ich zwei schlafende Gestalten ausmachen, die ausgestreckt auf dem Boden liegen. Vorsichtig fahre ich mit der Hand über die Wand und suche vergeblich nach einem Lichtschalter, bis mir wieder einfällt, dass ich das Zimmer auch allein erleuchten kann – nur um die beiden letzten Menschen dort vorzufinden, die ich jemals erwartet hätte.

»Rayne?« Ich knie neben ihr nieder und halte den Atem an, als sie sich umdreht und ein Auge aufklappt.

»Oh, hi, Ever.« Sie reibt sich die Augen und setzt sich mühsam auf. »Bloß, ich bin nicht Rayne, ich bin Romy. Rayne ist da drüben.«

Ich werfe einen raschen Blick zu dem Zwilling am anderen Ende des Zimmers hinüber und bemerke den finsteren Ausdruck, der über ihr Gesicht huscht, sobald sie begreift, dass ich es bin.

»Was macht ihr denn hier?«, frage ich, wieder auf Romy konzentriert, da sie immer die freundlichere von den beiden war.

»Wir wohnen hier.« Sie zuckt die Achseln und stopft sich die zerknitterte weiße Bluse in den blau karierten Rock, während sie aufsteht.

Ich lasse den Blick zwischen ihnen hin und her wandern, sehe ihre helle Haut, die großen, dunklen Augen und das glatte schwarze, schulterlange Haar mit dem strengen Pony, und bemerke, dass beide noch immer dieselbe Privatschuluniform tragen wie bei unserer ersten Begegnung. Doch anders als im Sommerland, wo sie immer so sauber und wie aus dem Ei gepellt wirkten, sind sie jetzt so ziemlich das genaue Gegenteil – erbärmlich ungepflegt und völlig verwahrlost.

»Aber ihr könnt doch nicht hier wohnen. Das hier ist Avas Haus.« Ich schüttele den Kopf. Die Vorstellung, dass sie hier Hausbesetzer spielen, bringt mich völlig durcheinander. »Vielleicht solltet ihr darüber nachdenken, wieder nach Hause zu gehen. Ihr wisst schon, zurück ins Sommerland?«

»Das geht nicht.« Rayne zieht ihre Kniestrümpfe hoch und vergewissert sich, dass sie genau auf gleicher Höhe sind. Unabsichtlich gibt sie mir so den einzigen echten Anhaltspunkt, wie ich die beiden auseinanderhalten kann. »Deinetwegen sitzen wir hier für immer fest«, knurrt sie und nimmt sich einen Moment Zeit, um mich wütend anzufunkeln.

Ich schaue Romy an und hoffe, dass sie das erklären wird. Doch die bedenkt ihre Schwester lediglich mit einem Kopfschütteln, ehe sie mich ansieht. »Ava ist weg.« Sie zuckt die Achseln. »Aber nicht dass Rayne dir den falschen Eindruck vermittelt, wir sind ziemlich froh, dich zu sehen. Wir haben eine Wette laufen, wie bald du auftauchen würdest.«

Mein Blick huscht hastig von einer zur anderen. »Ach ja?« Ich lache nervös. »Und wer hat gewonnen?«

Rayne verdreht die Augen und zeigt auf ihre Schwester.

»Sie. Ich war sicher, dass du uns endgültig im Stich gelassen hast.«

Ich halte inne, irgendetwas an dem, was sie gerade gesagt hat ... »Moment mal, ihr meint, ihr beide wart *die ganze Zeit* hier?«

»Wir können nicht zurück. Wir haben unsere Magie verloren.«

»Also, ich kann euch bestimmt helfen zurückzukehren. Ich meine, ihr wollt doch zurück – *richtig?*« Eindringlich schaue ich sie an und sehe Rayne höhnisch grinsen, während Romy lediglich nickt. Ich weiß, dass das sehr viel einfacher sein wird, als sie denken, schließlich brauche ich bloß das Portal heraufzubeschwören, die beiden abzusetzen, mich zu verabschieden und allein die Rückreise nach Laguna anzutreten.

»Das wäre sehr schön«, sagt Romy.

»Und wir würden gern *sofort* aufbrechen«, setzt Rayne mit schmalen Augen hinzu. »Schließlich ist das das Mindeste, was du tun kannst.«

Ich schlucke heftig. Das habe ich verdient, aber ich frage mich trotzdem, wem mehr daran liegt, dass sie abziehen, ihnen oder mir.

Ich winke Rayne zu mir, während ich zu dem Futon trete, und frage mich, warum keiner der beiden auf die Idee gekommen ist, darauf zu schlafen anstatt auf dem Fußboden.

»Komm her«, sage ich und schaue über die Schulter. »Du sitzt hier auf meiner rechten Seite, und Romy, du sitzt hier.« Ich klopfe auf das unebene Polster. »Jetzt nehmt meine Hände und macht die Augen zu, und dann konzentriert euch mit aller Kraft darauf, das Portal zu *sehen*. Stellt euch den goldenen Lichtschimmer vor, als ob es genau vor euch stünde. Und sobald das Bild deutlich ist, möchte ich, dass ihr euch selbst *seht*, wir ihr hindurchgeht und dabei wisst, dass ich hier neben euch bin und auf euch aufpasse. Okay?«

Ich werfe ihnen einen schnellen Blick zu und sehe sie nicken, bevor wir den formalen Prozess durchführen, all die richtigen Schritte neu machen. Doch als ich durch das Licht auf die riesige duftende Wiese hinaustrete, öffne ich die Augen und sehe, dass ich allein bin.

»Ich hab's dir doch gesagt«, bemerkt Rayne, sobald ich zurückkomme. Mit zornigen, anklagenden Augen steht sie vor mir, und ihre blassen Hände krallen sich an ihre Hüften in dem karierten Rock. »Ich habe doch gesagt, unsere Magie ist weg. Jetzt sitzen wir hier fest und haben keine Möglichkeit zurückzukehren. Und das alles, weil versucht haben, *dir* zu helfen!«

»Rayne!«, tadelt Romy und schüttelt den Kopf. Dann wirft sie mir mit Entschuldigungsmiene einen raschen Blick zu.

»Na, stimmt doch!« Rayne macht ein finsteres Gesicht. »Ich habe dir ja gesagt, wir sollten es nicht riskieren. Ich habe es so klar gesehen wie der helle Tag. Die überwältigende Möglichkeit, dass sie die falsche Wahl treffen würde – was sie, wie ich vielleicht hinzufügen darf, ja auch getan hat!« Mit gerunzelter Stirn schüttelt sie den Kopf. »Es ist genau so abgelaufen wie vorhergesagt. Und jetzt sind *wir* diejenigen, die den Preis bezahlen.«

Oh, da seid ihr nicht die Einzigen, denke ich. Und hoffe, dass sie auch die Fähigkeit verloren haben, Gedanken zu lesen, da ich mich augenblicklich dafür schäme. Egal, wie sehr sie mir auf die Nerven geht, ich weiß, dass sie Recht hat.

»Hört zu«, sage ich; ich muss diese Situation entschärfen. »Ich weiß, wie gern ihr zurückwollt. Glaubt mir, ich weiß es. Und ich werde tun, was ich kann, um euch zu helfen.« Ich sehe, wie sie einander ansehen, zwei identische Gesichter, von purer Ungläubigkeit gezeichnet. »Ich meine, ich bin nicht ganz sicher, wie ich das machen werde, aber verlasst euch einfach darauf, dass ich es schaffe. Ich werde alles tun, um euch zu helfen, dass ihr zurückkönnt. Und bis dahin werde ich tun, was ich kann, damit ihr beide es schön habt und euch nichts passiert. Pfadfinderehrenwort. Okay?«

Rayne sieht mich an, verdreht die Augen und stößt einen Seufzer aus. »Bring uns einfach zurück ins Sommerland«, knurrt sie und verschränkt die Arme vor der Brust. »Das ist alles, was wir wollen.«

Ich nicke und weigere mich, mich von ihr verletzen zu lassen. »Verstanden. Aber wenn ich euch helfen soll, müsst ihr mir ein paar Fragen beantworten.«

Wieder sehen die beiden sich an; Raynes Blick signalisiert ein stummes *Auf gar keinen Fall*, als Romy sich mir zuwendet und nickt. »Okay.«

Und obwohl ich nicht genau weiß, wie ich es ausdrücken soll, ist es doch etwas, worüber ich mir jetzt schon seit einer ganzen Weile Gedanken mache, also springe ich mitten hinein in das Thema. »Es tut mir leid, wenn euch das jetzt kränkt, aber ich muss es wissen – seid ihr beide tot?« Ich halte den Atem an und rechne voll und ganz damit, dass sie sauer sind oder zumindest beleidigt – so ziemlich mit jeder Reaktion, außer mit dem schallenden Gelächter, das ich zu hören bekomme. Vor meinen Augen überschlagen sie sich schier vor Heiterkeit; Rayne krümmt sich vornüber und klatscht sich aufs Knie, während Romy vom Futon rollt und praktisch Krampfanfälle kriegt. »Na, ihr könnt es mir ja nicht verdenken, dass ich frage.« Ich ziehe die Brauen zusammen und bin definitiv diejenige, die hier gekränkt ist. »Ich meine, schließlich sind wir uns im Sommerland begegnet, und da hängen eine Menge tote Menschen rum. Ganz zu schweigen davon, dass ihr beide unnatürlich blass seid.«

Rayne lehnt sich an die Wand und grinst mich spöttisch an. »Wir sind also blass. Wahnsinn.« Rasch schaut sie zu ihrer Schwester hinüber und dann wieder zu mir. »Du bist auch nicht gerade knackbraun. Und trotzdem siehst du uns nicht davon ausgehen, dass du Mitglied bei den teueren Verblichenen bist.«

Ich zucke zusammen, natürlich stimmt das, aber trotzdem! »Tja, na ja, ihr hattet auch einen unfairen Vorteil. Dank Riley wusstet ihr schon lange, bevor wir uns begegnet sind, über mich Bescheid. Ihr wusstet genau, wer ich bin und *was* ich bin, und wenn ich irgendwelche Hoffnung haben soll, euch zu helfen, dann muss ich auch ein paar Dinge wissen. Also, so sehr euch das vielleicht auch gegen den Strich geht, so sehr ihr euch vielleicht auch querstellen wollt, wir kommen nur weiter, wenn ihr mir eure Geschichte erzählt.«

»Nie im Leben«, begehrt Rayne auf und starrt ihre Schwester an, warnt sie, ja nicht aufzumucken.

Doch Romy beachtet sie nicht und wendet sich direkt an mich. »Wir sind nicht tot. Nicht mal annähernd. Wir sind mehr so etwas wie ... *Flüchtlinge*. Flüchtlinge aus der Vergangenheit, wenn du so willst.«

Wieder huscht mein Blick zwischen den beiden hin und her, und ich denke insgeheim, dass ich bloß meinen Schutzschild herunterzufahren, meine Quantum-Fernsteuerung zu fokussieren und sie zu berühren brauche, damit ihre ganze Lebensgeschichte enthüllt wird. Aber zuerst sollte ich wohl zumindest versuchen, ihnen ihre Version zu entlocken.

»Vor langer Zeit«, fängt Romy an und schaut ihre missbilligend dreinblickende Schwester an, ehe sie tief Luft holt und fortfährt. »Vor sogar *sehr* langer Zeit, drohte uns ein –«

Sie legt die Stirn in Falten, sucht nach dem richtigen Wort. »Also, sagen wir einfach, wir waren im Begriff, Opfer eines sehr finsteren Ereignisses zu werden, in einer der schandbarsten Perioden unserer ganzen Geschichte, aber wir sind entkommen, indem wir ins Sommerland geflohen sind. Und dann, na ja, wir haben wohl die Zeit vergessen, und seitdem waren wir dort. Oder zumindest bis letzte Woche, als wir dir zu Hilfe gekommen sind.«

Rayne stöhnt auf, sackt zu Boden und vergräbt das Gesicht in den Händen, doch Romy beachtet sie noch immer nicht, sieht mich nach wie vor an. »Aber jetzt sind unsere schlimmsten Befürchtungen wahr geworden. Unsere Magie ist verschwunden, wir können nirgendwo hin, und wir haben keine Ahnung, wie wir hier überleben sollen.«

»Vor was für einer *Verfolgung* seid ihr denn geflohen?«, erkundige ich mich und betrachte sie genau, suche nach Anhaltspunkten. »Und wie lange ist *vor sehr langer Zeit?* Womit genau haben wir es hier zu tun?« Ich frage mich, ob ihre Geschichte so weit zurückreicht wie Damens oder ob sie einer jüngeren Vergangenheit angehören.

Die beiden wechseln Blicke, eine wortlose Übereinkunft, die mich völlig ausschließt. Also trete ich auf Romy zu und greife so schnell nach ihrer Hand, dass sie keine Zeit hat zu reagieren. Augenblicklich werde ich in ihre Gedanken hineingezogen – in ihre Welt – und *sehe*, wie die Geschichte abläuft, als wäre ich dort. Ich stehe am Rande des Geschehens, eine unbemerkte Beobachterin, völlig eingebunden in das Chaos und die Furcht jenes Tages, Zeugin so grauenvoller Bilder, dass ich versucht bin, mich abzuwenden.

Ich sehe, wie eine wütende Menschenmenge auf ihr Heim zuschwärmt, mit lauten Stimmen und hoch erhobenen Fackeln, wie ihre Tante die Tür versperrt, so gut sie kann, das

Portal heraufbeschwört und die Zwillinge in die sichere Zuflucht des Sommerlandes schubst.

Wie sie gerade im Begriff ist, selbst durch das Portal zu treten, als die Tür nachgibt und die Zwillinge verschwinden. Sie sind abgeschnitten von allem, was sie einst gekannt haben, wissen nicht, was aus ihrer Tante geworden ist, bis ein Besuch in der Großen Halle des Wissens ihnen den Folterprozess aus falschen Anklagen zeigt, den sie ertragen musste. Sie weigerte sich, sich jedweder Art der Zauberei schuldig zu bekennen, berief sich auf die Wicca-Doktrin – »*So es nicht schadet, tu, was du willst*« – und widerstand in dem Wissen, dass sie nichts Schlechtes getan hatte, erhobenen Hauptes den Schergen – bis zum Galgen, wo man sie brutal erhängte.

Ich taumele zurück, meine Finger suchen nach dem Amulett unter meinem T-Shirt. Irgendetwas in dem Blick ihrer Tante ist mir so unheimlich vertraut, dass ich ganz zittrig und verängstigt bin; streng rufe ich mir ins Gedächtnis, dass ich in Sicherheit bin, sie sind in Sicherheit – dass so etwas heute nicht passiert.

»Jetzt weißt du also Bescheid.« Romy zuckt die Achseln, während Rayne den Kopf schüttelt. »Unsere ganze Geschichte. Alles über uns. Kannst du es uns verdenken, dass wir uns dafür entschieden haben, uns zu verstecken?«

Ich weiß nicht recht, was ich sagen soll. »Ich ...« Ich räuspere mich und fange noch einmal von vorn an. »Es tut mir so leid. Ich hatte ja keine Ahnung.« Rasch schaue ich zu Rayne hinüber, die sich weigert, mich anzusehen, und dann zu Romy, die ernst den Kopf neigt. »Ich hatte keine Ahnung, dass ihr beide vor den Hexenprozessen von Salem geflohen seid.«

»Nicht ganz«, bemerkt Rayne, bevor Romy sich ebenfalls zu Wort meldet.

»Was sie damit meint ist, uns wurde nie der Prozess gemacht. Unsere Tante ist angeklagt worden. Eben wurde sie noch als die begehrteste Hebamme verehrt, und dann haben sie sie plötzlich gepackt und fortgeschleppt.«

»Wir wären mit ihr gegangen, wir hatten nichts zu verbergen«, beteuert Rayne und hebt mit zusammengekniffenen Augen das Kinn. »Und es war ganz bestimmt nicht Tante Claras Schuld, dass dieses arme Baby gestorben ist. Der Vater hat's getan. Er wollte weder das Kind noch seine Mutter. Also hat er beide umgebracht und Tante Clara die Schuld gegeben. Hat so laut *Hexe* gebrüllt, dass die ganze Stadt es gehört hat – aber dann hat Tante Clara das Portal geöffnet und uns gezwungen, uns zu verstecken, und sie wollte gerade zu uns herüberkommen, als … nun, den Rest kennst du ja.«

»Aber das war vor über dreihundert Jahren!«, entfährt es mir; noch immer ist die Vorstellung einer so langen Existenz ungewohnt für mich, trotz meiner Unsterblichkeit.

Die Zwillinge zucken die Schultern.

»Dann wart ihr also nicht mehr hier, seit …« Ich schüttele den Kopf, das monumentale Ausmaß ihres Problems wird mir allmählich klar. »Ich meine, habt ihr überhaupt eine Ahnung, wie sehr sich alles verändert hat, seit ihr das letzte Mal hier wart? Ganz im Ernst. Im Vergleich zu der, die ihr verlassen habt, ist das hier eine völlig andere Welt.«

»Wir sind doch keine Idioten.« Rayne schüttelt den Kopf. »Im Sommerland entwickeln sich die Dinge auch weiter, weißt du? Ständig kommen neue Leute und manifestieren Sachen, an denen sie hängen, all das Zeug, das sie nicht loslassen können.«

Aber das habe ich nicht gemeint, nicht einmal ansatzweise. Ich habe nicht nur von Autos und Pferdekutschen gesprochen, von Designerboutiquen und handgeschneiderten Klamotten – sondern mehr von der Fähigkeit, sich in der Welt zu bewegen, dazuzugehören, sich anzupassen und nicht so krass herauszustechen wie sie es tun! Ich betrachte ihre schnurgerade geschnittenen Ponys, die dunklen Augen und die extrem blasse Haut, und ich weiß genau, dass es bei ihrem Imagewechsel weniger um ein neues Outfit gehen wird als vielmehr um eine komplette Generalüberholung.

»Außerdem hat Riley uns darauf vorbereitet«, sagt Romy, was ihr ein lautes Aufstöhnen von Rayne sowie meine ungeteilte Aufmerksamkeit einträgt. »Sie hat eine Privatschule manifestiert und uns überredet, uns dort anzumelden. Da kommen auch diese Uniformen her. Sie war unsere Lehrerin, hat uns all das moderne Zeug beigebracht, auch die Art, wie wir reden. Sie wollte, dass wir zurückkehren und wollte uns unbedingt darauf vorbereiten. Zum Teil, weil sie wollte, das wir auf dich aufpassen, und zum Teil, weil sie fand, wir sind verrückt, unsere Teenager-Jahre zu verpassen.«

Ich erstarre, plötzlich erschließt sich mir ein völlig neues Verständnis für Rileys Interesse an den Zwillingen – ein Interesse, das sehr viel weniger mit mir als absolut mit ihr selbst zu tun hat. »Wie alt seid ihr beide?«, flüstere ich und wende mich dabei an Romy. »Oder besser gesagt, wie alt wart ihr, als ihr damals ins Sommerland gekommen seid?« Mir ist klar, dass sie seitdem keinen Tag älter geworden sind.

»Dreizehn«, antwortet Romy und runzelte die Stirn. »Warum?«

Kopfschüttelnd schließe ich die Augen und unterdrücke ein Auflachen, während ich denke: *Ich hab's doch gewusst!*

Riley hat immer von dem Tag geträumt, an dem sie dreizehn werden würde, ein waschechter Teenager, der endlich diese wichtige zweistellige Zahl geknackt hat. Doch nachdem sie mit zwölf ums Leben gekommen war, zog sie es vor, auf der Erde zu verweilen und ihre Pubertät indirekt durch mich zu erleben. Daher ist es nur logisch, dass sie versucht hat, Romy und Rayne zur Rückkehr zu überreden; sie wollte nicht, dass jemand anders das alles ebenfalls versäumt.

Und wenn Clara in derart schlimmen, trostlosen Situationen die Kraft aufbringen kann, und Riley die Hoffnung, dann kann ich doch mit Sicherheit gegen Roman bestehen.

Rasch schaue ich von einem Zwilling zum anderen. Ich weiß, dass sie nicht hierbleiben oder mit mir kommen können, um bei Sabine und mir zu wohnen. Allerdings gibt es da jemanden, der durchaus fähig und bereit ist, uns zu helfen, wenn auch nicht ganz freiwillig.

»Schnappt euch eure Sachen«, weise ich sie an und gehe zur Tür. »Ich bringe euch in euer neues Zuhause.«

DREIZEHN

Sobald wir aus dem Haus treten wird mir klar, dass wir ein Auto brauchen. Und da mir mehr an Geschwindigkeit gelegen ist als an Komfort, besonders, nachdem ich gesehen habe, wie die Zwillinge sich aneinanderklammern, während sie wachsam um sich blicken, manifestiere ich etwas, das uns schnell ans Ziel bringen wird. Romy weise ich an, sich auf Raynes Schoß zu setzen, während ich Platz nehme, aufs Gaspedal trete und uns mit erstaunlichem Geschick durch die Straßen navigiere. Die Zwillinge hängen unterdessen praktisch aus dem Fenster und starren alles, woran wir vorbeikommen, mit offenem Mund an.

»Wart ihr die ganze Zeit drinnen?« Ich werfe ihnen einen raschen Blick zu; noch nie habe ich erlebt, dass jemand so auf die Schönheit von Laguna Beach reagiert.

Sie nicken, ohne ein einziges Mal den Blick abzuwenden, und zappeln auf ihrem Sitz herum, als ich vor dem Tor halte und dem uniformierten Wachmann gestatte, sie durchs Fenster zu mustern, bevor er uns einlässt.

»Wo bringst du uns hin?« Rayne beäugt mich misstrauisch. »Was soll das mit den Wachen und dem Riesentor? Ist das hier so eine Art Gefängnis?«

Ich fahre den Hügel hinauf und schaue kurz zu ihr hinüber, während ich antworte: »Gibt es denn im Sommerland keine bewachten Wohnviertel?« Zwar habe ich noch nie eines gesehen, aber schließlich habe ich ja nicht schon die letzten drei Jahrhunderte dort gelebt wie die beiden.

Mit weit aufgerissenen Augen schütteln sie den Kopf, ganz offensichtlich verunsichert.

»Keine Angst.« Ich biege in Damens Straße ein und dann in seine Auffahrt. »Das ist kein Gefängnis, dafür sind die Tore nicht gedacht. Die sind mehr dafür da, damit Leute *draußen* bleiben.«

»Aber warum wollt ihr denn, dass die Leute draußen bleiben?« Zwei kindliche Stimmen verschmelzen zu einer.

Ich habe keine Ahnung, was ich darauf antworten soll. Schließlich bin ich selbst auch nicht so aufgewachsen; alle Wohngebiete in meiner alten Gegend waren frei zugänglich. »Ich denke, das ist, damit die Leute ...« Ich will eigentlich *»sicher sind«* sagen, aber das trifft es auch nicht ganz. »Egal.« Ich schüttele den Kopf. »Wenn ihr hier wohnen wollt, dann gewöhnt euch lieber daran. Das ist so ziemlich alles.«

»Aber wir werden doch gar nicht hier wohnen«, wendet Rayne ein. »Du hast gesagt, das hier ist nur eine Übergangslösung, bis du eine Möglichkeit findest, uns zurückzubringen, *weißt du noch?*«

Ich atme tief durch und fasse das Lenkrad fester, denke daran, wie verängstigt sie sein muss, ganz egal, wie trotzig sie sich gibt.

»Natürlich ist das nur eine Übergangslösung.« Ich nicke und ringe mir ein Lächeln ab. *Oder zumindest sollte es lieber eine sein, weil nämlich sonst jemand echt sauer sein wird.* Ich steige aus und bedeute ihnen, mir zu folgen. »Seid ihr bereit, euch euer neues *Übergangs-Zuhause* anzusehen?«

Ich strebe auf die Tür zu und bleibe direkt davor stehen. Die beiden halten sich dicht hinter mir, während ich überlege, ob ich anklopfen und warten soll, bis Damen öffnet.

Oder soll ich einfach hineingehen, da er wahrscheinlich schläft? Und gerade will ich Letzteres tun, als Damen die Tür aufschwingt, einen einzigen Blick auf mich wirft und fragt: »Bist du okay?«

Ich lächele und hänge eine telepathische Botschaft an das Lächeln: *Bevor du etwas sagst – irgendetwas –, versuch einfach, ruhig zu bleiben und gib mir eine Chance, alles zu erklären.* Seine Augen blicken fragend und voller Neugier, als ich sage: »Dürfen wir reinkommen?«

Er tritt zur Seite, und seine Augen werden vor Schreck riesengroß, als Rayne und Romy hinter mir zum Vorschein kommen und geradewegs in ihn hineinrennen. Dünne Ärmchen schlingen sich um seine Taille, und die beiden schauen hingebungsvoll zu ihm auf. »Damen!«, quietschen sie. »Du bist es! Du bist es wirklich!« Und so nett diese kleine Wiedersehensfeier auch ist, kann ich doch nicht umhin zu bemerken, dass ihre Reaktion auf ihn, mit all dieser Liebe und Freude, mehr oder weniger das krasse Gegenteil zu dem ist, wie sie mir begegnen.

»Hey.« Damen zaust ihnen lächelnd das Haar und beugt sich hinunter, um beiden einen Kuss auf die Stirn zu drücken. »Wie lange ist das jetzt her?« Blinzelnd macht er sich von ihnen los.

»Letzte Woche«, erwiderte Rayne, und auf ihrem Gesicht zeigt sich absolute Verehrung. »Kurz bevor Ever ihr Blut in das Gegengift gemischt und *alles* vermasselt hat.«

»Rayne!« Romy blickt hastig von ihrer Schwester zu mir und schüttelt den Kopf. Doch ich gehe nicht darauf ein.

»Ich meine *davor*.« Mit zusammengekniffenen Augen blickt Damen in die Ferne und versucht, sich an das Datum zu erinnern.

Sie sehen ihn an, und in ihren Augen liegt ein verschmitztes Funkeln. »Das war vor etwas mehr als sechs Jahren, als Ever *zehn* war!«

Mir bleibt der Mund offen stehen, als Damen lacht. »Ach ja. Und euch beiden habe ich dafür zu danken, dass ihr mir geholfen habt, sie zu finden. Und da ihr ja wisst, wie viel sie mir bedeutet, bin ich wirklich froh, dass ihr so nett zu ihr seid. Das ist doch nicht zu viel verlangt – *oder?*« Er stupst Rayne unters Kinn, woraufhin sie lächelt, während sich ihre Wangen leuchtend rosa färben.

»Also, wie komme ich zu dieser unglaublichen Ehre?« Er führt uns in das noch immer leere Wohnzimmer. »Wieder mit meinen lange verschollenen Freunden vereint zu sein, die, wie ich vielleicht hinzufügen darf, nicht einen Tag älter geworden sind, seit wir uns zum ersten Mal begegnet sind.«

Die beiden sehen sich an und kichern. Ganz offensichtlich sind sie von allem, was er sagt, völlig hingerissen. Und ehe ich mir eine Antwort ausdenken, die richtigen Worte finden kann, um ihm das Ganze schonend beizubringen und ihn langsam an die Vorstellung zu gewöhnen, dass sie bei ihm bleiben, wechseln sie einen Blick und trompeten: »Ever hat gesagt, wir können bei dir wohnen!«

Damen schaut rasch zu mir herüber. Das Lächeln klebt noch immer auf seinem Gesicht, während sich ein Ausdruck nackten Entsetzens in seine Augen schleicht.

»Als *Übergangslösung*«, setze ich hinzu, fange seinen Blick auf und lasse ein Trommelfeuer aus telepathischen roten Tulpen auf ihn los. »Nur bis ich eine Möglichkeit finde, wie ich sie wieder ins Sommerland schaffen kann, oder bis ihre Magie zurückkehrt, je nachdem, was zuerst passiert.« Wieder hänge ich eine Mentalbotschaft an: *Du hast doch gesagt, du willst dein Karma aufpolieren als Wiedergutmachung für deine Vergangenheit, weißt du noch? Also, was gibt's da Besseres als jemandem zu helfen, der in Not ist? Und so kannst du auch das Haus behalten, weil du Platz brauchen wirst. Das ist doch die ideale Lösung. Jeder hat etwas davon!* Ich nicke und lächele so eifrig, dass ich aussehe wie ein Wackeldackel.

Damens sieht zuerst mich und dann die Zwillinge an und schüttelt lachend den Kopf. »Natürlich könnt ihr bleiben. So lange es notwendig ist. Also, wie wär's, gehen wir nach oben, damit ihr euch eure Zimmer aussuchen könnt?«

Ich seufze, mein perfekter Freund erweist sich als sogar noch perfekter. Dann folge ich ihm, als die Zwillinge die Treppe hinaufstürmen – fröhlich, kichernd, völlig verändert, seit sie in Damens Obhut sind.

»Können wir dieses Zimmer haben?«, wollen sie wissen. Ihre Augen leuchten, als sie in der Tür von Damens *ganz besonderem* Zimmer stehen, in dem noch immer seine Sachen fehlen.

»Nein!«, wehre ich zu schnell ab und zucke zurück, als die beiden sich umdrehen und mich mit schmalen Augen böse anfunkeln. Doch obwohl ich wegen des negativen Beginns ein schlechtes Gewissen habe, bin ich fest entschlossen, diesen Raum wieder in seinen ursprünglichen Zustand zu versetzen, und das geht auf gar keinen Fall, wenn sie darin campieren. »Das ist schon vergeben«, füge ich hinzu und weiß, dass das die Abfuhr nicht im Mindesten mildert. »Aber es gibt noch jede Menge andere Zimmer, das Haus ist riesig, ihr werdet sehen. Es gibt sogar einen Swimmingpool!«

Romy und Rayne werfen sich einen raschen Blick zu, ehe sie weiter den Flur hinuntermarschieren, die Köpfe zusammengesteckt, und leise miteinander flüstern. Sie machen sich gar nicht die Mühe, ihren Ärger über mich zu verbergen.

Du hättest es ihnen doch ruhig lassen können, denkt Damen, nahe genug, um einen elektrischen Schlag durch meine Adern fahren zu lassen.

Ich schüttele den Kopf und gehe stumm neben ihm her, während ich telepathisch erwidere: *Ich möchte dieses Zimmer wieder mit deinen Sachen gefüllt sehen. Auch wenn sie dir nichts mehr bedeuten, mir bedeuten sie eine Menge. Du kannst die Vergangenheit nicht einfach wegwerfen – du kannst den Dingen, die dich definiert haben, nicht den Rücken kehren.*

Er bleibt stehen und wendet sich mir zu. »Ever, wir werden nicht durch unsere Habseligkeiten definiert. Nicht durch die Kleider, die wir tragen, die Autos, die wir fahren, die Kunst, die wir anschaffen ... nicht, wo wir leben, definiert uns – sondern *wie* wir leben.« Sein Blick bohrt sich in den meinen, während er mich telepathisch in die Arme nimmt und die Wirkung so echt erscheint, dass es mir den Atem verschlägt. »Es ist unser Handeln, an das man sich erinnert, lange nachdem wir dahin sind«, setzt er hinzu und streicht mir übers Haar, während seine Lippen telepathisch die meinen finden.

Stimmt. Lächelnd schmücke ich das Bild, das er erschaffen hat, mit Tulpen und Sonnenuntergängen und Regenbögen und Puttenfiguren und allen möglichen romantischen Klischees aus, sodass wir beide lachen müssen. *Nur dass wir unsterblich sind,* füge ich hinzu, fest entschlossen, ihn auf meine Seite zu ziehen. *Und das heißt, dass nichts von alldem wirklich für uns gilt. Wenn wir das also bedenken, dann können wir vielleicht einfach ...* Doch ich komme nicht dazu, zu Ende zu denken, weil die Zwillinge nach uns rufen. »Das Zimmer hier!«, schreien sie. »Das will ich haben!«

Da die Zwillinge so daran gewöhnt sind, zusammen zu sein, war ich sicher, dass sie in einem Zimmer wohnen wollen, vielleicht sogar mit Stockbetten oder dergleichen. Doch sobald sie sahen, wie groß das nächste Zimmer ist, und dann das übernächste, steckten beide sofort ohne Zögern ihr eigenes Revier ab. Die nächsten paar Stunden verbrachten sie damit, Damen und mich anzuweisen, die Zimmer haargenau ihren Wünschen entsprechend einzurichten. Wir sollten Betten manifestieren, verlangten sie Kommoden und Regale, nur um es sich gleich wieder anders zu überlegen, uns die Räume leeren und wieder von vorn anfangen zu lassen.

Doch solange Damen seine Magie anwendete, beschwerte ich mich nicht. Ich war viel zu erleichtert, ihn wieder manifestieren zu sehen, selbst wenn er sich weigerte, irgendetwas für sich zu erschaffen. Als wir fertig waren, ging allmählich die Sonne auf, und mir war klar, dass ich lieber nach Hause zurückkehren sollte, bevor Sabine aufwachte und merkte, dass ich weg war.

»Wundere dich nicht, wenn ich es heute nicht zur Schule schaffe«, meint er, als er mich zur Haustür bringt.

Ich seufze, der Gedanke, ohne ihn hinzugehen, ist grässlich.

»Ich kann sie doch hier nicht allein lassen. Nicht bevor sie sich eingewöhnt haben.« Achselzuckend deutet er mit dem Daumen über die Schulter zum Obergeschoss, wo die Zwillinge zum Glück endlich in ihren Betten schlafen.

Ich nicke; ich weiß, dass er Recht hat, und ich schwöre mir innerlich, sie bald ins Sommerland zurückzubringen, bevor sie sich hier allzu häuslich einrichten.

»Ich bin mir nicht sicher, ob das die Lösung ist.« Damen erahnt meine Gedanken.

Ich blinzele, mir ist nicht ganz klar, wo das hinführt, trotzdem habe ich allmählich ein ungutes Gefühl im Bauch.

»Ich habe mir gedacht ...« Er legt den Kopf schief und

fährt sich mit dem Daumen über das stoppelige Kinn. »Sie haben eine Menge durchgemacht – haben ihr Zuhause verloren, ihre Verwandten, alles, was sie jemals gekannt haben und was ihnen lieb war. Ihr Leben ist ihnen so abrupt genommen worden, dass sie gar keine Chance hatten, es überhaupt zu leben ... Sie haben eine richtige Kindheit verdient, weißt du? Einen Neuanfang in der Welt ...«

Ich würde gern etwas entgegnen, aber die Worte wollen einfach nicht kommen. Denn obwohl auch ich möchte, dass sie glücklich und geborgen und all so etwas sind – was den Rest betrifft, sind wir nicht mehr auf demselben Kurs. Ich hatte einen kurzen Besuch geplant, ein paar Tage, oder allerschlimmstenfalls Wochen. Nicht ein einziges Mal ist mir der Gedanke gekommen, Teil eines Ersatz-Elternpaares zu werden, schon gar nicht für Zwillinge, die nur ein paar Jahre jünger sind als ich.

»Es war ja nur ein Gedanke.« Damen zuckt die Schultern. »Letzten Endes liegt die Entscheidung bei ihnen. Es ist ihr Leben.«

Ich schlucke heftig. Das hier ist nichts, was sofort entschieden werden muss, sage ich mir und strebe gerade auf mein manifestiertes Auto zu, als Damen bemerkt: »Ever. Ist das dein Ernst? Ein Lamborghini?«

Ich erröte und winde mich unter seinem Blick. »Ich habe etwas gebraucht, was schnell ist.« Ich zucke die Achseln und weiß, dass er mir das nicht abkauft, sobald ich sein Gesicht sehe. »Die beiden hatten Angst davor, draußen zu sein, also musste ich sie schnell herschaffen.«

»Und musste das Ding unbedingt blitzblank und rot sein?« Kopfschüttelnd schaut er von dem Auto zu mir und lacht.

Daraufhin presse ich die Lippen zusammen, schaue weg

und weigere mich, noch etwas zu sagen. Ich meine, ich hatte ja nicht vor, den Wagen zu behalten. Sobald ich nach Hause komme und in die Einfahrt einbiege, lasse ich ihn verschwinden.

Ich öffne die Tür und steige ein, und da fällt mir plötzlich ein, was ich ihn vorhin fragen wollte. Während ich die eleganten Linien seines Gesichts betrachte, erkundige ich mich: »Hey, Damen – wie kommt es eigentlich, dass du so schnell die Haustür aufgemacht hast? Woher hast du gewusst, dass wir da waren?«

Er sieht mich an, während das Lächeln langsam aus seinem Gesicht weicht.

»Ich meine, es war vier Uhr morgens. Ich konnte noch nicht mal anklopfen, und du warst schon da. Hast du denn nicht geschlafen?«

Und obwohl ein protziger roter Metallklumpen zwischen uns steht, ist es, als wäre er direkt bei mir. Sein Blick jagt mir Schauer über die Haut, als er antwortet: »Ever, ich kann es immer spüren, wenn du in der Nähe bist.«

VIERZEHN

Nach einem langen Tag in der Schule ohne Damen springe ich ins Auto, sobald es klingelt, und mache mich auf den Weg zu seinem Haus. Doch anstatt an der Ampel links abzubiegen, lege ich eine verbotene 180-Grad-Wendung hin. Und rede mir ein, dass ich ihm ein bisschen Luft lassen, ihm Gelegenheit geben sollte, eine Beziehung zu den Zwillingen aufzubauen. Dabei will ich angesichts der Heldenverehrung, die die beiden Damen ihm entgegenbringen, und Raynes krasser Feindseligkeit mir gegenüber … also, ich bin einfach noch nicht bereit, ihnen gegenüberzutreten.

Ich fahre nach Laguna Beach hinein und denke mir, dass ich bei MYSTICS & MOONBEAMS hineinschauen werde, die esoterische Buchhandlung, in der Ava früher gearbeitet hat. Vielleicht kann Lina, die Besitzerin, mir helfen, eine Lösung für meine mystischen Probleme zu finden, ohne dass ich verrate, worauf genau ich aus bin. Was eine ganz schöne Leistung wäre, wenn man bedenkt, wie misstrauisch sie ist.

Nachdem ich den besten Parkplatz manifestiert habe, den ich hinbekomme, und der im überfüllten Laguna Beach zufällig zwei Blocks weit entfernt liegt, stopfe ich die Parkuhr mit Münzen voll und gehe zur Tür der Buchhandlung, nur um von einem großen roten Schild empfangen zu werden, auf dem steht: »KOMME GLEICH WIEDER.«

Die Lippen zusammengepresst, stehe ich davor und schaue mich nach allen Seiten um, ob mich auch ja niemand beobachtet, während ich per Gedankenkraft das Schild umdrehe und den Riegel zurückgleiten lasse. Und die Glocke über der Tür zum Schweigen bringe, als ich hineinschlüpfe und auf die Bücherregale zustrebe. Ich genieße die Gelegenheit, auf eigene Faust zu stöbern, ohne Linas Argusaugen.

Meine Finger gleiten über die langen Reihen der Buchrücken, warten auf irgendein Signal, ein plötzliches Warmwerden, ein Jucken an den äußersten Fingerspitzen, etwas, das mich auf genau das richtige Buch aufmerksam macht. Da ich jedoch nicht fündig werde, schnappe ich mir eins dicht am Ende des Regals, schließe die Augen und presse die Hände auf die Vorder- und Rückseite, bemüht zu *sehen*, was es enthält.

»*Wie bist du denn hier reingekommen?*«

Ich fahre zusammen und stoße gegen das Regal hinter mir. Ein Stapel CDs fällt zu Boden.

Verlegen stehe ich vor dem Durcheinander zu meinen Füßen; überall liegen CD-Hüllen herum, ein paar sind gesprungen. »Hast du mich erschreckt … Ich …«

Dann knie ich hastig nieder, mein Herz pocht wie wild, und mein Gesicht wird heiß. Ich frage mich nicht nur, *wer* er ist, sondern *wie* er es geschafft hat, sich unbemerkt an mich heranzuschleichen, wenn das eigentlich unmöglich sein sollte. Die Energie eines Sterblichen macht sich immer schon lange vor ihrer eigentlichen Gegenwart bemerkbar. Ist es also möglich, dass er *nicht* sterblich ist?

Rasch werfe ich einen verstohlenen Blick hinüber, als er sich neben mich kniet, sehe seine gebräunte Haut, die muskulösen Arme und die schwere Mähne aus goldbraunen Dreadlocks, die ihm über die Schulter fällt und den halben Rücken hinunterreicht. Beobachte, wie er die kaputten CD-Hüllen einsammelt, suche nach irgendeinem Zeichen, das ihn als Unsterblichen ausweist, vielleicht sogar als Abtrünnigen. Ein Gesicht, das zu vollkommen ist, ein Ouroboros-Tattoo – doch als er mich beim Beobachten erwischt, lächelt er auf eine Art, die nicht nur hinreißende Grübchen auf beiden Wangen zur Schau stellt, sondern auch Zähne, die gerade schief genug sind, um zu beweisen, dass er nicht so ist wie ich.

»Alles klar?«, erkundigt er sich und sieht mich mit Augen an, die so grün sind, dass ich kaum noch meinen Namen weiß.

Ich nicke, komme unbeholfen auf die Beine und reibe mir die Handflächen an meiner Jeans ab; dabei frage ich mich, wieso ich so atemlos bin, so durcheinander. Mit aller Gewalt zwinge ich die Worte zwischen meinen Lippen hindurch, als ich antworte. »Ja. Alles klar.« Und hänge aus Versehen noch ein nervöses Lachen an, so hoch und albern, dass ich mich innerlich krümme und mich abwende. »Ich, äh … ich habe mich nur ein bisschen umgeschaut«, füge ich hinzu, und dabei wird mir klar, dass ich wahrscheinlich eher das Recht habe, hier zu sein, als er.

Rasch werfe ich einen Blick über die Schulter und stelle fest, dass er mich auf eine Art und Weise ansieht, die ich nicht zu deuten vermag. Ich hole tief Luft und straffe die Schultern. »Ich glaube, die eigentliche Frage ist, wie bist *du* hier reingekommen?« Dabei bemerke ich seine sandigen Füße und seine nasse Surfershorts, die ihm gefährlich tief auf den Hüften hängt. Bevor ich noch mehr sehen kann, schaue ich weg.

»Der Laden gehört mir.« Er stapelt die heruntergefallenen CDs, deren Hüllen heil geblieben sind, wieder in das Regal, ehe er sich zu mir umdreht.

»Wirklich?« Mit zusammengekniffenen Augen drehe ich

mich um. »Ich kenne nämlich zufällig die Besitzerin, und du hast nicht die geringste Ähnlichkeit mit ihr.«

Er legt den Kopf schief, blinzelt mit gespielter Nachdenklichkeit und reibt sich das Kinn, als er erwidert: »Echt? Die meisten Leute behaupten, wir sehen uns ähnlich. Obwohl ich zugeben muss, ich bin ganz deiner Meinung, ich habe das selbst nie bemerkt.«

»Du bist mit Lina verwandt?« Mit offenem Mund starre ich ihn an und hoffe, dass sich meine Stimme für ihn nicht so panisch anhört wie für mich.

»Sie ist meine Großmutter.« Wieder nickt er. »Ich heiße übrigens Jude.«

Damit streckt er mir die Hand entgegen, lang, gebräunt, mit offenen Fingern, die auf meine warten. Doch obwohl meine Neugier geweckt ist, kann ich das nicht tun. Trotz meines Interesses, obwohl ich mich frage, wieso ich mich in seiner Gegenwart so ... verwirrt und aus dem Gleichgewicht gebracht fühle, kann ich den Ansturm der Erkenntnisse nicht riskieren, den eine einzige Berührung mit sich bringt, wenn ich seelisch durcheinander bin.

Ich nicke und antworte mit so einem dämlichen, peinlichen Halb-Winken, während ich meinen Namen nuschele. Und versuche, mich nicht zu winden, als er mich mit einem seltsamen Blick ansieht und die Hand wieder sinken lässt.

»Also, jetzt, da das geklärt ist,« – er wirft sich sein feuchtes Handtuch über die Schulter und streut dabei eine Ladung Sand durch den ganzen Raum – »möchte ich noch mal auf meine ursprüngliche Frage zurückkommen: *Was machst du hier?*«

Ich drehe mich um und täusche ein plötzliches Interesse an einem Buch über Traumdeutungen vor, während ich erwidere: »Ich bleibe bei meiner ursprünglichen Antwort, die *mich umschauen* lautet, falls du es vergessen haben solltest. Umschauen ist hier drin doch bestimmt erlaubt?« Ich drehe mich wieder um und begegne seinem Blick – diese erstaunlichen meergrünen Augen erinnern mich an ein Reklameplakat für ein tropisches Urlaubsziel. Irgendetwas daran ist so ... undefinierbar ... erschreckend ... und doch ... sonderbar vertraut, obgleich ich mir sicher bin, dass ich ihm noch nie begegnet bin.

Er lacht und schiebt sich ein Gewirr aus goldenen Dreadlocks aus dem Gesicht; dabei wird eine Narbe sichtbar, die genau durch seine Braue verläuft. Sein Blick landet knapp zu meiner Rechten, als er sagt: »Und trotzdem, nach all den Sommerferien, die ich hier verbracht und den Kunden zugeschaut habe, wie sie sich *umschauen*, habe ich noch nie erlebt, dass sich jemand so umsieht wie du.«

Seine Mundwinkel zucken, während seine Augen mich eingehend betrachten. Dann wende ich mich mit hämmerndem Herzen ab und nehme mir einen Augenblick Zeit, um mich zu fangen, ehe ich mich wieder zu ihm umdrehe. »Du hast noch nie gesehen, wie sich jemand den Rückentext anschaut? Das ist ein bisschen merkwürdig, findest du nicht?«

»Nicht mit geschlossenen Augen.« Er legt den Kopf schief und richtet den Blick von Neuem rechts neben mir ins Leere.

Ich bin total zittrig und völlig von der Rolle. Mir ist klar, dass ich das Thema wechseln muss. »Vielleicht solltest du dir lieber Gedanken darüber machen, *wie* ich hier reingekommen bin, statt darüber, was ich hier mache«, bemerke ich und wünsche mir, ich könnte es zurücknehmen, sobald es heraus ist.

Mit zusammengekniffenen Augen schaut er mich an. »Ich

dachte, ich hätte mal wieder die Tür offen gelassen. Willst du damit sagen, dass das nicht stimmt?«

»*Nein.*« Heftig schüttele ich den Kopf und hoffe, dass ihm nicht auffällt, wie heiß und rot meine Wangen werden. »Nein, das – genau das will ich damit sagen. Du hast die Tür wirklich offen gelassen«, füge ich hinzu und versuche, nicht herumzuzappeln, zu blinzeln, die Lippen zusammenzupressen oder mich sonst wie zu verraten. »*Sperrangelweit offen* sogar, was nicht nur Energieverschwendung ist wegen der Klimaanlage, sondern auch total –« Ich stocke, mir wird ganz komisch im Magen, als ich das Lächeln sehe, das auf seinen Lippen spielt.

»Du bist also eine Freundin von Lina, wie?« Er geht zur Kasse und lässt das Handtuch mit einem nassen, sandigen Plumps auf den Ladentisch fallen. »Ich habe sie nie von dir sprechen hören.«

»Na ja, wir sind nicht direkt *befreundet.*« Ich zucke die Schultern und hoffe, dass das nicht so verlegen aussah, wie es sich angefühlt hat. »Ich meine, ich bin ihr einmal begegnet, und sie hat mir dabei geholfen ... Moment mal, wieso hast du das gerade so ausgedrückt? Du weißt schon, in der Vergangenheitsform? Ist Lina *okay?*«

Er nickt, nimmt auf einem Hocker Platz, greift sich eine lila Pappschachtel und fängt an, ein Bündel Quittungen durchzublättern. »Sie ist auf ihrem alljährlichen Erkenntnis-Trip. Sucht sich jedes Mal einen anderen Ort aus. Diesmal Mexiko. Versucht rauszufinden, ob die Maya Recht hatten und die Welt 2012 untergeht. Wie siehst du das?«

Er sieht mich mit neugierigen Augen an. Sie sind beharrlich, bohren sich geradewegs in meine. Doch ich kratze mich lediglich am Arm und zucke die Achseln; von dieser speziellen Theorie habe ich noch nie gehört, und ich überlege, ob das auch für Damen und mich gilt. Werden wir dann im Schattenland enden, oder werden wir gezwungen sein, auf einer verödeten Erde umherzustreifen – die letzten beiden Überlebenden, dafür verantwortlich, das Land wieder zu bevölkern, bloß – Achtung, Ironie! – wenn wir uns berühren, stirbt Damen ...

Ich schüttele den Kopf, bemüht, diesem Gedankengang zu entkommen, ehe er sich richtig festsetzen und meinen ganzen Kopf aufmischen kann. Außerdem bin ich aus einem bestimmten Grund hier, und ich muss mich an den Plan halten.

»Also, woher kennst du sie? Wenn ihr nicht direkt *befreundet* seid.«

»Ich habe sie durch Ava kennen gelernt«, erwidere ich. Das Gefühl ihres Namens auf meinen Lippen ist mir verhasst.

Er verdreht die Augen und murmelt kopfschüttelnd irgendetwas Unverständliches vor sich hin.

»Dann kennst du sie also?« Ich sehe ihn an, gestatte es meinem Blick, über sein Gesicht zu wandern, seinen Hals, seine Schultern, seine glatte, gebräunte Brust, bis hinunter zum Nabel, ehe ich mich zwinge, wieder wegzuschauen.

»Ja, ich kenne sie.« Er schiebt die Schachtel zur Seite, und sein Blick trifft auf den meinen. »Ist vor Kurzem einfach verschwunden – hat sich in Luft aufgelöst, soweit ich es sagen kann.«

Oh, du hast ja keine Ahnung, denke ich und beobachte aufmerksam sein Gesicht.

»Hab bei ihr zuhause angerufen, auf ihrem Handy, nichts. Schließlich bin ich bei ihr vorbeigefahren, um mich zu vergewissern, dass sie okay ist, und es war Licht an, also ist klar, dass sie mir aus dem Weg geht.« Er schüttelt den Kopf.

»Hat mich mit 'nem Haufen wütender Kunden sitzen lassen, die ihre Zukunft gedeutet haben wollen. Wer hätte gedacht, dass sie so was von unzuverlässig ist?«

Ja, wer hätte das gedacht? Bestimmt nicht diejenige, die blöd genug war, ihre tiefsten, finstersten Geheimnisse direkt in ihre gierigen, ausgestreckten Hände zu legen.

»Hab noch immer niemanden gefunden, der gut genug ist, um sie zu ersetzen. Und lass dir gesagt sein, es ist so ziemlich unmöglich, gleichzeitig Sitzungen abzuhalten und sich um den Laden zu kümmern. Deswegen bin ich ja eben kurz raus.« Er zuckt die Achseln. »Die Brandung ruft, und ich musste mal Pause machen. Hab wohl wieder die Tür offen gelassen.«

Seine Augen treffen auf meine, funkelnd und tief. Und ich kann nicht sagen, ob er wirklich glaubt, dass er die Tür offen gelassen hat, oder ob er mich in Verdacht hat. Doch als ich versuche, einen verstohlenen Blick in seinen Kopf zu werfen, um es herauszufinden, hält mich die Mauer zurück, die er errichtet hat, um seine Gedanken vor Leuten wie mir zu schützen. Alles, wonach ich mich richten kann, ist die leuchtend violette Aura, die ich vorher nicht gesehen habe – ihre Farbe wallt und schimmert und lockt.

»Bis jetzt habe ich nur einen Haufen Bewerbungen von Amateuren. Aber ich will unbedingt meine Wochenenden wiederhaben, deshalb bin ich drauf und dran, alle Namen in eine Schüssel zu schmeißen und einen zu ziehen, nur damit ich's hinter mir habe.« Er schüttelt den Kopf und zeigt abermals seine Grübchen.

Und obgleich ein Teil von mir nicht fassen kann, was ich zu tun im Begriff bin, treibt der andere, der praktische Teil mich an, erkennt eine vollendete Gelegenheit, wenn sie sich bietet.

»Vielleicht kann ich dir ja helfen.« Ich halte den Atem an, während ich auf seine Antwort warte. Doch als alles, was ich bekomme, zusammengekniffene Augen sind, begleitet von einem ganz leichten abschätzigen Schürzen der Lippen, füge ich hinzu: »Im Ernst. Du brauchst mich nicht mal zu bezahlen.«

Seine faszinierenden grünen Augen werden noch schmaler, sind praktisch nicht mehr zu sehen.

»Was ich damit meine, ist, du brauchst mir nicht *besonders viel* zu bezahlen«, bessere ich nach; ich will nicht als irgendein komischer, verzweifelter Freak rüberkommen, der umsonst liefert. »Ich arbeite für ein bisschen mehr als einen totalen Billiglohn – aber nur, weil ich so gut bin, dass ich von den Trinkgeldern leben werde.«

»Du kannst hellsehen?« Er verschränkt die Arme, legt den Kopf zurück und mustert mich mit absolutem Unglauben.

Ich richte mich auf und gebe mir Mühe, nicht von einem Bein aufs andere zu treten. Hoffe, professionell und reif zu wirken, wie jemand, dem er zutrauen kann, den Laden mit ihm zu schmeißen. »Jep«, nicke ich und zucke unwillkürlich zusammen; ich bin es nicht gewohnt, jemandem meine Fähigkeiten zu offenbaren, erst recht nicht einem Fremden. »Manche Sachen *weiß* ich irgendwie einfach ... Erkenntnisse *kommen* mir einfach so ... ist schwer zu erklären.«

Er sieht mich an, hin- und hergerissen, dann richtet er den Blick wieder rechts neben mich, als er fragt: »Und was genau *bist* du dann?«

Ich zucke die Achseln; meine Finger spielen mit dem Reißverschluss meiner Kapuzenjacke, ziehen ihn hoch und runter, hoch und runter. Ich habe keine Ahnung, was er meint.

»Bist du ein Clairaudient, ein Clairvoyant, ein Clairsentient, Clairgustance, Clairscent oder Clairtangency? Welches von alldem?«

»Alles.« Ich nicke und habe keinen Schimmer, was die Hälfte dieser Begriffe bedeuten, doch ich denke bei mir, wenn das auch nur entfernt etwas mit hellseherischen Fähigkeiten zu tun hat, dann habe ich es wahrscheinlich drauf.

»Aber ein Medium bist du nicht«, meint er, als wäre das eine Tatsache.

»Ich kann Geister sehen«. Ich zucke die Achseln. »Aber nur die, die noch hier sind, nicht die, die schon –« Ich halte inne und tue so, als würde ich mich räuspern; mir ist klar, das es besser ist, die Brücke, das Sommerland oder dergleichen nicht zu erwähnen. »Die, die schon ins Jenseits eingetreten sind, kann ich nicht sehen.« Wieder zucke ich die Achseln und hoffe, dass er nicht versucht nachzubohren, denn weiter bin ich nicht bereit zu gehen.

Er kneift abermals die Augen zusammen, und sein Blick wandert von meinem blassblonden Kopf bis hinunter zu den Nikes an meinen Füßen. Ein Blick, der meinen ganzen Körper erbeben lässt. Dann greift er unter den Ladentisch nach einem langärmeligen T-Shirt und zerrt es sich über den Kopf, ehe er mich ansieht und sagt: »Also, Ever, wenn du hier arbeiten willst, dann musst du das Vorsingen bestehen.«

FÜNFZEHN

Jude schließt die Eingangstür ab und geht dann voraus, einen kurzen Flur entlang und in ein kleines Zimmer zur Rechten. Die Hände neben dem Körper geballt, folge ich ihm, starre auf das Peace-Zeichen hinten auf seinem T-Shirt und sage mir immer wieder, dass ich ihn blitzschnell fertigmachen und ihn den Tag bereuen lassen kann, an dem er sich mit mir angelegt hat, falls er irgendetwas Schräges macht.

Er deutet auf einen gepolsterten Klappstuhl, der vor einem kleinen quadratischen, mit einem blauen Tuch bedeckten Tisch steht. Dann lässt er sich mir gegenüber nieder, legt den einen nackten Fuß aufs Knie und fragt: »Also, was ist deine Spezialität?«

Mit gefalteten Händen betrachte ich ihn, konzentriere mich darauf, langsam und tief zu atmen, und gebe mir Mühe, mich nicht unbehaglich zu winden.

»Tarotkarten? Runen? I Ging? Psychometrie?«

Rasch schaue ich zur Tür hinüber; ich weiß, dass ich sie im Bruchteil einer Sekunde erreichen könnte. Was für einige Aufregung sorgen würde, aber was soll's.

»Du wirst mir doch die Zukunft voraussagen, *oder?*« Sein Blick hält den meinen unbeirrt fest. »Dir ist doch klar, was ich mit *Vorsingen* gemeint habe?« Er lacht und zeigt dabei seine Grübchen, während er seine Dreadlocks über die Schulter wirft und dann noch ein bisschen weiterlacht.

Ich starre das Tischtuch an und fahre mit den Fingern über die unebene Wildseide. Hitze steigt mir in die Wangen, als ich an Damens letzte Worte denke, dass er mich *immer* spüren kann – und ich hoffe, dass er das nur so gesagt hat, dass er mich *jetzt* nicht spüren kann.

»Ich brauche gar nichts weiter«, murmele ich undeutlich und will ihm noch immer nicht in die Augen sehen. »Ich brauche nur kurz deine Hand zu berühren, dann kann's losgehen.«

»Chiromantie. Handlesen.« Er nickt. »Nicht das, was ich erwartet hätte, aber meinetwegen.« Er beugt sich zu mir vor, die Hände offen, die Handflächen nach oben gedreht und bereit.

Ich schlucke schwer, sehe die tief eingegrabenen Linien, doch dort lebt die Geschichte nicht – jedenfalls nicht für mich. »Eigentlich lese ich nicht in den Handlinien«, sage ich, und meine Stimme verrät meine Nervosität, während ich meinen Mut zusammenraffe, um ihn zu berühren. »Es ist mehr die – die *Energie*. Ich stimme mich einfach darauf ein. Da ist die ganze Info zu finden.«

Er lehnt sich zurück und betrachtet mich so eingehend, dass ich seinem Blick nicht standhalten kann. Ich weiß, dass ich ihn einfach berühren, es hinter mich bringen muss. Und ich muss es *jetzt gleich* tun.

»Geht das nur mit der Hand?« Er beugt und streckt die Finger; die Schwielen auf seiner Handfläche heben und senken sich.

Ich räuspere mich und frage mich, wieso ich so nervös bin, warum ich das Gefühl habe, ich würde Damen betrügen, wenn ich doch bloß versuche, einen Job an Land zu ziehen, der meine Tante zufriedenstellt. »Nein, das geht überall. Dein Ohr, deine Nase, sogar dein großer Zeh – ist egal, liest sich alles gleich. An die Hand kommt man einfach nur leichter ran, verstehst du?«

»Leichter als an den großen Zeh?« Er lächelt, und die seegrünen Augen suchen die meinen.

Ich hole tief Luft und denke, wie derb und rau seine Hände sind, besonders im Vergleich zu Damens, dessen Hände stets fast weicher sind als meine. Und irgendwie fühlt sich das Ganze schon bei dem Gedanken daran irgendwie verkehrt an. Jetzt, da Berührungen uns verboten sind, kommt es mir schäbig, verboten, *falsch* vor, auch nur mit einem anderen Typen allein zu sein.

Ich strecke den Arm aus, die Augen fest geschlossen, und sage mir wieder, dass das hier nur ein Vorstellungsgespräch ist – dass es wirklich keinen Grund gibt, warum ich diesen Job nicht schnell und schmerzlos kriegen könnte. Drücke die Finger in die Mitte seiner Handfläche und fühle das feste, sanfte Nachgeben seiner Haut. Erlaube seinem Energiestrom, durch mich hindurchzufließen – so friedlich, so heiter, als wate man in ein ganz stilles Meer hinaus. So anders als der Rausch und das Kribbeln und die Hitze, die ich mittlerweile bei Damen gewohnt bin – zumindest bis der Schrecken von Judes Lebensgeschichte Gestalt annimmt.

Mit einem Ruck ziehe ich wie gestochen die Hand zurück und taste nach dem Amulett unter meinem Top. Ich bemerke seine erschrockene Miene, als ich mich beeile zu erklären. »Entschuldigung.« Ich schüttele den Kopf, bin wütend auf mich selbst, weil ich überreagiert habe. »*Normalerweise* würde ich das nicht tun. *Normalerweise* bin ich viel diskreter. Ich war nur ein bisschen ... überrascht ... das ist alles. Ich habe nicht damit gerechnet, etwas so –« Ich verstumme, mir ist klar, dass mein hirnrissiges Geplapper das Ganze nur noch schlimmer macht. »*Normalerweise* verberge ich meine Reaktionen viel besser, wenn ich jemandem die Zukunft voraussage.« Ich nicke bekräftigend und zwinge meinen Blick, dem seinen zu begegnen. Was immer ich auch sage, es wird die Tatsache nicht verbergen, dass ich kalte Füße bekommen habe wie ein totaler Amateur. »Ganz im Ernst.« Ich lächele, meine Lippen dehnen sich auf eine Art und Weise, die nicht überzeugend sein kann. »Ich bin das ultimative Pokerface.« Wieder betrachte ich ihn und sehe, dass das nicht hinhaut. »Ein Pokerface, das außerdem voller *Empathie* und *Mitgefühl* ist«, stammele ich, unfähig, diesen führerlos dahinrasenden Zug anzuhalten. »Ich meine, wirklich ... ich bin einfach ... *ganz voll* ...« Ich krümme mich innerlich, während ich kopfschüttelnd meine Sachen zusammensuche, um Schluss zu machen. Jetzt wird er mich auf keinen Fall einstellen.

Jude rutscht nach vorn an die Stuhlkante und beugt sich so weit zu mir herüber, dass es mir Mühe macht zu atmen. »Also, erzähl mal«, sagt er, und sein Blick ist wie eine Hand auf meinem Handgelenk, hält mich fest. »Was genau *hast* du denn nun gesehen?«

Ich schlucke krampfhaft, schließe einen Moment lang die Augen und lasse den Film, den ich gerade in meinem Kopf gesehen habe, noch einmal ablaufen. Die Bilder sind so deutlich, sie tanzen vor mir, als ich sage: »Du bist anders.« Ich sehe ihn an; sein Körper ist regungslos und sein Blick fest, sie geben keine Hinweise, ob ich richtigliege oder nicht.

»Aber du warst auch immer schon anders. Schon seit du ganz klein warst, hast du sie gesehen.« Ich schlucke und wende den Blick ab, das Bild, wie er in seinem Bettchen liegt und lächelnd der Großmutter zuwinkt, die Jahre vor seiner Geburt gestorben ist, ist jetzt in mein Gehirn graviert. »Und als ...« Ich stocke, will es nicht sagen, aber ich weiß,

wenn ich diesen Job haben will, dann sollte ich es besser tun.
»Aber als dein Vater ... sich *erschossen* hat ... damals, als du zehn warst, da hast du gedacht, es wäre deine Schuld gewesen. Du warst überzeugt, dein Beharren darauf, dass du deine Mutter sehen könntest, die übrigens ein Jahr zuvor gestorben war, hätte ihn irgendwie dazu getrieben. Es hat Jahre gedauert, bis du die Wahrheit akzeptiert hast, dass dein Vater nämlich einfach einsam und depressiv war und unbedingt wieder bei deiner Mutter sein wollte. Trotzdem zweifelst du manchmal daran.«

Ich sehe Jude an und bemerke, dass er nicht einmal gezuckt hat, obwohl irgendetwas in diesen abgrundtiefen grünen Augen auf die Wahrheit hindeutet.

»Er hat ein paar Mal versucht, dich zu besuchen. Wollte sich dafür entschuldigen, was er getan hat, aber obwohl du ihn gespürt hast, hast du ihn abgeblockt. Du hattest es satt, ständig von deinen Klassenkameraden geärgert und von den Nonnen ausgeschimpft zu werden – gar nicht zu reden von deinem Pflegevater, der ...« Ich schüttele den Kopf und will nicht weitersprechen, weiß aber, dass es sein muss. »Du wolltest einfach nur normal sein. Wolltest wie alle anderen behandelt werden.« Ich fahre mit den Fingerspitzen über die Tischdecke, die Kehle wird mir eng; ich weiß genau, wie es sich anfühlt, dazugehören zu wollen und doch die ganze Zeit zu wissen, dass das nie wirklich klappen kann. »Aber nachdem du abgehauen bist und Lina kennen gelernt hast – sie ist übrigens *nicht* deine richtige Großmutter, deine *richtigen* Großeltern sind tot.« Wieder schaue ich ihn an und frage mich, ob er wohl verblüfft ist, dass ich das wusste, doch er lässt sich nichts anmerken. »Jedenfalls hat sie dich aufgenommen, hat dir zu essen gegeben und dir was zum Anziehen besorgt; sie –«

»Sie hat mir das Leben gerettet.« Er seufzt und lehnt sich auf seinem Stuhl zurück, reibt sich mit langen, gebräunten Fingern die Augen. »In mehr als einer Hinsicht. Ich wusste nicht mehr weiter, und sie –«

»Hat dich als den akzeptiert, der du *wirklich* bist.« Ich *sehe* die ganze Geschichte vor mir, als wäre ich dabei.

»Und wer ist das?«, will er wissen und sieht mich unverwandt an, die Hände auf den Knien. »Wer bin ich *wirklich?*«

Ich erwidere seinen Blick und antworte wie aus der Pistole geschossen: »Jemand, der so intelligent ist, dass du die Highschool in der zehnten Klasse abgeschlossen hast. Jemand mit so erstaunlichen medialen Fähigkeiten, dass du Hunderten von Menschen geholfen und sehr wenig dafür verlangt hast. Und trotzdem, trotz alldem bist du außerdem so …« Ich sehe ihn an; seine Mundwinkel heben sich. »Na ja, eigentlich wollte ich *faul* sagen – aber ich möchte diesen Job wirklich gern haben, also sage ich lieber *entspannt.*« Ich lache und bin erleichtert, als er mitlacht. »Und wenn du die Wahl hättest, würdest du nie wieder arbeiten. Du würdest dein ganzes Leben damit verbringen, nach der *einen* absolut vollkommenen Welle Ausschau zu halten.«

»Ist das eine Metapher?«, fragt er mit schiefem Lächeln.

»In deinem Fall nicht.« Ich zucke die Achseln. »In deinem Fall ist es eine *Tatsache.*«

Er nickt, lehnt sich auf seinem Stuhl zurück und sieht mich auf eine Art und Weise an, die meinen Magen tanzen lässt. Dann lässt er sich wieder nach vorn kippen, die Füße auf dem Boden. »Schuldig.« Sehnsüchtige Augen forschen in den meinen. »Und jetzt, da es keine Geheimnisse mehr gibt, da du in die tiefsten Tiefen meiner Seele geblickt hast – muss ich doch fragen, irgendwelche Einblicke in Sachen meine Zukunft? Vielleicht eine gewisse Blondine?«

Ich rücke auf meinem Stuhl herum und will gerade etwas sagen, als er mir glatt das Wort abschneidet. »Und ich rede hier von der *unmittelbaren* Zukunft, so etwa Freitagabend. Wird Stacia sich *jemals* mit mir verabreden?«

»Stacia?« Meine Stimme kiekst, während mir die Augen praktisch aus dem Kopf springen. So viel zu dem Pokerface, mit dem ich angegeben habe.

Ich sehe, wie er die Augen schließt und den Kopf schüttelt; die langen, goldenen Dreadlocks bilden einen so hübschen Kontrast zu seiner tollen, dunklen Haut. »Anastasia Pappas, alias Stacia«, erläutert er, ohne meinen Seufzer der Erleichterung mitzubekommen; ich bin hocherfreut, dass es um irgendeine andere grässliche Stacia geht und nicht um die, die ich kenne.

Ich stimme mich auf die Energie ein, die ihren Namen umgibt, und weiß sofort, dass es nie dazu kommen wird – auf jeden Fall nicht so, wie er denkt. »Willst du's wirklich wissen?«, frage ich. Mir ist klar, dass ich ihm eine Menge vergeblicher Bemühungen ersparen könnte, indem ich es ihm jetzt gleich sage, aber ich bezweifle, dass er die Wahrheit so dringend hören möchte, wie er behauptet. »Ich meine, würdest du nicht lieber abwarten und sehen, wie's läuft?« Ich sehe ihn an und hoffe, dass er zustimmt.

»Wirst du das auch deinen Kunden sagen?«, erkundigt er sich ganz geschäftlich.

Ich schüttle den Kopf. »Hey, wenn sie dumm genug sind zu fragen, bin ich dumm genug, es ihnen zu sagen.« Ich lächele. »Also ist die Frage wohl, wie dumm bist du?«

Er hält inne, zögert so lange, dass ich schon befürchte, zu weit gegangen zu sein. Dann jedoch lächelt er und streckt die rechte Hand aus, während er sich von seinem Stuhl erhebt. »Dumm genug, um dich einzustellen. Jetzt weiß ich auch, warum du mir am Anfang nicht die Hand geben wolltest.« Er drückt meine Hand ein paar Sekunden zu lange. »Das war eine der abgefahrensten Hellseher-Sitzungen, die ich je hatte.«

»*Eine* der abgefahrensten?« In gespielter Empörung ziehe ich eine Braue hoch, als ich nach meiner Tasche greife und neben ihn trete.

Er lacht, geht zur Tür und wirft mir einen raschen Blick zu, als er vorschlägt: »Wieso kommst du nicht morgen vorbei, sagen wir, so gegen zehn?«

Ich zögere, es ist vollkommen klar, dass das nicht geht.

»Was ist? Schläfst du morgens lieber lange? Willkommen im Club.« Jude zuckt die Schultern. »Aber glaub mir, wenn *ich* das schaffe, dann kannst du es auch.«

»Das ist es nicht.« Ich halte inne und überlege, warum es mir so widerstrebt, es ihm zu sagen. Ich meine, jetzt, da ich den Job habe, was kümmert es mich da, was er denkt?

Wartend sieht er mich an, sein Blick addiert die Sekunden.

»Es ist nur – ich habe Unterricht.« *Unterricht* hört sich so viel älter an als *Schule*, als wäre ich auf dem College oder so etwas.

»Wo denn?«

»Äh, drüben in Bay View«, nuschele ich und versuche, mich nicht vor Scham zu winden, als ich es laut ausspreche.

»In der *Highschool?*« Seine Augen werden bei diesen neuen Erkenntnissen schmal.

»Wow, du kannst tatsächlich hellsehen.« Ich lache und weiß, dass ich mich nervös und dämlich anhöre. »Ich mache gerade die elfte Klasse fertig«, gestehe ich schließlich.

Jude sieht mich einen Moment lang an – einen zu langen

Moment lang –, dann wendet er sich ab und öffnet die Tür. »Du wirkst älter«, meint er, und die Worte klingen so abstrakt, dass ich nicht genau weiß, ob sie für mich bestimmt sind oder für ihn. »Komm vorbei, wenn du kannst. Ich zeige dir, wie die Kasse funktioniert und noch ein paar andere Sachen.«

»Du willst, dass ich verkaufe? Ich dachte, ich soll bloß Leuten die Zukunft voraussagen?« Ich bin einigermaßen überrascht zu hören, wie meine Stellenbeschreibung so rasch ausgeweitet wird.

»Wenn du keine Sitzungen abhältst, arbeitest du im Laden. Ist das ein Problem?« Ich schüttele den Kopf, während er mir die Tür aufhält. »Bloß eine Sache.« Ich beiße mir auf die Lippe und weiß nicht recht, wie ich weitersprechen soll. »Also, eigentlich zwei. Erstens, hast du was dagegen, wenn ich unter einem anderen Namen arbeite? Du weißt schon, mit dem Weissagen und alldem? Ich wohne bei meiner Tante, und die ist zwar total cool und so, aber sie weiß eigentlich nichts von meinen Fähigkeiten, also –«

»Sei, wer du willst.« Er zuckt die Achseln. »Keine Sorge. Aber ich muss anfangen, Termine zu machen, also wer möchtest du denn sein?«

Ich stocke, bis jetzt habe ich das noch gar nicht zu Ende gedacht. *Rachel* vielleicht, nach meiner besten Freundin in Oregon, oder etwas noch Gewöhnlicheres wie Anne oder Jenny, oder so etwas. Aber da ich weiß, dass die Leute von Hellsehern immer erwarten, dass sie so weit von der Normalität entfernt sind, wie's nur geht, schaue ich zum Strand hinüber und entscheide mich für das Dritte, was ich sehe. Übergehe *Baum* und *Basketballfeld* und sage: »Avalon.« Der Klang des Namens gefällt mir auf Anhieb. »Du weißt schon, wie die Stadt auf Catalina Island?«

Er nickt und folgt mir nach draußen. »Und das Zweite?«, will er wissen.

Ich drehe mich um, atme tief durch und hoffe, dass er zuhört, als ich antworte: »Du hast was Besseres verdient als Stacia.«

Sein Blick wandert über mein Gesicht. Ganz offensichtlich hat er sich mit der Wahrheit abgefunden, auch wenn er nicht gerade überglücklich ist, sie von mir zu hören zu bekommen.

»Du neigst echt dazu, dich in die falschen Mädchen zu vergucken.« Ich schüttele den Kopf. »Das weißt du doch, oder?«

Ich warte auf eine Antwort, irgendeine Reaktion auf das, was ich gerade gesagt habe, doch er zuckt lediglich die Achseln und winkt zum Abschied. Und sieht mir immer noch nach, als ich zu meinem Auto gehe, ohne den leisesten Schimmer zu haben, dass ich ihn *hören* kann, als er denkt: *Als ob ich das nicht wüsste.*

SECHZEHN

Ich bin kaum in die Einfahrt eingebogen, als Sabine mich auf meinem Handy anruft und sagt, ich soll mir heute Abend ruhig eine Pizza bestellen, weil sie länger arbeiten muss. Und obwohl ich versucht bin, ihr von meinem neuen Job zu erzählen, tue ich es nicht. Ich meine, natürlich muss ich es ihr sagen, und wenn nur, um mir den zu ersparen, den sie arrangiert hat, aber trotzdem, ich kann ihr auf gar keinen Fall erzählen, dass ich *ausgerechnet diesen* Job angenommen habe. Sie wird das merkwürdig finden. Selbst wenn ich all das weglasse, von wegen, dass ich dafür bezahlt werde, die Zukunft vorauszusagen – und glaubt mir, ich käme *nicht im Traum* auf die Idee, das auch nur zu erwähnen –, sie würde einen Job in einer esoterischen Buchhandlung trotzdem seltsam finden. Vielleicht sogar albern. Wer weiß?

Sabine ist viel zu vernünftig und zu rational, um je auf so etwas einzusteigen. Sie zieht es vor, in einer Welt zu leben, die solide und belastbar ist, die vollkommen logisch ist, im Gegensatz zur *wirklichen* Welt, die alles andere als das ist. Und obgleich es mir zuwider ist, sie ständig anlügen zu müssen, sehe ich nicht, was mir anderes übrig bleibt. Sie darf auf keinen Fall die Wahrheit über mich erfahren, und schon gar nicht, dass ich unter dem Decknamen Avalon anderen Menschen die Zukunft voraussagen werde.

Ich sage ihr einfach, dass ich einen Job hier in der Gegend gefunden habe, irgendetwas ganz Gewöhnliches, in einer normalen Buchhandlung vielleicht oder bei einem Starbucks. Und dann muss ich mir natürlich etwas ausdenken, wie ich diese Geschichte belegen kann, für den Fall, dass sie beschließt nachzuhaken.

Ich parke in der Garage und gehe die Treppe hinauf. Oben werfe ich, ohne hinzusehen, meinen Rucksack aufs Bett und gehe zum Kleiderschrank, während ich mir das T-Shirt über den Kopf zerre. Gerade will ich den Reißverschluss meiner Jeans hinunterziehen, als Damen sagt: »Beachte mich gar nicht, ich sitze hier nur so rum und genieße die Aussicht.« Hastig kreuze ich die Arme vor der Brust; mein Herz schlägt dreimal so schnell wie sonst, während Damen einen leisen, liebevollen Pfiff von sich gibt und mich anlächelt.

»Ich habe dich gar nicht *gesehen*. Und übrigens auch nicht mal *gespürt*«, bemerke ich, während ich wieder nach meinem Top greife.

»Du warst wohl zu abgelenkt.« Lächelnd klopft er neben sich aufs Bett und bekommt Lachfältchen, als ich mein T-Shirt überziehe, ehe ich mich zu ihm setze.

»Was machst du hier?«, frage ich. Eigentlich interessiert mich die Antwort nicht besonders, ich bin einfach nur froh, wieder in seiner Nähe zu sein.

»Ich dachte, da Sabine länger arbeiten muss ...«

»Woher –« Doch dann schüttele ich den Kopf und lache. Natürlich weiß er es. Er kann jedermanns Gedanken lesen, einschließlich meiner, aber nur wenn ich es will. Und obwohl ich normalerweise meinen Schutzschild nicht hochfahre und ihm meine Gedanken zugänglich mache, geht das im Augenblick nicht. Ich habe das Gefühl, ich muss es ihm erklären, ihm meine Seite der Geschichte erzählen, bevor er in meinen Kopf schauen und seine eigenen Schlüsse ziehen kann.

»Und da du nach der Schule nicht vorbeigekommen bist ...« Er beugt sich zu mir herüber.

»Ich wollte dir ein bisschen Zeit mit den Zwillingen lassen.« Ich ziehe mir ein Kissen auf den Bauch und fingere an dem Saum herum. »Du weißt schon, damit ihr euch daran gewöhnen könnt, zusammen zu sein und ... all so was.« Mir ist klar, dass er mir das nicht abkauft, nicht eine Sekunde lang.

»Oh, wir sind durchaus aneinander gewöhnt.« Er lacht. »Das versichere ich dir.« Dann schüttelt er den Kopf. »Das war vielleicht ein Tag. Sehr umtriebig und sehr ... *interessant*, mangels eines besseren Wortes. Aber du hast uns gefehlt.« Er lächelt, und sein Blick gleitet über mein Haar, mein Gesicht, meine Lippen, wie ein süßer, langer Kuss. »Es wäre so viel schöner gewesen, wenn du dabei gewesen wärst.«

Ich schaue weg und bezweifle, dass auch nur irgendetwas davon im Mindesten wahr ist. »Na klar doch«, brumme ich vor mich hin.

Er berührt mein Kinn, dreht mein Gesicht zu sich herum. Betroffenheit malt sich auf seinen Zügen. »Hey, was ist denn los?«

Ich presse die Lippen zusammen und schaue weg, quetsche das Kissen so fest zusammen, dass es zu platzen droht, und wünsche mir, ich hätte nichts gesagt. Jetzt muss ich es erklären. »Ich bin einfach ... ich bin einfach nicht sicher, ob die Zwillinge damit einverstanden wären.« Ich zucke die Schultern. »Die geben mir ja so ziemlich *an allem* die Schuld. Und es ist ja auch nicht so, als wenn da nicht was dran wäre. Ich meine –«

Doch ehe ich den Satz vollenden kann, fällt mir etwas auf – Damen *berührt mich*.

Berührt mich wie in *fasst mich an!*

Wirklich.

Kein Handschuh, keine telepathische Umarmung, einfach nur guter, altmodischer Hautkontakt – oder zumindest *Beinahe*-Kontakt.

»Wie machst du –« Ich sehe ihn an, und seine Augen leuchten vor Lachen, als er sieht, wie ich seine nackte, unbehandschuhte Hand anstarre.

»Schön?« Er lächelt, packt meinen Arm und hebt ihn hoch, und wir sehen beide, wie der dünne Energieschleier, das Einzige, was meine Haut von seiner trennt, zwischen uns pulsiert. »Ich habe den ganzen Tag daran gearbeitet. Nichts wird mich von dir fernhalten, Ever. *Nichts.*« Sein Blick fängt den meinen ein.

Ich sehe ihn an, und in meinem Verstand überschlagen sich die Möglichkeiten, was das hier bedeuten könnte. Ich genieße das *Beinahe*-Gefühl seiner Haut, nur durch eine hauchdünne Schicht pure, vibrierende Energie getrennt, unsichtbar für jeden außer uns. Und obgleich das den üblichen Kribbel- und Hitzeschwall ein wenig abmildert, und obgleich es sich niemals mit einer *echten* Berührung vergleichen ließe, fehlt er mir so sehr – einfach nur das Zusammensein mit ihm –, dass ich nehme, was ich kriegen kann.

Ich lehne mich an ihn und sehe, wie sich der Schleier ausdehnt, bis er von unseren Köpfen bis zu den Füßen reicht. Uns erlaubt, so beieinander zu liegen wie früher – oder zumindest *fast* so wie früher.

»Viel besser.« Ich lächele, und meine Hände wandern über sein Gesicht, seine Arme, seine Brust. »Ganz zu schweigen davon, dass das hier sehr viel weniger peinlich ist als der Handschuh.«

»*Peinlich?*« Er fährt zurück und sieht mich an; gespielte Entrüstung malt sich auf seinen Zügen.

»Komm schon«, lache ich. »Sogar *du* musst zugeben, dass das der totale Mode-Lapsus war. Ich dachte, Miles kriegt jedes Mal einen Krampfanfall, wenn er das Ding gesehen hat.« Tief atme ich seinen wunderbaren, warmen, würzigen Geruch ein, während ich mein Gesicht in seinen Hals wühle. »Also, wie hast du das gemacht?« Meine Lippen streifen seine Haut, sehnen sich danach, auch noch den letzten Zentimeter von ihm zu kosten. »Wie hast du die Magie des Sommerlandes eingefangen und sie hierhergeschafft?«

»Mit dem Sommerland hat das überhaupt nichts zu tun«, flüstert er, und seine Lippen berühren die Wölbung meiner Ohrmuschel. »Das ist einfach nur die Zauberkraft der Energie. Außerdem solltest du inzwischen wissen, dass fast alles, was man dort tun kann, auch hier möglich ist.«

Ich sehe ihn an und denke an Ava, an all den kunstvollen Goldschmuck und die Designerklamotten, die sie dort manifestiert hat, und daran, wie enttäuscht sie war, als das alles die Heimreise nicht überstanden hat.

Doch bevor ich das anbringen kann, sagt er: »Obwohl es stimmt, dass Dinge, die dort manifestiert worden sind, nicht hierher übertragen werden können. Doch wenn man versteht, wie die Magie funktioniert, wenn man wirklich kapiert, dass alles in Wirklichkeit bloß aus Energie besteht, dann gibt es keinen Grund, warum man nicht in der Lage sein sollte, dasselbe hier zu manifestieren. Wie deinen Lamborghini, zum Beispiel.«

»Den würde ich ja nun nicht gerade als *meinen* Lamborghini bezeichnen«, wende ich mit tiefroten Wangen ein, obwohl es noch gar nicht so lange her ist, dass er selbst auf außergewöhnliche Autos gestanden hat. »Sobald ich mit dem Ding fertig war, habe ich es sofort zurückgeschickt. Ich meine, ich habe ihn schließlich nicht *behalten*.«

Er lächelt, vergräbt die Hand in meinem Haar und lässt die Spitzen zwischen den Fingern hindurchgleiten. »Wenn ich nicht gerade Sachen für die Zwillinge manifestiert habe, habe ich das hier immer weiter verfeinert.«

»Was denn für Sachen?«, erkundige ich mich und ändere meine Haltung ein wenig, damit ich ihn besser sehen kann. Augenblicklich bin ich durch den Anblick seiner Lippen abgelenkt, erinnere mich daran, wie warm und seidig sie sich einmal auf meinen angefühlt haben, und ich überlege, ob der Energieschild uns wohl gestatten wird, das wieder zu erleben.

»Angefangen hat alles mit dem Flachbildfernseher.« Damen seufzt. »Oder vielmehr mit *zwei* Flachbildfernsehern, am Schluss wollten sie nämlich jede einen für ihr Zimmer haben, und außerdem noch zwei für ihr gemeinsames Wohnzimmer. Und kaum hatte ich die Dinger angeschlossen und alles hat funktioniert, haben sie sich davor gesetzt, und keine fünf Minuten später gab's jede Menge Sachen, ohne die sie unmöglich leben konnten.«

Ich blinzele überrascht, denn im Sommerland schienen sich die Zwillinge nie besonders viel aus materiellen Dingen zu machen, aber vielleicht liegt das daran, dass materielle Dinge dazu neigen, einen Großteil ihres Wertes zu verlieren, wenn man alles manifestieren kann, was man will. Der Verlust ihrer Magie hat sie wohl genauso werden lassen wie alle anderen – man sehnt sich nach allem, was außer Reichweite ist.

»Glaub mir, die beiden sind der Traum eines jeden Werbefachmanns.« Lächelnd schüttelt er den Kopf. »Passen genau in die heiß umkämpfte Jugend-Zielgruppe zwischen dreizehn und dreißig.«

»Abgesehen von der Tatsache, dass du nichts von all dem

Zeug *gekauft* hast, oder? Du hast die Augen geschlossen und sie *heraufbeschworen*. Das ist ja wohl kaum dasselbe, als wenn man in ein Geschäft geht und das Ganze mit seiner Kreditkarte bezahlt. Hast du überhaupt eine Kreditkarte?«

»Brauche ich nicht.« Er lacht, und seine Finger huschen über meinen Nasenrücken, ehe seine Lippen die Spitze berühren. »Aber obwohl ich nicht losgezogen bin und all den Kram *gekauft* habe, wie du so großzügig festgestellt hast …«, er lächelt, »… macht das die Werbung nicht weniger effektiv, was ich damit eigentlich sagen wollte.«

Ich löse mich von ihm und weiß, er erwartet, dass ich lache oder irgendetwas Fröhliches antworte, doch ich kann nicht. Und obgleich ich ihn nur höchst ungern enttäusche, schüttele ich trotzdem den Kopf und sage: »So oder so, du musst aufpassen. Du solltest sie nicht so verwöhnen oder es ihnen so gemütlich machen, dass sie gar nicht mehr wegwollen.« Er blinzelt mich an, versteht eindeutig nicht, was ich meine, also erkläre ich hastig: »Was ich meine, ist, du darfst nicht vergessen, es ist nur eine *Übergangslösung*, dass sie bei dir wohnen. Unser eigentliches Ziel ist, für sie zu sorgen, bis wir ihre Magie wieder auf die Reihe kriegen und wir sie ins Sommerland zurückbringen können, wo sie hingehören.«

Er rollt sich auf den Rücken und starrt an die Decke. Dann wendet er mir das Gesicht zu. »Was das angeht …«

Mein Magen sackt ganz leicht weg.

»Ich habe nachgedacht …« Er kneift die Augen zusammen. »Wer kann eigentlich genau sagen, ob sie ins Sommerland gehören?«

Ich schrecke zurück; Widerworte liegen mir bereits auf den Lippen, als er den Finger hebt und ihnen Einhalt gebietet.

»Ever, was die Frage betrifft, ob sie zurückkehren oder

nicht, also, meinst du nicht, dass das etwas ist, was sie selbst entscheiden sollten? Ich bin nicht sicher, ob wir diejenigen sind, die diese Beschlüsse fassen sollten.«

»Aber wir *beschließen* doch gar nichts.« Meine Stimme ist schrill und zittrig. »Das wollen sie doch! Oder wenigstens haben sie das gestern Nacht gesagt, als ich sie gefunden habe. Sie waren wütend auf mich, haben gesagt, ich wäre schuld daran, dass sie ihre Magie verloren haben, dass sie hier festsitzen – oder zumindest hat Rayne das gesagt, Romy war … na ja, eben Romy.« Ich zucke die Schultern. »Aber trotzdem. Willst du mir erzählen, das hat sich geändert?«

Er schließt einen Moment lang die Augen, ehe er den Blick wieder fest auf die meinen heftet. »Ich bin mir gar nicht sicher, ob sie im Augenblick überhaupt wissen, was sie wollen«, sagt er. »Sie sind ein bisschen überwältigt von all den Möglichkeiten, hier zu sein, und gleichzeitig haben sie zu viel Angst, um auch nur das Haus zu verlassen. Ich glaube, wir sollten ihnen ein wenig Zeit lassen und aufgeschlossen dafür sein, dass sie vielleicht ein bisschen länger bleiben als geplant. Oder zumindest, bis sie sich ganz eingewöhnt haben und besser selbst entscheiden können. Außerdem bin ich ihnen das schuldig, das ist das Mindeste, das ich tun kann. Vergiss nicht, sie haben mir geholfen, dich zu finden.«

Ich wende den Blick ab, bin hin- und hergerissen. Einerseits will ich das Beste für die Zwillinge, andererseits mache ich mir Sorgen, wie sich das auf Damen und mich auswirken wird. Ich meine, sie sind noch nicht mal einen Tag hier, und schon jetzt trauere ich, weil ich nicht mehr so einfach Zugang zu ihm habe, und das ist eine total egoistische Art und Weise, Menschen zu betrachten, die in Not sind. Trotzdem, ich glaube, man braucht kein Hellseher zu sein, um zu wissen, dass Damen und ich gewaltig eingeschränkt sein werden, wenn die beiden hierbleiben und bei allem Möglichen Hilfe brauchen.

»Seid ihr euch da das erste Mal begegnet? Im Sommerland?«, frage ich. Ich glaube mich zu erinnern, wie Rayne irgendetwas davon gesagt hat, dass Damen ihnen geholfen hat, nicht umgekehrt.

Damens Blick hält meinen fest, als er den Kopf schüttelt und erwidert: »Nein, da habe ich sie nur seit langer Zeit zum ersten Mal wiedergetroffen. Wir kennen uns eigentlich schon sehr lange – seit Salem.«

Mir klappt die Kinnlade herunter; ich sehe ihn an und frage mich, ob er wohl während der Prozesse dort war, doch er belehrt mich rasch eines Besseren.

»Das war kurz bevor all der Ärger losging, und ich war nur auf der Durchreise. Die beiden hatten irgendetwas angestellt und haben nicht mehr nach Hause gefunden – also habe ich sie in meiner Kutsche mitgenommen, und ihre Tante hat es nie erfahren.« Er lacht.

Und ich will gerade irgendeinen miesen Kommentar abgeben, irgendwas in der Richtung, dass er sie von Anfang an verhätschelt hat, als er sagt: »Die beiden hatten ein außergewöhnlich schweres Leben – sie haben in sehr jungen Jahren alles verloren, was sie geliebt und gekannt hatten. Das kannst du doch sicher nachempfinden? Ich kann's auf jeden Fall.«

Ich seufze und komme mir klein und egoistisch vor und schäme mich, dass ich überhaupt daran erinnert werden muss. Entschlossen, mich auf die praktische Seite der Dinge zu beschränken, frage ich: »Aber wer soll sie erziehen?« Ich hoffe, dass es den Anschein hat, als würde ich mir viel weniger um mich Gedanken machen und viel mehr um sie. Ich meine, bei all ihrer totalen Absonderlichkeit, gar nicht zu reden von ihrer völlig bizarren Lebensgeschichte, wo sollen sie denn hin? Wer könnte für sie sorgen?

»*Wir* werden für sie sorgen.« Damen rollt sich auf die Seite, sodass ich ihn wieder ansehen muss. »*Du* und *ich*. Zusammen. Wir sind die Einzigen, die das können.«

Ich seufze und will mich abwenden, doch die Wärme seines allumfassenden Blicks zieht mich an. »Ich weiß bloß nicht genau, ob wir als Eltern geeignet sind.« Meine Hand wandert über seine Schulter, verirrt sich im Gewirr seines Haares. »Oder als Vorbild oder als Vormund oder irgend so was. Wir sind doch zu jung!«, füge ich hinzu; ich finde, dass das ein gutes, stimmiges Argument ist und rechne mit jeder anderen Reaktion als dem schallenden Gelächter, dass ich zu hören bekomme.

»Zu *jung?*« Damen schüttelt den Kopf. »Du vielleicht! Weißt du, ich bin *wirklich* schon seit einer ganzen Weile hier zugange. Reichlich lang genug, um ein angemessener Vormund für die Zwillinge zu sein. Außerdem«, fragt er lächelnd, »wie schwer kann das schon sein?«

Ich schließe die Augen und denke an meine dürftigen Versuche, Riley sowohl in Menschen- als auch in Geistergestalt anzuleiten, und daran, wie jämmerlich ich dabei versagt habe. Und um ehrlich zu sein, ich bin mir nicht sicher, ob ich das noch mal schaffe. »Du hast ja keine Ahnung, auf was du dich da einlässt«, entgegne ich. »Du kannst dir nicht mal annähernd vorstellen, was es heißt, zwei willensstarke, dreizehnjährige Mädchen zu betreuen. Das ist wie einen Sack Flöhe hüten – völlig unmöglich.«

»Ever.« Seine Stimme ist leise, schmeichelnd, entschlossen, meine Bedenken zu zerstreuen und all die dunklen Wolken zu verjagen. »Ich weiß, was dir wirklich zu schaffen macht, glaub mir. Aber es sind doch nur noch fünf Jahre, bis sie achtzehn werden, dann müssen sie selbst für sich sorgen und in die Welt ziehen. Und dann haben wir die Freiheit zu tun, was wir wollen. Was sind schon fünf Jahre, wenn wir die ganze Ewigkeit haben?«

Doch ich schüttele abermals den Kopf, will mich nicht überreden lassen. »*Wenn* sie dann losziehen «, erwidere ich. »*Wenn*. Glaub mir, es gibt jede Menge Kids, die noch *sehr* viel länger zuhause rumhängen.«

»Ja, aber der Unterschied ist, du und ich werden das nicht zulassen.« Er lächelt, und seine Augen flehen mich praktisch an, nicht mehr so ernst zu sein und auch zu lächeln. »Wir werden sie alles an Magie lehren, was sie brauchen, um unabhängig zu werden und allein zurechtzukommen. Dann schicken wir sie in die Welt hinaus, wünschen ihnen alles Gute und gehen allein irgendwo hin.«

Und die Art und Weise, wie er mir in die Augen sieht und mir übers Haar streicht, macht es unmöglich, weiter sauer zu sein, unmöglich, noch mehr Zeit mit einem Thema wie diesem zu verschwenden, wenn mein Körper dem seinen so nahe ist.

»Fünf Jahre sind gar nichts, wenn man schon sechshundert gelebt hat«, meint er, die Lippen auf meiner Wange, an meinem Hals, meinem Ohr.

Ich kuschele mich dichter an ihn, ungeachtet der Tatsache, dass meine Perspektive da ein bisschen anders ist als seine. Nachdem ich nie mehr als zwei Dekaden in ein und derselben Inkarnation verbracht habe, kommen mir fünf Jahre Zwillinge-Sitten wie eine Ewigkeit vor.

Er zieht mich an sich, die Arme fest um mich geschlungen, und tröstet mich auf eine Weise, die von mir aus ewig dauern könnte. »Sind wir uns einig?«, flüstert er. »Können wir das Thema abhaken?«

Ich nicke und drücke meinen Körper fest an seinen, brauche keine Worte. Das Einzige, was ich jetzt will, das Einzige, was dafür sorgen kann, dass ich mich besser fühle, ist die tröstliche Berührung seiner Lippen.

Ich lege mich auf ihn, passe mich dem Bogen seiner Brust an, der Kuhle seines Leibes, der Wölbung nahe den Hüften. Herzen schlagen in vollendeter Kadenz, sind sich vage eines dünnen Schleiers aus pulsierender Energie zwischen uns bewusst, als ich den Mund auf seinen herabsenke – dränge, schmiege, presse, Wochen des Sehnens steigen an die Oberfläche –, bis ich nur noch meinen Körper mit dem seinen durchtränken möchte.

Er stöhnt, ein leiser, urtümlicher Laut, der tief aus seinem Inneren kommt; seine Hände umklammern meine Taille, ziehen mich näher, bis nichts mehr zwischen uns ist als zwei Lagen Kleidungsstücke, derer es sich zu entledigen gilt.

Ich hantiere an seiner Hose, während er an meinem T-Shirt zerrt; unser Atem trifft in kurzen, unregelmäßigen Stößen aufeinander, während unsere Finger sich eilen, so sehr sie können, unfähig, ihre Aufgabe schnell genug zu meistern, um unser Verlangen zu stillen.

Und gerade als ich seine Jeans aufgeknöpft habe und anfange, sie herunterzuziehen, merke ich, dass wir uns so nahe sind, dass der Energieschild verdrängt worden ist.

»Damen!«, keuche ich und sehe, wie er vom Bett springt; sein Atem geht so schwer und schnell, dass seine Worte ganz abgehackt klingen.

»Ever ... ich ...« Er schüttelt den Kopf. »Entschuldige, ich dachte, es wäre sicher ... mir war nicht klar ...«

Ich greife nach meinem T-Shirt und ziehe es an; meine Wangen brennen, mein Inneres steht in Flammen. Ich weiß, dass er Recht hat, wir *dürfen* dieses Risiko nicht eingehen – können es uns nicht leisten, uns so zu verheddern.

»Es tut mir auch leid – ich glaube ... ich glaube, vielleicht habe ich den Schild weggedrückt, und ...« Beschämt senke ich den Kopf, lasse mir das Haar ins Gesicht fallen. Ich komme mir winzig vor, und als würde ich streng geprüft. Bestimmt war es meine Schuld.

Die Matratze senkt sich, als er sich zu mir setzt, und der Energieschleier ist vollkommen wiederhergestellt, als er mein Kinn anhebt, damit ich ihn ansehe. »Es ist nicht deine Schuld. Ich – ich habe mich nicht mehr konzentriert. Ich war so mit dir beschäftigt, dass ich den Schild nicht halten konnte.«

»Ist schon okay. Wirklich«, beteuere ich.

»Nein, ist es nicht. Ich bin älter als du – ich sollte mehr Kontrolle darüber haben.« Mit zusammengepressten Kiefern starrt er die Wand an. Plötzlich werden seine Augen schmal, und er wendet sich wieder zu mir um. »Ever – woher wollen wir wissen, ob das überhaupt stimmt?«

Ich blinzele und habe keine Ahnung, was er meint.

»Was haben wir denn für Beweise? Woher wissen wir, dass Roman nicht einfach nur mit uns spielt, sich ein bisschen auf unsere Kosten amüsiert?«

Ich hole tief Luft und zucke die Achseln; mir ist klar, dass ich überhaupt keine Beweise habe. Mein Blick begegnet dem seinen, als ich im Geiste die Szene an jenem Tag noch einmal ablaufen lasse, bis ganz zum Ende, als ich der Mischung mein Blut beifüge und sie Damen zu trinken gebe. Und ich begreife, dass der einzige Beweis, den ich habe, Romans höchst unzuverlässige Aussage ist.

»Wer sagt, dass da überhaupt was dran ist?« Damens Augen werden groß, als eine Idee langsam Gestalt annimmt.

»Roman ist ein Lügner – wir haben keinen Grund, ihm zu trauen.«

»Ja, aber – wir können es doch nicht einfach ausprobieren. Ich meine, was ist, wenn das Ganze *kein* Riesenspiel ist, wenn es nun *doch* stimmt. Das können wir doch nicht riskieren, *oder?*«

Damens lächelt, steht vom Bett auf und geht zu meinem Schreibtisch, wo er die Augen schließt und eine große weiße Kerze in einem kunstvoll gearbeiteten goldenem Kerzenhalter manifestiert, und außerdem noch einen scharfen Silberdolch mit glatter, spitzer Klinge und juwelenbesetztem Griff sowie einen goldgerahmten Spiegel, den er neben die beiden anderen Gegenstände legt. Dann bedeutet er mir, zu ihm zu kommen und meint: »Normalerweise würde ich ja sagen ›Ladys first‹, aber in diesem Fall …«

Er hält die Hand über den Spiegel und hebt das Messer, setzt die Spitze auf seine Handfläche und zieht die Wölbung seiner Lebenslinie nach. Dann sieht er zu, wie sein Blut auf das Glas fließt, zusammenläuft und zu gerinnen beginnt, ehe er die Augen schließt und die Kerze entzündet. Die Wunde ist bereits verheilt, als er die Klinge durch die Flamme zieht, sie reinigt, ehe er mir den Dolch reicht und mich drängt, es ihm gleichzutun.

Ich beuge mich zu ihm hinüber und atme tief ein, als ich rasch meine Haut durchtrenne. Zuerst zucke ich bei dem scharfen Schmerz zusammen, dann schaue ich fasziniert zu, wie das Blut aus meiner Handfläche quillt und auf den Spiegel fließt, wo es langsam auf Damens Blut zukriecht. Zusammen stehen wir da, die Körper regungslos, und sehen zu, wie sich die beiden tiefroten Kleckse berühren, sich vermischen, sich verbinden. Die vollendete Verkörperung unserer jeweiligen genetischen Zusammensetzungen, die zu einer verschmelzen – genau das, wovor Roman uns gewarnt hat.

Und wir warten darauf, dass irgendetwas passiert, auf irgendeine katastrophale Strafe für das, was wir beide getan haben – doch nichts geschieht. Überhaupt nichts.

»Also, ich glaub's nicht!«, stößt Damen hervor, und sein Blick begegnet dem meinen. »Es ist alles in Ordnung! Vollkommen –«

Jäher Funkenflug schneidet ihm das Wort ab, als unser beider Blut zu kochen beginnt, solche Hitze erzeugt, dass eine riesige Rauchwolke von dem Spiegel emporschießt und die Luft erfüllt. Es knistert und brodelt, bis das Blut vollständig verdampft. Und nur eine hauchdünne Schicht Staub auf dem ausgebrannten Spiegel zurückbleibt.

Genau das, was mit Damen geschehen wird, sollte unsere DNS jemals aufeinandertreffen.

Mit offenem Mund stehen wir sprachlos da. Aber Worte sind nicht mehr notwendig, die Bedeutung ist offenkundig.

Roman spielt keine Spielchen. Seine Warnung war echt.

Damen und ich können niemals zusammen sein.

Es sei denn, ich bezahle seinen Preis.

»Na schön.« Damen nickt und gibt sich große Mühe, gelassen zu wirken, obwohl seine Miene eindeutige Bestürzung ausdrückt. »Roman ist wohl nicht mal annähernd der Lügner, den ich ihn genannt habe – zumindest nicht in diesem Fall.«

»Was auch bedeutet, dass er das Gegenmittel hat, und jetzt brauche ich nur –«

Doch ich kann nicht einmal den Satz vollenden, ehe Damen mir ins Wort fällt. »Ever, bitte, fang gar nicht erst davon an. Tu mir einfach einen Gefallen und halte dich von Roman fern. Er ist gefährlich und labil, und ich will dich nicht in seiner Nähe wissen, okay? Lass ...« Kopfschüttelnd fährt er sich mit der Hand durchs Haar; er will nicht, dass ich merke, wie betroffen er in Wahrheit ist, und strebt auf die Tür zu, während er sagt: »Lass mir einfach ein bisschen Zeit, das alles auf die Reihe zu kriegen. Ich finde schon eine Möglichkeit.«

Er sieht mich an, so erschüttert von den Ereignissen, dass er entschlossen ist, auf Abstand zu mir zu gehen. Statt eines Kusses manifestiert er eine rote Tulpe in meine frischverheilte Hand, ehe er die Treppe hinuntergeht und das Haus verlässt.

SIEBZEHN

Als ich am nächsten Tag von der Schule nach Hause komme, hockt Haven vor der Haustür. Ihre Augen sind ganz mit Wimperntusche verschmiert, der leuchtend blaue Pony hängt ihr schlaff ins Gesicht. Mit beiden Armen umklammert sie ein in eine Decke gehülltes Bündel.

»Ich weiß, ich hätte anrufen sollen.« Hastig kommt sie auf die Beine; ihr Gesicht ist rot und verschwollen, und sie schnieft Tränen weg. »Ich habe wohl wirklich nicht gewusst, was ich machen soll, also bin ich hergekommen.« Sie verschiebt die Decke und zeigt mir eine rabenschwarze Katze mit verblüffend grünen Augen, die sehr schwach zu sein scheint.

»Gehört der dir?« Ich schaue zwischen ihr und dem Tier hin und her, und mir fällt auf, dass ihrer beider Aura ganz zerfasert und zerschlissen ist.

»*Sie*.« Haven nickt, macht an der Decke herum und drückt die Katze abermals an die Brust.

»Ich wusste gar nicht, dass du eine Katze hast«, bemerke ich blinzelnd; ich möchte ja helfen, aber ich weiß nicht recht, was ich tun soll. Mein Dad war allergisch gegen Katzen, deswegen hatten wir immer Hunde. »Warst du deswegen heute nicht in der Schule?«

Wieder nickt sie und folgt mir in die Küche, wo ich mir eine Flasche Wasser schnappe und eine Schale vollgieße.

»Wie lange hast du sie denn schon?«, erkundige ich mich

und sehe zu, wie sie sich die Katze auf den Schoß legt und ihr die Schale vors Gesicht hält. Doch das Tier interessiert sich nicht im Mindesten dafür und wendet sich rasch ab.

»Ein paar Monate.« Achselzuckend gibt sie die Sache mit dem Wasser auf und streicht über den Katzenkopf. »Niemand weiß davon. Na ja, außer Josh, Austin und das Hausmädchen, und die hat Stillschweigen geschworen, aber sonst niemand. Meine Mom würde *ausflippen*. Gott bewahre sie davor, dass ein *richtiges*, *echtes* Lebewesen ihr die Designer-Inneneinrichtung versaut.« Sie schüttelt den Kopf. »Sie wohnt in meinem Zimmer, hauptsächlich unterm Bett. Aber ich lasse das Fenster einen Spalt weit offen, damit sie ab und zu rausschlüpfen und ein bisschen rumlaufen kann. Ich weiß, angeblich leben sie länger, wenn man sie im Haus hält, aber was ist denn das für ein Leben?« Sie sieht mich an, und ihre normalerweise leuchtend helle Sonnenscheinaura ist vor Sorge grau geworden.

»Wie heißt sie denn?« Ich betrachte die Katze, spreche im Flüsterton und gebe mir Mühe, mir meine Beklommenheit nicht anmerken zu lassen. Nach dem, was ich *sehen* kann, sind ihre Tage in dieser Welt gezählt.

»Charm.« Havens Mundwinkel heben sich um ein Winziges. »Ich habe sie so genannt, weil sie Glück bringt – oder jedenfalls kam's mir damals so vor. Ich habe sie direkt vor meinem Fenster gefunden, an dem Abend, als Josh und ich uns zum ersten Mal geküsst haben. Das schien so romantisch. Aber jetzt ...« Sie schüttelt den Kopf.

»Vielleicht kann ich ja helfen.« Allmählich nimmt eine Idee in meinem Kopf Gestalt an. Eine, von der ich nicht genau weiß, ob sie funktionieren wird, aber nach dem zu urteilen, was ich *sehen* kann, habe ich nichts zu verlieren.

»Sie ist nicht gerade ein Katzenbaby, sie ist jetzt eine alte

Dame. Der Tierarzt hat gesagt, ich soll so lange wie möglich dafür sorgen, dass sie es schön hat. Und ich hätte sie ja auch auf jeden Fall zuhause gelassen, weil sie sich wirklich wohlfühlt unter meinem Bett, aber meine Mom hat beschlossen, sämtliche Schlafzimmer neu machen zu lassen, obwohl mein Dad damit droht, das Haus zu verkaufen, und jetzt sind die Maler da und ein Makler, und alle fetzen sich. Im Haus herrscht das totale Chaos. Und da Josh gerade bei dieser neuen Band vorspielt und Miles sich auf seine Vorstellung heute Abend vorbereitet, dachte ich, ich komme hierher.« Sie sieht mich an. »Nicht dass du die letzte Wahl gewesen wärst oder so«, beteuert sie und krümmt sich vor Verlegenheit, als ihr klar wird, was sie gerade gesagt hat. »Es ist nur, du bist immer so mit Damen beschäftigt, und ich wollte dich nicht stören. Aber wenn du zu tun hast, ich muss nicht bleiben. Ich meine, wenn er noch vorbeikommt oder so, dann kann ich auch –«

»Glaub mir.« Kopfschüttelnd lehne ich mich an den Küchentresen. »Damen ...« Ich starre die Wand an und überlege, wie ich es ausdrücken soll. »Damen hat in letzter Zeit ziemlich viel um die Ohren, ich bezweifle also, dass er demnächst vorbeischaut.«

Dann blicke ich zwischen ihr und Charm hin und her, lese ihre Aura und weiß, dass sie noch unglücklicher ist, als es den Anschein hat. Und obwohl ich weiß, dass es nicht richtig ist, aus ethischer Sicht oder so, obwohl ich weiß, dass dies der Kreislauf des Lebens ist und man da nicht eingreifen soll, kann ich es doch nicht ertragen, meine beste Freundin so leiden zu sehen, nicht wenn ich eine halbe Flasche Elixier in meiner Tasche habe.

»Ich bin einfach ... *traurig*.« Sie seufzt und krault Charm unterm Kinn. »Ich meine, offensichtlich hat sie ein langes, schönes Leben gehabt und all so was, aber trotzdem. Warum muss es immer so traurig sein, wenn es zu Ende geht?«

Ich zucke die Achseln und höre ihr kaum zu; mein Verstand schwirrt von der Verheißung dieser Idee.

»Es ist so komisch, eben ist noch alles gut – oder vielleicht auch nicht so gut –, aber trotzdem, man ist wenigstens noch *da*. Und dann – *weg*. Wie Evangeline. Und niemand sieht einen jemals wieder oder hört von einem.«

Ich trommele mit den Fingern auf die Granitplatte und weiß, dass das nicht ganz stimmt, doch ich will ihr nicht widersprechen.

»Wahrscheinlich kapiere ich's einfach nicht. Warum soll man sich überhaupt an irgendwas hängen, wenn's A) eh nie lange hält und B) verdammt wehtut, wenn es vorbei ist?« Sie schüttelt den Kopf. »Wenn alles endlich ist, wenn alles einen klaren Anfang, eine Mitte und ein Ende hat, warum soll man dann überhaupt erst anfangen? Was für einen Sinn hat das, wenn alles nur auf das Ende hinausläuft?«

Sie pustet sich den Pony aus den Augen und sieht mich an. »Und ich meine nicht auf den *Tod* wie –« Mit einem Kopfnicken deutet sie auf ihre Katze. »Obwohl wir da ja alle enden – ganz egal, wie sehr wir uns dagegen wehren.«

Wieder schaue ich zwischen ihr und Charm hin und her und nicke, als verstünde ich genau, was sie meint. Als wäre ich genau wie alle anderen. Stünde in einer langen, morbiden Schlange.

»Ich meine den Tod im metaphorischen Sinne. Im Sinne von *nichts währt ewig*, weißt du? Denn das stimmt nämlich, nichts ist von Dauer. Nichts. *Überhaupt. Nichts.*«

»Aber Haven«, setze ich an und verstumme sofort wieder, als sie mir mit einem Blick Schweigen gebietet.

»Hör zu, bevor du versuchst, mir diesen ganzen Quatsch

von der schönen Seite der Dinge anzudrehen, den du unbedingt loswerden willst, sag mir *eine* Sache, die nicht endet.« Sie kneift auf eine Art und Weise die Augen zusammen, die mich nervös macht; unwillkürlich frage ich mich, ob sie über mich Bescheid weiß, ob sie irgendwie versucht, mich aus der Deckung zu locken. Doch als ich tief durchatme und sie dann wieder ansehe, ist klar, dass sie gegen ihre eigenen Dämonen kämpft, nicht gegen mich.

»Geht nicht, stimmt's?« Sie schüttelt den Kopf. »Es sei denn, du sagst *Gott* oder *allumfassende Liebe* oder so was, aber davon rede ich gar nicht. Ich meine, Charm stirbt, meine Eltern sind drauf und dran, sich scheiden zu lassen, und finden wir uns damit ab, mit Josh und mir wird irgendwann auch Schluss sein. Und wenn das schlichtweg eine unvermeidliche Tatsache ist, dann –« Sie wischt sich die Nase. »Na ja, dann kann ich doch genauso gut die Dinge in die Hand nehmen und diejenige sein, die entscheidet, wann es so weit ist. Ihm wehtun, bevor er mir wehtun kann. Denn zweierlei ist sicher. Irgendwann ist Schluss, und irgendjemandem wird wehgetan. Und warum sollte ich das sein?« Sie schaut weg; ihre Nase läuft, und ihre Lippen sind verzerrt. »Merk dir meine Worte, von jetzt an bin ich Teflon Girl. Alles perlt von mir ab, nichts bleibt kleben.«

Ich sehe sie an und ahne, dass das nicht alles ist, aber ich bin gewillt, sie beim Wort zu nehmen. »Weißt du was? Du hast Recht. Du hast absolut Recht«, sage ich und sehe, wie sie verdutzt aufblickt. »Alles ist endlich.« *Alles außer Roman, Damen und mir!* »Und du hast auch Recht damit, dass es zwischen dir und Josh wahrscheinlich irgendwann aus sein wird, und zwar nicht nur, weil alles *endet*, wie du gesagt hast, sondern weil das eben so läuft. Die meisten Highschool-Beziehungen halten nicht länger als bis zum Abschluss.«

»Siehst du das mit dir und Damen auch so? Dass ihr beiden es nicht weiter schafft als bis zum Abschlussball?«

Ich presse die Lippen zusammen; mir ist klar, dass ich so ziemlich die schlechteste Lügnerin aller Zeiten bin, als ich antworte: »Ich versuche … ich versuche, nicht allzu viel darüber nachzudenken. Aber was ich gemeint habe, war, nur weil etwas endet, heißt das doch nicht, dass es etwas *Schlechtes* ist oder dass unbedingt jemand verletzt wird oder dass es überhaupt nicht hätte passieren sollen. Denn wenn uns jeder Schritt zum nächsten führt, wie kommen wir dann jemals irgendwo hin, wie können wir jemals wachsen, wenn wir alles vermeiden, was uns wehtun könnte?«

Sie nickt ganz leicht, als ob sie meinen Standpunkt versteht, jedoch nicht ganz nachgeben will.

»Also bleibt uns nicht viel anderes übrig, als weiterzumachen, einfach loszuziehen und das Beste zu hoffen. Und wer weiß, vielleicht lernen wir unterwegs ja das eine oder andere?« Ich schaue sie an und weiß, dass ich sie noch nicht völlig überzeugt habe, also setze ich hinzu: »Was ich sagen will, ist wohl, man kann nicht einfach weglaufen, nur weil irgendwas nicht von Dauer ist. Man muss es durchziehen, es seinen Lauf nehmen lassen. Das ist die einzige Möglichkeit, jemals voranzukommen.« Ich wünsche mir, ich könnte ein wenig eloquenter sein, aber so ist es nun mal. »Denk doch mal darüber nach, wenn du deine Katze nicht gerettet hättest, wenn du nicht Ja gesagt hättest, als Josh sich mit dir verabreden wollte – na ja, dann hättest du eine ganze Menge wunderschöner Augenblicke verpasst.«

Haven sieht mich an und will immer noch widersprechen, doch sie sagt kein Wort.

»Josh ist echt süß, und er ist völlig hin und weg von dir. Ich glaube nicht, dass du ihn so schnell über Bord werfen solltest. Außerdem«, füge ich hinzu; ich weiß, dass sie hört, was ich sage, mir jedoch nicht wirklich *zu*hört, »solltest du solche Entscheidungen nicht gerade treffen, wenn du dermaßen gestresst bist.«

»Und was ist dann mit Wegziehen? Reicht das als Grund?«

»Josh zieht weg?« Ich kneife die Augen zusammen; das habe ich nicht kommen sehen.

Sie schüttelt den Kopf und krault Charm zwischen den Ohren. »Nicht Josh. Ich. Mein Dad redet ständig davon, das Haus zu verkaufen, aber er kommt nicht etwa auf die Idee, mit Austin und mir darüber zu sprechen.«

Ich sehe sie an und bin versucht, in ihren Kopf zu schauen und mir das alles selbst anzusehen, doch ich halte mich an meinen Schwur, meinen Freunden ihre Privatsphäre zu lassen.

»Alles, was ich sicher weiß, ist, dass andauernd das Wort *Wiederverkaufswert* fällt.« Kopfschüttelnd sieht sie mich an. »Aber weißt du, was das wirklich heißt, wenn da tatsächlich was dran ist? Das heißt, ich gehe nächstes Jahr nicht mehr in Bay View zur Schule. Ich werde nicht zusammen mit meiner Klasse die Prüfungen machen können. Ich werde auf *überhaupt keine* Highschool in Orange County gehen.«

»Das lasse ich nicht zu«, sage ich und halte ihren Blick mit meinem fest. »Es kommt nicht infrage, dass du abhaust. Du musst die Schule mit uns zu Ende machen —«

»Na ja, das ist ja alles sehr nett und so. Aber ich bin nicht sicher, ob du das verhindern kannst. Die Nummer ist ein bisschen zu groß für dich, findest du nicht?«

Mein Blick wandert wieder zwischen ihr und der Katze hin und her, und ich weiß genau, dass das hier ganz und gar nicht *zu groß für mich* ist. Ein Gegenmittel für Damen auftreiben? Das vielleicht. Meiner besten Freundin dabei helfen, hier in der Gegend wohnen zu bleiben und ihre Katze zu retten? Das weniger. Da kann ich einiges tun. Da kann ich *eine ganze Menge* tun. Trotzdem sage ich: »Wir lassen uns was einfallen. Vielleicht kannst du ja hier bei Sabine und mir einziehen?« Und nicke, als würde ich es ernst meinen, obwohl ich genau weiß, dass Sabine das nie mitmachen würde. Aber ich muss trotzdem irgendwas in den Raum stellen, ihr irgendeinen Trost bieten, schließlich kann ich ihr nicht sagen, was ich zu tun hoffe.

»Würdest du das machen?« Sie blinzelt. »Echt?«

»Na klar«, erwidere ich. »Alles, was nötig ist.«

Sie schluckt heftig und schaut sich um. »Du weißt genau, dass ich nie darauf zurückkommen werde, aber es ist schön zu wissen, dass du trotz all unserer Reibereien immer noch meine beste Freundin bist.«

Ich hatte immer gedacht, Miles wäre ihr bester Freund.

»Na ja, Miles *und* du.« Haven lacht. »Ich meine, ich kann doch zwei beste Freunde haben – immer einen in Reserve, wie's so schön heißt.« Wieder wischt sie sich die Nase ab, dann meint sie: »Ich sehe bestimmt total beschissen aus, stimmt's? Na los, sag's ruhig. Ich werd's schon aushalten.«

»Du siehst nicht beschissen aus«, antworte ich und frage mich, wieso sie sich plötzlich Gedanken wegen ihres Aussehens macht. »Du siehst traurig aus. Das ist ein Unterschied. Und außerdem, ist das wichtig? «

»Na ja, schon, wenn jemand sich überlegt, ob er mich einstellen soll oder nicht.« Sie zuckt die Achseln. »Ich habe ein Vorstellungsgespräch für einen Job, aber so kann ich da auf keinen Fall hin. Und Charm kann ich auch nicht mitnehmen.«

Ich betrachte die Katze, sehe, wie ihre Lebensenergie ihr

langsam entgleitet, und weiß, dass ich mich beeilen muss, ehe es zu spät ist. »Ich behalte sie hier. Ich wollte sowieso nicht weggehen.«

Haven sieht mich an, hin- und hergerissen, ob sie ihre arme, sterbende Katze in meiner Obhut lassen soll. Doch ich nicke nur, gehe um den Tresen herum zu ihr und hebe Charm aus ihren Armen. »Ganz im Ernst. Geh zu deinem Termin, und ich spiele Katzensitter.« Lächelnd dränge ich sie zuzustimmen.

Sie zögert, ihr Blick huscht zwischen Charm und mir hin und her, dann wühlt sie in ihrer Riesenhandtasche nach einem kleinen Spiegel, ehe sie ihren Finger anfeuchtet und sich die Mascaraspuren von den Wangen wischt.

»Es dauert auch bestimmt nicht lange.« Sie nimmt einen schwarzen Stift und zieht eine dicke, verwischte Linie um jedes Auge. »Eine Stunde vielleicht. Höchstens zwei.« Sie sieht mich an und tauscht den Eyeliner gegen Rouge. »Du brauchst sie nur auf den Arm zu nehmen und ihr Wasser zu geben, wenn sie welches will. Tut sie aber wahrscheinlich nicht. Jetzt will sie nicht mehr viel.« Sie legt Lipgloss auf und zupft ihren Pony zurecht, ehe sie sich die Tasche über die Schulter hängt und zur Tür geht. Als sie in ihr Auto steigt, dreht sie sich noch einmal zu mir um. »Danke. Ich brauche diesen Job dringender, als du glaubst. Muss unbedingt anfangen, was anzusparen, damit ich auf mich allein gestellt sein kann wie Damen. Ich habe diesen ganzen Mist satt.«

Ich sehe sie an und weiß nicht recht, was ich sagen soll. Damens Situation ist einzigartig. Ganz und gar nicht so, wie es den Anschein hat.

»Und, ja, ich weiß, wahrscheinlich werde ich nicht auf *ganz* so großem Fuß leben können wie Damen, aber trotzdem, ich würde lieber irgendwo in einer miesen Ein-Zimmer-Wohnung hausen, als ständig den Spontanentschlüssen und Launen meiner Eltern ausgeliefert zu sein. Also, bist du sicher, dass es dir nichts ausmacht?«

Ich nicke, drücke Charm fester an mich und beschwöre sie im Geiste durchzuhalten, nur noch ein bisschen, bis ich helfen kann.

Haven steckt den Schlüssel ins Zündschloss. Der Motor springt an, gerade als sie sagt: »Ich habe Roman versprochen, dass ich nicht zu spät komme. Und wenn ich mich beeile, schaffe ich's vielleicht auch noch rechtzeitig.« Dann wirft sie einen prüfenden Blick auf ihr Gesicht im Rückspiegel, während sie den Rückwärtsgang einlegt.

»Roman?« Ich erstarre, und auf meinem Gesicht liegt ein Ausdruck absoluter Panik, doch ich kann nichts dagegen tun.

Sie zuckt die Schultern und rollt rückwärts aus meiner Einfahrt. »Er hat mir den Vorstellungstermin besorgt.« Sie winkt, als sie die Straße hinunterfährt und verschwindet und mich zurücklässt, mit einer sterbenden Katze in den Armen und ohne Worte der Warnung für sie.

ACHTZEHN

Das kannst du nicht machen«, sagt er und hat kaum die Tür geöffnet, als er auch schon den Kopf schüttelt.

»Du weißt doch noch gar nicht, weswegen ich hier bin.« Mit gerunzelter Stirn drücke ich Charm fest an meine Brust und wünsche mir, ich wäre nicht hergekommen.

»Die Katze stirbt, und du willst wissen, ob es in Ordnung ist, sie zu retten, und ich sage dir, es ist nicht in Ordnung. Das kannst du nicht tun.« Er liest mehr aus der Situation heraus als aus meinen Gedanken, die ich absichtlich abgeschirmt habe, damit er meinen Besuch bei Roman nicht sieht. Das würde ihn wirklich auf die Palme bringen.

»Meinst du *nicht können* im Sinne von *nicht möglich*? Dass das Elixier bei einer Katze nicht wirkt? Oder *nicht können* im moralischen Sinne, im Sinne von: *Spiel nicht Gott, Ever.*«

»Ist das wichtig?« Er zieht die Brauen hoch, tritt zur Seite und lässt mich herein.

»Natürlich ist das wichtig«, flüstere ich. Fernsehgeräusche dringen von oben zu uns, die tägliche Reality-Show-Dosis der Zwillinge.

Er geht ins Wohnzimmer, lässt sich auf die Couch fallen und klopft neben sich aufs Polster. Und obwohl ich mich über sein Verhalten ärgere, darüber, dass er mir nicht einmal Gelegenheit gibt, alles zu erklären, setze ich mich trotzdem zu ihm und ordne die Decke neu. Ich hoffe, dass ein einziger Blick auf Charm ihn überzeugen wird.

»Ich glaube, du solltest keine voreiligen Schlüsse ziehen«, sage ich. »Das Ganze ist nicht so einfach, wie du denkst. Es ist nicht schwarz oder weiß, sondern größtenteils grau.«

Er beugt sich zu mir, und sein Gesicht wird weicher, als er Charm mit dem Daumen am Kinn krault. »Es tut mir leid, Ever. Wirklich.« Er sieht mich an, ehe er sich wieder zurücklehnt. »Aber selbst wenn das Elixier wirkt – was ich übrigens nicht genau weiß, weil ich es noch nie an einem Tier ausprobiert habe, aber selbst wenn –«

»Wirklich?« Überrascht sehe ich ihn an. »Du hattest noch nie ein Haustier, von dem du dich einfach nicht trennen konntest?«

»Keins, dessen Verlust ich nicht ertragen konnte, nein.«

Ich kneife die Augen zusammen und bin mir nicht sicher, wie ich das finden soll.

»Ever, zu meiner Zeit haben wir Tiere nicht so gehalten wie heute. Und nachdem ich das Elixier getrunken hatte, hatte ich kein Interesse mehr daran, irgendetwas zu besitzen, durch das ich vielleicht gebunden gewesen wäre.«

Ich nicke und bemerke, wie er Charm ansieht. Hoffentlich gibt es da noch Verhandlungsspielraum. »Na schön. Keine Haustiere. Ich hab's kapiert«, antworte ich. »Aber verstehst du, dass jemand so sehr an seinem Kätzchen hängen kann, dass er es nicht über sich bringt, Abschied von ihm zu nehmen?«

»Fragst du mich, ob ich mich mit Bindungen auskenne?« Er sieht mich an; sein Blick ist schwer und ruhig. »Mit Liebe und der unerträglichen Trauer, wenn sie verloren geht?«

Ich schaue auf meinen Schoß hinab und komme mir unreif und töricht vor. Das hätte ich kommen sehen müssen.

»Hier steht viel mehr auf dem Spiel, als nur eine Katze zu retten oder ewiges Leben zu gewähren – wenn es im Tierreich überhaupt so etwas gibt. Die eigentliche Frage ist, wie willst du das Haven erklären? Was wirst du ihr sagen, wenn sie zurückkommt und die Katze, die sie sterbend in deiner Obhut zurückgelassen hat, auf wundersame Weise geheilt ist – vielleicht sogar wieder zum Kätzchen geworden ist, wer weiß? Wie willst du ihr das klarmachen?«

Ich seufze, daran habe ich nicht gedacht. Habe nicht wirklich bedacht, dass Charm, wenn es klappt, nicht nur geheilt, sondern verwandelt sein wird.

»Hier geht's nicht darum, ob es wirkt – ich habe keine Ahnung, ob es das tut. Und es geht auch nicht um das Recht, Gott zu spielen. Wir wissen doch beide, dass ich der Letzte bin, der über so etwas urteilen sollte. Es geht mehr darum, unsere Geheimnisse zu bewahren. Und auch wenn ich weiß, dass du nur die allerbesten Absichten hegst – wenn du deiner Freundin hilfst, wird das nur ihren Verdacht erregen. Wird zu Fragen Anlass geben, die nie einfach oder logisch beantwortet werden können, ohne zu viel zu verraten. Außerdem hat Haven sowieso schon Lunte gerochen, oder jedenfalls ahnt sie irgendetwas. Also ist es jetzt wichtiger denn je für uns, nicht aufzufallen.«

Ich schlucke gegen den Kloß in meiner Kehle an. Es macht mich wütend, dass ich so viele unglaubliche Werkzeuge zur Verfügung habe, aber all diese magischen Fähigkeiten nicht benutzen kann, um denen zu helfen, die ich gernhabe.

»Es tut mir leid.« Seine Hand schwebt über meinem Arm, zögert, Kontakt aufzunehmen, bevor der Schleier da ist. »Aber so traurig das auch zu sein scheint, in Wirklichkeit ist es nur der natürliche Lauf der Dinge. Und glaub mir, Tiere akzeptieren so etwas sehr viel besser als Menschen.«

Ich schmiege mich gegen seine Schulter, in seine Berührung,

und staune über seine Macht, mich zu trösten, ganz egal, wie schlimm es wird. »Sie tut mir nur so leid. Ihre Eltern streiten sich andauernd. Vielleicht muss sie wegziehen, und deswegen zweifelt sie am Sinn von allem und jedem. So ähnlich wie ich, als meine Welt in die Brüche gegangen ist.«

»Ever ...«, setzt er an. Sein Blick ist weich, und seine Lippen sind so nahe, dass ich gar nicht anders kann als meine darauf zu drücken. Der Augenblick endet abrupt, als die Zwillinge quietschend die Treppe hinuntergefegt kommen.

»Damen, Romy lässt mich nicht –« Rayne bricht mitten im Satz ab und bleibt vor uns stehen; ihre dunklen Augen sind noch größer als gewöhnlich. »O Mann, ist das etwa eine *Katze?*«

Ich werfe Damen einen raschen Blick zu. *Seit wann benutzt Rayne denn Ausdrücke wie ›O Mann‹?*

Doch er schüttelt lediglich den Kopf und lacht. »Geh nicht zu nahe ran.« Er schaut zwischen ihr und Charm hin und her. »Und schrei nicht so. Das ist eine sehr kranke Katze. Ich fürchte, sie wird nicht mehr lange leben.«

»Und warum rettest du sie dann nicht?«, will Rayne wissen, woraufhin Romy zustimmend nickt. Zu dritt schauen wir Damen mit flehenden Augen an.

»Weil wir so etwas nicht tun«, erwidert er mit strenger Elternstimme. »So läuft das nicht.«

»Aber du hast doch Ever gerettet, und die ist nicht mal annähernd so süß«, wendet Rayne ein und kniet sich vor mir hin, sodass ihr Gesicht mit dem von Charm auf einer Höhe ist.

»Rayne«, setzt Damen an.

Doch sie lacht nur und schaut erst ihn und dann mich an, während sie beteuert: »Hab doch nur Spaß gemacht. Du weißt doch, dass ich nur Spaß gemacht habe, *oder?*«

Ich sehe sie an und weiß, dass das nicht stimmt, aber ich habe nicht vor nachzuhaken. Gerade will ich aufstehen und Charm wieder nach Hause bringen, bevor Haven zurückkommt, als Romy neben mir niederkniet und der Katze die Hand auf den Kopf legt. Sie schließt die Augen und spricht im Singsang-Tonfall eine Reihe unverständlicher Worte.

»Keine Magie«, weist Damen sie zurecht. »Nicht bei dieser Geschichte.«

Doch Romy seufzt nur und setzt sich auf die Fersen. »Es funktioniert ja sowieso nicht«, sagt sie und schaut immer noch Charm an. »Sie sieht genauso aus wie Jinx in dem Alter, nicht wahr?«

»Welches Mal denn?« Rayne kichert und stupst ihre Schwester in die Seite, woraufhin beide in Gelächter ausbrechen.

»Vielleicht haben wir ihr Leben ein paar Mal verlängert«, meint Romy und schaut mit rosigen Wangen von mir zu Damen, woraufhin ich ihn meinerseits ansehe und denke: *Siehst du?*

Doch er schüttelt lediglich den Kopf. *Noch einmal – Haven?*

»Kriegen wir eine Katze?«, fragt Romy. »Ein schwarzes Kätzchen, wie die hier?« Sie zupft Damen am Ärmel und schaut ihn auf eine Art und Weise an, der man nur schwer widerstehen kann. »Das sind ganz tolle Gefährten, und im Haus sind sie ganz brav. Dürfen wir eine haben? Bitte.«

»Das hilft uns bestimmt, unsere Magie wiederzukriegen««, fügt Rayne hinzu.

Ich lese in Damens Gesicht und weiß, dass die Katzenfrage so gut wie geklärt ist. Was die Zwillinge wollen, das bekommen die Zwillinge. So einfach ist das.

»Darüber reden wir später«, sagt Damen und versucht,

eine strenge Miene aufzusetzen, doch es ist eine leere Geste. Alles wissen es, nur er nicht.

Ich stehe von der Couch auf und gehe zur Tür; ich muss Charm wieder nach Hause schaffen, bevor Haven zurückkommt.

»Bist du sauer auf mich?« Damen nimmt meine Hand und geht mit mir zu meinem Auto.

Lächelnd schüttele ich den Kopf. Es ist unmöglich, sauer auf ihn zu sein, zumindest für längere Zeit. »Ich werde dich nicht anlügen, eigentlich hatte ich ja gehofft, du würdest auf meiner Seite sein.« Ich verfrachte Charm sanft in ihre Tragekiste, ehe ich mich gegen die Wagentür lehne und ihn an mich ziehe. »Aber es ist nicht so, als würde ich deine Ansicht nicht verstehen. Ich wollte Haven eben helfen, das ist alles.«

»Sei einfach für sie da.« Seine dunklen Augen schauen in die meinen. »Das ist alles, was sie in Wirklichkeit von dir will.«

Er beugt sich vor, um mich zu küssen, und zieht mich in seine Arme. Seine Hände gleiten über mich und wärmen mich bis ins Innerste. Dann lehnt er sich zurück, um mich mit diesen abgrundtiefen, beseelten Augen zu betrachten. Der Fels, während ich die Feder bin, mein ewiger Gefährte, dessen Absichten so unerschütterlich und so gut sind, dass ich nur hoffen kann, dass er niemals von meinem Verrat erfährt, davon, dass ich das Versprechen gebrochen habe, Roman nicht aufzusuchen, gleich nachdem ich es gegeben hatte.

Damen nimmt mein Gesicht zwischen seine Hände und schaut mir unverwandt in die Augen. Er erspürt meine Stimmungsumschwünge so leicht, als wären es seine eigenen.

Ich wende den Blick ab und denke an Haven, an Roman, an die Katze und an all die sich langsam anhäufenden Fehler, die ich mache und gegen die ich anscheinend machtlos bin. Dann vertreibe ich diese Gedanken und schüttelte den Kopf, will diese Gefilde nicht aufsuchen. »Sehen wir uns morgen?« Ich habe die Worte kaum hervorgebracht, als er sich vorbeugt, um mich abermals zu küssen; ein Hauch von Energie pulsiert zwischen seinen Lippen und den meinen.

Wir halten den Augenblick fest, so lange wir können; keiner will sich vom anderen lösen, bis von oben ein Zwillingschor aus dem Fenster ertönt: »Iiiih! Voll eklig! Müssen wir uns das wirklich ansehen?«

»Bis morgen.« Damen lächelt und wartet, bis ich wohlbehalten im Auto sitze, bevor er wieder ins Haus geht.

NEUNZEHN

Alles fing gut an. So gut und normal wie jeder andere Tag. Ich wachte auf, duschte, zog mich an und kippte dann in der Küche etwas Müsli in den Abfallzerkleinerer im Spülbecken, gefolgt von ein wenig Orangensaft, den ich vorher im Glas herumgeschwenkt hatte – meine übliche Morgennummer, damit Sabine denkt, ich hätte das Frühstück gegessen, das sie zubereitet hat.

Den ganzen Weg zur Schule nicke und lächele ich, während Miles ohne Punkt und Komma von Holt redet oder von Florenz oder von Holt *und* Florenz. Ich sitze neben ihm, halte an, fahre los, biege ab, gebe Gas, bremse, nehme Ampeln bei Gelb mit und warte auf den Augenblick, wo ich Damen wiedersehen kann. Und weiß, dass sein bloßer Anblick alle Dunkelheit in Licht verwandeln wird, auch wenn diese Wirkung nur vorübergehend ist.

Doch sobald ich auf den Parkplatz fahre, sehe ich als Erstes einen gigantischen Geländewagen neben dem Platz stehen, den Damen immer für mich frei hält. Und ich meine *gigantisch* beziehungsweise *groß* und *hässlich*. Und irgendetwas an dem Anblick von Damen, der an diesem Monstrum von Auto lehnt, erfüllt mich mit Furcht.

»Was zum *Teufel?*«, ruft Miles. »Hast du das Schulbusfahren aufgegeben, um jetzt selbst Bus zu fahren?«

Langsam steige ich aus meinem Miata, und mein Blick wandert zwischen dem scheußlichen Riesending und Damen hin und her. Ich traue meinen Ohren kaum, als er anfängt, eine Masse Statistiken aufzusagen, von wegen hervorragender Sicherheitswerte und geräumigen Rücksitzen. Ich meine, ich kann mich nicht erinnern, dass er sich jemals wegen irgendwelchen Sicherheitswerten Gedanken gemacht hat, als er mich durch die Gegend kutschiert hat.

Du bist ja auch unsterblich, denkt er und fängt meine Gedanken auf, als wir zum Tor gehen. *Aber darf ich dich erinnern, dass das bei den Zwillingen nicht der Fall ist, und da sie jetzt in meiner Obhut sind, ist es meine Aufgabe, sie vor Schaden zu bewahren.*

Mit zusammengekniffenen Augen schüttele ich den Kopf und suche nach einer schlagfertigen Antwort. Meine Gedanken werden von Haven gestört, die feststellt: »Ihr macht das ja schon wieder.« Sie verschränkt die Arme und blickt zwischen uns hin und her. »Ihr wisst schon, eure ganze komische Pseudo-Telepathie-Nummer.«

»Wen interessiert denn so was?«, kreischt Miles. »Damen fährt einen Bus!« Mit dem Daumen deutet er über die Schulter auf die riesige schwarze Monstrosität und krümmt sich.

»Ist das ein Bus oder eine Mama-Karre?« Haven blinzelt und schirmt ihre Augen mit der Hand gegen die Sonne ab. Dann sieht sie jeden von uns an. »Was es auch ist, eins ist sicher: Das Teil ist tragisch. Absolut über vierzig.«

Miles nickt und hat sich jetzt vollends für das Thema erwärmt. »Erst der Handschuh und jetzt *das*?« Er bedenkt Damen mit einem Stirnrunzeln; Enttäuschung verdüstert sein Gesicht. »Ich habe keine Ahnung, was du hier abziehst, aber, Alter, du lässt echt nach. Du bist nicht mal mehr ansatzweise der Rockstar, der du warst, als du auf dieser Schule aufgekreuzt bist.«

Die Augen in stummer Zustimmung zusammengekniffen, werfe ich Damen einen raschen Blick zu. Doch der lacht nur, viel zu beschäftigt mit der richtigen Aufzucht und Pflege der Zwillinge, um sich darum zu scheren, was irgendjemand von ihm denkt – ich eingeschlossen. Und obgleich ein guter, verantwortungsbewusster Vormund ganz offensichtlich genau so denken sollte, macht mir irgendetwas daran mächtig zu schaffen.

Miles und Haven ziehen Damen weiterhin mit seiner neuen, überraschend langweiligen Lebensweise auf, während ich nebenhertrotte. Eine hauchdünne Energieschicht pulsiert zwischen uns, als er meine Hand nimmt und denkt: *Was ist los? Wieso bist du so komisch drauf? Wegen der Katze? Ich dachte, du hättest das alles verstanden?*

Ich blicke starr geradeaus, den Blick fest auf Miles und Haven gerichtet, und seufze laut, während ich im Geist antworte: *Es ist nicht wegen der Katze. Das haben wir doch gestern geklärt. Sie ist wieder bei Haven, und ihre Tage sind gezählt. Es ist nur – na ja, ich mache mich hier total verrückt und versuche, eine Lösung zu finden, damit wir zusammen sein können, und du interessierst dich anscheinend nur dafür, HD-Fernseher und das hässlichste, kindersicherste Auto der Welt zu manifestieren, damit du die Zwillinge in der Stadt herumkarren kannst!* Mir ist klar, dass ich aufhören sollte, bevor ich wirklich etwas zu bereuen habe.

»Alles ändert sich«, sage ich und merke gar nicht, dass ich es laut ausgesprochen habe, bis mir die Worte in den Ohren klingen. »Und es tut mir leid, wenn ich mich zickig aufführe, aber es macht mich einfach so rasend, dass wir nicht so zusammen sein können, wie wir wollen. Und du fehlst mir. Du fehlst mir so, dass ich's nicht aushalten kann.« Ich halte inne; meine Augen brennen, meine Kehle ist heiß und eng und droht, sich vollständig zuzuschnüren. »Und jetzt, da die Zwillinge bei dir wohnen und mein neuer Job losgeht und all das, na ja, plötzlich werden wir mitten in dieses superstressige Anfang-vierzig-Leben geschmissen. Und glaub mir, eben dein neues Auto zu sehen, hat nicht gerade geholfen.« Ich sehe ihn an und denke insgeheim, dass ich auf gar keinen Fall in diesem Ding mitfahren werde. Und schäme mich augenblicklich, als er mich mit so viel Liebe und Mitgefühl ansieht, dass ich gar nicht anders kann als nachzugeben. »Weißt du, ich habe wohl gehofft, dass dieser Sommer ganz toll wird. Ich habe gehofft, wir könnten es ein bisschen schön haben – nur wir beide. Aber jetzt sieht's gar nicht mehr so gut aus. Und, um das Maß vollzumachen, habe ich dir eigentlich schon erzählt, dass Sabine etwas mit Mr. Muñoz angefangen hat? *Mit meinem Geschichtslehrer? Diesen Freitagabend, Essengehen um acht!*« Finster blicke ich vor mich hin, ich kann es kaum fassen, dass dieses pathetische Leben tatsächlich das einer angeblich mächtigen, soeben unsterblich gewordenen Fast-Siebzehnjährigen ist.

»Du hast einen Job?« Er bleibt stehen.

»Von allem, was ich gerade gesagt habe, suchst du dir ausgerechnet *das* aus?« Kopfschüttelnd ziehe ich ihn weiter und muss unwillkürlich lachen.

Doch er sieht mich unverwandt an und fragt: »Wo denn?«

»Bei Mystics & Moonbeams.« Miles und Haven winken uns zu, als sie in den Flur einbiegen und zum Unterricht gehen.

»Und was?«, will er wissen, nicht bereit, das Thema schon fallen zu lassen.

»Hauptsächlich Verkaufskram.« Ich sehe ihn an. »Du weißt schon, an der Kasse sitzen, Regale einräumen, die Zukunft voraussagen, so was eben.« Ich zucke die Achseln und hoffe, dass er nicht allzu genau auf den letzten Teil geachtet hat.

Die Zukunft voraussagen? Mit offenem Mund starrt er mich an und bleibt direkt vor unserem Klassenzimmer stehen. Ich nicke und schaue sehnsüchtig zu, wie meine Klassenkameraden durch die Tür strömen; ich würde mich ihnen lieber anschließen, als beenden, was ich begonnen habe.

»Hältst du das für klug? So die Aufmerksamkeit auf dich zu lenken?« Jetzt, da wir allein auf dem Gang sind, reden wir wieder laut.

»Wahrscheinlich nicht.« Ich weiß, dass es definitiv nicht klug ist. »Aber Sabine meint, die Disziplin und die Stabilität sind bestimmt gut für mich. Sagt sie jedenfalls. Sie will mich einfach im Auge behalten. Und mit Ausnahme einer Babycam ist das die einfachste, am wenigsten aufdringliche Methode. Sie hatte sogar so einen ätzenden, seelenlosen Acht-Stunden-Bürojob für mich, na ja, also ist mir nicht viel anderes übrig geblieben, als Jude gesagt hat, dass er Hilfe im Laden braucht, um ... *was ist denn?*« Ich stocke, als ich seinen Gesichtsausdruck sehe. Seine Augen sind wachsam, es ist schwer, darin zu lesen.

»*Jude?*« Seine Augen werden so schmal, dass sie kaum noch zu sehen sind. »Ich dachte, du hättest gesagt, der Laden gehört jemandem namens *Lina*.«

»Der Laden gehört ja auch Lina. Jude ist ihr Enkel«, erkläre ich. Nur stimmt das nicht ganz. »Also, er ist nicht ihr *richtiger* Enkel, es ist mehr, sie kümmert sich um ihn. Hat ihn mit großgezogen, nachdem er aus seiner letzten Pflege- ... oder ... na, irgend so was eben.« Das Letzte, was ich wollte, war, ein Gespräch über Jude anzufangen, besonders, nachdem Damen dermaßen in Habachtstellung gegangen ist. »Ich dachte, es würde helfen, du weißt schon, freien Zugang zu Büchern und allem Möglichen zu haben, das uns nützen kann. Außerdem arbeite ich da ja nicht unter meinem richtigen Namen. Ich verwende ein Pseudonym.«

»Lass mich raten.« Er schaut mir unverwandt in die Augen und liest die Antwort in meinen Gedanken. »Avalon. Niedlich.« Er lächelt, wenn auch nur ganz kurz, dann wird er wieder ernst. »Aber du weißt doch, wie das läuft, oder? Das ist kein Beichtstuhl, wo man hinter einem Schirm verborgen ist. Die Leute erwarten direkten Kontakt, von Angesicht zu Angesicht. Sie wollen dich *sehen*, damit sie wissen, ob sie dir vertrauen können oder nicht. Was genau willst du also machen, wenn zufällig jemand, den du kennst, auf eine ganz spontane Tarotkarten-Sitzung vorbeischaut? Hast du an so was überhaupt gedacht?«

Ich ziehe die Brauen zusammen und frage mich, warum er aus etwas, das ich für einen ziemlich guten Deal gehalten habe, unbedingt ein Problem machen muss. Und gerade will ich eine schnippische Antwort geben, so in etwa: *Hallo? Ich kann hellsehen. Ich weiß doch Bescheid, bevor derjenige auch nur zur Tür reinkommt!*, als Roman auftaucht.

Roman und ... jemand anderes. Jemand, der mir vage bekannt vorkommt. Jemand namens Marco, der zuletzt in einem alten Jaguar gesichtet wurde, als er bei ihm zuhause vorfuhr.

Sie gehen nebeneinander her; ihre Beine bewegen sich rasch, und ihre Augen sind fest auf die meinen geheftet. Romans Blick verhöhnt mich, macht sich über mich lustig, der stolze Besitzer meines schmutzigen kleinen Geheimnisses.

Damen tritt schützend vor mich, den Blick auf Roman gerichtet, während er denkt: *Bleib ganz ruhig. Tu gar nichts. Ich mach das schon.*

Ich spähe über seine Schulter und sehe Roman und Marco auf uns zurauschen wie ein heranrasender Zug. Er sieht mich mit so abgrundtiefen, so blauen Augen an, dass alles verschwimmt, außer seinen feuchten, grinsenden Lippen und dem flackernden Ouroboros-Tattoo. Und das Letzte, was ich denke, ehe ich vollends in seinen Bann gezogen werde, ist, dass das hier meine Schuld ist. Hätte ich mein Versprechen Damen gegenüber gehalten und wäre ihm ferngeblieben, dann müsste ich mich jetzt nicht hiermit auseinandersetzen.

Seine Energie wirbelt auf mich zu, zieht und zerrt, lockt mich an, saugt mich in eine Spirale der Finsternis, bombardiert mich mit Bildern von Damen ... von dem kontaminierten Gegengift ... meinem törichten Besuch bei ihm ... Haven ... Miles ... Florenz ... die Zwillinge ... Alles stürmt so schnell auf mich ein, dass ich es kaum unterscheiden kann. Doch die einzelnen Bilder selbst sind auch gar nicht wichtig – es ist das Ganze, das ich *sehen* soll. All das soll nur eins betonen: Roman hat jetzt die Oberhand – wir anderen sind nur Marionetten, die an seinen Fäden tanzen.

»Morgen, Leute!«, trällert er und entlässt mich aus seinem Griff, sodass mein Körper schlaff gegen Damen sackt.

Doch trotz seiner zärtlichen Worte, während er mich von Roman weglotst, ins Klassenzimmer hinein, trotz des sanften Trostes, der beschwichtigen soll, überzeugt, dass wir gerade einer Attacke ausgewichen sind und dass es fürs Erste vorbei ist, weiß ich zufällig, dass es gerade erst anfängt.

Es kommt noch mehr.

Kein Zweifel.

Romans nächster Angriff gilt ausschließlich mir.

ZWANZIG

Nach dem Lunch fahre ich zu MYSTICS & MOONBEAMS. Ich kann es kaum erwarten, dort anzufangen und mich einzuarbeiten; hoffentlich bietet das eine nette Ablenkung von diesem wüsten Durcheinander, auch bekannt als mein Leben.

Es war schon schlimm genug, als Damen in den Pausen andauernd verschwunden ist, damit er nach den Zwillingen sehen konnte. Doch in der Mittagspause, nachdem ich ihm versichert hatte, ich käme schon klar, Roman würde mich in Ruhe lassen und er solle ruhig zuhause bleiben, ging ich zu unserem Lunchtisch, nur um festzustellen, dass Haven auf Romans Zug aufgesprungen ist. Während sie ein Törtchen mit Vanilleglasur auseinanderpflückte, schwärmte sie die ganze Zeit davon, was für eine *Riesenrolle* er dabei gespielt habe, dass sie den Job in dem Antiquitätengeschäft bekommen hätte, obwohl sie zehn Minuten zu spät zum Vorstellungsgespräch gekommen sei.

Und ich konnte lediglich hin und wieder halblaut eine abweichende Meinung kundtun, was gar nicht gut ankam. Also warf ich nach ihrem dritten hochgradig dramatischen Augenverdrehen und nachdem sie mir zum x-ten Mal gesagt hatte, ich solle mich *endlich lockermachen und nicht so verkrampft sein*, mein ungegessenes Sandwich weg und machte mich auf den Weg zum Tor. Und schwor insgeheim, ein Auge auf sie zu haben, alles zu tun, was nötig wäre, um zu verhindern, dass die beiden zusammenkommen. Ein weiterer Punkt auf meiner immer länger werdenden Liste.

Ich fahre in die Gasse hinter der Buchhandlung und parke auf einem der beiden Parkplätze, ehe ich nach vorn zum Eingang gehe und damit rechne, ihn verschlossen zu finden. Bestimmt konnte Jude dem Lockruf der Killerwellen an einem so schönen Tag nicht widerstehen. Und ich bin verblüfft, die Tür weit offen vorzufinden, während Jude an der Kasse steht und eine Kundin bedient.

»Oh, hey, da ist Avalon ja.« Er nickt. »Gerade habe ich Susan von unserer neuen Hellseherin erzählt, und wie aufs Stichwort kommst du reinmarschiert.«

Susan dreht sich um und mustert mich, betrachtet, begutachtet und addiert alle Bestandteile im Kopf zusammen. Und ist sich sicher, die Gleichung richtig ausgerechnet zu haben, als sie sagt: »Sind Sie nicht ein bisschen ... *jung*, um die Zukunft vorauszusagen?« Mit selbstgefälliger Miene sieht sie mich an.

Ich lächle, ein unbeholfenes Verziehen der Lippen, denn ich weiß nicht genau, wie ich reagieren soll, besonders angesichts der Art und Weise, wie Jude mich anschaut.

»Hellsehen ist eine *Gabe*«, murmele ich und verschlucke mich fast an dem Wort. Ich erinnere mich an eine Zeit, es ist noch gar nicht lange her, als ich diesen Gedanken weit von mir gewiesen habe und überzeugt war, dass es alles andere wäre als das. »Mit dem Alter hat das nichts zu tun«, füge ich hinzu, sehe ihre Aura flackern und aufflammen und weiß, dass ich sie nicht überzeugt habe. »Entweder hat man die Gabe, oder man hat sie nicht«.

»Also, soll ich einen Termin für Sie machen?«, fragt Jude und gibt ein Lächeln zum Besten, dem man nur schwer widerstehen kann.

Susan jedoch kann widerstehen. Sie schüttelt den Kopf, umklammert ihre Tüte und geht zur Tür, während sie erwidert: »Rufen Sie mich einfach an, wenn Ava wieder da ist.«

Die Glocke schrillt laut, als sich die Tür hinter ihr schließt. »Na, das ist ja prima gelaufen.« Ich drehe mich zu Jude um und sehe zu, wie er den Kassenzettel abheftet, ehe ich hinzufüge: »Wird mein Alter hier ein Problem werden?«

»Du bist sechzehn?«, fragt er und sieht mich kaum an.

Ich presse die Lippen zusammen und nicke.

»Dann bist du alt genug, um hier zu arbeiten. Susan ist ein Hellseher-Junkie, die kann bestimmt nicht lange widerstehen. Ehe du es dich versiehst, steht sie auf deiner Liste.«

»Hellseher-Junkie? Ist das so was wie ein Groupie?« Ich folge ihm nach hinten ins Büro und stelle dabei fest, dass er dieselben Shorts und dasselbe T-Shirt mit dem Peace-Zeichen trägt wie neulich.

»Kann sich nicht vom Fleck rühren ohne die Karten, die Sterne oder was weiß ich was zu Rate zu ziehen«, meint er. »Allerdings nehme ich an, du hast dir im Laufe all der Deutungen, die du hinter dir hast, schon eine Stammkundschaft zugelegt.« Er schaut über die Schulter, während er die Tür öffnet, die Augen auf eine Art und Weise wissend zusammengekniffen, die mir unmöglich verborgen bleiben kann.

»Was das angeht …«, setze ich an. Ich kann ebenso gut Farbe bekennen, da er offensichtlich ohnehin Bescheid weiß.

Doch er dreht sich lediglich mit erhobener Hand um, entschlossen, mich zum Schweigen zu bringen. »Bitte keine Beichtstuhl-Geständnisse.« Lächelnd schüttelt er den Kopf. »Wenn ich mir irgendwelche Hoffnungen machen soll, diese Riesenwellen da draußen zu genießen, dann kann ich mir nicht den Luxus leisten, meine Entscheidung zu bereuen.

Allerdings möchtest du vielleicht noch mal genauer darüber nachdenken, ob das wirklich eine *Gabe* ist.«

Überrascht sehe ich ihn an, weil sämtliche Hellseher, denen ich je begegnet bin – okay, das heißt mehr oder weniger nur Ava –, denken, dass Hellsehen auf jeden Fall etwas ist, womit man geboren wird.

»Ich überlege, ob ich noch ein paar Stunden auf den Plan setze, Entwicklung hellseherischer Fähigkeiten und so, vielleicht auch noch ein bisschen Wicca-Kult, und glaub mir, wir kriegen viel mehr Teilnehmer zusammen, wenn alle glauben, sie hätten eine faire Chance.«

»Aber haben sie das denn?«, frage ich und sehe zu, wie er zu einem extrem unordentlichen Schreibtisch geht und einen Papierstapel ganz am Rand durchblättert.

»Klar.« Er nickt, nimmt ein Blatt zur Hand und betrachtet es, ehe er es kopfschüttelnd gegen ein anderes eintauscht. »Das Potenzial hat jeder, es geht nur darum, es zu entwickeln. Manchen fällt das leicht, sie könnten es gar nicht ignorieren, selbst wenn sie es versuchen würden. Bei anderen … die müssen ein bisschen tiefer graben, um es zu finden. Und du? Wann hast du es gewusst?«

Er sieht mich an, und seine meergrünen Augen begegnen den meinen auf eine Weise, die meinen Magen tanzen lässt. Ich meine, eben redet er noch ganz abstrakt und blättert in irgendwelchen Papieren, als würde er kaum darauf achten, was er sagt, und dann steht plötzlich alles still, sein Blick hält den meinen fest, und es ist, als wäre die Zeit stehen geblieben.

Ich weiß nicht recht, was ich darauf sagen soll. Ein Teil von mir sehnt sich danach, alles zu gestehen; ich weiß, dass er einer der wenigen ist, die es verstehen würden. Doch der andere Teil sperrt sich – Damen ist der Einzige, der meine

Geschichte kennt, und ich habe das Gefühl, ich sollte es dabei belassen.

»Ist wohl einfach angeboren.« Ich krümme mich innerlich dabei, wie meine Stimme am Ende des Satzes lauter wurde. Meine Augen irren wild im Raum umher; ich hoffe, sowohl dieses Thema als auch seinen Blick meiden zu können, als ich mich erkundige: »Also – Unterricht. Und wer soll den geben?«

Er zuckt die Achseln und neigt den Kopf so, dass ihm seine Dreadlocks ins Gesicht fallen. »Ich, nehme ich an«, antwortet er, schiebt sie zurück und entblößt die Narbe auf seiner Stirn. »Das wollte ich sowieso schon ziemlich lange mal machen, aber Lina war immer dagegen. Ich denke, ich kann's genauso gut ausnutzen, dass sie nicht da ist, und sehen, ob's klappt.«

»Wieso ist sie denn dagegen?«, will ich wissen. Mein Magen kommt allmählich zur Ruhe, während er sich zurücklehnt und die Füße auf den Schreibtisch legt.

»Sie hat's gern einfach – Bücher, Musik, Engelsfiguren, und hin und wieder mal eine Weissagung. Ungefährlich. Gutartig. Mainstream-Mystizismus, der niemandem wehtut.«

»Und deine Art? Tut die jemandem weh?« Ich betrachte ihn eingehend, versuche herauszufinden, was genau an ihm mich nervös macht.

»Überhaupt nicht. Mein Ziel ist es, die Menschen stärker zu machen, ihnen zu helfen, ein besseres, erfüllteres Leben zu führen, indem sie sich Zugang zu ihrer eigenen Intuition verschaffen, das ist alles.«

»Und Lina will die Menschen nicht stärker machen?«, frage ich und fühle mich ganz flatterig bei seinem Blick.

»Mit dem Wissen kommt Macht. Und da Macht dazu

neigt zu korrumpieren, findet sie, es ist ein zu großes Risiko. Auch wenn ich nicht vorhabe, mich auch nur in die Nähe der dunklen Künste zu begeben, ist sie überzeugt, dass die sich irgendwie einschleichen werden, dass der Unterricht, den ich gebe, bloß zu härteren, finstereren Sachen führen wird.«

Ich nicke, denke an Roman und Drina und kann Linas Standpunkt definitiv verstehen. Macht in den falschen Händen ist in der Tat etwas Gefährliches.

»Jedenfalls, hast du Interesse?« Er lächelt.

Mein Blick begegnet dem seinen, ich bin nicht sicher, was er meint.

»Daran, auch zu unterrichten?«

Ich schrecke ein wenig zurück, weiß nicht, ob er Witze macht oder es ernst meint. Dann sehe ich, dass er weder das eine noch das andere tut, er stellt die Frage einfach so in den Raum. »Glaub mir, ich habe keinen blassen Dunst von dem Wicca-Kult oder eigentlich von irgendwas von alldem. Ich habe keine Ahnung, wie das funktioniert. Ich bin besser dran, wenn ich einfach nur hin und wieder jemandem die Zukunft deute und vielleicht sogar versuche, das Chaos da zu ordnen.« Mit einer Geste deute ich auf den Schreibtisch, die Regale, auf so ziemlich jede verfügbare Fläche, die unter einem Riesenhaufen Papiere und Kram begraben ist.

»Ich habe gehofft, dass du das sagst.« Er lacht. »Ach, und nur dass du's weißt, ich habe mich in dem Augenblick abgemeldet, in dem du reingekommen bist. Bin beim Surfen, wenn irgendjemand fragt.« Er steht auf und geht auf das Surfbrett zu, das an der gegenüberliegenden Wand lehnt. »Ich erwarte nicht, dass du das komplett organisiert kriegst oder so, das ist einfach alles zu sehr durcheinander. Aber wenn du da eine Art Ordnung reinbringen könntest, also ...« Er nickt und sieht mich an. »Dann kriegst du vielleicht einen Orden.«

»Ich hätte lieber eine Plakette«, erwidere ich und tue so, als meine ich es ernst. »Du weißt schon, irgendwas Hübsches, was ich mir an die Wand hängen kann. Oder eine Trophäe – eine Trophäe wäre schön.«

»Wie wär's mit 'nem eigenen Parkplatz hinterm Laden? Das kriege ich wahrscheinlich geregelt.«

»Glaub mir, das hast du schon getan.« Ich lache.

»Ja, aber an dem würde dein Name dranstehen. Nur für dich ganz allein reserviert. Niemand sonst dürfte da parken, nicht mal nach Ladenschluss. Ich bringe ein großes Schild an: ›ACHTUNG! AUSSCHLIESSLICH FÜR AVALON RESERVIERT: ALLE ANDEREN WERDEN AUF EIGENE KOSTEN ABGESCHLEPPT.‹«

»Das würdest du tun? Echt?« Wieder lache ich.

Er packt das Surfbrett; seine Finger umklammern die Kante, als er es sich unter den Arm klemmt. »Mach hier klar Schiff, und die Belohnungen, die auf dich warten, sind grenzenlos. Heute Mitarbeiterin des Monats, morgen ...« Er zuckt die Schultern, streicht sich die Rastalocken aus der Stirn, und sein erstaunlich hübsches Gesicht kommt zum Vorschein.

Unsere Blicke haken sich ineinander fest, und ich weiß, dass er mich wieder ertappt hat – mich dabei erwischt hat, wie ich ihn anschaue ... ihn süß finde. Also sehe ich rasch weg, kratze mich am Arm, hantiere mit meinem Ärmel herum, alles, um diesen Moment schnell verstreichen zu lassen.

»Da drüben in der Ecke ist ein Monitor.« Mit einem Kopfnicken deutet er auf die Wand gegenüber, kehrt wieder zum Geschäftlichen zurück. »Durch den und die Glocke an der Tür müsstest du es merken, wenn jemand reinkommt, falls du gerade hier hinten bist.«

»Durch den, die Glocke an der Tür und die Tatsache, dass ich *hellsehen* kann«, gebe ich zurück und versuche, ganz locker zu klingen, obwohl meine Stimme ein bisschen zittrig ist. Ich habe mich noch nicht ganz von der Verlegenheit gerade eben erholt.

»So, wie du deine Fähigkeiten genutzt hast, als ich mich an dich rangeschlichen habe?«, fragt er und lächelt auf nette, offene Art, obgleich seine Augen nicht alles preisgeben.

»Das war etwas anderes. Offenbar weißt du, wie man seine Energie abschirmt. Die meisten Leute wissen das nicht.«

»Und *du* weißt, wie man seine Aura abschirmt. Aber dazu kommen wir bestimmt später noch.«

Ich schlucke heftig und tue so, als ob ich nicht merke, wie seine leuchtend gelbe Aura sich an den Rändern ein wenig rosa verfärbt.

»Na, wie dem auch sei, das ist eigentlich alles ganz leicht zu verstehen. Die Akten müssen alphabetisch geordnet werden, und wenn du sie nach Themenbereichen sortieren könntest, das wäre toll. Oh, und mach dir nicht die Mühe, die Kristalle und die Kräuter zu beschriften, wenn du nicht damit vertraut bist, ich würde sie echt ungern durcheinanderbringen. Aber wenn *doch* ...« Er lächelt und zieht die Brauen auf eine Art und Weise hoch, dass ich sofort wieder anfange, mich am Arm zu kratzen.

Ich betrachte die schimmernden Haufen Kristalle, von denen ich einige wiedererkenne, von damals, als ich die Elixiere hergestellt habe, und von dem Amulett, das ich um den Hals trage. Die meisten aber sind mir fremd.

»Hast du ein Buch dazu oder so was?«, erkundige ich mich und hoffe, dass er wirklich eins hat, denn ich würde nur zu gern mehr über die erstaunlichen Fähigkeiten von Kristallen lernen. »Du weißt schon, damit ich« – *eine Möglichkeit finden kann, irgendwann mal mit meinem unsterblichen Freund zu schlafen* – »damit ich die alle richtig etikettieren kann und so.« Ich hoffe, mehr als fleißige Arbeitsbiene rüberzukommen, und nicht als die egoistische, faule Socke, die ich bin. Sehe, wie er sein Surfbrett fallen lässt, sich wieder dem Schreibtisch zuwendet, einen Bücherstapel durchsieht und ganz unten ein kleines, dickes, abgegriffenes Buch hervorzieht.

Er dreht es in den Händen und betrachtet den Buchrücken, während er sagt: »Da steht alles drin. Wenn ein Kristall da nicht vorkommt, dann gibt es ihn nicht. Außerdem sind jede Menge Bilder drin, damit du sie identifizieren kannst. Sollte jedenfalls helfen«, setzt er hinzu und wirft mir das Buch zu.

Ich fange es auf; die Seiten vibrieren vor Energie, als der Inhalt durch mich hindurchströmt. Das ganze Buch ist mir jetzt ins Gehirn eingeprägt, als ich lächele und sage: »Hat es schon, glaub mir.«

EINUNDZWANZIG

Ich starre auf den Monitor und vergewissere mich, dass Jude wirklich weg ist, ehe ich am Schreibtisch Platz nehme und den Haufen Kristalle betrachte. Mir ist klar, dass das Buch nicht ausreicht – man muss sie in die Hand nehmen, um sie zu verstehen. Doch gerade als ich die Hand nach einem großen roten, von gelben Streifen durchzogenen Stein ausstrecke, stößt mein Knie gegen die Seitenwand des Schreibtisches, und mir wird am ganzen Körper warm und kribblig – ein sicheres Zeichen, dass irgendetwas meine Aufmerksamkeit erfordert.

Ich schiebe den Stuhl zurück, beuge mich vor und spähe unter den Tisch, dabei fällt mir auf, dass das Gefühl immer stärker wird, je tiefer ich mich bücke. Also folge ich ihm, bis ich vom Stuhl auf den Boden gerutscht bin und nach der Quelle taste. Meine Fingerspitzen werden unerträglich heiß, sobald ich die unterste Schublade auf der linken Seite berühre.

Ich setze mich auf die Fersen und begutachte das alte Messingschloss – ein Abschreckungsmittel von der Sorte, die dafür sorgen sollen, dass ehrliche Menschen ehrlich bleiben, und die jene fernhalten sollen, die nicht wissen, wie man Energie manipuliert. So wie ich. Ich schließe die Augen, während ich die Schublade behutsam öffne, nur um einen Stapel Hängeordner vorzufinden, die nicht mehr hängen, einen uralten Taschenrechner und einen Haufen alter, vergilbter Kassenbelege. Gerade will ich die Lade wieder schließen, als ich den doppelten Boden unter all dem Kram erahne.

Ich raffe die Papiere zusammen und werfe sie zur Seite, ehe ich den Hebel ziehe und ein altes, abgegriffenes, ledergebundenes Buch zum Vorschein kommt. Seine Seiten sind ausgefranst und gewellt wie eine uralte Schriftrolle, und die Worte *Buch der Schatten* sind auf dem Buchdeckel zu lesen. Ich lege es vor mich auf den Schreibtisch, dann sitze ich da und starre es an. Und frage mich, wieso sich jemand so viel Mühe gibt, dieses Buch verborgen zu halten – und vor *wem*?

Versteckt Lina es vor Jude?

Oder ist es umgekehrt?

Und da es nur eine Möglichkeit gibt, das herauszufinden, schließe ich die Augen und lege die Hand fest auf den Einband. Ich habe vor, es auf meine übliche Art und Weise zu lesen, bis mich ein so wüster, so chaotischer Energieschwall trifft, dass es mir praktisch die Knochen zersplittert.

Ich werde zurückgeschleudert, und mein Stuhl kracht mit solcher Wucht gegen die Wand, dass eine gewaltige Delle zurückbleibt. Noch immer beben die flackernden Überreste wirrer Bilder vor mir, und mir ist vollkommen klar, warum das Buch versteckt war – es geht darin um Hexerei und Zaubersprüche. Um Wahrsagen und Beschwörungsformeln. Es enthält Mächte, die so stark sind, dass es in den falschen Händen katastrophale Auswirkungen hätte.

Langsam bringe ich meinen Atem zur Ruhe und starre den Einband an, sammle mich, ehe ich den Versuch mache, es durchzublättern. Mit unsicheren Fingern berühre ich nur den äußersten Rand der Seiten, schaue auf eine geschwungene Schrift, die so klein ist, dass es fast unmöglich ist, sie zu entziffern. Der größte Teil der Seiten ist mit allen möglichen Symbolen bedruckt; sie erinnern mich an die Alchemie-Tagebücher, die Damens Vater geführt hat – sorgfältig verschlüsselt, um die Geheimnisse darin zu bewahren.

Ich blättere bis zur Mitte vor und betrachte eine schöne, sehr detaillierte Zeichnung von einer Menschenschar, die unter einem Vollmond tanzt, gefolgt von Menschen, die komplexe Rituale ausführen. Meine Finger schweben dicht über dem kratzigen Papier, und plötzlich weiß ich ganz tief in meinen Knochen, dass das hier kein Irrtum ist. Ich *sollte* dieses Buch finden.

Genauso wie Roman meine Mitschüler hypnotisiert und sie alle in seinen Bann gezwungen hat, brauche ich bloß die richtige Beschwörungsformel, um ihn dazu zu bringen, mit der Information herauszurücken, die ich brauche.

Gerade blättere ich um, eifrig bestrebt, die richtige Formel zu finden, als die Glocke über der Tür schrillt und ich daraufhin einen Blick auf den Monitor werfe, um mich zu vergewissern. Nicht gewillt, mich von der Stelle zu rühren, bis ich sicher bin, dass derjenige, der gerade hereingekommen ist, nicht gleich wieder kehrtmacht und verschwindet, dass er wirklich vorhat zu bleiben. Ich sehe zu, wie die schlanke kleine, schwarz-weiße Gestalt durch den Raum tappt – sie schaut nervös über die Schulter, als erwarte sie, dort jemanden stehen zu sehen. Und gerade als ich hoffe, dass sie wieder geht, hält sie direkt auf den Ladentisch zu, legt die Hände auf die Glasplatte und wartet geduldig.

Super. Ich erhebe mich von meinem Platz hinter dem Schreibtisch. *Das hat mir gerade noch gefehlt – eine Kundin.* »Kann ich Ihnen helfen?«, rufe ich, noch bevor ich um die Ecke biege und sehe, dass es Honor ist.

Sobald sie mich sieht, schnappt sie nach Luft, ihre Kinnlade klappt herunter, ihre Augen werden riesengroß, und es scheint fast, als ob sie *Angst hat?* Wir starren einander an und überlegen, was wir jetzt tun sollen.

»Äh, suchst du irgendwas?«, erkundige ich mich, und meine Stimme klingt selbstbewusster, als mir zu Mute ist, als hätte ich hier tatsächlich das Sagen. Ich betrachte ihr langes, dunkles Haar und die brandneuen kupferfarbenen Strähnchen, die im Licht schimmern, und mir geht auf, dass ich sie bisher noch niemals allein gesehen habe. Noch nie habe ich nur ihr gegenübergestanden, nur wir beide, ohne Stacia und Craig.

Meine Gedanken wandern zu dem Buch hinten im Büro, dem Buch, das ich auf dem Schreibtisch habe liegen lassen, zu dem ich sofort zurückkehren muss, und ich hoffe, was immer sie auch will, wird sich leicht und schnell erledigen lassen.

»Vielleicht bin ich hier ja falsch.« Sie zieht die Schultern ein und dreht unablässig ihren silbernen Ring, während sich zwei leuchtend rosafarbene Flecken auf ihren Wangen zeigen. »Ich glaube, ich …« Sie schaut mit einer unbeholfenen Geste zur Tür. »Ich glaube, ich habe mich geirrt, also, ich … gehe dann einfach wieder.«

Ich sehe zu, wie sie sich umdreht; ihre Aura strahlt in einem unsteten Grau, als sie auf die Tür zustrebt. Und obwohl ich es gar nicht will, obwohl ich ein Buch gefunden habe, das möglicherweise Leben verändern und Probleme lösen kann und dem ich mich wieder widmen muss, sage ich: »Das ist kein Irrtum.« Mit hochgezogenen Schultern bleibt sie stehen; ohne die Schützenhilfe ihrer gemeinen Freundin sieht sie klein und zart aus. »Im Ernst«, füge ich hinzu. »Du hattest vor herzukommen. Und wer weiß? Vielleicht kann ich dir ja helfen.«

Sie holt tief Luft und zögert so lange, dass ich gerade wieder etwas sagen will, als sie sich umdreht. »Da gibt es so einen Typen ...« Sie zupft am Saum ihrer Shorts herum und sieht mich an.

»Jude.« Ich ahne die Antwort, ohne ihre Gedanken zu lesen oder ihre Haut zu berühren; ich weiß es einfach in dem Moment, in dem sich unsere Blicke begegnen.

»Ja, äh, na ja. Jedenfalls, ich, ähm ...« Sie schüttelt den Kopf und versucht es noch einmal. »Also, ich habe nur überlegt, ob er vielleicht hier ist. Er hat mir das hier gegeben.« Sie zieht ein zerknittertes Stück Papier aus der Tasche und streicht es auf dem Glastresen glatt, während sie zu mir aufschaut.

»Er ist nicht da«, brummele ich, während mein Blick über den Flyer wandert, auf dem er für seinen Einführungskurs »Hellseherische Fähigkeiten entwickeln und fördern« wirbt, und ich im Stillen denke, dass er wirklich keine Zeit verloren hat. »Soll ich ihm was ausrichten? Oder willst du dich anmelden?« Ich betrachte sie eingehend; noch nie habe ich sie so schüchtern und beklommen erlebt – das ganze Gedrehe an ihrem Ring, der umherhuschende Blick, die zuckenden Knie –, und ich weiß, dass ich der Grund dafür bin.

Sie starrt auf den Tresen hinab, als sei sie ganz fasziniert von dem Schmuck darin. »Nein, äh, sag gar nichts. Ich komme einfach noch mal wieder.« Dann atmet sie tief durch, strafft die Schultern und versucht, ein wenig von der Abscheu aufzubringen, mit der sie mir normalerweise begegnet, doch es misslingt jämmerlich.

Und obgleich ein Teil von mir sie trösten und beruhigen, sie überzeugen möchte, dass es wirklich keinen Grund gibt, sich so zu verhalten – ich tue es nicht. Ich sehe einfach zu, wie sie hinausgeht, und vergewissere mich, dass die Tür hinter ihr zufällt, ehe ich zu dem Buch zurückkehre.

ZWEIUNDZWANZIG

Und, wie war dein erster Arbeitstag?«
Ich lasse mich aufs Sofa plumpsen, streife die Schuhe ab und lege die Füße auf den geschnitzten Couchtisch. Dann schließe ich die Augen und seufze dramatisch, bevor ich antworte: »Eigentlich war's viel einfacher, als man denken würde.«

Damen lacht und lässt sich neben mich sinken. Er streicht mir das Haar aus dem Gesicht und fragt: »Und was soll dann dieses ganze Theater von wegen totale Erschöpfung und so?«

Ich rutsche noch weiter in die flauschigen, weichen Polster, so tief ich kann. Die Augen noch immer geschlossen, erwidere ich: »Ich weiß auch nicht. Vielleicht hat das was mit dem Buch zu tun, das ich gefunden habe. Irgendwie habe ich mich danach ein bisschen ... *zersplittert* gefühlt. Aber es kann auch von dem Überraschungsbesuch von –«

»Du hast ein Buch gelesen?« Seine Lippen wandern an meinem Hals hinab, füllen meinen Körper mit Kribbeln und Hitze. »Auf die *traditionelle* Weise?«

Ich rücke näher an ihn heran, hake ein Bein über seine und kuschele mich an ihn, begierig nach dem Beinahe-Gefühl seiner Haut. »Glaub mir, ich hab's auf die einfache Tour versucht und wollte es einfach nur *erspüren*, aber es war ... Ich weiß nicht – es war total merkwürdig.« Ich schaue ihn an, will ihm in die Augen sehen, doch sie bleiben geschlossen, während er das Gesicht in meinem Haar vergräbt. »Es war, als ... als wäre das Wissen darin zu mächtig, um so gelesen zu werden, weißt du? Und ich habe mir dabei so einen fürchterlichen elektrischen Schlag geholt ... wie einen Stromschlag, bis auf die Knochen. Was mich nur noch neugieriger gemacht hat, und deshalb habe ich versucht, es auf normale Weise zu lesen. Bin nur nicht sehr weit gekommen.«

»Nicht mehr in Übung?« Er lächelt; jetzt sind seine Lippen an meinem Ohr.

»Mehr so, als könnte ich es nicht verstehen. Das meiste ist verschlüsselt. Und die Teile, die auf Englisch sind, na ja, es war wie Altenglisch. Du weißt schon, so ähnlich, wie du früher geredet hast.« Ich mache mich los, um ihn anzuschauen und lächele, als ich den Ausdruck gespielter Entrüstung auf seinem Gesicht sehe. »Ganz zu schweigen davon, dass die Schrift sehr klein war, und das Ganze war voll von so komischen Zeichnungen und Symbolen, die Zaubersprüche und Formeln bilden, all so was. Was ist denn – warum siehst du mich so an?« Ich halte inne und fühle eine mächtige Energieverlagerung, als sein Körper sich anspannt.

»Wie hieß das Buch?«, will er wissen, den Blick fest auf mich geheftet.

Ich kneife die Augen zusammen, verziehe die Lippen und versuche, mich daran zu erinnern, was da in verschnörkelter goldener Schrift stand. »*Buch der* ... irgendwas.« Ich fühle mich noch erschöpfter und zersplitterter, als ich mir anmerken lassen möchte, besonders nachdem ich die Besorgnis in seiner Miene gesehen habe.

»*Schatten.*« Er nickt mit gerunzelter Stirn. »Das *Buch der Schatten*. Hieß es so?«

»Dann kennst du es also?« Ich ändere meine Stellung, drehe mich vollständig zu ihm herum. Sein Blick ist ernst, starr, als ob er etwas abwägen würde.

»Ich bin vertraut damit.« Eingehend betrachtet er mein Gesicht. »Aber nur mit seinem Ruf. Ich hatte nie Gelegenheit, es selbst zu lesen. Aber Ever, wenn es das Buch ist, an das ich denke ...« Unbehagen verdüstert seine Züge. »Nun ja, da stehen ein paar extrem mächtige Zauber drin – Magie, der man sich nur mit allergrößter Vorsicht und Sorgfalt nähern darf. Magie, mit der man definitiv nicht herumspielen sollte, verstehst du?«

»Dann meinst du also, das funktioniert.« Ich lächele und hoffe, die ernste Stimmung ein wenig aufzuhellen, doch ich weiß, dass es mir nicht gelungen ist, da er das Lächeln nicht erwidert.

»Das ist keine Magie wie die, die wir verwenden. Am Anfang scheint es vielleicht so, und ich nehme an, wenn man es auf die absoluten Grundlagen zurückführt, dann läuft es wohl aufs selbe hinaus. Aber wenn wir die Energie des Universums heraufbeschwören, um Gestalt zu manifestieren, dann rufen wir nur das reinste, hellste Licht, ohne jegliche Dunkelheit. Und obwohl die meisten Hexen oder Zauberer gut sind, *manchmal* übernehmen sich Menschen, wenn sie sich mit Hexerei einlassen, und am Ende schlagen sie dann einen viel dunkleren Weg ein, beschwören eine böswilligere Macht herauf, um etwas zu schaffen.«

Ich starre ihn an, noch nie habe ich gehört, dass er auch nur anerkannt hätte, dass es eine dunkle Macht gibt.

»Alles, was wir tun, geschieht immer entweder zum Wohl aller oder zu unserem eigenen Nutzen. Wir tun niemals etwas, um zu schaden.«

»*Niemals* würde ich nicht sagen«, murmele ich halblaut und denke an all die Male, wo ich Stacia bei ihrem eigenen Spiel geschlagen oder es zumindest versucht habe.

»Kleinliche Pausenhofzänkereien sind nicht gerade das,

worauf ich hinauswill.« Er wischt meine Gedanken beiseite. »Was ich meine, ist, wir manipulieren *Materie*, keine *Menschen*. Aber sich auf Zaubersprüche zu verlegen, um zu kriegen, was man will ...« Er schüttelt den Kopf. »Also, das ist ganz was anderes. Frag Romy und Rayne.«

Ich sehe ihn an.

»Weißt du, die beiden sind wirklich Hexen. Gute Hexen, natürlich, Hexen, die sehr gut unterwiesen worden sind – allerdings wurde ihre Lehrzeit zu ihrem Unglück ein bisschen früh beendet. Aber nimm zum Beispiel Roman, der ist das ideale Beispiel dafür, was schiefgehen kann, wenn einen das eigene Ego, die Gier und der unstillbare Hunger nach Macht und Rache auf die dunkle Seite lenkt. Dass er vor Kurzem Hypnose angewandt hat, ist ein hervorragendes Beispiel dafür.« Kopfschüttelnd sieht er mich an. »Bitte sag mir, dass du dieses Buch nicht in irgendeinem Regal gefunden hast, wo jeder drankann.«

Ich schlage die Beine übereinander und schüttele den Kopf. Meine Finger zeichnen die Naht seines Ärmels nach. »So war es nicht«, antworte ich. »Diese Ausgabe war *alt*. Und ich meine, richtig, *richtig* alt. Du weißt schon, ganz brüchig und antik – als ob es in ein Museum gehören würde oder so. Glaub mir, derjenige, dem das Ding gehört, wollte nicht, dass jemand davon erfährt. Er hat sich alle Mühe gegeben, es zu verstecken. Aber du weißt ja, dass mich so was nicht aufhalten kann.« Ich lächele und hoffe, dass er auch lächelt, doch sein Blick bleibt unverändert; sorgenvolle Augen starren unverwandt in meine.

»Wer, glaubst du, benutzt es? Lina oder Jude?«, fragt er und spricht ihre Namen so beiläufig aus, dass man meinen könnte, sie wären Freunde.

»Ist das wichtig?«

Er betrachtet mich noch einen Augenblick länger, dann wendet er den Blick ab. Seine Gedanken wandern zu einem Ort weit in der Vergangenheit, wo ich nie gewesen bin. »Das ist es also? Eine kurze Begegnung mit dem *Buch der Schatten*, und du bist fix und alle?«

»*Fix und alle?*« Kopfschüttelnd ziehe ich eine Braue hoch. Seine seltsame Wortwahl amüsiert mich immer wieder.

»Zu altmodisch?« Seine Lippen wölben sich zu einem Grinsen.

»Ein bisschen.« Ich nicke und lache mit.

»Du solltest dich nicht über ältere Leute lustig machen. Das ist ziemlich unhöflich, findest du nicht?« Spielerisch stupst er mich am Kinn an.

»Stimmt«, bestätige ich, beschwichtigt von seinen Fingern, die über meine Wange wandern, meinen Hals hinab und bis zu meiner Brust hinunter.

Wir lehnen die Köpfe gegen die gepolsterte Lehne und sehen uns an, während seine Hände flink und geschickt in Bewegung sind, über meine Kleider gleiten; wir beide wünschen uns, dass mehr daraus werden könnte, sind aber entschlossen, uns damit zufriedenzugeben.

»Also, was hast du sonst noch gemacht?«, flüstert er und drückt die Lippen auf meine Haut, wobei der stets gegenwärtige Schleier zwischen uns vibriert.

»Hab ein bisschen Ordnung gemacht, katalogisiert, Akten sortiert – ach ja, und dann ist Honor aufgekreuzt.«

Sein Gesicht nimmt einen Ausdruck à la *Ich hab's dir ja gesagt* an.

»Bleib locker. Sie wollte nicht die Zukunft gedeutet haben oder so was. Jedenfalls schien's nicht so.«

»Und was wollte sie dann?«

»Jude sehen, nehme ich an.« Ich lasse meine Finger unter

den Saum seines Hemdes wandern, fühle die Glätte seiner Haut und wünsche mir, ich könnte auch darunter kriechen.

»Meinst du, sie steht auf Jude?« Seine Finger ziehen die Linie meines Schlüsselbeins nach, und seine Berührung ist so warm, so vollkommen, kaum durch den Schleier abgeschwächt.

Achselzuckend wühle ich das Gesicht in den hohen V-Ausschnitt seines Hemdes und atme seinen warmen, würzigen Geruch ein. Entschlossen, nicht darauf zu achten, wie mein Magen gerade weggesackt ist, als er das gesagt hat. Ich habe keine Ahnung, was es bedeutet oder warum es mich interessieren sollte, ob Honor auf Jude steht, doch ich ziehe es vor, das trotzdem zu verdrängen. »Warum? Meinst du, ich sollte ihn warnen? Du weißt schon, ihm erzählen, wie sie wirklich ist?« Meine Lippen drängen sich in die Kuhle an seinem Hals, gleich neben der Schnur, an der sein Amulett hängt.

Er verlagert sein Gewicht, sortiert Arme und Beine neu, löst sich von mir. »Wenn er so begabt ist, wie du sagst, dann sollte er eigentlich in der Lage sein, ihre Energie zu lesen und das selbst herauszufinden.« Er sieht mich an, und seine Stimme klingt behutsam, bedächtig, übermäßig beherrscht, wie ich es gar nicht gewohnt bin. »Außerdem, wissen wir denn überhaupt, wie sie *wirklich* ist? Nach dem, was du geschildert hast, kennen wir sie nur unter Stacias Einfluss. Allein ist sie vielleicht ganz nett.«

Ich blinzele und versuche, mir eine nettere Version von Honor vorzustellen, doch ich schaffe es nicht. »Aber trotzdem«, wende ich ein, »Jude hat die Angewohnheit, sich in die Falsche zu verknallen und –« Ich gerate ins Stocken, fange seinen Blick auf und ahne, dass das Ganze gerade deutlich schlimmer geworden ist, obwohl ich keinen Schimmer habe, wieso. »Weißt du was? Vergiss das alles einfach. Das ist langweilig und blöd, und unsere Zeit ist viel zu schade dafür. Reden wir über was anderes, okay?« Ich beuge mich zu ihm, ziele mit den Lippen auf seinen Unterkiefer und freue mich schon auf das Pieksen und Kratzen der Bartstoppeln, die dort wachsen. »Lass uns über etwas reden, das nichts mit dem Job zu tun hat oder mit den Zwillingen oder deinem hässlichen neuen Auto. Irgendwas, bei dem ich mir nicht ganz so ... *alt und langweilig* vorkomme.«

»Willst du damit sagen, dass du dich langweilst?« Mit weit aufgerissenen Augen schaut er mich fassungslos an.

Ich ziehe die Schultern hoch, schneide eine Grimasse und wünsche mir, ich könnte so tun, als wäre es anders, aber ich will auch nicht lügen. »Ein bisschen. Ich meine, tut mir leid, das sagen zu müssen, aber all dies Gekuschel auf der Couch, während die lieben Kleinen oben schlafen ...« Ich schüttele den Kopf. »Wenn man babysittet, ist das eine Sache, aber es ist ein bisschen gruselig, wenn's im Grunde genommen *deine* Kinder sind. Ich meine, ich weiß, wir sind noch dabei, uns umzustellen, aber ... na ja ... was ich zu sagen versuche, ist wohl, so langsam fühlt sich das Ganze nach Alltagstrott an.« Die Lippen zusammengepresst, schaue ich ihn an, ich bin mir nicht sicher, wie er das aufnehmen wird.

»Du weißt doch, wie man dem Alltagstrott entkommt, nicht wahr?« Er springt so schnell auf, dass er nur ein schimmernder Schemen ist.

Ich schüttele den Kopf und erkenne den Ausdruck in seinen Augen von damals her wieder, als wir uns kennengelernt haben. Damals, als das alles noch Spaß gemacht hat und in jeder Hinsicht aufregend und unberechenbar war.

»Der einzige Fluchtweg heißt Ausbrechen.« Er lacht, packt meine Hand und zieht mich hoch.

DREIUNDZWANZIG

Ich folge ihm durch die Küche und in die Garage hinaus und frage mich, wo er mit mir hinwill. Einen Ausflug ins Sommerland kann man doch auch von der Couch aus machen.

»Was ist mit den Zwillingen?«, flüstere ich. »Wenn sie nun aufwachen, und wir sind nicht da?«

Damen zuckt die Achseln, führt mich zu seinem Auto und schaut über die Schulter. »Keine Sorge«, meint er. »Die schlafen tief und fest. Außerdem habe ich das Gefühl, dass das auch noch eine ganze Weile so bleiben wird.«

»Und hast du zufällig was damit zu tun?«, erkundige ich mich und denke daran, wie er mal die gesamte Schule in Schlaf versetzt hat, einschließlich Lehrer und Verwaltung, und ich weiß immer noch nicht genau, wie er das gemacht hat.

Er lacht, öffnet mir die Wagentür und bedeutet mir einzusteigen. Doch ich schüttele den Kopf und rühre mich nicht von der Stelle. Auf gar keinen Fall fahre ich in dieser Mama-Kutsche mit – die absolute Verkörperung genau jenes Alltagstrotts, in dem wir stecken.

Er sieht mich einen Augenblick lang an, schüttelt dann seinerseits den Kopf und schließt die Augen. Seine Brauen ziehen sich zusammen, während er einen roten Lamborghini manifestiert. Genau wie der, den ich gestern gefahren habe.

Doch ich schüttele abermals den Kopf; ich brauche keine neue Spaßmarke, wenn die alte es auch tut. Also schließe ich die Augen und wünsche den Flitzer fort, ersetze ihn mit einer exakten Replik des glänzend schwarzen BMWs, den er früher gefahren hat.

»Alles klar.« Er nickt und winkt mir mit einem verschmitzten Grinsen einzusteigen.

Und ehe ich es mich versehe, fahren wir die Einfahrt hinunter und auf die Straße hinaus, gerade langsam genug, damit sich das Tor öffnen kann, ehe wir in atemberaubendem Tempo den Coast Highway entlangbrausen.

Ich schaue ihn an, versuche, in seinen Kopf zu spähen und zu *sehen*, wohin wir fahren, doch er lacht nur und zieht mit voller Absicht seinen Schutzschild hoch. Er ist fest entschlossen, mich zu überraschen.

Er nimmt den Freeway, dreht die Stereoanlage auf und lacht verblüfft, als die Beatles loslegen. »Das *Weiße Album?*«

»Was immer nötig ist, um dich wieder in dieses Auto zu kriegen.« Ich lächele; ich habe mir – sehr oft – von der Zeit erzählen lassen, die er in Indien verbracht hat und dort zusammen mit ihnen in transzendentaler Meditation unterwiesen worden ist, damals, als Paul und John den größten Teil dieser Songs geschrieben haben. »Ehrlich gesagt, wenn ich das Ding richtig manifestiert habe, spielt die Stereoanlage von jetzt an nichts anderes mehr als die Beatles.«

»Wie soll ich mich je ans einundzwanzigste Jahrhundert anpassen, wenn du wild entschlossen bist, mich weiter in der Vergangenheit wurzeln zu lassen?« Damen lacht.

»Irgendwie habe ich ja gehofft, du würdest dich nicht anpassen«, erwidere ich und schaue aus dem Fenster auf verschwommene Streifen aus Licht und Finsternis. »Veränderung wird überschätzt – oder jedenfalls deine Veränderungen der allerletzten Zeit. Also, was sagst du? Bleibt es beim BMW? Können wir das hässliche Mama-Mobil abschaffen?«

Er fährt vom Freeway herunter und biegt ein paar Mal hintereinander scharf ab, ehe er einen sehr steilen Hügel hinaufrollt und vor einer Skulptur anhält, die vor einem riesigen Kalksteingebäude steht.

»Was ist denn das?« Ich blinzele; mir ist klar, dass wir irgendwo in L.A. sind, so wie die Stadt aussieht und sich anfühlt, aber ich weiß nicht genau, wo.

»Das Getty Museum.« Lächelnd zieht er die Handbremse an und springt aus dem Wagen, um mir die Tür zu öffnen. »Warst du schon mal hier?«

Ich schüttele den Kopf und weiche seinem Blick aus. Ein Museum ist so ziemlich das Letzte, womit ich gerechnet habe – oder wo ich hinwollte.

»Aber ist es nicht geschlossen?« Ich schaue mich um und spüre, dass wir die Einzigen sind, abgesehen von den bewaffneten Wachmännern, die wahrscheinlich dort drin stationiert sind.

»Geschlossen?« Kopfschüttelnd sieht er mich an. »Glaubst du, ich lasse zu, dass uns etwas so Alltägliches aufhält?« Er legt den Arm um mich und schiebt mich die Steinstufen hinauf. Die Lippen dicht an meinem Ohr, fügt er hinzu: »Ich weiß, ein Museum ist nicht deine erste Wahl, aber glaub mir, ich bin im Begriff, dir etwas zu beweisen. Etwas, das eindeutig klargemacht werden muss.«

»Was denn? Dass du mehr von Kunst verstehst als ich?«

Er bleibt stehen. »Ich werde beweisen, dass die Welt uns *wirklich* zu Füßen liegt. Dass sie unser Spielplatz ist. Alles ist, was wir wollen. Es besteht keine Notwendigkeit, sich jemals zu langweilen oder in Alltagstrott zu verfallen, wenn man erst mal begreift, dass die normalen Regeln nicht mehr gelten – jedenfalls nicht für uns. Wir können alles tun, was wir wollen, Ever, alles. Offen, geschlossen, verriegelt, aufgesperrt, willkommen oder nicht – nichts davon ist wichtig, wir tun, *was* wir wollen und *wann* wir es wollen. Es gibt nichts und niemanden, der uns daran hindern kann.«

Das stimmt nicht ganz, entgegne ich im Geist und denke an genau das, was wir in den vergangenen vierhundert Jahren nie tun konnten. Und das natürlich genau das ist, was ich wirklich für uns möchte.

Doch er lächelt nur und küsst mich auf die Stirn, ehe er meine Hand nimmt und mit mir zur Tür geht. »Außerdem«, erklärt er, »läuft hier gerade eine Ausstellung, die ich unbedingt sehen will, und da keine Menschenmassen unterwegs sind, wird es nicht lange dauern. Und ich verspreche dir, danach können wir hinfahren, wohin du willst.«

Ich starre die gewaltigen verschlossenen Türflügel an, bewehrt mit einer Hightech-Alarmanlage, die wahrscheinlich an andere Hightech-Alarmanlagen angeschlossen ist, welche wiederum ganz sicher Wachmänner mit Maschinenpistolen auf den Plan rufen werden, denen der Finger nur so am Abzug juckt. Verdammt, wahrscheinlich ist bereits eine versteckte Kamera auf uns gerichtet, und ein *ganz und gar nicht* amüsierter Wachmann irgendwo da drinnen ist gerade im Begriff, den Alarmknopf unter seinem Schreibtisch zu drücken.

»Willst du wirklich versuchen, da einzubrechen?« Das Herz hämmert mir gegen die Brust, und ich hoffe, dass er einen Witz macht, obwohl das eindeutig nicht der Fall ist.

»Nein«, flüstert er, schließt die Augen und drängt mich, es ihm gleichzutun. »Ich werde es nicht *versuchen*, ich werde es *schaffen*. Und wenn's dir nichts ausmacht, du könntest wirklich einiges dazu beitragen, wenn du einfach die Augen schließt und dasselbe tust wie ich.« Dann beugt er sich noch näher heran, die Lippen an meinem Ohr, und fügt hinzu: »Und ich verspreche dir, niemand wird erwischt, niemandem passiert etwas, niemand landet im Gefängnis. Ganz bestimmt. Großes Ehrenwort.«

Ich starre ihn unverwandt an und sage mir, dass jemand, der sechshundert Jahre lang gelebt hat, ja seinen Anteil an solchen Nummern erfolgreich überstanden haben muss. Dann hole ich tief Luft und stürze mich ins Ungewisse. Ahme die einzelnen Schritte nach, die er im Geist heraufbeschwört, bis die Tür aufspringt, die Sensoren sich von selbst abschalten und sämtliche Wachen in einen langen, tiefen Schlaf sinken. Oder zumindest hoffe ich, dass er lang und tief ist.

»Alles klar?« Seine Lippen wölben sich zu einem Grinsen.

Ich zögere und denke insgeheim, dass der Alltagstrott, in dem wir gesteckt haben, mir allmählich zu gefallen beginnt. Dann schlucke ich heftig und trete ein. Und krümme mich, als meine Gummisohle auf den polierten Steinboden trifft und ein kreischendes Quietschgeräusch hervorruft, bei dem man sich nur krümmen *kann*.

»Was meinst du?«, erkundigt er sich. Eifer und freudige Erregung zeichnen sich auf seinem Gesicht ab, er hofft, dass es mir hier ebenso gut gefällt wie ihm. »Ich habe überlegt, ob ich mit dir ins Sommerland reisen soll, aber ich dachte, das ist genau das, womit du rechnen würdest. Also habe ich beschlossen, dir die Magie zu zeigen, die es mit sich bringt hier zu bleiben, auf der Erdebene.«

Ich nicke und bin noch immer denkbar weit von freudiger Erregung entfernt, versuche jedoch, mir das nicht anmerken zu lassen. Betrachte den gewaltigen Raum mit der hohen Decke, den Glasfenstern und den unzähligen Korridoren und Gängen, die ihn tagsüber bestimmt unglaublich hell und einladend wirken lassen, nachts aber irgendwie unheimlich sind. »Das ist ja ein Riesenschuppen. Warst du schon mal hier?«

Er nickt und geht auf den runden Informationstresen in der Mitte zu. »Einmal. Kurz bevor es offiziell eröffnet wurde. Und ich weiß zwar, dass hier jede Menge wichtige Werke zu sehen sind, aber es ist die Ausstellung, die mich besonders interessiert.«

Er schnappt sich einen Leihkatalog vom Tresen und drückt die Hand auf die Vorderseite, bis das Gesuchte in seinem Kopf erscheint. Dann legt er den Katalog wieder zurück und führt mich eine Reihe von Fluren hinunter und ein paar Treppen hinauf. Nur ein paar Notlampen und der Schimmer des Mondes, der durch die Fenster fällt, erhellen unseren Weg.

»Die hier?«, frage ich, als ich sehe, wie er vor einem in leuchtenden Farben gemalten Bild mit dem Titel *Thronende Madonna mit dem heiligen Matthäus* stehen bleibt. Sein Körper ist regungslos vor Ehrfurcht, auf seinem Gesicht liegt ein Ausdruck absoluter Glückseligkeit.

Er nickt, unfähig zu sprechen, während er das Ganze in sich aufnimmt und um Fassung ringt, ehe er sich zu mir umwendet. »Ich bin viel gereist. Habe an so vielen verschiedenen Orten gelebt. Aber als ich Italien schließlich verlassen habe, vor gut vier Jahrhunderten, habe ich mir geschworen, niemals zurückzukehren. Die Renaissance war vorbei, und mein Leben ... nun ja ... Ich war mehr als bereit, alles hinter mir zu lassen. Aber dann habe ich von dieser neuen Malerschule gehört, von der Carracci-Familie in Bologna, die ihr Handwerk von den Meistern gelernt hatten, einschließlich meines teuren Freundes Raphael. Sie haben eine neue Art der Malerei geschaffen, haben die nächste Künstlergeneration beeinflusst.« Ganz leicht schüttelt er den Kopf. »Schau dir doch nur an, wie weich das wirkt ... die Textur! Die Intensität von Farben und Licht! Es ist einfach ...« Wieder schüttelt er den Kopf. »Es ist brillant!« Verehrung liegt in seiner Stimme.

Mein Blick wandert zwischen dem Bild und ihm hin und her, und ich wünsche mir, dass ich es genauso sehen könnte wie er. Nicht als irgendein altes, unbezahlbares und hoch geachtetes Gemälde, das da vor mir hängt, sondern als ein Ding von wahrer Schönheit, als eine Art Wunder.

Er führt mich zum nächsten Bild, unsere Hände umschließen einander, als wir ein Gemälde des heiligen Sebastian bestaunen. Sein armer, blasser Leib ist von Pfeilen durchbohrt – alles wirkt so echt, dass ich richtig zusammenzucke.

Und da begreife ich. Zum allerersten Mal kann ich sehen, was Damen sieht. Endlich verstehe ich, dass die wahre Reise aller großen Kunst darin besteht, eine isolierte Erfahrung zu nehmen und sie nicht nur zu bewahren oder sie zu interpretieren, sondern sie für alle Zeit mit anderen zu *teilen*.

»Du musst dich so ...« Ich suche nach dem richtigen Wort. »Ich weiß nicht ... vielleicht ... so *mächtig* fühlen. In der Lage zu sein, etwas so Schönes zu erschaffen wie das hier.« Ich sehe ihn an und weiß, dass er mit Leichtigkeit ein Werk von ebenso viel Schönheit und Bedeutung zu Stande bringen kann wie die, die hier hängen.

Doch er zuckt lediglich die Achseln und geht zum nächsten Gemälde. »Abgesehen von unserem Kunstunterricht habe ich seit Jahren nicht mehr gemalt. Ich bin inzwischen wohl mehr ein Bewunderer als ein Schöpfer.«

»Aber warum? Warum wendest du dich von einer solchen Begabung ab? Ich meine, das *ist* doch eine Begabung, oder? Das kann doch unmöglich was mit dem Unsterblichsein zu tun haben, schließlich haben wir ja alle gesehen, was passiert, wenn *ich* versuche zu malen.«

Er lächelt, geht mit mir quer durch den Saal und bleibt vor einem wunderschönen Bild mit dem Titel *Joseph und Potiphars Gemahlin* stehen. Sein Blick sucht jeden Quadratzentimeter der Leinwand ab. »Ganz ehrlich?«, fragt er. »*Mächtig* wird dem Gefühl nicht gerecht, wenn ich einen Pinsel in der Hand und eine leere Leinwand vor mir habe, und eine volle Farbpalette neben mir. Seit sechshundert Jahren bin ich unbesiegbar, der Erbe des Elixiers, nach dem alle Menschen streben!« Er schüttelt den Kopf. »Und trotzdem kann sich *nichts* mit dem unbeschreiblichen Rausch messen, den der Akt des Schaffens mit sich bringt. Etwas zu erschaffen, von dem man weiß, dass ihm für alle Zeiten Größe beschieden ist.«

Er wendet sich mir zu und legt die Hand an meine Wange. »Oder zumindest habe ich das geglaubt, bis ich dich gesehen habe. Denn dich das erste Mal zu sehen ...« Seine Augen blicken in meine. »Nichts lässt sich jemals mit diesem allerersten Blick auf unsere Liebe vergleichen.«

»Du hast doch nicht etwa meinetwegen aufgehört zu malen, *oder?*« Ich halte den Atem an und hoffe, dass ich nicht der Grund für sein Ende als Künstler war.

Er schüttelt den Kopf, und sein Blick kehrt zu dem Gemälde vor ihm zurück, während seine Gedanken in weite Ferne wandern. »Mit dir hatte das nichts zu tun. Es war nur ... nun ja, irgendwann hat die Realität meiner Situation sich bemerkbar gemacht.«

Ich blinzele und habe keine Ahnung, was er meint oder worauf er hinauswollen könnte.

»Eine grausame Realität, von der ich dir wahrscheinlich schon früher hätte erzählen sollen.« Damen seufzt und sieht mich an.

Ich erwidere seinen Blick, und mein Inneres füllt sich mit Furcht; ich bin mir nicht sicher, ob ich die Antwort hören will, als ich frage: »Was meinst du damit?« Der Ausdruck in seinen Augen lässt mich ahnen, wie viel Mühe ihn das hier kostet.

»Die Realität, ewig zu leben«, antwortet er, und seine Augen sind dunkel und traurig. »Eine Realität, die unglaublich groß und endlos und mächtig zu sein scheint, ohne sichtbare Grenzen – bis einem die Wahrheit bewusst wird, die dahinter lauert. Die Wahrheit zuzusehen, wie die Freunde alle dahinwelken und sterben, während man selbst immer gleich bleibt. Nur ist man gezwungen, das alles von ferne mit anzusehen, denn wenn diese Unbilligkeit erst einmal offensichtlich wird, bleibt einem nichts anderes übrig, als weiterzuziehen, woanders hinzugehen und neu anzufangen. Und dann noch einmal. Und noch einmal.« Er schüttelt den Kopf. »Das alles macht es unmöglich, irgendwelche echten Bindungen einzugehen. Und das Ironische daran, trotz unserem unbegrenzten Zugang zu Macht und Magie, ist die Versuchung, wirklich etwas Großes zu bewirken oder für eine echte Veränderung zu sorgen, etwas, das es um jeden Preis zu meiden gilt. Das ist die einzige Möglichkeit, verborgen zu bleiben und all unsere Geheimnisse zu bewahren.«

»*Weil* ...«, liefere ich das nächste Stichwort und wünsche mir, er würde aufhören, so in Rätseln zu sprechen. Es macht mich nervös, wenn er anfängt, so zu reden.

»*Weil* derartige Aufmerksamkeit garantiert, dass unser

Name und unser Abbild für die Nachwelt festgehalten wird, etwas, das wir nach besten Kräften verhindern müssen. *Weil* wir, während jeder andere um dich herum alt werden und sterben wird – Haven, Miles, Sabine und, ja, sogar Stacia, Honor und Craig –, vollkommen unverändert bleiben werden. Und glaub mir, es wird nicht lange dauern, bis den Leuten auffällt, dass du dich seit dem Tag, an dem sie dich kennengelernt haben, kein bisschen verändert hast. Wir können es nicht riskieren, in fünfzig Jahren von einer fast siebzigjährigen Haven erkannt zu werden. Können nicht riskieren, dass unser Geheimnis entdeckt wird.«

Er packt mein Handgelenk und sieht mich so eindringlich an, dass ich die Last seiner sechshundert Lebensjahre richtig *fühlen* kann. Und wie immer, wenn ihn irgendetwas quält, so wie jetzt, ist es mein einziger Wunsch, es fortzuwischen.

»Kannst du dir auch nur ansatzweise vorstellen, was wäre, wenn Sabine oder Haven oder Miles die Wahrheit über uns herausfinden würden? Kannst du dir vorstellen, was sie denken würden, was sie sagen, was sie *tun* würden? Deswegen sind Leute wie Roman oder Drina so gefährlich – sie stellen öffentlich zur Schau, was sie sind, und ignorieren die natürliche Ordnung der Dinge vollkommen. Täusch dich nicht, Ever, der Lebenszyklus existiert aus einem guten Grund. Und obgleich ich in meiner Jugend darüber gespottet und mir eine Menge eingebildet habe, weil ich darüber erhaben war, tue ich das inzwischen nicht mehr. Außerdem kann man am Ende tatsächlich nicht dagegen ankämpfen. Ob man wiedergeboren wird wie unsere Freunde oder immer derselbe bleibt wie wir, am Ende holt dein Karma dich immer ein. Und jetzt, da ich das Schattenland am eigenen Leibe erlebt habe, bin ich umso überzeugter, dass ein Leben, wie die Natur es vorgesehen hat, der einzig gangbare Weg ist.«

»Aber wenn du das glaubst, wo stehen wir dann?«, frage ich, und ein Frösteln überzieht trotz der Wärme seiner Hände meine Haut. »Ich meine, wenn man dich so reden hört, dann sollten wir den Ball schön flach halten und einfach vor uns hin leben, anstatt unsere unglaublichen Kräfte dafür einzusetzen, wirklich etwas zu verändern. Und wie kann es deinem Karma dienlich sein, wenn du deine Gaben nicht dafür nutzt, anderen zu helfen? Besonders wenn man es anonym tut?« Dabei denke ich an Haven und an meine Hoffnung, ihr zu helfen.

Doch noch ehe ich ausreden kann, schüttelt Damen bereits den Kopf: »Wo *wir* stehen? Genau dort, wo wir sind.« Er zuckt die Schultern. »Zusammen. *Für immer.* Das heißt, solange wir sehr, sehr vorsichtig sind und immer unsere Amulette tragen. Und von wegen unsere Kräfte einsetzen? Also, ich fürchte, das Ganze ist sehr viel komplizierter, als einfach nur alles Schlimme wiedergutzumachen. Wir mögen die Dinge vielleicht als gut oder schlecht beurteilen, aber das Karma tut das *nicht*. Das ist ein ganz simpler Fall von Gleiches wird mit Gleichem vergolten, das ultimative Austarieren, nicht mehr und nicht weniger. Und wenn du darauf aus bist, jede Situation zu verändern, die *du* für schlecht oder schwierig oder unerfreulich hältst, dann bringst du den Betroffenen um seine Chance, es selbst hinzukriegen, daraus zu lernen oder sogar daran zu wachsen. Manche Dinge, ganz gleich wie schmerzhaft, passieren aus einem bestimmten *Grund*. Ein Grund, den du oder ich vielleicht nicht auf den ersten Blick zu erfassen vermögen, nicht, ohne die ganze Lebensgeschichte eines Menschen zu kennen, seine gesamte Vergangenheit. Und einfach da hineinzuplatzen und sich einzumischen, egal, wie gut man es meint, wäre dasselbe, als beraube man ihn seiner Reise. Etwas, das man lieber nicht tun sollte.«

»Also, lass mich das mal klarstellen.« Ein gereizter Unterton, den ich gar nicht zu verbergen versuche, schleicht sich in meine Stimme. »Haven kommt zu mir und sagt: *Meine Katze stirbt.* Und obwohl ich ziemlich sicher bin, dass ich etwas dagegen tun kann, tue ich es nicht, weil sich daraus zu viele Fragen ergeben würden, die ich nie beantworten könnte und das Ganze übermäßig Verdacht erregen würde. Gut, das verstehe ich. Es gefällt mir nicht, aber ich verstehe es. Aber wenn sie sagt: *Meine Eltern lassen sich vielleicht scheiden, ich muss vielleicht von hier wegziehen, und ich habe das Gefühl, meine ganze Welt bricht zusammen* – wenn sie mir das sagt, ohne die leiseste Ahnung zu haben, dass ich ohne Weiteres in der Lage bin, ihr zu helfen, vielleicht sogar ein paar von diesen Dingen *rückgängig* zu machen … Ich weiß nicht.« Ich fühle mich jetzt völlig hilflos und verwirrt. »Aber jedenfalls, worauf ich hinauswill, so was passiert *unserer* guten Freundin, und du erzählst mir, wir können ihr nicht helfen? Weil das ihre Reise verpfuschen würde oder ihr Karma? Ich meine, erklär mir doch mal, inwiefern es *meinem* Karma guttut, wenn ich alles Gute für mich behalte.«

»Ich rate dir, dich nicht einzumischen«, sagt er und dreht sich wieder zu dem Bild um, wendet sich von mir ab. »Havens Eltern werden sich weiter streiten, ganz gleich, was du tust, und selbst wenn du wie durch ein Wunder ihr Haus abbezahlst und glaubst, du kannst es retten …« Damen wirft mir über die Schulter hinweg einen vielsagenden Blick zu; er ahnt, dass ich genau das vorhatte. »Nun ja, wahrscheinlich verkaufen sie es am Ende trotzdem, damit sie das Geld teilen können, und ziehen dann weg.« Er seufzt, und seine Stimme wird weicher, als er mich ansieht und hinzufügt: »Es tut mir leid, Ever. Ich möchte nicht wie ein abgestumpfter alter

Mann klingen, aber vielleicht bin ich das ja. Ich habe viel zu viel gesehen und so viele Fehler gemacht – du hast ja keine Ahnung, wie lange ich gebraucht habe, um all das zu lernen. Aber es gibt wirklich für alles einen Grund – genau wie die Leute sagen. Und auch wenn unsere Zeit ewig währt, wir dürfen es uns niemals anmerken lassen.«

»Und wie viele berühmte Künstler haben dich trotzdem gemalt? Wie viele Geschenke hast du von Marie Antoinette bekommen? Diese Porträts sind doch bestimmt erhalten geblieben! Bestimmt hat irgendjemand ein Tagebuch geführt und deinen Namen da reingeschrieben! Und was ist mit deiner Zeit als Model in New York? Was ist damit?«

»Das bestreite ich ja alles gar nicht. Ich war eitel, eingebildet – ein Narziss wie aus dem Lehrbuch – und, Junge, hatte ich Spaß!« Er lacht, und sein Gesicht verwandelt sich in eins, das ich kenne. Damen, sexy und lustig, so anders als dieser Unheilsbote. »Aber du musst verstehen, diese Gemälde waren alles Privataufträge; ich war sogar damals schon klug genug, sie nicht öffentlich ausstellen zu lassen. Und was das Arbeiten als Model betrifft, das waren nur ein paar Bilder für eine ganz kleine Werbekampagne. Am nächsten Tag habe ich gekündigt.«

»Und warum hast du aufgehört zu malen? Ich meine, das scheint doch eine tolle Methode zu sein, ein unnatürlich langes Leben zu dokumentieren.« Allmählich dreht sich mir der Kopf von alldem.

Er nickt. »Das Problem war, meine Arbeit wurde sehr bekannt. Ich wurde regelrecht verherrlicht, und glaub mir, ich habe meine Herrlichkeit auch verherrlicht. Ich habe gemalt wie ein Verrückter, vollkommen besessen, nichts anderes hat mich interessiert. So habe ich mir eine sehr große Sammlung zugelegt, die viel zu viel Aufmerksamkeit auf mich gelenkt hat, bevor ich das Risiko richtig erkannt habe, und dann ...«

Ich sehe ihn an, und mein Herz hämmert laut, als ich *sehe*, wie es sich in seinem Kopf abspielt. »Und dann hat es gebrannt«, flüstere ich und *sehe* unbezähmbare orangerote Flammen in einen dunklen Himmel emporlodern.

»Alles wurde vernichtet.« Er nickt. »Ich eingeschlossen, zumindest dem Anschein nach.«

Ich hole scharf Luft und weiß nicht recht, was ich sagen soll.

»Und noch bevor das Feuer gelöscht werden konnte, war ich weg. Bin durch ganz Europa gereist, von Ort zu Ort geflohen wie ein Nomade, ein Zigeuner, ein Vagabund, habe sogar ein paar Mal meinen Namen geändert, bis genug Zeit vergangen war und die Leute angefangen haben zu vergessen. Schließlich habe ich mich in Paris niedergelassen, wo wir uns, wie du weißt, zum ersten Mal begegnet sind. Und, na ja, den Rest weißt du ja. Aber, Ever ...« Er sieht mir in die Augen und wünscht sich, dass er es nicht sagen müsste, doch er weiß, dass es notwendig ist, es in Worte zu fassen, obwohl mir bereits klar ist, was als Nächstes kommt. »Mit alldem will ich sagen, dass wir irgendwann – in nicht allzu ferner Zukunft – wegziehen müssen.«

Und in dem Augenblick, in dem er es laut ausspricht, kann ich es kaum fassen, dass ich noch nicht daran gedacht habe. Ich meine, es ist doch so offensichtlich, hat sich die ganze Zeit genau vor meiner Nase versteckt. Trotzdem ist es mir irgendwie gelungen, es zu ignorieren, wegzuschauen, so zu tun, als wäre es bei mir anders. Da sieht man mal, was Verdrängung alles bewirken kann.

»Wahrscheinlich wirst du nicht mehr sehr viel altern«, fährt er fort und streicht mir über die Wange. »Und glaub mir, es wird nicht lange dauern, bis unsere Freunde es allmählich merken.«

»Bitte.« Ich lächele, verzweifelt bemüht, ein wenig Leichtigkeit in all diese düstere Schwere zu bringen. »Darf ich dich daran erinnern, dass wir in Orange County wohnen? Eine Gegend, wo kosmetische Chirurgie praktisch die Norm ist! Niemand altert hier. Im Ernst. Niemand. Verdammt, wir können die nächsten hundert Jahre so weitermachen, wie wir jetzt sind!« Ich lache, doch als ich Damen anschaue und sehe, wie seine Augen in die meinen starren, ist mir klar, dass der Ernst der Lage meinen kleinen Witz bei Weitem übertrumpft.

Ich gehe zu der Bank in der Mitte des Saales, lasse mich darauffallen und vergrabe das Gesicht in den Händen. »Was soll ich Sabine sagen?«, flüstere ich, während Damen sich neben mich setzt, den Arm um mich legt und meine Ängste lindert. »Ich meine, ich kann doch nicht meinen Tod vortäuschen. Die Ermittlungstechniken sind heutzutage ein bisschen ausgeklügelter als zu deiner Zeit.«

»Damit befassen wir uns, wenn es so weit ist«, sagt er. »Entschuldige, ich hätte das schon früher ansprechen sollen.«

Doch als ich ihm in die Augen sehe, weiß ich, dass das keine Rolle gespielt hätte. Nicht im Geringsten. Ich denke an den Tag, als er mir das ganze Konzept Unsterblichkeit präsentiert hat. Wie eindringlich er mir erklärt hat, dass ich niemals die Brücke überqueren, niemals mit meiner Familie vereint sein würde. Aber ich habe mich trotzdem darauf eingelassen. Habe den Gedanken weggeschoben. Habe mir gedacht, ich würde schon irgendein Hintertürchen finden, eine Möglichkeit, das alles zu umgehen – war gewillt, mir so ziemlich alles einzureden, wenn das hieß, dass ich für alle

Ewigkeit mit ihm zusammen sein konnte. Und jetzt ist es nicht anders.

Und obwohl ich keinen blassen Schimmer habe, was ich Sabine sagen oder wie ich es jemals unseren Freunden erklären soll, wenn wir einfach abhauen, letzten Endes will ich nur bei *ihm* sein. Nur dann fühlt mein Leben sich vollständig an.

»Wir werden ein schönes Leben haben, Ever, das verspreche ich dir. Es wird dir nie an irgendetwas mangeln, und du wirst dich nie wieder langweilen. Nicht, nachdem du die wunderbaren Möglichkeiten all dessen erfasst hat, was existiert. Aber abgesehen von dir und mir werden all unsere Verbindungen zur Außenwelt von extrem kurzer Dauer sein. Darum kommen wir nicht herum, da gibt es kein *Hintertürchen*, wie du denkst. Es ist schlicht und einfach eine Notwendigkeit.«

Ich atme tief durch und nicke; ich muss daran denken, wie ich ihn kennengelernt habe und er etwas davon gesagt hat, dass er nicht gut im Abschiednehmen sei. Doch er lächelt nur, antwortet auf meine Gedanken, als er sagt: »Ich weiß. Man sollte meinen, dass es leichter wird, nicht wahr? Wird es aber eigentlich nie. Normalerweise finde ich es einfacher, zu verschwinden und Abschiede ganz zu vermeiden.«

»Einfacher für *dich* vielleicht. Aber was die betrifft, die du zurücklässt, da bin ich mir nicht so sicher.«

Er nickt, steht von der Bank auf und zieht mich mit hoch. »Ich bin eitel und egoistisch – was soll ich sagen?«

»So habe ich das nicht gemeint.« Abwehrend schüttele ich den Kopf. »Ich wollte nur …«

»Bitte.« Er sieht mich an. »Du brauchst mich nicht zu verteidigen. Ich weiß, was ich bin – oder zumindest was ich früher war.«

Er schickt sich an, mich von den Bildern wegzulotsen, die zu sehen er gekommen ist. Nur bin ich nicht bereit zu gehen. Noch nicht. Jeder, der seine größte Leidenschaft aufgegeben, sie einfach hinter sich gelassen hat wie er, verdient eine zweite Chance.

Also lasse ich seine Hand los, kneife die Augen fest zu und manifestiere eine große Leinwand, eine Menge verschiedener Pinsel sowie eine Palette mit allen erdenklichen Farben und was immer er sonst noch brauchen könnte, ehe er mich daran hindern kann.

»Was ist denn das?« Sein Blick wandert zwischen der Staffelei und mir hin und her.

»Wow, das ist aber wirklich lange her, wenn du nicht mal mehr dein Handwerkszeug erkennst!« Ich lächele.

Unverwandt sieht er mich an, mit eindringlichem, stetigem Blick, doch ich halte diesem Blick mit derselben Kraft stand.

»Ich dachte, es wäre vielleicht schön für dich, an der Seite all deiner Freunde zu malen.« Er nimmt einen Pinsel und dreht ihn in der Hand. »Du hast doch gesagt, wir können alles tun, was wir wollen, *nicht wahr?* Dass die normalen Regeln nicht mehr gelten? Ging's bei diesem Ausflug nicht genau darum?«

Er sieht mich an; seine Miene ist skeptisch, wird dann aber weich.

»Und wenn das so ist, dann finde ich, du solltest etwas malen, und zwar *hier*. Erschaffe etwas Schönes, etwas Großartiges, etwas, das ewig währt. Und sobald du fertig bist, hängen wir es neben deinen Freunden auf. Unsigniert natürlich.«

»Ich bin schon lange über den Punkt hinaus, wo ich unbedingt wollte, dass meine Arbeit anerkannt wird«, erwidert er und sieht mich mit Augen voller Licht an.

»Gut.« Mit einer Geste deute ich auf die leere Leinwand. »Dann erwarte ich, ein Werk reiner, inspirierter Genialität zu sehen, ohne jegliches Ego.« Damit lege ich ihm die Hand auf die Schulter und gebe ihm einen kleinen Schubs, während ich hinzufüge: »Wahrscheinlich solltest du langsam in die Gänge kommen. Im Gegensatz zu uns währt die Nacht nicht ewig.«

VIERUNDZWANZIG

Mein Blick huscht zwischen dem Gemälde und Damen hin und her. Die Hand flach an die Brust gepresst, stehe ich da und bin vollkommen sprachlos. Ich weiß, was immer ich auch sage, es kann niemals beschreiben, was ich vor mir sehe. Keine Worte können das, überhaupt keine.

»Es ist so …« Ich stocke, fühle mich klein, unwürdig. Ein so grandioses Abbild habe ich definitiv nicht verdient. »Es ist so *wunderschön* … und *überwältigend* … und auf gar keinen Fall bin *ich* das.«

»Oh, das bist sehr wohl du.« Lächelnd betrachtet er das Bild. »Eigentlich ist es die Verkörperung all deiner Inkarnationen. Eine Art Sammlung deiner Ichs der letzten vierhundert Jahre. Dein rotes Haar und die helle Haut stammen von deinem Leben in Amsterdam, dein Selbstbewusstsein und deine Überzeugung aus deiner Puritanerzeit, deine Demut und innere Kraft sind deinem schweren Leben in Paris entnommen und dein reich verziertes Kleid und der kokette Blick aus deiner Zeit in der Londoner Gesellschaft. Und die Augen …« Achselzuckend dreht er sich zu mir um. »Die sind immer dieselben. Unveränderlich, ewig, ganz gleich, welche Gestalt du annimmst.«

»Und jetzt?«, flüstere ich, den Blick fest auf die Leinwand geheftet, auf diese strahlende, leuchtende, prachtvoll geflügelte Kreatur – eine wahre Göttin, die vom Himmel herabsteigt, um die Erde mit ihren Gaben zu beglücken. Ich weiß, dass dies durchaus das schönste Bild sein kann, das ich je zu Gesicht bekommen habe, doch ich begreife immer noch nicht, wie das wirklich *ich* sein könnte. »Welcher Teil von mir stammt von heute? Außer den Augen, meine ich.«

Er lächelt. »Nun, deine hauchdünnen Flügel natürlich.«

Ich drehe mich um und gehe davon aus, dass er einen Witz gemacht hat, bis ich den ernsten Ausdruck auf seinem Gesicht sehe.

»Du bist dir ihrer gar nicht bewusst, ich weiß.« Er nickt. »Aber glaub mir, sie sind da. Dich in meinem Leben zu haben ist wie ein Geschenk des Himmels, ein Geschenk, das ich ganz sicher nicht verdiene, aber eins, für das ich jeden Tag dankbar bin.«

»Bitte«, wehre ich ab. »So gut oder nett ... oder wundervoll bin ich ja nun auch nicht. Oder auch nur im Entferntesten so engelhaft, wie du anscheinend denkst. Vor allem in letzter Zeit nicht, und das weißt du ganz genau.« Ich wünschte, ich könnte das Bild in mein Zimmer hängen, wo ich es jeden Tag sehen könnte, doch mir ist klar, dass es viel wichtiger ist, es hierzulassen.

»Bist du sicher?« Er schaut von seinem wunderschönen, unsignierten Gemälde zu denen seiner Freunde.

»Absolut sicher.« Ich nicke. »Stell dir mal das Chaos vor, wenn sie es an der Wand da finden, professionell gerahmt und aufgehängt. Und ich meine übrigens Chaos von der *guten* Sorte. Außerdem, denk doch an all die Fachleute, die sie holen werden, um es zu studieren, und die herausfinden sollen, wo es herkommt, wie es hierhergekommen ist und wer es gemalt haben könnte.«

Er nickt und betrachtet das Gemälde ein letztes Mal, ehe er sich abwendet. Doch ich greife nach seiner Hand und ziehe ihn wieder zu mir heran. »Hey, nicht so schnell. Findest du nicht, dass wir ihm einen Namen geben sollen? Du weißt schon, so ein kleines Bronzeschildchen dranmachen, wie bei den anderen?«

Er wirft einen raschen Blick auf die Uhr und ist jetzt ziemlich abgelenkt. »Ich war noch nie besonders gut darin, meine Werke zu betiteln. Hab mich immer ans Offensichtliche gehalten; du weißt schon *Schale mit Früchten* oder *Rote Tulpen in blauer Vase*.«

»Na ja, es wäre wahrscheinlich besser, es nicht *Ever mit Flügeln* zu nennen, oder *Ever als Engel* oder irgendwas in der Richtung. Du weißt schon, nur für den Fall, dass jemand mich wiedererkennt. Aber wie wär's mit etwas, das mehr ... ich weiß nicht ... eine *Geschichte* erzählt? Weniger wörtlich und mehr figürlich.« Mit geneigtem Kopf sehe ich ihn an, fest entschlossen, das hier richtig hinzukriegen.

»Irgendwelche Vorschläge?« Damen schaut mich kurz an, ehe sein Blick abschweift.

»Wie wäre es mit *Verzauberung* oder *Verzaubert* oder ... Ich weiß auch nicht, irgendetwas in der Art.«

»*Verzauberung?*« Er dreht sich zu mir um.

»Na ja, du stehst offenbar unter dem Einfluss irgendeines Zaubers, wenn du findest, das da sieht aus wie ich.« Ich lache und sehe seine Augen aufleuchten, als er mitlacht.

»Also gut, *Verzauberung*. Aber wir müssen mit diesem Schild schnell machen. Ich fürchte, wir –«

Ich nicke, schließe die Augen und stelle mir das Schildchen vor. »Was soll ich unter Künstler schreiben – *Anonym* oder *Unbekannt?*«

»Ganz egal«, drängt er eilig; er will unbedingt hier weg.

Ich entscheide mich für *Unbekannt*, weil mir der Klang gefällt; dann beuge ich mich vor, um mein Werk zu begutachten und frage: »Was meinst du?«

»Ich meine, wir sollten abhauen!«

Er packt meine Hand und zieht mich mit, so schnell, dass meine Füße den Boden nicht berühren. Wir schießen die langen Flure hinunter, flitzen die Treppen hinab, als wären sie gar nicht da. Der Eingang kommt gerade in Sicht, als es im ganzen Raum plötzlich hell wird und der Alarm losgeht.

»O Gott!«, schreie ich auf. Panik schnürt mir die Kehle zu, während Damen noch schneller wird.

Seine Stimme klingt heiser und abgehackt. »Ich hatte nicht vor, so lange zu bleiben. Ich ... ich wusste nicht ...« Wir halten an, als wir den Eingang genau in dem Moment erreichen, in dem das Türgitter herabrasselt.

Ich drehe mich zu ihm um; meine Haut ist schweißnass, und ich bin mir der Schritte hinter uns deutlich bewusst, der lauten Rufe. Stumm stehe ich neben ihm, unfähig, mich zu rühren, unfähig zu schreien. Seine Augen sind in tiefer Konzentration fest geschlossen, um das komplexe Alarmsystem wieder zum Schweigen zu bringen.

Doch es ist zu spät. Sie sind schon da. Also hebe ich ergeben die Arme, bereit, mein Schicksal anzunehmen, als das Stahlgitter wieder hochfährt und ich mit einem Ruck durch die Tür und auf die blühenden Wiesen des Sommerlandes gezerrt werde.

Oder zumindest habe *ich* mir das Sommerland vorgestellt.

Damen hat sich vorgestellt, dass wir wohlbehalten in seinem Auto sitzen, auf dem Weg nach Hause.

Und so finden wir uns stattdessen in der Mitte eines viel befahrenen Highways wieder – eine Riesenmenge dahinrasender Autos hupt und bremst, als wir hastig auf die Beine kommen und an den Straßenrand eilen. Dort schauen wir uns um und schnappen nach Luft, während wir versuchen herauszufinden, wo wir sind.

»Ich glaube nicht, dass das hier das Sommerland ist«, bemerke ich mit einem raschen Blick auf Damen, woraufhin dieser in so ansteckendes Gelächter ausbricht, dass ich ebenfalls lospruste. Wir kauern am abfallübersäten Rand eines Highways an einem unbekannten Ort und können uns nicht wieder beruhigen.

»Wenn *das* kein Ausbruch aus dem Alltagstrott ist!« Seine Schultern beben, während wir immer weiterlachen.

»Ich hätte da drin beinahe einen Herzinfarkt gekriegt. Ich war ganz sicher, dass wir …« Mühsam ringe ich nach Luft.

»Hey.« Er zieht mich an sich. »Hab ich dir nicht versprochen, dass ich immer auf dich aufpasse und dafür sorge, dass dir nichts passiert?«

Ich nicke und erinnere mich an die Worte, doch unglücklicherweise sind mir die letzten paar Minuten noch immer ins Hirn gebrannt. »Wie wär's dann mit 'nem Auto? Ein Auto wäre doch jetzt prima, findest du nicht?«

Er schließt die Augen und transportiert den BMW von *dort* nach *hier*, oder vielleicht hat er stattdessen auch einen ganz neuen manifestiert. Das lässt sich unmöglich sagen, die Wagen sehen vollkommen gleich aus.

»Kannst du dir vorstellen, was die Wachleute gedacht haben, als erst *wir* und dann das *Auto* plötzlich verschwunden sind?« Er hält mir die Tür auf und hilft mir beim Einsteigen, dann sagt er: »Die Überwachungskameras!«, schließt die Augen und erledigt auch das.

Ich sehe zu, wie er auf die Straße hinausfährt, ein breites, glückliches Grinsen auf dem Gesicht, und mir wird klar, dass ihm das hier wirklich Spaß macht. Dass diese letzten paar Augenblicke der Gefahr ihm sogar noch mehr Freude gemacht haben als das Gemälde.

»Ist schon eine Weile her, dass ich's dermaßen drauf ankommen lassen habe.« Er wirft mir einen raschen Blick zu. »Aber nur dass du's weißt, du bist zum Teil verantwortlich. Du warst schließlich diejenige, die mich überredet hat, noch zu bleiben.«

Meine Augen wandern über sein Gesicht, nehmen ihn in mich auf. Und obwohl mein Herzschlag vielleicht nie wieder zu einer normalen Frequenz zurückkehren wird, es ist viel zu lange her, seit ich ihn das letzte Mal so gesehen habe … so *fröhlich*, so *ausgelassen*, so *gefährlich*, auf genau die Art und Weise, die mich anfangs angezogen hat.

»Und was kommt als Nächstes?« Die Hand auf meinem Knie windet er sich im Slalom durch den Verkehr.

»Äh, nach Hause?« Ich sehe ihn an und frage mich, was wohl einen Ausflug wie diesen übertreffen könnte.

Er sieht mich an und ist eindeutig noch für mehr zu haben. »Bist du sicher? Denn wir können wegbleiben, so lange du willst. Ich will ja nicht, dass du dich wieder langweilst.«

»Ich glaube, ich habe *gelangweilt* echt unterschätzt«, erwidere ich lachend. »Allmählich sehe ich ein, dass durchaus einiges dafür sprechen kann.«

Damen nickt, beugt sich zu mir herüber und drückt die Lippen auf meine Wange, wobei er fast auf einen Escalade auffährt.

Lachend schubse ich ihn wieder auf seinen Sitz zurück. »Also wirklich. Ich finde, wir haben es für einen Abend genug drauf ankommen lassen.«

»Wie du willst.« Lächelnd drückt er mein Knie und wendet sich wieder der Straße zu, konzentriert sich auf den Nachhauseweg.

FÜNFUNDZWANZIG

Obwohl ich eigentlich gehofft hatte, längst weg zu sein, wenn Mr. Muñoz aufkreuzt, um Sabine abzuholen, schaue ich in dem Moment, als ich in die Einfahrt einbiege, in den Rückspiegel und sehe ihn direkt hinter mir.

Er ist früh dran.

Zehn Minuten zu früh.

Genau die zehn Minuten, die ich dafür vorgesehen hatte, von der Arbeit nach Hause zu rasen und etwas angemessen Feierliches anzuziehen, ehe ich vom Schauplatz des Geschehens türme und mich in Havens Vorgarten einfinde, wo die Gedenkfeier für Charm stattfinden wird.

»Ever?« Mr. Muñoz steigt aus seinem silberfarbenen Prius, klimpert mit dem Wagenschlüssel und blinzelt mich an. »Was machst du denn hier?«

Er kommt auf mich zu und hüllt mich in eine Wolke aus Axe Body Spray.

Ich hänge mir meine Tasche über die Schulter und knalle meine Autotür viel fester zu als geplant. »Komisch. Ich … äh … also eigentlich *wohne* ich hier.«

Er sieht mich an, und sein Gesicht ist so regungslos, dass ich mir nicht sicher bin, ob er es gehört hat. Bis er den Kopf schüttelt und wiederholt: »Du *wohnst* hier?«

Ich nicke und weigere mich, mehr zu sagen.

»Aber …« Er sieht sich um, betrachtet die Steinfassade, die Stufen, den vor Kurzem gemähten Rasen, die Blumenbeete, in denen es gerade zu blühen beginnt. »Aber das hier ist doch Sabines Haus – *oder nicht?*«

Ich zögere und bin versucht zu sagen: *Nein, diese Laguna-Beach-Villa im pseudo-toskanischen Stil ist nicht Sabines Haus, ganz und gar nicht. Dass er sich offensichtlich geirrt hat und stattdessen bei mir zuhause gelandet ist.*

Doch gerade als ich dazu ansetzen will, hält Sabine genau neben uns und springt viel zu eifrig aus dem Wagen. »Oh! Paul! Bitte entschuldigen Sie, dass ich so spät dran bin. In der Kanzlei war die Hölle los, jedes Mal, wenn ich gehen wollte, kam irgendetwas dazwischen.« Sie schaut auf eine Art und Weise zu ihm auf, die für ein erstes Date viel zu kokett ist. »Aber wenn Sie mir einen Moment Zeit lassen, dann sause ich schnell nach oben und ziehe mich um, und dann können wir los. Dauert auch nicht lange.«

Paul?

Ich schaue von einem zum anderen und registriere Sabines fröhlichen, trällernden Singsang-Tonfall, und das gefällt mir nicht, das gefällt mir überhaupt nicht. Das ist zu intim. Zu vorlaut. Sie sollte ihn mit Mr. Muñoz anreden müssen, so wie wir in der Schule. Zumindest bis zum Ende des heutigen Abends, nach dem sie selbstverständlich beide beschließen werden, getrennte Wege zu gehen …

Er lächelt und fährt sich mit der Hand durch sein ziemlich langes, gewelltes braunes Haar wie der allerletzte Angeber. Ich meine, bloß weil er für einen Lehrer außergewöhnlich cooles Haar hat, braucht er das doch nicht so raushängen zu lassen.

»Ich bin ein paar Minuten zu früh dran«, meint er und hält ihren Blick mit seinem fest. »Also lassen Sie sich bitte so viel Zeit, wie Sie brauchen. Ich unterhalte mich so lange mit Ever.«

»Dann kennt ihr euch schon?« Sabine stützt ihre pralle Aktentasche auf ihrer Hüfte ab, und ihr Blick wandert zwischen uns hin und her.

Ich schüttele den Kopf. »Nein«, entfährt es mir, ehe ich mich beherrschen kann. Ich weiß nicht genau, ob ich zu ihrer Frage *Nein* sage oder zu der ganzen Situation. Aber wie dem auch sei, da ist es, ein einstimmiges *Nein*, und ich habe nicht vor, es zurückzunehmen. »Ich meine, ja, wir sind uns begegnet, aber gerade eben erst.« Ich stocke; beide schauen mich mit schmalen Augen an, wissen ebenso wenig wie ich, wo das hinführen soll. »Ich meine, wir haben uns *vorher* nicht gekannt oder so.« Unverwandt starre ich die beiden an, und mir ist klar, dass ich sie nur noch mehr verwirrt habe. »Jedenfalls, er hat Recht. Du solltest raufgehen und dich zurechtmachen und ...« Mit dem Daumen deute ich auf Mr. Muñoz, denn ich werde ihn ganz bestimmt nicht *Paul* nennen, auf gar keinen Fall nenne ich ihn überhaupt irgendwie. »Und wir warten einfach hier, bis du fertig bist.« Ich lächele und hoffe, dass ich dafür sorgen kann, dass er draußen bleibt, in der Einfahrt, weit weg von meinem Wohnzimmer.

Unglücklicherweise jedoch hat Sabine sehr viel bessere Manieren als ich. Und kaum habe ich den Satz beendet, schüttelt sie schon den Kopf und sagt: »Sei doch nicht albern. Kommt rein und macht es euch gemütlich. Und Ever, warum bestellst du dir nicht eine Pizza oder so etwas, denn ich bin nicht zum Einkaufen gekommen.«

Ich folge den beiden, bleibe so weit zurück, wie ich nur kann, ohne im wahrsten Sinne des Wortes zu trödeln. Teils aus Protest, und teils, weil ich es mir nicht erlauben kann, einen von ihnen anzurempeln; ich traue es meinem Schutzschild nicht zu, mir einen heimlichen Blick auf ihr Date zu verwehren.

Sabine schließt die Haustür auf und wirft dabei einen Blick über die Schulter. »Ever? Okay? Geht das klar mit der Pizza?«

Ich zucke die Achseln und denke an die beiden Stücke vegetarische Pizza, die Jude mir dagelassen hat und die ich in kleine Stückchen zerrissen und in der Toilette runtergespült habe, sobald er weg war. »Ich bin versorgt, ich habe bei der Arbeit ein bisschen was gegessen.« Damit begegne ich ihrem Blick und denke mir, dass dies vielleicht genau der richtige Moment ist, um es ihr zu sagen. Ich weiß, dass sie nicht ausflippen wird, wenn Mr. Muñoz – *Paul!* – daneben steht.

»Du hast einen *Job?*« Sie starrt mich an, steht mit weit aufgerissenen Augen und hängendem Unterkiefer mitten in der Türöffnung.

»Ähm, ja.« Ich ziehe die Schultern ein und kratze mich am Arm, obwohl der gar nicht juckt. »Ich dachte, ich hätte es dir gesagt ... nein?«

»Nein.« Sie schießt einen bedeutungsvollen Blick auf mich ab – keine dieser Bedeutungen ist gut. »Davon hast du definitiv nichts gesagt.«

Ich zucke die Achseln, zupfe am Saum meines Tops herum und versuche, unbekümmert zu wirken. »Oh, na ja, es ist aber so. Ich bin offiziell berufstätig.« Dann hänge ich ein Lachen an, das selbst in meinen Ohren gekünstelt klingt.

»Und *wo* hast du diesen Job bekommen?«, will sie mit gedämpfter Stimme wissen, während ihr Blick Mr. Muñoz folgt, der ins Wohnzimmer geht, um all den miesen Vibes aus dem Weg zu gehen, die ich so brillant aufgefahren habe.

»In der Stadt. In so einem Laden, wo's Bücher gibt und ... noch so Zeug.«

Sabine kneift die Augen zusammen.

»Hör zu«, sage ich. »Warum besprechen wir das nicht

später? Ich möchte auf keinen Fall, dass ihr heute Abend zu spät kommt oder so.« Ich schaue zum Wohnzimmer hinüber, wo Mr. Muñoz sich auf der Couch niedergelassen hat.

Sie folgt meinem Blick. Ihre Miene ist finster, und ihre Stimme klingt leise und eindringlich, als sie erwidert: »Versteh mich nicht falsch, Ever, ich bin froh, dass du einen Job gefunden hast. Ich wünschte nur, du hättest es mir erzählt, das ist alles. Jetzt müssen wir in der Kanzlei einen Ersatz für dich finden, und ...« Sie schüttelt den Kopf. »Schön, wir reden später darüber. Heute Abend. Wenn ich wiederkomme.«

Und obgleich ich *heilfroh* bin, dass ihre Pläne mit Mr. Muñoz *nicht* bis morgen Früh reichen, sehe ich sie trotzdem an und sage: »Äh, da wäre noch was. Havens Katze ist gestorben, und sie macht so eine Gedenkfeier, und sie ist echt total fertig, das heißt, es könnte also ziemlich spät werden, also ...« Ich zucke die Schultern und mache mir gar nicht die Mühe, den Satz zu vollenden. Ich lasse sie die Leerstellen ausfüllen.

»Dann eben morgen.« Sie wendet sich ab. »Und jetzt unterhalte dich mit Paul, während ich mich umziehe.«

Mit schwingender Aktentasche und klappernden Absätzen rennt sie die Treppe hinauf, während ich tief Luft hole und ins Wohnzimmer gehe, wo ich hinter einem großen, massigen Sessel Position beziehe. Ich kann es kaum fassen, dass es so weit gekommen ist.

»Nur dass Sie's wissen, ich nenne Sie nicht *Paul*«, verkünde ich und betrachte seine Designerjeans, das lose darüberhängende Hemd, die hippe Armbanduhr und die Schuhe, die für einen Lehrer viel zu cool sind.

»Ein Glück«, gibt er zurück, und sein Blick ruht unbekümmert auf meinem Gesicht. »Könnte in der Schule irgendwie peinlich werden.«

Ich schlucke, fingere an der Sessellehne herum und weiß nicht recht, wie ich jetzt weitermachen soll. Denn obgleich mein ganzes Leben unbestreitbar merkwürdig ist – gezwungen zu sein, ganz locker mit meinem Geschichtslehrer zu plaudern, der eines meiner größten Geheimnisse kennt, hebt das Ganze auf eine völlig neue Ebene.

Anscheinend jedoch bin ich die Einzige, die sich hier unbehaglich fühlt. Mr. Muñoz ist vollkommen entspannt, lehnt sich auf der Couch zurück, einen Fuß auf das andere Knie gelegt, ein absolutes Abbild der Gelassenheit. »Also, in welcher Beziehung stehst du zu Sabine?«, erkundigt er sich, die Arme ausgebreitet auf der Rückenlehne.

»Sie ist meine Tante.« Ich sehe ihn an, suche nach Zeichen des Unglaubens, der Verwirrung, der Verblüffung, doch alles, was ich bekomme, ist ein interessierter Blick. »Sie hat die Vormundschaft für mich übernommen, als meine Eltern gestorben sind.«

»Das wusste ich nicht. Es tut mir leid …« Er verzieht das Gesicht, und seine Stimme verklingt, als Traurigkeit sich im Raum breitmacht.

»Meine Schwester ist auch gestorben.« Ich nicke, bin jetzt in der Geschichte drin. »Und Buttercup auch. Das war unser Hund.«

»Ever …« Er schüttelt den Kopf, so wie die Leute es tun, wenn sie sich gar nicht vorstellen können, wie das ist, an deiner Stelle zu sein. »Ich …«

»Ich bin auch gestorben«, füge ich hinzu, ehe er ausreden kann. Ich will seine unbeholfenen Beileidsbekundungen nicht hören, wie er sich abmüht, die richtigen Worte zu finden, wenn diese Worte in Wirklichkeit gar nicht existieren.

»Ich bin mit ihnen gestorben, aber nur ein paar Sekunden, und dann —« *Bin ich zurückgeholt worden, auferstanden, habe das Elixier bekommen, das ewiges Leben schenkt.* Ich schüttele den Kopf. »Na ja, dann bin ich aufgewacht.« Ich zucke die Schultern und frage mich, warum ich das gerade alles gebeichtet habe.

»Bist du dadurch zur Hellseherin geworden?« Sein stetiger Blick hält den meinen unbeirrt fest.

Ich werfe einen raschen Blick zur Treppe hinüber und vergewissere mich, dass Sabine nicht in der Nähe ist, dann schaue ich Mr. Muñoz an und nicke einfach nur.

»Das kommt vor«, bemerkt er, weder verblüfft noch voreingenommen, sondern mehr sachlich. »Ich habe ein bisschen darüber nachgelesen. Passiert viel öfter, als man glauben sollte. Eine Menge Leute sind irgendwie verändert zurückgekommen.«

Ich blicke auf den Sessel hinab und fahre mit dem Finger an der Polsterkante entlang; ich bin froh über diese Information, aber mir wird klar, dass ich keine blasse Ahnung habe, wie ich darauf reagieren soll.

»Und so, wie du von einem Bein aufs andere trittst und zur Treppe rüberschaust, weiß Sabine wohl nichts davon, wie?«

Ich sehe ihn an und versuche, das Ganze etwas aufzulockern. »Also, wer ist hier jetzt der Hellseher? Sie oder ich?«

Doch er lächelt nur und forscht mit einem Ausdruck neu erwachten Verständnisses in meinem Gesicht, der glücklicherweise die mitleidige Miene abgelöst hat, die vorher dort zu finden war.

»Glauben Sie mir, Sabine würde das nicht verstehen. Sie würde …« Ich wühle die Spitze meines Turnschuhs in den dichten Teppichflor; ich weiß nicht recht, wie ich weitermachen soll, doch mir ist bewusst, dass es ungeheuer wichtig ist, mich klar verständlich zu machen. »Ich meine, verstehen Sie mich nicht falsch, sie ist ein ganz toller Mensch, wirklich klug, und eine supererfolgreiche Anwältin und all so was, aber es ist, als ...« Ich schüttele den Kopf. »Also, sagen wir einfach, sie ist ein großer Schwarz-Weiß-Fan. Mit Grau hat sie's nicht so.« Damit presse ich die Lippen zusammen und schaue weg; ich weiß, dass ich mehr als genug gesagt habe, doch ich muss noch eine letzte Sache klarstellen. »Aber bitte erzählen Sie ihr nichts über mich, okay? Ich meine, das tun Sie doch nicht, oder?«

Ich sehe ihn eindringlich an und halte den Atem an, als er nachdenkt, sich Zeit lässt, während Sabine die Treppe herunterkommt. Und gerade als ich sicher bin, dass ich es keine Sekunde länger aushalte, meint er: »Machen wir einen Deal. Du hörst auf zu schwänzen, und ich sage kein Wort. Wie wär's damit?«

Wie wär's damit? Soll das ein Witz sein? Der Kerl erpresst mich ja richtig!

Ich meine, mir ist klar, dass ich nicht gerade in der allerbesten Verhandlungsposition bin – besonders, da ich die Einzige bin, die etwas zu verlieren hat, aber trotzdem. Rasch werfe ich einen Blick über die Schulter und sehe, wie Sabine vor dem Spiegel stehen bleibt und ihre Zähne noch einmal auf Lippenstiftspuren überprüft, dann wende ich mich zu ihm um und flüstere: »Was spielt das denn für eine Rolle? Es ist doch nur noch eine Woche! Und wir wissen doch beide, dass ich eine Eins kriege.«

Er nickt und erhebt sich von seinem Platz. Ein Lächeln zieht ihm die Wangen auseinander, als er Sabine betrachtet, obgleich seine Worte an mich gerichtet sind. »Und deswegen hast du auch keinen Grund, *nicht* da zu sein, stimmt's?«

»Nicht wo zu sein?«, will Sabine wissen und sieht viel zu schön aus mit ihrem rauchigen Augen-Make-up, dem locker fallenden blonden Haar und einem Outfit, für das Stacia Miller wahrscheinlich glatt eine ihrer Nieren verkaufen würde, wenn sie zwanzig Jahre älter wäre.

Ich setze zu einer Antwort an, weil ich mir nicht sicher bin, ob Mr. Muñoz dichthalten wird, doch er kommt mir zuvor und übertönt mich: »Ich habe Ever gerade gesagt, sie soll ruhig ihr Ding machen. Sie braucht nicht hierzubleiben und mich zu unterhalten.«

Sabines Blick wandert zwischen uns hin und her, bis er bei *Paul* hängen bleibt. Und obwohl es schön ist, sie so entspannt und glücklich zu sehen, so eifrig bestrebt, den Abend zu beginnen, sobald er ihr die Hand auf den Rücken legt und mit ihr zur Haustür geht, muss ich mich echt zusammenreißen, um nicht zu kotzen.

SECHSUNDZWANZIG

Als ich bei Haven ankomme, sind schon alle versammelt und sehen zu, wie Haven vor dem Fenster, wo sie ihre Katze gefunden hat, ein paar Worte zu Charms Andenken sagt und dabei eine kleine Urne an die Brust drückt.

»Hey«, flüstere ich, während ich unauffällig neben Damen trete und einen Blick auf die Zwillinge werfe. »Was habe ich verpasst?«

Er lächelt und sieht mich an, während er denkt: *Ein paar vergossene Tränen, ein paar gelesene Gedichte. Aber sie wird dir die Verspätung bestimmt verzeihen – irgendwann mal.*

Ich nicke und beschließe, Damen den Grund für meine Verspätung zu zeigen, ihm das ganze Debakel in Technicolor vorzuführen. Während die Bilder von eben von meinem Kopf in seinen strömen, sehe ich zu, wie Haven Charms Asche auf dem Boden verstreut.

Er legt den Arm um mich und tröstet mich auf genau die richtige Art und Weise, drückt mir ganz kurz einen Strauß rote Tulpen in die Hände – wobei er darauf achtet, die Blumen auftauchen und wieder verschwinden zu lassen, bevor es jemand sieht.

War's wirklich so schlimm? Er wirft mir einen raschen Blick zu, während Haven ihrem kleinen Bruder Austin die Urne reicht. Der zieht eine Grimasse und späht vorsichtig hinein.

Schlimmer. Ich schüttele den Kopf und frage mich immer

noch, warum ich mich ausgerechnet Mr. Muñoz anvertraut habe.

Dann schmiege ich mich dichter an ihn und lege den Kopf auf seine Schulter, während ich hinzufüge: *Und die Zwillinge? Was machen die hier? Ich dachte, sie trauen sich nicht raus.*

Die beiden stehen neben Haven; ihre Gesichter sind vollkommen identisch, mit den dunklen Augen und dem strengen Pony – doch damit endet die Ähnlichkeit, denn sie haben ihre Privatschuluniformen gegen eigene eingetauscht. Romy strebt offenkundig nach dem gesunden All-American-Look eines Katalog-Models, während Raynes Outfit direkt aus der Teenie-Punk-Ecke stammt, ein schwarzes Minikleid, zerrissene Strumpfhosen und hohe Plateau-Slipper.

Allerdings bezweifle ich, dass sie wirklich in den entsprechenden Geschäften einkaufen waren. Nicht wenn Damen alles einfach für sie manifestieren kann.

Dieser schüttelt den Kopf und umfasst mich fester, während er auf meine Gedanken antwortet. *Nein, da irrst du dich. Sie sind viel unterwegs. Können es kaum erwarten, die Welt jenseits des Fernsehers, der Zeitschriften und meiner Crystal-Cove-Wohnanlage zu erforschen.* Er lächelt. *Ob du's glaubst oder nicht, die Klamotten haben sie sich selbst ausgesucht. Haben sogar dafür bezahlt. Mit dem Geld, das ich ihnen gegeben habe, natürlich.* Er sieht mich an. *Überleg doch mal, gestern das Einkaufszentrum, heute ein Katzenbegräbnis, und morgen – wer weiß?* Er lächelt auf eine Art und Weise, die sein Gesicht aufleuchten lässt, und wendet sich ab, als Haven gerade ein paar letzte Abschiedsworte an die Katze richtet, die praktisch niemand hier gekannt hat.

»Hätten wir nicht etwas mitbringen sollen?«, frage ich. »Du weißt schon – Blumen oder so?«

»Haben wir doch.« Damens Lippen streifen mein Ohr.

»Wir haben nicht nur die Blumen da mitgebracht«, er deutet auf einen Riesenstrauß aus bunten Frühlingsblumen, »wir haben auch zum Andenken an Charm einen sehr großzügigen Betrag an den Tierschutzverein gespendet, allerdings anonym. Ich dachte, das würde sie freuen.«

»Anderen Leuten *anonym* helfen?« Ich sehe ihn an, die Neigung seiner Stirn, den Schwung seiner Lippen, und sehne mich danach zu fühlen, wie sie sich auf meine drücken. »Ich dachte, du wärst gegen all so was?«

Er schaut mich an und fasst die Worte, die ich lediglich als Scherz gemeint habe, offenbar falsch auf. Doch gerade als ich es ihm erklären will, winkt Josh uns zu sich heran.

Er wirft einen verstohlenen Blick auf Haven und vergewissert sich, dass sie ihn nicht hören kann. »Hört mal, ich brauche eure Hilfe. Ich habe Mist gebaut.«

»Wieso?« Ich blinzele, obwohl die Antwort soeben in meinem Kopf aufgetaucht ist.

Er rammt die Hände in die Hosentaschen, und das schwarz gefärbte Haar fällt ihm in die Augen. »Ich habe ihr ein Kätzchen besorgt. Dieser Typ da in meiner Band – also, die Katze von dessen Freundin hat Junge gekriegt, und ich dachte, das hilft ihr vielleicht, über Charm wegzukommen. Also habe ich das Schwarze genommen, aber jetzt redet sie nicht mehr mit mir. Sagt, ich verstehe sie nicht. Sie ist echt voll sauer.«

»Sie beruhigt sich schon wieder, lass ihr einfach ein bisschen Zeit, dann …«

Doch er schüttelt den Kopf. »Soll das ein Witz sein? Hast du sie gerade eben gehört?« Sein Blick huscht zwischen uns hin und her. »Wie sie die ganze Zeit davon geredet hat, dass Charm total einzigartig wäre und dass man sie niemals ersetzen könnte?« Er schaut weg. »Macht euch nichts vor, das ging an *mich*.«

»So geht es doch jedem, wenn man ein Haustier verloren hat. Wenn du –« Ich stocke und schaue in Augen, die so besiegt blicken, dass ich weiß, ich richte hier nichts aus.

»Bestimmt nicht.« Er zieht die Schultern hoch, sieht mich an, und der Verlust steht ihm deutlich ins Gesicht geschrieben. »Sie hat das ernst gemeint. Sie ist traurig wegen Charm und sauer auf mich, und jetzt habe ich dieses Katzenbaby hinten im Wagen und keine Ahnung, was ich damit machen soll. Nach Hause mitnehmen kann ich's nicht, meine Mom würde mich umbringen, und Miles kann es auch nicht nehmen, wegen dieser ganzen Italien-Geschichte. Da habe ich gedacht, vielleicht wollt ihr beide es ja haben.« Wieder zuckt sein Blick zwischen uns hin und her, stumm, aber flehend.

Ich hole tief Luft und schaue rasch zu den Zwillingen hinüber; ich weiß, dass die beiden nichts mehr freuen würde als ein eigenes Haustier, besonders nachdem sie so auf Charm reagiert haben. Aber was wird aus dem Tier, wenn sie ihre Magie wiederhaben und ins Sommerland zurückkehren? Ist es möglich, die Katze mitzunehmen? Oder müssen wir uns dann darum kümmern?

Doch als sie sich umdrehen und mich ansehen, wobei Romys Gesicht sich zu einem Lächeln erhellt und Raynes sich finster verzieht, ist mir klar, dass ich alle Hilfe brauche, die ich kriegen kann, wenn es um die beiden geht, und ein süßes Kätzchen ist vielleicht ein guter Anfang.

Ich sehe Damen an, und in dem Augenblick, als unsere Blicke sich begegnen, weiß ich, dass wir dasselbe denken.

Wir gehen zu Joshs Wagen hinüber. »Na, dann lass mal sehen.«

»O Mann! Ist das euer Ernst? Sie gehört wirklich uns? Echt?« Romy hält das schwarze Kätzchen in den Armen und schaut von einem zum anderen.

»Sie gehört euch«, bestätigt Damen. »Aber ihr solltet euch bei Ever bedanken, nicht bei mir. Es war ihre Idee.«

Romy sieht mich mit einem ultrabreiten Grinsen an, während Rayne den Mund zur Seite verzieht und dabei auf eine Art und Weise die Lippen spitzt, die eindeutig ihre Überzeugung ausdrückt, dass sie hier über den Tisch gezogen wird.

»Wie sollen wir sie nennen?« Wieder schaut Romy von Damen zu mir, ehe sie sich ganz auf Rayne konzentriert. »Und sag ja nicht Jinx die Zweite oder Jinx hoch zwei oder so was, denn die Kleine hier hat einen eigenen Namen verdient.« Sie drückt das Tierchen fest an sich und haucht einen Kuss auf das winzige Köpfchen. »Außerdem hat sie ein sehr viel besseres Schicksal verdient, als die andere Jinx es gehabt hat.«

Ich sehe die beiden an und will gerade fragen, was passiert ist, als Rayne antwortet: »Das ist doch alles längst vorbei. Aber Romy hat Recht, wir müssen den perfekten Namen finden. Etwas Starkes, Mystisches – etwas, das einem Katzenkind wie diesem hier wirklich würdig ist.«

Zu viert sitzen wir da, auf die verschiedenen Sessel und Sofas in Damens Wohnzimmer verteilt. Damen und ich teilen uns eine Couch, die Gliedmaßen ineinanderverschlungen, während wir in Gedanken eine lange Liste passender Namen durchgehen. Schließlich räuspere ich mich und sage: »Wie wäre es mit Luna?« Ich schaue sie an und hoffe, der Name gefällt ihnen ebenso gut wie mir. »Ihr wisst schon, wie das lateinische Wort für Mond?«

»Bitte.« Rayne verdreht die Augen. »Wir wissen, was

Luna heißt. Wahrscheinlich können wir viel besser Latein als du.«

Ich nicke und gebe mir Mühe, meine Stimme ruhig und gefasst klingen zu lassen, gehe nicht auf ihre Herausforderung ein. »Na ja, ich dachte, Katzen stehen doch mit dem Mond in enger Verbindung und all so was ...« Dann halte ich inne. Ein Blick in ihr Gesicht, und ich weiß, dass es keinen Sinn hat weiterzusprechen, sie ist absolut dagegen.

»Wisst ihr, früher hieß es, Katzen wären die Kinder des Mondes«, meint Damen, fest entschlossen, mir nicht nur aus der Klemme zu helfen, sondern auch ein für alle Mal zu beweisen, dass ich ihren Respekt verdiene. »Weil sie nachts lebendig werden, genau wie der Mond.«

»Dann sollten wir sie vielleicht Mondkind nennen?«, meint Rayne. Und nickt energisch, während sie hinzufügt: »Ja, das ist es! Mondkind. Das ist *viel* besser als Luna.«

»Nein, ist es nicht.« Romy schaut auf das schlafende Katzenjunge auf ihrem Schoß hinunter und streichelt den schmalen Streifen zwischen seinen Augen. »Mondkind passt überhaupt nicht. Unpraktisch. Zu krass. Ein Name sollte nur *ein* Wort sein, und außerdem ist dieses Kätzchen für mich eindeutig eine Luna. Luna. Also werden wir sie so nennen.«

Ihr Blick wandert von einem zum anderen und zählt drei nickende Köpfe und einen, der hartnäckig still hält, nur um mir eins auszuwischen.

»Tut mir leid, Rayne.« Damen nimmt meine Hand; nur eine dünne Energieschicht trennt seine Handfläche von meiner. »Ich fürchte, in diesem Fall entscheidet die Mehrheit.« Er schließt die Augen, um ein wunderschönes Halsband aus tiefviolettem Samt zu manifestieren, das augenblicklich um Lunas Hals erscheint. Romy und Rayne schnappen mit leuchtenden Augen nach Luft, als er ein dazu passendes Katzenbett aus Samt manifestiert. »Vielleicht solltest du sie jetzt da hineinlegen«, schlägt er vor.

»Aber wir haben es hier doch gerade so gemütlich!«, quengelt Romy, die sich nicht von ihrem Liebling trennen will.

»Ja, aber wir haben auch gleich Unterricht, nicht wahr?«

Die Zwillinge sehen sich an und erheben sich dann gleichzeitig. Behutsam legen sie Luna in ihr neues Bett und bleiben daneben hocken, vergewissern sich, dass sie schläft und es bequem hat, ehe sie sich zu Damen umdrehen. Sie nehmen ihm gegenüber Platz, die Knöchel gekreuzt, die Hände im Schoß gefaltet, gehorsamer, als ich sie jemals erlebt habe. Bereit für alles, was Damen geplant haben könnte.

Was soll denn das werden? Ich rücke zur Seite, während wir unsere Glieder entwirren.

»Magie«, sagt er. »Sie müssen jeden Tag üben, wenn ihre Kräfte zurückkehren sollen.«

»Wie übt ihr denn?«, erkundige ich mich blinzelnd und überlege, ob das hier so ähnlich ist wie die Kurse, die Jude geben will. »Ich meine, gibt's dafür Übungen und Prüfungen, so wie in der Schule?«

Damen zuckt die Achseln. »Eigentlich sind es mehr Meditationen und Visualisierungen – allerdings viel intensiver und viel länger als die, die ich dich bei deiner ersten Reise ins Sommerland habe machen lassen, aber bei dir war auch nicht so viel nötig. Obwohl die Zwillinge von einer langen Blutlinie sehr talentierter Hexen abstammen, fürchte ich, so wie die Dinge jetzt liegen, sind sie wieder ganz am Anfang. Allerdings hoffe ich, dass sie mit regelmäßigem Üben ihre Fähigkeiten in absehbarer Zeit zurückgewinnen.«

»Wie lange ist *absehbar?*«, will ich wissen. Was ich wirklich meine ist: *Wie bald bekommen wir unser Leben zurück?*

»Ein paar Monate. Vielleicht auch länger.«

»Würde das *Buch der Schatten* helfen?« Sobald es heraus ist, wird mir klar, dass ich das nicht hätte sagen sollen. Damens Miene ist alles andere als erfreut, obgleich die Zwillinge jetzt wie gebannt auf der Sesselkante hocken.

»*Du* hast das *Buch der Schatten?*«, stößt Rayne hervor, während Romy nur dasitzt und mich anstarrt.

Ich werfe Damen einen raschen Blick zu und sehe, dass er ganz und gar nicht glücklich ist, doch da das Buch ihnen durchaus ebenso helfen könnte, wie es hoffentlich mir helfen kann, erwidere ich: »Na ja, ich *habe* es eigentlich nicht richtig, aber ich habe Zugang dazu.«

»Wirklich? Ein echtes *Buch der Schatten?*« Rayne formuliert die Worte wie eine Frage, doch ihr Blick verrät mir, dass es ihrer Meinung nach bestimmt nicht echt ist.

»Ich weiß nicht.« Ich zucke die Achseln. »Gibt's denn mehr als eins?«

Rayne sieht Romy an und verdreht die Augen, bevor Damen sagen kann: »Ich habe es nicht gesehen, aber nach Evers Beschreibung bin ich sicher, dass es echt ist. Und außerdem ziemlich mächtig. Im Augenblick zu mächtig für euch beide. Aber vielleicht können wir später, wenn wir unsere Meditationen —«

Doch Romy und Rayne hören ihm nicht mehr zu; ihre Aufmerksamkeit gilt einzig und allein mir, als sie sich von ihren Plätzen erheben und sagen: »Bring uns hin. Bitte. Wir müssen es unbedingt sehen.«

SIEBENUNDZWANZIG

Wie willst du denn da reinkommen?«, flüstert Romy, schiebt sich neben mich und betrachtet mit wachsamer Miene die Tür.

»Mann!« Rayne schüttelt den Kopf. »Für die beiden ist das doch kinderleicht. Die brauchen die Tür doch nur mit ihren Gedanken aufzusperren.«

»Stimmt.« Ich lächele. »Aber ein Schlüssel kommt auch gut.« Ich klimpere mit dem Bund, damit sie ihn sehen können, bevor ich den Schlüssel ins Schloss schiebe. Dabei achte ich darauf, Damens Blick auszuweichen, obwohl ich ihn gar nicht ansehen muss, um zu wissen, dass er nichts von diesem Unterfangen hält.

»Hier arbeitest du also«, stellt Romy fest, als sie eintritt und sich umsieht. Sie bewegt sich ganz leise und verhalten, als hätte sie Angst, irgendetwas durcheinanderzubringen.

Ich nicke und lege den Finger auf die Lippen, das internationale Zeichen für *Leise!*, als ich sie ins Hinterzimmer führe.

»Aber wenn der Laden geschlossen ist und wir die Einzigen hier sind, wieso müssen wir dann *leise* sein?«, will Rayne wissen. Ihre hohe Stimme hallt praktisch von den Wänden wider. Sie will mir klarmachen, dass sie sich zwar freut, dass ich ihr gleich das *Buch der Schatten* zeigen werde, viel weiter aber geht das Ganze nicht.

Ich öffne die Tür zum Büro und bedeute ihnen, einzutreten und sich hinzusetzen, während Damen und ich im Flur Kriegsrat abhalten.

»Mir gefällt das nicht«, verkündet er. Seine Augen sind dunkel und fest auf meine gerichtet.

Ich nicke; das ist mir sehr deutlich bewusst, aber ich bin entschlossen, nicht einzuknicken.

»Ever, das ist mein Ernst. Du hast keine Ahnung, worauf du dich da einlässt. Dieses Buch ist mächtig – und in den falschen Händen außerdem gefährlich.«

»Hör zu, die Zwillinge sind vertraut mit dieser Art von Magie, viel mehr als du und ich. Und wenn sie keine Angst haben, wie schlimm kann's dann schon sein?«

Er sieht mich an, weigert sich nachzugeben. »Es gibt bessere Methoden.«

Ich seufze; ich will endlich anfangen, und das Ganze hier nervt mich ziemlich. »Du tust so, als würde ich ihnen schlimme Zaubersprüche beibringen oder sie zu bösen Hexen machen, mit Warzen und schwarzen Hüten. Dabei will ich doch nur dasselbe wie du – dass sie ihre Kräfte zurückerlangen.« Dabei schirme ich meine Gedanken sorgfältig ab, damit er den unausgesprochenen Teil nicht hört, die tatsächliche Wahrheit hinter diesem Besuch in der Buchhandlung: Dass ich mich gestern den größten Teil des Tages vergeblich damit abgemüht habe, dem Buch irgendeinen Sinn zu entlocken. Und dass ich Hilfe brauche, wenn ich irgendwie hoffen will, Roman dazu zu bringen, das Gegengift rauszurücken. Mit ist klar, dass das besser ungesagt bleibt. Damen wäre damit nicht einverstanden.

»Es gibt bessere Methoden, das zu erreichen«, beharrt er; seine Stimme klingt geduldig, aber fest. »Ich habe ihren Unterricht genau geplant, und wenn du mir nur Zeit lässt, um sie –«

»Wie viel Zeit? Wochen, Monate, ein Jahr?« Ich schüttele den Kopf. »Vielleicht können wir es uns ja nicht leisten, so viel Zeit zu verschwenden, hast du schon mal daran gedacht?«

»*Wir?*« Seine Brauen ziehen sich zusammen, als sein Blick forschend den meinen festhält. Eine Andeutung von Verstehen nimmt in seinen Augen Gestalt an.

»Wir, die beiden, wie du willst.« Ich weiß, dass ich lieber zügig weiterreden sollte. »Lass mich ihnen doch einfach das Buch zeigen und sehen, ob es überhaupt echt ist. Ich meine, wenn wir gar nicht wissen, ob es wirklich funktioniert, dann war meine Reaktion vielleicht … na ja, vielleicht war das ja nur *ich*. Komm schon, Damen, bitte! Was kann es schon schaden?«

Er sieht mich an und ist sich sicher, dass es eine Menge schaden könnte.

»Nur einmal ganz schnell gucken – nur um herauszufinden, ob es echt ist oder nicht. Dann fahren wir gleich wieder nach Hause und fangen mit deinem Unterricht an, okay?«

Doch er sagt nichts. Nickt einfach nur und bedeutet mir, ins Büro zu treten.

Ich gehe zu dem Stuhl auf der anderen Seite des Schreibtischs, lasse mich darauf nieder und beuge mich gerade zu der Schublade hinunter, als Rayne sagt: »Nur dass ihr's wisst, wir haben *alles* gehört. Unser Gehör ist außergewöhnlich gut. Vielleicht solltet ihr euch lieber weiter an Telepathie halten.«

Fest entschlossen, sie nicht zu beachten, lege ich die Hand auf das Schloss und schließe die Augen, während ich es mit Gedankenkraft öffne; dann krame ich darin herum. Wühle mich an dem Papierstapel vorbei und schubse den Taschenrechner weg, bevor ich den falschen Boden erreiche und das Buch zu fassen bekomme. Dann lasse ich es auf den Schreibtisch plumpsen. Meine Finger kribbeln, und meine Ohren summen von der Energie, die darin schlummert.

Die Zwillinge stürzen vor und betrachten das uralte Werk mit mehr Ehrfurcht, als ich es je bei ihnen erlebt habe.

»Also, was denkt ihr? Ist es echt?« Mein Blick huscht zwischen ihnen hin und her, und ich bin so atemlos, dass ich kaum die Worte formen kann.

Romy neigt mit zweifelnder Miene den Kopf zur Seite; dann streckt Rayne die Hand aus und schlägt die allererste Seite auf. Beide schnappen nach Luft, ein doppeltes, scharfes Einatmen, während ihre Augen riesengroß werden und sie wie gebannt starren.

Rayne hockt sich auf die Schreibtischkante und neigt das Buch so, dass sie und ihre Schwester draufblicken können. Romy beugt sich über ihren Schoß und zieht mit dem Finger eine Reihe Symbole nach – Zeichen, die für mich völlig unleserlich sind, die jedoch für die Zwillinge anscheinend kein Problem darstellen, so wie ihre Lippen sich bewegen.

Rasch schaue ich zu Damen hinüber. Er steht hinter mir, und sein Gesicht zeigt keinerlei Emotion, während er zusieht, wie die Zwillinge murmeln und kichern und einander beim Umblättern vor Aufregung anrempeln.

»Also?«, frage ich, unfähig, die Spannung zu ertragen. Ich brauche eine Aussage, so oder so.

»Echt.« Rayne nickt, den Blick noch immer fest auf die Seite geheftet. »Der, der das hier zusammengestellt hat, hat sich ausgekannt.«

»Du meinst, es gibt mehr als eins?« Mit zusammengekniffenen Augen schaue ich von einem Zwilling zum anderen. Unter dem dichten Wimpernsaum und dem Pony kann ich kaum ihre Augen sehen.

»Klar.« Romy nickt. »Jede Menge. *Buch der Schatten* ist bloß ein ganz allgemeiner Titel für *Zauberbuch*. Man glaubt, der Name kommt daher, weil die Bücher versteckt werden mussten, sozusagen im Schatten, wegen ihres Inhalts.«

»Ja«, fällt Rayne ihr ins Wort, »aber manche sagen auch, es kommt daher, weil sie oft bei Kerzenlicht geschrieben und gelesen wurden, und wie du weißt, wirft das Schatten.«

Romy zuckt die Achseln. »So oder so, sie sind verschlüsselt, um die Gefahr zu umgehen, dass sie in die falschen Hände fallen. Aber die wirklich mächtigen, wie *das hier*«, sie rammt den Zeigefinger, dessen Nagel neuerdings knallpink lackiert ist, auf die Seite vor ihr, »sind extrem selten und schwer zu finden. Und genau aus dem Grund werden sie auch versteckt.«

»Dann ist es also mächtig? *Und echt?*«, wiederhole ich; ich muss es noch einmal bestätigt haben.

Rayne sieht mich an, als wäre ich unfassbar schwer von Begriff, während ihre Schwester nickt und sagt: »Man kann die Energie der Worte auf den Seiten richtig *fühlen*. Es ist ganz schön mächtig, das kann ich dir versichern.«

»Dann glaubt ihr also, es könnte nützlich sein? Ihr denkt, es könnte uns – *euch* – helfen?« Ich hoffe inständig, dass sie Ja sagen; mein Blick huscht zwischen ihnen hin und her und weicht dabei sorgfältig dem von Damen aus.

»Wir sind ein bisschen eingerostet …«, setzt Romy an. »Genau können wir das also nicht sagen.«

»Von wegen«, wehrt Rayne ab und blättert zurück zum Anfang, bis sie die Seite findet, die sie sucht. Dann sagt sie einen Wortschwall auf, von dem ich nicht ein einziges Wortverstehe, als wäre es ihre Muttersprache. »Seht ihr das?« Lachend wedelt sie mit der Hand in der Luft herum, während das Licht an- und ausgeht. »Das würde ich nicht gerade als *eingerostet* bezeichnen.«

»Schon, aber eigentlich sollte die Lampe in Flammen aufgehen, also bist du noch ein ganzes Stück hintendran«, bemerkt Romy mit vor der Brust verschränkten Armen und hochgezogenen Brauen.

»In Flammen aufgehen?« Ich werfe Damen einen raschen Blick zu. Er hatte Recht, das hier ist in den falschen Händen gefährlich – in den Händen dieser beiden.

Doch Romy und Rayne lachen nur schallend. »Reingelegt! Wir haben dich total reingelegt! Ha!«

»Du bist so was von leichtgläubig!«, setzt Rayne hinzu, die jede Gelegenheit nutzt, mich zum Trottel zu machen.

»Und ihr beide habt viel zu viel ferngesehen«, gebe ich zurück, knalle das Buch zu und ziehe es ihnen weg.

»Halt! Du kannst uns das doch nicht wegnehmen! Das *brauchen* wir!« Zwei wild fuchtelnde Händepaare strecken sich nach mir aus.

»Es gehört mir nicht, also können wir es nicht mit nach Hause nehmen oder so«, wehre ich ab und halte es knapp außer ihrer Reichweite.

»Aber wie sollen wir denn unsere Magie zurückbekommen, wenn du es so versteckst?« Schmollend verzieht Romy das Gesicht.

»Genau«, fügt Rayne kopfschüttelnd hinzu. »Erst bringst du uns dazu, das Sommerland zu verlassen, und jetzt –« Sie verstummt erst, als Damen die Hand hebt, um die beiden zum Schweigen zu bringen.

»Ich glaube, du solltest das Buch lieber wieder wegpacken«, sagt er, den Blick fest auf mich gerichtet, den Kiefer angespannt. »Sofort!«, setzt er mit neuer Dringlichkeit hinzu.

Ich nicke und denke insgeheim, dass er noch verärgerter ist, als ich dachte, bis ich seinem Blick zum Monitor folge und sehe, wie eine verschwommene Gestalt den Laden betritt.

ACHTUNDZWANZIG

Ich ziehe die Schublade auf und schiebe das Buch hastig hinein, während leise Schritte den Flur herunterkommen.

Und kann die Lade gerade noch schließen, bevor Jude den Kopf hereinstreckt und fragt: »Spätschicht?«

Er tritt ins Büro und streckt Damen die Hand entgegen. Der zögert und lässt sich einen Moment Zeit, um ihn zu mustern, ehe er ihm die Hand gibt. Selbst nachdem er losgelassen hat, bleibt sein Blick konzentriert, regungslos, weit weg.

»Also, was geht hier ab? Ist heute Familienbesichtigung am Arbeitsplatz angesagt?« Jude lächelt, doch das Lächeln reicht nicht bis zu seinen Augen.

»Nein! Wir haben nur ...« Ich schlucke heftig und habe keinen blassen Schimmer, was als Nächstes kommt. Dann begegne ich seinem wissenden Blick und schaue hastig weg.

»Wir haben uns dein *Buch der Schatten* angeschaut«, verkündet Rayne mit verschränkten Armen und schmalen Augen. »Und wir haben uns gefragt, wo du das wohl her hast.«

Jude nickt, und seine Mundwinkel heben sich. »Und wer bist du?«

»Romy und Rayne«, stelle ich vor. »Meine ...« Ich betrachte die beiden und überlege, wie ich sie erklären soll.

»Nichten«, sagt Damen, den Blick fest auf Jude gerichtet. »Sie wohnen eine Weile bei mir.«

Jude nickt und bedenkt Damen mit einem raschen Blick,

ehe er sich wieder mir zuwendet. Er tritt ganz dicht vor den Schreibtisch und sagt: »Na ja, wenn irgendjemand das Buch finden konnte, dann du.«

Wieder schlucke ich und schaue zu Damen hinüber, der Jude weiter auf eine Weise mustert, die ich bei ihm noch nie erlebt habe. Als befände sich sein ganzes inneres Wesen in einem Zustand absoluter Wachsamkeit – starre Körperhaltung, beherrschte Gesichtszüge, die Augen zu abgrundtiefen dunklen Punkten verengt. Und die ganze Zeit starrt er ihn an.

»Bin ich jetzt gefeuert?«, erkundige ich mich und lache ein bisschen, obwohl ich es größtenteils ernst meine.

Jude schüttelt den Kopf. »Wieso sollte ich meine beste Hellseherin feuern? Meine einzige Hellseherin!« Er lächelt. »Komisch, das Buch liegt schon seit dem letzten Sommer in der Schublade, und trotzdem hat's niemand gefunden, bis jetzt.« Er zuckt die Achseln. »Wieso interessierst du dich überhaupt dafür? Ich dachte, du stehst nicht auf Magie und all so was?«

Ich drehe mich mit meinem Stuhl hin und her, unbehaglich, zappelig, besonders in Anbetracht der Art und Weise, wie Damen ihn nach wie vor anstarrt. »Tu ich ja auch nicht, aber die Zwillinge stehen total auf –«

»Wicca-Kult«, fällt Damen mir ins Wort und legt jedem der beiden Mädchen beschützend eine Hand auf die Schulter. »Sie würden gern mehr über die Wicca-Hexenlehre wissen, und Ever dachte, das Buch wäre vielleicht eine Hilfe. Allerdings ist es offensichtlich für Fortgeschrittene gedacht.«

Jude sieht Damen an und mustert ihn bedächtig. »Sieht aus, als hätte ich gerade meinen zweiten und dritten Kursteilnehmer aufgetan.«

»Du hast noch einen?«, frage ich rasch und ohne nachzudenken. Dabei werfe ich Damen einen schnellen Blick zu und fühle, wie mir aus unerklärlichen Gründen das Blut in die Wangen steigt.

Jude zuckt die Achseln. »Vorausgesetzt, sie kreuzt auch auf. Schien aber sehr interessiert.«

Honor. Ich weiß es, auch ohne einen verstohlenen Blick in seine Gedanken zu werfen. Honor ist die erste Kursteilnehmerin, und ich habe keinerlei Zweifel daran, dass sie aufkreuzen wird.

»Kurs?«, fragt Damen, die Hände noch immer auf den Schultern der Zwillinge.

»Hellsehen für Anfänger. Mit leichter Betonung auf Erweiterung der eigenen Kräfte und auf Magie. Ich finde, wir sollten bald anfangen, vielleicht sogar schon morgen. Wieso warten?«

Romy und Rayne sehen sich mit vor Aufregung flammenden Augen an. Doch Damen schüttelt den Kopf. »Nein.«

Jude schaut ihn mit gelassenem Gesicht an und ist nicht im Mindesten eingeschüchtert. »Ach, komm schon, ich nehme auch nichts dafür. Ich mach so was sowieso zum ersten Mal, also ist das 'ne gute Gelegenheit für mich, das alles mal auszuprobieren und herauszufinden, was funktioniert und was nicht. Außerdem ist das doch bloß ein ganz simpler Einführungskurs, nichts Heftiges, falls du dir deshalb Sorgen machst.«

Ihre Blicke begegnen sich, und obgleich ich weiß, dass das mit dem *heftig* Damen am allermeisten Kopfzerbrechen bereitet, ist es ganz offensichtlich nicht das *Einzige*, was ihm zu schaffen macht.

Nein, diese plötzliche Gereiztheit, diese völlig untypische Reserviertheit, das hat irgendetwas mit Jude zu tun.

Und mit mir.

Mit mir und Jude zusammen.

Und wenn ich es nicht besser wüsste, würde ich denken, er ist eifersüchtig. Aber ich weiß es besser, und unglücklicherweise ist ein derartiges Benehmen nur mein Ding.

Die Zwillinge betteln, schauen ihn mit großen Augen an. »Bitte!«, flehen sie mit hohen Stimmen. »Wir würden *wirklich*, *wirklich*, *wirklich* unheimlich gern bei diesem Kurs mitmachen!«

»Das hilft uns bestimmt bei unserer Magie!« Lächelnd zerrt Romy an seiner Hand.

»Und wir sind nicht mehr ständig zuhause, also kann Ever sich nicht mehr beschweren, dass ihr keine Privatsphäre mehr habt!«, fügt Rayne hinzu und schafft es, *mich* bei dem Versuch zu beleidigen, *ihn* zu überzeugen.

Jude sieht mich mit belustigt hochgezogenen Brauen an, doch ich wende den Blick rasch ab und halte den Atem an, bis ich Damen sagen höre: »Wir schaffen das auch allein, ihr müsst Geduld haben.« Seine Worte sind endgültig, lassen keinerlei Verhandlungsspielraum.

Jude nickt und schiebt die Hände tiefer in die Taschen, während er von einem zum anderen blickt. »Kein Problem. Wenn ihr es euch anders überlegt oder einfach mal vorbeikommen und zuschauen wollt, nur zu. Wer weiß, vielleicht lernt ihr ja was.«

Damens Augen werden um ein Winziges schmaler, doch es reicht, dass ich aufstehe und frage: »Also, bin ich für morgen noch eingeplant?«

»In aller Herrgottsfrühe.« Jude mustert mich, als ich um den Schreibtisch herumgehe und mich in Damens wartende Armbeuge lehne. »Ich komme erst später«, fährt er fort und geht zu dem Stuhl, den ich soeben geräumt habe. »Wenn also dieses Mädchen –« Blinzelnd sieht er mich an.

»Honor«, nicke ich.

Und sehe Damen vor Verblüffung den Mund aufsperren, während Jude lacht und bemerkt: »Wow, du kannst echt hellsehen. Jedenfalls, wenn sie vorbeikommt, sag ihr, irgendwann nächste Woche geht's los.«

NEUNUNDZWANZIG

»Dein Freund scheint ja echt cool zu sein.« Jude sieht mich an. Mit einem Kaffeebecher in der Hand lehnt er am Ladentisch.

»Er ist auch echt cool.« Ich nicke, blättere den Terminkalender durch und sehe, dass ich um zwei eine Sitzung habe, um drei, um vier und um fünf. Zu meiner Erleichterung stelle ich fest, dass die Namen mir nicht im Mindesten vertraut sind.

»Also, dann ist er ... dein Freund?« Rasch nippt er an seinem Kaffee und betrachtet mich über den Rand des Bechers hinweg. »Ich war mir nicht sicher. Wirkt irgendwie *alt*, weißt du?«

Ich knalle den Kalender zu und greife nach meiner Wasserflasche, obwohl ich viel lieber einen Schluck Unsterblichkeitssaft hätte. Aber seit Roman aufgetaucht ist, habe ich geschworen, in der Öffentlichkeit nicht mehr so viel davon zu trinken. »Wir sind in derselben Klasse.« Achselzuckend erwidere ich seinen Blick. »Also sind wir wohl auch gleich alt, nicht?« Ich hoffe, weitere Nachfragen zu vermeiden, indem ich es so formuliere.

Doch Jude starrt mich weiterhin an, und sein Blick wird noch eindringlicher. »Ich weiß nicht, seid ihr gleich alt?«

Ich schaue weg, während mein Herz wie wild pocht. *Spürt er auch etwas?*, frage ich im Stillen. *Hat er uns durchschaut?*

»Könnte ja heißen, dass er 'ne Ehrenrunde eingelegt hat, sagen wir mal ...«, er lächelt, und die meergrünen Augen funkeln, sind voller Licht, »... so etliche Jahrzehnte. Mindestens.«

Ich ziehe die Schultern hoch, fest entschlossen, die Kränkung zu ignorieren, wenn es denn eine war. Und ermahne mich, dass Jude nicht nur mein Boss ist – und mir einen Job bietet, der mir Sabine vom Hals hält –, sondern auch der Hüter des *Buchs der Schatten*, ein Buch, an das ich unbedingt wieder herankommen muss.

»Also, woher kennst du Honor?«, erkundige ich mich und bücke mich, um mit der Schmuckauslage herumzuhantieren. Rücke die Silberketten mit den Schmuckstein-Anhängern zurecht, verstecke die Preisschildchen darunter. Und hoffe, nonchalant zu wirken, ganz gleichgültig, als würde ich nur das Schweigen ausfüllen wollen, und nicht so, als ob es mich interessiert.

Er stellt den Becher auf dem Ladentisch ab und verschwindet im hinteren Teil der Buchhandlung, wo er sich an der Stereoanlage zu schaffen macht, bis das Geräusch von Grillen und Regen den Raum erfüllt, dieselbe CD, die er jeden Tag einlegt.

»Ich hab in dem Laden hier einen Flyer aufgehängt.« Er zeigt auf den Namen auf seinem Kaffeebecher.

»War sie allein, oder war sie mit anderen zusammen?« Ich blinzele und male mir aus, wie Stacia sie drängt, ihn anzusprechen, als eine Art Mutprobe.

»Hab ich nicht gesehen.« Er zuckt die Achseln. »Sie hat sich bloß nach dem Kurs erkundigt, also habe ich ihr einen Flyer zum Mitnehmen gegeben.«

»Habt ihr euch unterhalten? Hat sie dir gesagt, *warum* sie sich dafür interessiert?« Meine Tarnung als jemand, den das alles nur ganz nebenbei interessiert, ist zum Teufel, sobald mir diese Worte entschlüpfen.

Er blinzelt und antwortet: »Sie hat gesagt, sie hat Probleme mit ihrem Freund und wollte wissen, ob ich irgendwelche guten Zauber wüsste, die sie anwenden könnte.«

Ich starre ihn mit offenem Mund an und weiß nicht, ob er einen Witz macht, bis er loslacht.

»Wieso interessiert dich das denn so? Hat sie versucht, dir deinen Freund auszuspannen oder so was?«

Ich schüttele den Kopf, schließe den Schaukasten mit dem Schmuck und sehe ihm dann in die Augen. »Sie nicht, aber ihre beste Freundin.«

Jude betrachtet mich und fragt mit behutsamer Stimme: »Und, hat sie's geschafft?«

»Nein! Natürlich nicht!« Meine Wangen glühen, mein Herz rast; mir ist klar, dass ich viel zu schnell geantwortet habe, als dass er mir glauben würde. »Aber das hält sie nicht davon ab, es weiter zu versuchen«, füge ich hinzu und weiß genau, dass das auch nicht besser war.

»Hält sie nicht davon ab? Oder hat sie nicht davon abgehalten? Versucht sie's immer noch?« Er hebt den Becher und nimmt einen langen Zug, wobei sein Blick nicht von meinem Gesicht weicht.

Ich zucke die Achseln und bemühe mich immer noch, mich nach meinem Ausbruch eben wieder zu fangen. Mir ist klar, dass ich diejenige bin, die das hier angefangen hat.

»Und, wärst du für einen eigenen Zauber zu haben? Irgendwas, was die Mädels von Damen fernhält?« Die Stimme lässt durch nichts erkennen, ob das ein Witz war.

Ich rücke auf meinem Hocker herum; Damens Name auf seinen Lippen behagt mir nicht.

»Das erklärt wohl auch dein plötzliches Interesse am *Buch*

der Schatten«, bemerkt Jude, der nicht bereit ist, es gut sein zu lassen.

Ich verdrehe die Augen und wende mich vom Ladentisch ab; mir ist egal, ob das ein Akt des Ungehorsams ist. Diese Unterhaltung ist zu Ende. Das mache ich unmissverständlich klar.

»Wird das ein Problem?«, erkundigt er sich. In seiner Stimme liegt ein Tonfall, den ich nicht zu deuten weiß.

Kurz vor dem Bücherregal bleibe ich stehen; ich weiß nicht recht, was er meint. Dann drehe ich mich um, um seine sonnige Aura zu lesen, und ich habe immer noch keine Ahnung.

»Ich weiß, du willst nicht, dass die Leute von dir wissen, und jetzt kommt da ein Mädchen aus deiner Schule …« Er zuckt die Schultern und gestattet mir, den Rest selbst auszufüllen.

Ich zucke ebenfalls die Achseln, und mir geht auf, dass die Liste der Menschen, die mein Geheimnis kennen, allmählich wirklich länger wird. Zuerst Mr. Muñoz, dann Jude, und demnächst Honor, was bedeutet, dass Stacia bald folgen wird – obwohl sie ohnehin schon etwas argwöhnt. Und dann ist da natürlich noch Haven, die behauptet, mich und Damen ebenfalls durchschaut zu haben. Und das Furchtbare daran ist – all das lässt sich zu mir zurückverfolgen.

Ich räuspere mich und weiß, dass ich etwas sagen muss, doch ich habe keine Ahnung, was. »Honor ist …« *Nicht nett, nicht besonders freundlich, nicht anständig, nicht das, was sie zu sein scheint* – aber die Wahrheit ist, das alles beschreibt eher Stacia. Honor ist mir ein viel größeres Rätsel.

Jude sieht mich an und wartet darauf, dass ich den Satz vollende.

Doch ich wende mich lediglich ab; eine dicke Strähne

blonden Haares verbirgt mein Gesicht, als ich sage: »Honor ist jemand, den ich eigentlich nicht besonders gut kenne.«

»Da sind wir dann ja wohl schon zwei.« Er grinst und kippt den letzten Rest seines Kaffees hinunter, ehe er den Becher zerknüllt und ihn in Richtung Mülleimer pfeffert, wo er mit einem dumpfen Geräusch landet. »Allerdings wirkt sie ein bisschen unsicher und verwirrt, und das sind genau die Menschen, denen wir hier zu helfen versuchen.«

Um sechs Uhr ist mein fünfter Kunde weg, eine zufällige Laufkundschaft in letzter Minute, und ich bin hinten im Büro und richte mein Haar, das von der schwarzen Perücke, die ich zu tragen beschlossen habe, ganz durcheinander ist.

»Besser«, stellt Jude fest und schaut kurz von seinem Computer auf, ehe er sich wieder seiner Arbeit zuwendet. »Blond steht dir. Das Schwarz war ein bisschen hart«, brummt er und tippt auf seine Tastatur ein.

»Ich weiß. Ich habe ausgesehen wie ein hochgradig anämisches Schneewittchen«, erwidere ich und sehe Jude an, während wir beide lachen.

»Und, was meinst du?«, fragt er, den Blick wieder auf seinen Bildschirm gerichtet.

»Hat Spaß gemacht.« Ich trete vom Spiegel weg zum Schreibtisch und hocke mich auf die Kante. »Es war schön. Ich meine, das eine oder andere war irgendwie deprimierend und so, aber es ist toll, zur Abwechslung mal jemandem helfen zu können, weißt du?« Ich sehe zu, wie seine Finger so schnell über die Tasten huschen, dass meine Augen ihnen kaum folgen können. »Denn, ganz ehrlich, ich war mir da nicht so sicher. Aber ich glaube, es ist ganz gut gelaufen. Ich meine, es hat sich doch niemand bei dir beschwert oder doch?«

Er schüttelt den Kopf und blättert mit zusammengekniffenen Augen einen Papierstapel durch. »Hast du daran gedacht, dich abzuschirmen?«

Ich ziehe die Schultern hoch und habe keine Ahnung, was er damit meint. Das einzige *Abschirmen*, das ich jemals praktiziert habe, ist das, das jedermanns Energie abhält. Was es mehr oder weniger unmöglich machen würde, jemandem die Zukunft vorauszusagen.

»Du musst dich schützen«, sagt er und schiebt seinen Laptop weg, um mich besser betrachten zu können. »Sowohl vor als auch nach einer Sitzung. Hat dir denn niemand beigebracht, wie man offen bleibt und sich gleichzeitig gegen unerwünschten Ballast abschirmt?«

Ich schüttele den Kopf und überlege, ob das für eine Unsterbliche wie mich überhaupt notwendig ist; ich kann mir nicht vorstellen, dass irgendjemandes Energie stark genug sein sollte, mich runterzuziehen. Aber das kann ich ihm natürlich nicht sagen.

»Würdest du das gern lernen?«

Ich zucke die Achseln, kratze mich am Arm und werfe einen verstohlenen Blick auf die Uhr. Wie lange wird das wohl dauern?

»Dauert auch nicht lange«, deutet er meine Miene richtig und erhebt sich bereits von seinem Schreibtisch. »Und es ist echt wichtig. Stell's dir vor wie Händewaschen – damit wirst du all das Negative los, das deine Kunden mit sich rumschleppen, und du sorgst dafür, dass es dein Leben nicht kontaminieren kann.«

Er bedeutet mir mit einer Geste, mich auf einen Stuhl zu setzen, während er auf dem daneben Platz nimmt. Dann sieht er mich ernst an. »Ich würde dich jetzt durch eine Meditation führen, um deine Aura zu stärken – aber da ich deine Aura gar nicht *sehen* kann, habe ich auch keine Ahnung, ob sie gestärkt werden muss.«

Ich presse die Lippen zusammen, schlage das rechte Bein über das linke und rutsche unbehaglich auf meinem Stuhl hin und her. Mir ist nicht ganz klar, wie ich darauf antworten soll.

»Irgendwann musst du mir mal verraten, wie du das machst, sie so zu verbergen. Ich würde deine Technik wahnsinnig gern lernen.«

Ich nicke ganz schwach, so, als ob ich das vielleicht irgendwann mal tun werde, aber nicht gerade jetzt.

Mit leiser, ruhiger Stimme, fast im Flüsterton, weist Jude mich an: »Mach die Augen zu und entspann dich. Atme ganz langsam und tief, während du dir bei jedem Einatmen einen Wirbel aus reiner, goldener Energie vorstellst, gefolgt von einem Wirbel aus schwarzem Nebel bei jedem Ausatmen. Das Gute einatmen – das Schlechte ausstoßen. Mach immer weiter mit diesem Zyklus, lass nur die gute Energie durch deine Zellen strömen, bis du dich gereinigt und unversehrt fühlst und bereit bist anzufangen.«

Ich tue, was er sagt, und muss an die Erdungs-Meditation denken, die Ava mal mit mir gemacht hat; ich konzentriere mich auf meine Atmung – ganz langsam, ruhig und gleichmäßig. Zuerst bin ich befangen unter der Last seines Blickes; ich weiß, dass er mich eingehender betrachtet, als er es täte, wenn meine Augen geöffnet wären. Doch bald zieht mich der Rhythmus in seinen Bann – mein Puls kommt zur Ruhe, mein Kopf wird klar, und ich konzentriere mich auf nichts anders als aufs Atmen.

»Und dann, wenn du so weit bist, stell dir einen Kegel aus strahlendem, golden-weißen Licht vor, der sich vom Himmel auf dich herabsenkt … Der immer größer wird, bis er dich vollständig einhüllt ... Der dein ganzes Sein umgibt und keine niederen Energien oder negative Kraftfelder an dich heranlässt ... Deine ganze positive Einstellung völlig intakt lässt, in Sicherheit vor denen, die sie vielleicht anzapfen wollen.«

Ich öffne ein Auge und schiele zu ihm hinüber. Noch nie ist mir der Gedanke gekommen, jemand könnte versuchen, mein Chi zu stehlen.

»Glaub mir«, sagt er und bedeutet mir mit einer Handbewegung, die Augen zu schließen und mich wieder der Meditation zu widmen. »Und jetzt stell dir dasselbe Licht als mächtige Festung vor, die alle Finsternis abwehrt, während du darin in Sicherheit bist.«

Also tue ich es. Sehe mich selbst vor meinem geistigen Auge, auf diesem Stuhl, mit diesem Lichtkegel, der über mir aufragt und abwärtsgleitet, über mein Haar, über mein T-Shirt und weiter an meinen Jeans entlang bis zu den Flipflops hinunter. Der mich vollständig einhüllt, das Gute in seinem Innern bewahrt und das Schlechte fernhält – genau wie Jude gesagt hat.

»Wie fühlt sich das an?«, erkundigt er sich. Seine Stimme ist viel näher, als ich erwartet habe.

»Gut.« Ich nicke und halte in Gedanken den Lichtkegel fest, lasse ihn hell und gleichmäßig leuchten. »Es fühlt sich warm an, und ... freundlich ... und ... schön.« Ich zucke die Achseln; mir ist mehr daran gelegen, dieses Erlebnis zu genießen, als nach dem exakt passenden Wort dafür zu suchen.

»Das musst du jeden Tag wiederholen – aber länger als diesmal dürfte es nicht dauern. Wenn du dich erst einmal selbst mit dem Lichtkegel geprägt hast, dann brauchst du nur ein paar von diesen tiefen, reinigenden Atemzügen zu machen, dann ein kurzes Bild von dir, wie du in das Licht gehüllt bist, und dann kann's losgehen. Allerdings ist es keine schlechte Idee, das Ganze von Zeit zu Zeit neu aufzubauen – vor allem, da du im Begriff bist, hier sehr beliebt zu werden.«

Er legt mir die Hand auf die Schultern, mit offener, flacher Handfläche, die Finger auf meinem T-Shirt gespreizt. Und das Gefühl ist so ein Schock, so ein Schlag, die Bilder so verräterisch, dass ich aufspringe.

»Damen!«, entfährt es mir mit heiserer, kratziger Stimme, als ich mich umdrehe und ihn in der Tür stehen sehe, wo er mir zusieht – *uns* zusieht.

Er nickt, und sein Blick begegnet dem meinen, zuerst scheinbar auf die übliche, liebevolle Art und Weise – voller absoluter, totaler Verehrung. Doch je länger er mich ansieht, desto mehr spüre ich noch etwas dahinter. Etwas Dunkles. Etwas Beängstigendes. Etwas, das er für sich behalten will.

Ich gehe auf ihn zu und ergreife seine Hand, als sie sich mir entgegenstreckt. Dabei bin ich mir des schützenden Energieschildes zwischen uns beiden bewusst – Energie, von der ich sicher war, dass niemand sie wahrnehmen kann, bis ich sehe, wie Jude die Augen zusammenkneift.

Unverwandt starre ich Damen an und kann dieses große, verborgene Etwas in seinen Augen nicht deuten. Ich frage mich, was er hier macht, ob er das hier irgendwie geahnt hat.

Sein Arm fasst mich fester, zieht mich näher heran. »Tut mir leid, dass ich störe, aber Ever und ich haben noch was zu erledigen.«

Ich schaue zu ihm auf, betrachte die Züge seines Gesichts, die Rundung seiner Lippen ... spüre das Kribbeln und die Hitze, die von seinem Körper auf meinen übergreift.

Jude steht auf und folgt uns auf den Flur hinaus. »Entschuldigung«, sagt er. »Ich hatte nicht vor, sie so lange aufzuhalten.« Seine Hand streckt sich nach mir aus, streift meine Schulter und fällt dann wieder herab, während er hinzufügt: »Ach ja, das hab ich vergessen – das Buch! Wieso nimmst du es nicht mit, ich brauche es hier schließlich nicht.«

Er dreht sich wieder zum Schreibtisch um und will es schon aus der Schublade holen. Und obgleich ich versucht bin, mir das Buch zu schnappen und davonzurennen – so wie Damens sich versteift und Judes Aura plötzlich heller wird … Also, das Ganze kommt mir allmählich vor wie eine Prüfung. Und ich kann gerade eben so die Worte hervorzwingen: »Danke, aber nicht heute Abend. Damen und ich haben noch was vor.«

Damens Energielevel normalisiert sich, während Judes Blick zwischen uns hin und her wandert. »Kein Problem«, erwidert er. »Dann eben ein andermal.« Und er hält den Blickkontakt so lange, dass ich mich als Erste abwende.

Ich gehe mit Damen zur Tür hinaus auf die Straße und bin fest entschlossen, Judes Energie abzuschütteln, zusammen mit den Gedanken und Bildern, die er unwissentlich mit mir geteilt hat.

DREISSIG

»Du hast ihn also immer noch.« Lächelnd lasse ich mich in seinen BMW sinken und freue mich, dass er ihn anstelle des Mama-Monsters behalten hat.

Er sieht mich an; seine Augen sind nach wie vor ernst, doch seine Stimme klingt ganz locker, als er sagt: »Du hattest Recht, ich habe mit dieser ganzen Sicherheits-Nummer ein bisschen übertrieben. Ganz zu schweigen davon, dass das Ding hier sich *viel* besser fährt.«

Ich schaue zum Fenster hinaus und frage mich, was für ein Abenteuer er wohl geplant hat. Aber wahrscheinlich will er mich überraschen, wie immer. Er fährt auf die Straße hinaus und windet sich durch den Verkehr, bis wir alle anderen Autos hinter uns gelassen haben und er schneller wird. Er tritt das Gaspedal durch und beschleunigt dermaßen zügig, dass ich keine Ahnung habe, wo wir hinfahren, bis wir da sind.

»Was ist denn das?« Verblüfft schaue ich mich um und staune über seine Fähigkeit, immer genau das zu tun, was man am wenigsten erwartet.

»Ich dachte mir, du warst bestimmt noch nie hier.« Damit öffnet er die Wagentür und nimmt meine Hand. »Hab ich Recht gehabt?«

Ich nicke und betrachte die karge Wüstenlandschaft, nur hier und da mit Gestrüpp bewachsen, ein gebirgiger Hintergrund und Tausende von Windrädern. Ganz im Ernst –

Tausende. Sie sind alle unheimlich hoch. Sie sind alle weiß. Und alle drehen sich.

»Das ist eine Windkraftanlage.« Er stemmt sich auf den Kofferraumdeckel seines Wagens hoch und wischt den Staub von einer Stelle neben sich, damit ich mich auch setzen kann. »Hier produzieren sie elektrischen Strom, indem sie den Wind nutzen. In nur einer Stunde kann hier genug Strom erzeugt werden, um einen Durchschnittshaushalt einen Monat lang zu versorgen.«

Ich sehe mich um, betrachte die rotierenden Flügel und frage mich, welche Bedeutung das haben könnte. »Und warum sind wir hergekommen? Ich bin ein bisschen verwirrt.«

Er holt tief Luft, den Blick in weite Ferne gerichtet. Seine Miene ist wehmütig, als er antwortet: »Irgendwie zieht dieser Ort mich an. Wahrscheinlich, weil ich während der letzten sechshundert Jahre so viele Veränderungen miterlebt habe, und sich den Wind dienstbar zu machen, ist eine sehr alte Idee.«

Ich blinzele. Mir ist noch immer nicht klar, wieso das wichtig ist, doch ich spüre definitiv, *dass* es von Bedeutung ist.

»Ungeachtet aller technischer Veränderungen und aller Fortschritte, die ich gesehen habe ... Manche Dinge – Dinge wie dies hier – bleiben mehr oder weniger dieselben.«

Ich nicke und dränge ihn stumm weiterzusprechen; ich erahne etwas sehr viel Tiefgründigeres in seinen Worten, doch ich weiß, dass er nur ganz langsam damit herausrücken will.

»Die Technik macht so rasante Fortschritte, sie macht das Vertraute immer schneller überflüssig. Und auch wenn Dinge wie die Mode sich fortzuentwickeln und zu verändern scheinen – wenn man lange genug lebt, wird einem klar, dass das alles bloß Zyklen sind. Die Neuanpassung alter Ideen, die dadurch neu erscheinen. Aber während alles um uns herum ständig im Fluss zu sein scheint – in ihrem tiefsten Innern bleiben die Menschen gleich. Wir suchen alle immer noch genau das, was wir schon immer gesucht haben – eine Unterkunft, Nahrung, Liebe, höhere Bedeutung … Eine Suche, die gegen die Evolution immun ist.«

Er sieht mich mit dunklen Augen an, dass ich mir nicht vorstellen kann, wie es ist, an seiner Stelle zu sein. So viel mit angesehen, so viel getan zu haben – und trotzdem ist er nicht im Mindesten abgeklärt, ganz gleich, was er denkt. Er ist noch immer voller Träume.

»Und wenn die Grundlagen erst einmal abgedeckt sind, wenn für Nahrung und Unterkunft gesorgt ist, dann verbringen wir den Rest unserer Zeit mit dem Bemühen, geliebt zu werden.«

Er beugt sich zu mir herüber; seine Lippen sind weich und kühl, als sie meine Haut streifen – flüchtig, vergänglich, wie die sanfte Wüstenbrise. Dann löst er sich von mir, um abermals zu den Windrädern hinüberzuschauen, und sagt: »Die Niederlande sind bekannt für ihre Windmühlen. Und da du einmal ein Leben dort verbracht hast, dachte ich, du würdest vielleicht gern mal auf Besuch hinreisen.«

Ich blinzele und bin mir sicher, dass er sich versprochen hat. Für so eine Reise haben wir doch gar keine Zeit – *oder?*

Ich sehe, wie er lächelt, und sein Blick wird leichter. »Mach die Augen zu und komm mit.«

EINUNDDREISSIG

Wir taumeln vorwärts, die Hände fest ineinanderverschlungen, und landen mit einem dumpfen Plumps. Ich gönne mir einen Moment, um mich umzuschauen. »O mein Gott! Das ist doch …«

»Amsterdam.« Er nickt, und seine Augen werden schmal, als er sich an den Nebel gewöhnt. »Bloß nicht das echte, sondern die Sommerland-Version. Ich wäre ja mit dir ins echte Amsterdam gefahren, aber ich habe mir gedacht, so ist die Reise kürzer.«

Ich blicke mich um, sehe die Kanäle, die Brücken, die Windmühlen, die roten Tulpenfelder … Gerade überlege ich, ob er die wohl für mich gemacht hat, als mir wieder einfällt, dass Holland für seine Blumen berühmt ist. Besonders für seine Tulpen.

»Du erkennst es nicht wieder, nicht wahr?«, fragt er und sieht mich unverwandt an, als ich den Kopf schüttele. »Lass dir ein bisschen Zeit, das kommt schon noch. Ich habe es nach meiner Erinnerung manifestiert, so, wie ich es von damals her im Gedächtnis habe, im neunzehnten Jahrhundert, als wir beide zum letzten Mal hier waren. Ist eine ziemlich gute Kopie, muss ich sagen.«

Er führt mich über die Straße und hält dabei lange genug inne, um eine leere Kutsche vorbeizulassen, ehe er auf einen kleinen Laden zuhält. Die Tür ist weit offen, und eine große, gesichtslose Menschenmenge drängt sich im Innern. Damen beobachtet mich genau, will sehen, ob eine Erinnerung aufblitzt, doch ich trete von ihm weg, will selbst ein Gefühl für diesen Ort bekommen, versuche, mir mich selbst hier vorzustellen, früher – mein rothaariges Selbst mit den grünen Augen. Wie ich zwischen diesen weißen Wänden dahinschreite, mit dem Holzboden unter den Füßen, die Reihe der Bilder betrachte, die den Raum umgeben, während ich mich zwischen den Anwesenden hindurchwinde, deren Ränder unscharf werden, ehe sie wieder Form annehmen. Ich weiß, dass Damen für ihr Hiersein verantwortlich ist, er hat ihre Existenz manifestiert.

Ich gehe an den Wänden entlang und vermute, dass dies eine Replik jener Ausstellung ist, bei der wir uns damals zum ersten Mal begegnet sind. Doch ich bin enttäuscht festzustellen, dass mir das alles nicht im Mindesten bekannt vorkommt. Mir fällt auf, wie all die Bilder verschwimmen und verblassen, bis sie überhaupt nicht mehr zu erkennen sind, außer einem direkt vor mir. Das Einzige, das intakt ist.

Blinzelnd beuge ich mich vor und betrachte ein Mädchen mit wallendem tizianrotem Haar – ein prachtvolles Gemenge aus Rot-, Gold- und Brauntönen, das einen wunderschönen Kontrast zu ihrer hellen Haut bildet. Auf so greifbare, geschmeidige, einladende Art gemalt – es ist, als könnte man geradewegs in das Gemälde hineintreten.

Mein Blick wandert an ihr hinab, und ich sehe, dass sie nackt ist, allerdings sind die strategisch wichtigen Stellen verdeckt. Ihr Haar fällt ihr feucht über die Schultern und reicht bis weit unterhalb der Taille; ihre Hände sind gefaltet und ruhen auf einem rosigen, leicht nach innen gedrehten Schenkel. Doch es sind die Augen, die mich packen und festhalten, von allertiefstem Grün und mit einem so direkten, so offenen Blick, als schaue sie einen Geliebten an und schäme sich nicht im Mindesten, in diesem Zustand überrascht worden zu sein.

Mein Magen zuckt, während mein Herz zu flattern beginnt, und obgleich mir bewusst ist, dass Damen direkt neben mir steht, kann ich ihn nicht ansehen. Kann ihn nicht in das hier einbeziehen. Irgendetwas schleicht sich an mich heran, der Keim einer Idee, die zerrt und stupst und erkannt werden will. Und ehe ich auch nur geblinzelt habe, *sehe* ich es. So sicher, wie ich den vergoldeten Rahmen sehe, der die Leinwand umgibt, weiß ich, dass *ich* diese Frau bin.

Mein früheres Ich.

Das holländische Ich.

Die Muse des Künstlers, die sich in jener Nacht, als wir uns in dieser Galerie begegnet sind, in Damen verliebt hat.

Doch was mich verstört, was mich still und stumm bleiben lässt, ist die jähe Erkenntnis, dass der unsichtbare Geliebte, den sie ansieht, *nicht* Damen ist.

Es ist jemand anderes.

Jemand, der nicht zu sehen ist.

»Dann erkennst du sie also.« Damens Stimme klingt gelassen und sachlich, nicht im Mindesten überrascht, dass es so ist. »Es sind die Augen, nicht wahr?« Er betrachtet mich eingehend, und sein Gesicht ist dem meinen sehr nahe, als er fortfährt: »Die Farbe ändert sich vielleicht, aber ihr Wesen bleibt immer gleich.«

Ich sehe ihn an, den dichten Wimpernkranz, der fast die Wehmut in seinem Blick verbirgt – der mich dazu veranlasst, mich rasch abzuwenden.

Wie alt war ich? Ich traue meiner Stimme keine Worte zu. Das Gesicht scheint faltenlos und jugendlich, doch das Selbstbewusstsein ist das einer Frau, nicht das eines jungen Mädchens.

»Achtzehn.« Er nickt und fährt fort, mich zu mustern. Sein Blick drängt und forscht, will, dass ich es als Erste sage, fleht mich an, es auszusprechen – es ihm zu ersparen. Dann folgt er meinem Blick zu dem Gemälde. »Du warst wunderschön. Wirklich. Genau wie auf dem Bild. Er hat dich so ... *vollkommen* getroffen.«

Er.

Jetzt ist es also heraus.

Die Schärfe in seiner Stimme spricht Bände, enthüllt alles, was seine Worte lediglich andeuten. Er kennt die Identität des Künstlers. Weiß, dass nicht er derjenige war, für den ich mich ausgezogen habe.

Ich schlucke und kneife die Augen zusammen, während ich mich bemühe, den schwarzen, eckigen Schriftzug in der unteren rechten Ecke zu lesen, ich kann eine Reihe von Vokalen und Konsonanten entziffern, eine Buchstabenkombination, die mir nichts sagt.

»Bastiaan de Kool«, sagt Damen und sieht mich an.

Ich drehe mich um, mein Blick begegnet dem seinen, und ich kann kein Wort herausbringen.

»Bastiaan de Kool ist der Künstler, der das Bild gemalt hat. Der *dich* gemalt hat.« Wieder wendet er sich dem Porträt zu.

Ich schüttele den Kopf; ich fühle mich ganz leicht und benommen. Alles, was ich einst zu wissen geglaubt habe ... über mich ... über uns ... das ganze Fundament unserer beider Leben, ist plötzlich dürftig und schwach geworden.

Damen nickt, es ist nicht nötig, noch deutlicher zu werden. Wir erkennen beide die Wahrheit, die vor unseren Augen ausgestellt ist.

»Falls du dich fragst, es war vorbei, noch ehe die Farbe getrocknet war. Oder zumindest habe ich mir das eingeredet ... Aber jetzt ... nun ja, jetzt bin ich mir nicht mehr sicher.«

Mit weit aufgerissenen Augen starre ich ihn verständnislos an. Was könnte denn dieses Bild – diese über hundert Jahre alte Version von mir – mit uns zu tun haben, damit, wie wir jetzt sind?

»Würdest du ihn gern kennenlernen?«, fragt er. Sein Blick ist verschattet, weit weg, schwer zu deuten.

»Bastiaan?« Der Name fühlt sich auf meinen Lippen seltsam behaglich an.

Damen nickt, bereit, ihn zu manifestieren, wenn ich nur zustimme. Doch gerade als ich ablehnen will, legt er mir die Hand auf den Arm und sagt: »Ich denke, du solltest es tun. Scheint mir, nur fair zu sein.«

Also hole ich tief Luft und konzentriere mich auf die Wärme seiner Hand, während er die Augen schließt und einen hochgewachsenen und ein wenig zerzausten Mann heraufbeschwört. Dann lässt er meinen Arm los und tritt zur Seite, lässt mir reichlich Platz, um zu betrachten und zu studieren, ehe die Zeit knapp wird und er verblasst.

Ich trete auf die Manifestation zu, gehe in großen, langsamen Kreisen um diesen Fremden mit dem ausdruckslosen Gesicht herum – um diese strahlende, leere Kreation, seelenlos, unecht.

Dabei registriere ich auf Anhieb seine Eigenschaften – seine Größe lässt ihn sogar noch magerer wirken, eine Andeutung sehniger Muskulatur, die seine Knochen ganz leicht ummantelt. Die Kleider, die sauber und gut geschnitten sind und ein wenig schief an ihm hängen. Die Haut, so blass und makellos, dass sie fast der meinen gleicht, während sein Haar dunkel ist, gewellt, zur Seite gekämmt. Ein dickes Büschel fällt schwer über ein verblüffendes Augenpaar.

Ich schnappe nach Luft, als er gleich darauf vergeht, und höre Damen sagen: »Soll ich ihn noch mal auffrischen?« Ganz offensichtlich tut er es nur höchst ungern, aber er ist bereit dazu, wenn ich ihn darum bitte.

Doch ich stehe einfach nur da und starre in einen Wirbel vibrierender Pixel, der bald darauf vollkommen verschwindet. Mir ist klar, dass er nicht wieder zum Leben erweckt werden muss, damit ich weiß, wer er ist.

Jude.

Der Mann, der vor mir gestanden hat, der holländische Maler, der im neunzehnten Jahrhundert den Namen Bastiaan de Kool getragen hat – ist jetzt in diesem Jahrhundert als Jude wiedergeboren worden.

Unwillkürlich strecke ich die Hand nach irgendetwas aus, woran ich mich abstützen kann; ich fühle mich zittrig, leer, völlig aus dem Gleichgewicht. Zu spät wird mir klar, dass keine Stütze da ist, bis Damen rasch neben mich tritt.

»Ever!« Seine Stimme ist so eindringlich, dass sie bis in mein Innerstes widerhallt, seine Arme schließen sich fest um mich, schirmen mich ab. Er manifestiert ein weiches Plüschsofa, auf das er mich bugsiert. Sein Blick wacht über mich, ängstlich, erschrocken; er hatte nicht die Absicht, mich so aus der Fassung zu bringen.

Ich drehe mich zu ihm um und halte den Atem an, als unsere Blicke sich begegnen; ich fürchte, etwas anderes vorzufinden, verändert, jetzt, da alles ans Licht gekommen ist. Jetzt, da wir beide wissen, dass er nicht immer der Einzige war.

Dass es einmal jemand anderen gegeben hat.

Und dass ich ihn heute kenne.

»Ich …« Hilflos schüttele ich den Kopf, ich schäme mich,

fühle mich schuldig, als hätte ich ihn irgendwie verraten, indem ich ihn aufgespürt habe, ohne es zu wissen. »Ich weiß nicht recht, was ich sagen soll … Ich …«

Damen zieht mich näher heran. »Denk das nicht«, sagt er. »Nichts davon ist deine Schuld. Hörst du mich? *Nichts davon*. Es ist ganz einfach Karma.« Er hält kurz inne. »Es ist bloß etwas Unerledigtes … sozusagen.«

»Aber was könnte denn da unerledigt sein?«, will ich wissen. Ganz entfernt schwant mir, wo das hinführen soll, und ich weigere mich, diese Reise mitzumachen. »Das war vor über hundert Jahren! Und du hast doch gesagt, es war vorbei, noch ehe die Farbe –«

»Da bin ich mir jetzt nicht mehr so sicher«, unterbricht er mich.

Ich sehe ihn an und kämpfe gegen den Drang an, mich loszumachen. Ich wünschte, er würde aufhören. Ich will hier weg. Hier gefällt es mir nicht mehr.

»Anscheinend habe ich mich da in etwas eingemischt«, erklärt er. Seine Züge sind hart, fällen ein Urteil, allerdings ist dieses Urteil ganz allein für ihn bestimmt. »Allem Anschein nach habe ich die Angewohnheit, mich in dein Leben zu drängen und bei Entscheidungen mitzureden, die allein deine hätten sein sollen. Dir ein Schicksal aufzuzwingen, das …«, er stockt, sein Kiefer ist angespannt, seine Unterlippe zittert auf eine Weise, die verrät, was ihn das alles kostet, »… das dir niemals bestimmt war.«

»Wovon redest du eigentlich?«, stoße ich hervor. Meine Stimme ist hoch und drängend; ich spüre die Energie, die seine Worte umgibt, und weiß, dass es gleich noch schlimmer werden wird.

»Ist das nicht ganz eindeutig?« Er sieht mich an, und das Licht in seinen Augen ist in eine Million Splitter zerborsten

– ein Kaleidoskop der Finsternis, das vielleicht nie wieder zusammengefügt werden wird.

Mit einer einzigen geschmeidigen Bewegung erhebt er sich von dem Sofa, bis er den Raum vor mir ausfüllt. Doch ehe er etwas sagen, ehe er alles noch schlimmer machen kann, presche ich vor. »Das ist doch lächerlich! Alles! Diese ganze Geschichte! Es ist das Schicksal, das uns zusammengeführt hat, wieder und wieder. Wir sind Seelengefährten! Das hast du selbst gesagt! Und nach dem, was ich gelernt habe, funktioniert das genau so – Seelengefährten finden einander, jedes Mal, gegen alle Widerstände, ganz gleich wie!« Ich greife nach seiner Hand, doch er ist außer Reichweite, schreitet vor mir auf und ab, weicht meiner Berührung aus.

»Schicksal?« Er schüttelt den Kopf; seine Stimme klingt hart, sein Blick ist brutal, doch das alles ist nach innen gerichtet. »War es Schicksal, als ich gezielt die ganze Erde bereist habe, um dich zu suchen – immer wieder –, unfähig, Ruhe zu finden, bis ich dich gefunden hatte?« Er bleibt stehen, und seine Augen suchen die meinen. »Sag mir, Ever, klingt das für dich nach Schicksal? Oder nach etwas Erzwungenem?«

Daraufhin setze ich zu einer Erwiderung an, öffne die Lippen weit, doch es kommen keine Worte. Ich sehe, wie er sich der Wand zuwendet und abermals das Mädchen anstarrt. Das stolze, schöne Mädchen, deren Blick geradewegs an ihm vorbeigeht – zu jemand anderem.

»Irgendwie ist es mir gelungen, dass alles nicht zu beachten, es die letzten vierhundert Jahre beiseitezuschieben. Mir einzureden, dass es unser Schicksal sei, dass du und ich füreinander bestimmt wären. Aber neulich, als du nach der Arbeit vorbeigekommen bist, da habe ich etwas gespürt, das anders war – eine Verschiebung in deiner Energie. Und dann gestern Abend, im Laden – da *wusste* ich es.«

Ich starre seinen Rücken an, das feste Quadrat seiner Schultern, seine schlanke, muskulöse Gestalt. Mir fällt wieder ein, wie seltsam er sich benommen hat, wie förmlich, und das Ganze ist vollkommen logisch.

»Sobald ich seine Augen gesehen habe, habe ich es gewusst.« Er dreht sich um und begegnet meinem Blick. »Also sag mir, Ever, sag mir die Wahrheit; war's bei dir nicht genauso?«

Ich schlucke krampfhaft und möchte am liebsten wegschauen, doch ich weiß, dass das nicht geht. Er wird es falsch auslegen, wird vermuten, dass ich nicht ehrlich bin. Der Augenblick, als Jude mich ganz allein in der Buchhandlung erwischt hat, fällt mir wieder ein, wie mein Herz gerast ist und meine Wangen geglüht haben, zusammen mit diesem merkwürdigen, nervösen Tanz ganz tief in meinem Bauch. Eben war noch alles gut, und dann – war ich völlig durcheinander. Und das alles nur, weil Judes meergrüne Augen in meine geblickt haben …

Das kann doch nicht heißen …

Das kann doch auf gar keinen Fall heißen …

Oder doch?

Ich stehe von dem Sofa auf und gehe auf ihn zu, bis unsere Körper nur noch Zentimeter voneinander entfernt sind. Ich will ihm versichern, dass es nicht so ist, will es *mir* versichern. Eine Möglichkeit finden zu beweisen, dass nichts von alldem irgendetwas zu bedeuten hat.

Aber das hier ist das Sommerland. Und Gedanken sind Energie. Und ich fürchte, er hat meine gerade mitbekommen.

»Es ist nicht deine Schuld«, sagt er, und seine Stimme

klingt heiser und rau. »Bitte hab kein schlechtes Gewissen.«

Ich schiebe die Hände in die Hosentaschen, so tief es geht, wild entschlossen, mich in einer Welt zu stabilisieren, die nicht länger stabil ist.

»Ich möchte, dass du weißt, wie leid es mir tut. Und trotzdem ... *Leidtun* ist einfach nicht genug. Es ist völlig unzureichend, und du hast etwas Besseres verdient. Ich fürchte, das Einzige, was ich jetzt tun kann ... das Einzige, das alles ins Lot bringen kann, ist ...« Seine Stimme bricht und veranlasst mich, das Gesicht anzuheben, bis es auf einer Höhe mit seinem ist. Wir stehen so dicht voreinander, dass die kleinste Bewegung nach vorn die Kluft mit Leichtigkeit überbrücken könnte.

Doch gerade als ich dazu ansetze, weicht er zurück. Seine Miene ist angespannt, er ist entschlossen, sich Gehör zu verschaffen. »Ich ziehe mich zurück. Das ist das Einzige, was ich zu diesem Zeitpunkt tun kann. Von diesem Augenblick an werde ich mich nicht mehr in dein Schicksal einmischen. Von diesem Augenblick an ist jeder Schritt auf deine Bestimmung zu deine eigene Entscheidung, und nur deine.«

Vor meinen Augen verschwimmt alles, meine Kehle ist heiß und eng. Bestimmt kann er doch nicht das meinen, was ich denke?

Oder doch?

Ich sehe ihn vor mir stehen, meinen vollkommenen Seelengefährten, die große Liebe all meiner Leben, der Eine, von dem ich sicher geglaubt habe, dass er meine Zuflucht wäre, und der jetzt meine Seite verlässt.

»Ich hatte kein Recht, so in dein Leben hineinzuplatzen, wie ich es getan habe. Dir nie die Möglichkeit zu geben, selbst zu entscheiden. Und weißt du, was das Schlimmste daran ist?« Er sieht mich an, und in seinen Augen liegt so viel Selbsthass, dass es mich drängt wegzuschauen. »Ich war nicht einmal edel genug, war nicht einmal Manns genug, fair zu spielen.« Er schüttelt den Kopf. »Ich habe jeden nur erdenklichen Trick angewandt, sämtliche Kräfte, die mir zur Verfügung standen, um die Konkurrenz auszuschalten. Und auch wenn ich keine Möglichkeit habe, etwas an den letzten vierhundert Jahren zu ändern – und auch nicht an der Unsterblichkeit, die ich dir aufgezwungen habe –, hoffe ich doch, ich lasse dir jetzt, indem ich mich zurückziehe, ein klein wenig Freiheit, und du kannst dich entscheiden.«

»Zwischen dir und *Jude?*« Ich starre ihn an, meine Stimme steigt in hysterische Höhen empor. Ich will, dass er es laut sagt. Es einfach ausspricht.

Doch er steht einfach nur da, den weltenmüden Blick fest auf mich geheftet.

»Also, da gibt's nichts zu entscheiden! Überhaupt nichts! Jude ist mein *Boss* – er interessiert sich nicht die Bohne für mich … oder ich mich für ihn«

»Dann siehst du nicht, was ich sehe«, entgegnet Damen, als wäre es eine Tatsache – irgendein großer, fester Gegenstand, der genau vor meiner Nase parkt.

»Weil's da nichts zu sehen *gibt*. Kapierst du denn nicht? Alles, was ich sehe, bist *du!*« Ich fühle mich so schrecklich und so leer, als könnte jeder Atemzug mein letzter sein.

Doch kaum habe ich den Satz ausgesprochen, lässt Damen das Gemälde wieder stärker sichtbar werden. Lässt es auf eine Art und Weise leuchten, die man nicht ignorieren kann. Aber obwohl er es für bedeutsam hält – dieses Mädchen ist eine Fremde für mich. Meine Seele mag einmal ihren Körper bewohnt haben, aber sie ist nicht mehr dort zuhause.

Ich will etwas sagen, will das erklären, doch es kommen keine Worte. Nur ein durchdringender Klagelaut, der von meinem Verstand zu seinem strömt. Ein Laut, der *Bitte* bedeutet, und *Tu's nicht* – ein Laut ohne Ende.

»Ich gehe nicht weg.« Er ist immun gegen mein Flehen. »Ich werde immer da sein, irgendwo in der Nähe. So, dass ich dich spüren kann, dafür sorgen kann, dass dir nichts passiert. Aber was den Rest betrifft ... Ich fürchte, ich kann nicht mehr ... Ich fürchte, ich muss ...«

Doch ich lasse ihn nicht ausreden, kann ihn nicht ausreden lassen, schneide ihm das Wort ab, als ich aufschreie: »Ich habe es doch schon mit einem Leben ohne dich versucht, als ich durch die Zeit zurückgereist bin, und weißt du was? Das Schicksal hat mich auf kürzestem Weg zurückgeschickt!« Ich bin blind vor Tränen, doch ich wende mich nicht von ihm ab. Ich will, dass er es sieht. Will, dass er ganz genau mitbekommt, was sein fehlgeleiteter Altruismus mich kostet.

»Aber Ever, das heißt doch nicht, dass es dir bestimmt ist, mit mir zusammen zu sein. Vielleicht wurdest du ja zurückgeschickt, um Jude zu finden, und jetzt hast du ihn gefunden.«

»Na schön.« Ich bin immer noch nicht gewillt, ihn ausreden zu lassen, nicht, wenn ich noch jede Menge Beweise für meine Sache habe. »Was ist dann mit damals, als du deine Hand ganz nahe an mich rangehalten und mich dazu gebracht hast, mich auf das Kribbeln und die Hitze zu konzentrieren? Und behauptet hast, genau so fühlt es sich zwischen Seelengefährten an? Was ist *damit?* Hast du das etwa nicht ernst gemeint? Nimmst du das jetzt zurück?«

»Ever ...« Er reibt sich die Augen. »Ever, ich ...«

»Verstehst du denn nicht?« Heftig schüttele ich den Kopf,

spüre seine Energie und weiß, dass es überhaupt nichts bewirken wird, trotzdem mache ich weiter. »*Siehst* du denn nicht, dass ich nur *dich* will?«

Er legt die Hand an meine Wange, und seine Finger sind so sanft und liebevoll – eine grausame Erinnerung an das, was ich nicht mehr haben werde. Seine Gedanken überwinden die Entfernung zwischen seinem Kopf und meinem, flehen mich an zu verstehen, dem Ganzen etwas Zeit zu geben.

Bitte glaub nicht, dass mir das leichtfällt. Ich hatte keine Ahnung, wie schmerzhaft es ist, ohne das geringste Eigeninteresse zu handeln – vielleicht habe ich es ja deshalb noch nie versucht? Er lächelt, versucht es mit ein bisschen Lockerheit, die ich abblitzen lasse. Ich will, dass er sich genauso schrecklich und leer fühlt wie ich. *Ich habe dir die Chance genommen, jemals deine Familie wiederzusehen ... habe deine Seele in Gefahr gebracht ... Aber Ever, du musst mir zuhören, du musst das verstehen, es ist Zeit, dass du dich für das Eine entscheidest, was du noch frei wählen kannst – ohne dass ich dabei mitmische!*

»Ich habe mich doch schon entschieden«, entgegne ich, und meine Stimme klingt hölzern und müde. »Ich habe mich für dich entschieden, und ich kann das nicht zurücknehmen.« Ich sehe ihn an und weiß, dass meine Worte nutzlos sind, er hat sich auf seinen Plan festgelegt. »Damen, ganz im Ernst. Ich habe ihn vor hundert Jahren gekannt, in einem Land, in dem ich seitdem nicht mehr gewesen bin. Und wenn schon! *Ein Leben* – von wie vielen?«

Er sieht mich einen Augenblick lang an, dann schließt er die Augen. Seine Stimme ist kaum mehr als ein Flüstern, als er erwidert: »Es war nicht nur ein Leben, Ever.« Damit lässt er die Galerie verblassen, obwohl die Windmühlen und die Tulpen bleiben, als er eine ganz neue Welt vor mir manifestiert – eigentlich sogar mehrere Welten: Paris,

London, Neuengland, alle hintereinander aufgereiht, mitten in Amsterdam, wo wir beide stehen. Welten, die ihre Zeit wahrheitsgetreu wiedergeben – die Architektur, die Mode – und alle auf die entsprechende Periode hinweisen, allerdings ohne Menschen. Nur drei Personen bevölkern sie.

Ich in all meinen Erscheinungsformen: eine niedere Pariser Dienstmagd, eine verwöhnte junge Londoner Gesellschaftsdame, die Tochter eines Puritaners ... immer mit Jude an meiner Seite, als französischer Stallbursche, als britischer Earl, als Mitglied der Kirchengemeinde. Jeder von uns ist anders, verändert sich jedes Mal, die Augen jedoch bleiben gleich.

Und ich sehe, wie die Szene vor mir abläuft wie ein gut aufgeführtes Theaterstück. Stets lässt mein Interesse an Jude schlagartig nach, sobald Damen auf der Bildfläche erscheint – genauso magisch und faszinierend wie heute, setzt er alle seine Tricks ein, um mich für sich zu stehlen.

Atemlos stehe ich da und habe keine Ahnung, was ich sagen soll. Ich weiß nur, dass ich will, dass diese Bilder verschwinden.

Ich drehe mich zu ihm um und begreife, warum er sich so fühlt, aber es zu wissen, macht nicht den geringsten Unterschied. Nicht für mich. Nicht was mein Herz betrifft.

»Dann hast du dich also entschieden. Schön. Es gefällt mir nicht, aber na gut. Aber was ich wirklich wissen muss, über wie lange reden wir hier? Ein paar Tage? Eine Woche?« Ich schüttele den Kopf. »Wie lange wird es dauern, bis du die Tatsache akzeptierst, dass ich mich für dich entscheide, ganz gleich, was passiert, ganz gleich, was du vielleicht denken oder sagen wirst, ganz gleich, wie unfair der Wettstreit dir auch vorgekommen sein mag. Ich habe mich *immer* für dich entschieden. Für mich *gibt* es nur dich.«

»Das hier ist nichts, wo man ein Datum festlegen kann. Du musst dir Zeit lassen, Zeit, deine Bindung an mich zu lösen. Zeit, neue Wege –«

»Nur weil du beschlossen hast, das hier durchzuziehen, nur weil du unbedingt *alles wiedergutmachen willst*, ganz egal, was ich sage, heißt das noch lange nicht, dass du auch alle Regeln bestimmst. Denn wenn du wirklich die Absicht hast, mich entscheiden zu lassen, dann entscheide ich mich bis zum Ende des heutigen Tages.«

Er schüttelt den Kopf; seine Augen scheinen ein bisschen heller zu leuchten, und wenn ich mich nicht irre, liegt ein Hauch von Erleichterung darin.

Und in diesem Moment weiß ich Bescheid – ein Hoffnungsschimmer, der mein Herz leicht werden lässt. Er findet das hier genauso furchtbar wie ich. Ich bin nicht die Einzige, die einen Stichtag braucht.

»Ende des Jahres«, sagt er und spannt den Kiefer auf eine Weise an, die mir verrät, dass er sich bemüht, edel zu sein, geradezu lächerlich galant. »Das sollte dir reichlich Zeit geben.«

Jetzt schüttle ich den Kopf, lasse ihn kaum ausreden. »*Morgen* Abend. Bis dahin steht meine Entscheidung bestimmt.«

Doch er will nichts davon wissen, weigert sich, auch nur zu verhandeln. »Ever, bitte, wir haben doch unser ganzes Leben vor uns, wenn es das ist, wofür du dich entscheidest. Glaub mir, es hat wirklich keine Eile.«

»Ende nächster Woche.« Meine Stimme klingt gepresst, ich frage mich, wie ich es bis dahin aushalten soll.

»Ende des *Sommers*.« Seine Worte sind endgültig.

Ich stehe vor ihm und bringe kein Wort heraus. Denke daran, wie der Sommer, auf den ich mich gefreut habe, seit wir uns zusammengetan haben – den ich mir als drei Monate Spaß und Freude in der Sonne von Laguna Beach vorgestellt habe –, blitzschnell zur einsamsten Jahreszeit von allen geworden ist.

Da ich weiß, dass es nichts mehr zu sagen gibt, wende ich mich ab und achte nicht auf seine Hand, die nach meiner greift. Er will, dass wir die Rückreise zusammen antreten.

Wenn er so scharf darauf ist, dass ich mir meinen eigenen Weg wähle, dann beschließe ich eben, jetzt gleich damit anzufangen. Indem ich die Galerie verlasse und auf die Straße hinausgehe, durch Amsterdam, Paris, London und Neuengland hindurch, ohne auch nur ein einziges Mal zurückzuschauen.

ZWEIUNDDREISSIG

Sobald ich um die Ecke biege, renne ich los. Meine Füße bewegen sich so schnell, es ist, als könnte ich vor Damen davonlaufen, vor der Galerie, vor allem. Das Kopfsteinpflaster wird erst zu Asphalt und dann zu Gras, und ich stürme an all meinen üblichen Sommerland-Lieblingsplätzen vorbei, fest entschlossen, mir selbst einen zu manifestieren. Einen Ort, wo Damen nicht hinkann.

Schließlich steige ich zu den obersten Holzbänken am Sportplatz meiner alten Highschool hinauf, gegenüber von der Anzeigetafel, auf der »BÄREN VOR!« steht und setze mich auf den Platz ganz rechts in der Ecke, wo ich meine erste – und letzte – Zigarette probiert und meinen Exfreund Brandon zum allerersten Mal geküsst habe und wo meine ehemalige Freundin Rachel und ich einst die uneingeschränkten Herrscherinnen waren und in unseren Cheerleader-Outfits gekichert und geflirtet haben, ohne die leiseste Ahnung, wie kompliziert das Leben sein kann.

Ich stelle die Füße auf die Bank vor mir, lege den Kopf auf die Knie und würge mit krampfhaft zuckenden Schultern gewaltige Schluchzer hinunter, während ich mich abmühe zu begreifen, was gerade geschehen ist. Heftig in eine Hand voll manifestierte Papiertaschentücher schniefend, schaue ich mit feuchten Augen auf ein Footballfeld voller gesichtsloser, namenloser Spieler, die ihr Training absolvieren, während ihre Freundinnen am Spielfeldrand die Haare schütteln und tratschen und flirten. Irgendwie hoffe ich, dass so eine vertraute, normale Szene mich trösten wird – und lasse sie dann verblassen, als ich mich nur noch elender fühle.

Das ist nicht mehr mein Leben. Nicht mehr mein Schicksal.

Damen ist meine Zukunft. Darüber besteht in meinem Verstand kein Zweifel.

Auch wenn ich jedes Mal total nervös werde, wenn Jude in der Nähe ist, auch wenn jedes Mal ein unleugbares *Etwas* im Raum steht, wenn wir uns über den Weg laufen – das hat nichts zu bedeuten. Das bedeutet nicht, dass er Derjenige Welcher ist. Das ist lediglich die Auswirkung unserer früheren Vertrautheit, ein unbewusstes Wiedererkennen, mehr nicht.

Nur weil er in meiner Vorgeschichte eine Rolle gespielt hat, heißt das doch nicht, dass er auch eine in meiner Zukunft übernehmen wird, außer als *Boss* eines Ferienjobs, um den ich mich niemals bemüht hätte, wenn Sabine mich nicht dazu genötigt hätte. Wie kann das alles also meine Schuld sein? Wie kann es irgendetwas anderes sein als ein merkwürdiger Zufall, ein lästiger Teil meiner Vergangenheit, der sich, ohne dass ich etwas dafür kann, hartnäckig weigert zu sterben?

Ich meine, schließlich habe ich es doch nicht auf all das angelegt, oder?

Oder?

Doch obgleich mein Herz die Wahrheit kennt, frage ich mich unwillkürlich, was genau wir einander wohl früher bedeutet haben mögen.

Bin ich wirklich aus einem See gestiegen, ohne dass es mich gekümmert hat, ob er mich nackt sieht? Oder entspringt dieses Porträt geradewegs seiner übermäßig lebhaften Phantasie?

Was nur zu weiteren Fragen führt – Fragen, die ich lieber ignorieren würde, zum Beispiel:

War ich in Wirklichkeit die letzten vierhundert Jahre lang gar nicht Jungfrau, wie ich gedacht hatte?

Habe ich tatsächlich mit Jude geschlafen, und nicht *mit Damen?*

Und wenn ja, warum fühle ich mich dann jetzt in seiner Nähe so komisch und so befangen?

Ich betrachte das leere Spielfeld vor mir und verwandele es ins römische Kolosseum, dann in die ägyptischen Pyramiden, in die Akropolis, den großen Basar von Istanbul, das Opernhaus von Sydney, den venezianischen Markusplatz, die Medina in Marrakesch … Vor meinen Augen wirbelt die Szene und wandelt sich, wird zu all jenen Orten, die ich eines Tages zu besuchen hoffe, und ich weiß dabei nur eines ganz gewiss:

Ich habe drei Monate vor mir.

Drei Monate ohne Damen.

Drei Monate, in denen ich wissen werde, dass er irgendwo da draußen ist, in denen ich ihn aber nicht berühren kann, keinen Zugang zu ihm habe, nicht bei ihm sein kann.

Drei Monate, in denen ich genug Magie lernen muss, um all unsere Probleme zu lösen und ihn für immer zurückzugewinnen.

Und ich weiß es, mehr als ich jemals irgendetwas gewusst habe – dass er allein meine Zukunft ist, meine Bestimmung, ganz gleich, was vorher war.

Ich konzentriere mich wieder auf die Szenerie; der Grand Canyon wird zu Machu Picchu, die sich gleich darauf in die Chinesische Mauer verwandelt. Und ich weiß, dass dafür später noch jede Menge Zeit ist, fürs Erste aber muss ich zurück.

Zurück auf die Erdebene.

Zurück in den Buchladen.

Hoffentlich bekomme ich Jude noch vor Ladenschluss zu fassen; er muss mir ein für alle Mal zeigen, wie man dieses Buch liest.

DREIUNDDREISSIG

Die ganze Woche lang gehe ich Sabine aus dem Weg. Ich hätte nicht gedacht, dass das möglich wäre, aber mit Schule, meinem neuen Job und Miles letzter *Hairspray*-Aufführung bleibe ich ziemlich ungeschoren, bis zu dem Augenblick, als ich gerade mein Frühstück in den Ausguss kippen will.

»Also.« Sie lächelt und schiebt sich neben mich, in Trainingsklamotten und glänzend vor Schweiß und Gesundheit. »Haben wir nicht was zu bereden? Ein Gespräch, das du mit aller Kraft aufgeschoben hast?«

Achselzuckend greife ich nach meinem Glas; ich weiß nicht recht, was ich sagen soll.

»Was macht der neue Job? Alles okay?«

Ich nicke, ganz locker und unverbindlich, als wäre ich viel zu sehr darauf aus, den Saft zu trinken, um zu antworten.

»Denn ich kann dich wahrscheinlich immer noch auf diese Praktikantenstelle schieben, wenn du —«

Ich schüttele den Kopf und trinke den letzten Rest aus, einschließlich des Fruchtfleischs. Dann spüle ich das Glas aus und stelle es in die Geschirrspülmaschine, während ich erwidere: »Nicht nötig.« Woraufhin ich ihren Gesichtsausdruck sehe und hinzufüge: »Wirklich. Es ist alles prima.«

Sie mustert mich, betrachtet mich ganz genau. »Ever, warum hast du mir nicht erzählt, dass Paul dein Lehrer ist?«

Ich erstarre, jedoch nur einen Augenblick lang, dann greife ich nach einer Schale Froot Loops, die ich nicht zu essen beabsichtige. Schnappe mir einen Löffel und rühre darin herum, während ich entgegne: »Weil *Paul* mit den coolen Schuhen und den Designerjeans *nicht* mein Lehrer ist. *Mr. Muñoz* mit der Spießerbrille und den gebügelten Kakihosen, *das* ist mein Lehrer.« Ich hebe den Löffel zum Mund und achte darauf, ihrem Blick auszuweichen.

»Ich fasse es ganz einfach nicht, dass du nichts gesagt hast.« Mit gerunzelter Stirn schüttelt sie den Kopf.

Wieder zucke ich die Achseln und tue so, als wolle ich nicht mit vollem Mund reden, dabei will ich in Wahrheit überhaupt nicht reden.

»Stört dich das? Dass ich mit deinem Lehrer ausgehe?« Sie kneift die Augen zusammen, zieht sich das Handtuch vom Hals und drückt es gegen die Stirn.

Ich rühre weiter in den Froot Loops, und mir ist klar, dass ich auf keinen Fall noch etwas davon essen kann, nicht nachdem sie mit alldem angefangen hat. »Solange ihr nicht über mich redet.« Ich studiere ihre Aura, ihre Körpersprache, bemerke, wie sie gerade eben unbehaglich von einem Bein aufs andere getreten ist, und beherrsche mich gerade eben noch, keinen Blick in ihren Kopf zu werfen. »Ich meine, ihr redet doch nicht über mich, *nicht wahr?*«, füge ich hinzu und schaue ihr fest in die Augen.

Doch sie lacht nur und wendet den Blick ab, während ihr die Röte in die Wangen steigt. »Wie sich herausgestellt hat, haben wir viel mehr gemeinsam als nur das.«

»Ach ja? Was denn?« Ich lasse meinen hilflosen Zorn an den Froot Loops aus und verwandele sie in pampigen, bunten Brei. Und frage mich, ob ich es ihr jetzt sagen soll oder später. Die erschreckende Offenbarung, dass diese Liebesbeziehung nicht halten wird – nicht laut der Vision, die ich von ihr hatte, in der ich sie mit irgendeinem attraktiven Typen liiert gesehen habe, der im selben Gebäude arbeitet wie sie ...

»Na ja, erst einmal finden wir beide die italienische Renaissance absolut faszinierend ...«

Ich sehe sie an und kämpfe gegen den Drang an, die Augen zu verdrehen. Davon hat sie noch nie etwas gesagt, und ich wohne jetzt schon fast ein Jahr bei ihr.

»Wir essen beide gern italienisch.«

O ja, klarer Fall von Seelenverwandtschaft. Die beiden einzigen Menschen, die tatsächlich auf Pizza und Pasta stehen, und auf alles mögliche Zeug, das in roter Soße und Käse schwimmt ...

»*Und* von Freitag an wird er ziemlich viel Zeit bei uns im Haus verbringen.«

Ich höre auf. Mit allem. Einschließlich Atmen und Blinzeln, damit ich dastehen und sie anstarren kann.

»Er arbeitet als Sachverständiger bei einem Fall mit, der ...«

Ihre Lippen bewegen sich weiter, ihre Hände gestikulieren, aber ich habe schon ein paar Sätze vorher aufgehört zuzuhören. Ihre Worte werden vom Getöse meines hämmernden Herzens übertönt, begleitet von einem lautlosen Aufschrei, der alles verdrängt.

Nein!
Das kann nicht sein!
Kann. Nicht. Sein.
Oder doch?

Die Vision an jenem Abend in dem Restaurant geht mir wieder durch den Sinn – Sabine, die etwas mit einem attraktiven Typen anfängt, der bei ihnen arbeitet. Ein Typ, den ich ohne Brille gar nicht als Mr. Muñoz erkannt habe! Und ich weiß augenblicklich, was das zu bedeuten hat. Das ist es: ihre Bestimmung. Mr. Muñoz ist Derjenige Welcher.

»Alles okay?« Ihre Hand greift nach meiner, während sich ihre Züge besorgt verdüstern.

Doch ich weiche rasch zurück, meide ihre Berührung. Dann kleistere ich ein Lächeln auf mein Gesicht; mir ist klar, dass sie es verdient, glücklich zu sein. Verdammt, sogar *er* verdient es, glücklich zu sein. Aber trotzdem – warum müssen sie denn unbedingt zusammen glücklich sein? Ganz im Ernst, von allen Männern, mit denen sie ausgehen könnte, warum muss es ausgerechnet mein Lehrer sein, der Lehrer, der mein Geheimnis kennt?

Ich sehe sie an und zwinge mich zu nicken, während ich meine Schale ins Spülbecken fallen lasse und zur Tür flüchte. »Ja«, stammele ich, »es ist alles bestens, wirklich. Ich will nur … ich will nicht zu spät kommen.«

VIERUNDDREISSIG

»Hey, heute ist Sonntag, da machen wir erst um elf auf.«
Blinzelnd lehnt Jude sein Surfbrett gegen die Wand.

Ich nicke und schaue kaum von dem Buch hoch, wild entschlossen, den Seiten einen Sinn abzuringen.

»Brauchst du Hilfe?« Er wirft sein Handtuch auf einen Stuhl und kommt um den Schreibtisch herum, bis er hinter mir steht.

»Wenn noch mehr von dieser Wahnsinns-Entschlüsselungsanleitung dazugehört, die du da fabriziert hast«, ich klopfe auf das Blatt Papier neben mir, »oder irgendetwas, was auch nur entfernte Ähnlichkeit mit irgendwas auf deiner ellenlangen Meditationsliste hat, dann vielen Dank, ich bin bedient. Aber wenn du mir endlich verrätst, wie man dieses Ding hier liest, ohne dabei die Lotus-Position einzunehmen, sich weiße Lichtstrahlen vorzustellen und/oder mir auszumalen, dass lange, dünnen Wurzeln aus meinen Fußsohlen sprießen und tief in die Erde hinabreichen, dann, ja, auf jeden Fall, versuch's nur.« Ich schiebe ihm das Buch hin und achte sorgfältig darauf, es nur am Rand zu berühren. Dabei erhasche ich einen flüchtigen Blick auf seine belustigte Miene, auf diesen Tropenblick und die zweigeteilte Braue, bevor ich wegschaue.

Er legt eine Hand auf den Schreibtisch und beugt sich über das Buch, die Finger auf dem alten, zerkerbten Holz gespreizt; sein Körper ist mir so nahe, dass ich spüren kann, wie das Drängen seiner Energie sich in meine Sphäre mischt. »Es gibt noch eine andere Methode, die vielleicht funktionieren könnte. Na ja, zumindest für jemanden mit deiner Begabung. Aber so wie du das Teil anfasst, immer nur ganz am Rand und immer schön auf Abstand, da ist es ziemlich klar, dass du Angst hast.«

Seine Stimme flutet über mich hinweg, beschwichtigend und ruhig. Sie veranlasst mich dazu, einen Moment lang die Augen zu schließen und mir zu gestatten, es zu fühlen, es *wirklich* zu fühlen, ohne zu versuchen, es zu verhindern oder abzuwehren. Bestrebt zu beweisen, dass Damen sich irrt, zu melden, dass ich es wirklich versucht habe, und dass keine Spur von Kribbeln oder Hitze vorhanden ist. Auch wenn Jude mich *mag* – mich so mag, wie ich Damen mag und er mich, auch wenn ich das in der Vision *gesehen* habe, die er mir aus Versehen damals gezeigt hat –, es ist einseitig. Es geht alles von ihm aus, wird von mir nicht im Geringsten erwidert. Das Einzige, was ich spüre, ist ein Nachlassen des Stresses und der Beklommenheit, eine so träge, so entspannte heitere Gelassenheit, dass es meine malträtierten Nerven zur Ruhe bringt und …

Er tippt mir auf die Schulter, reißt mich aus meiner Träumerei und bedeutet mir, mich mit ihm auf das kleine Sofa in der Ecke zu setzen, wo er das Buch auf den Knien balanciert. Dann drängt er mich, die Hand auf die Seite zu legen, meinen Kopf völlig leer zu machen und die Botschaft in dem Buch zu erahnen.

Zuerst passiert gar nichts, doch das kommt daher, dass ich Widerstand leiste. Der letzte enorme Energiestoß, der mich praktisch innerlich versengt hat und nach dem ich den ganzen Rest des Abends müde und völlig von der Rolle war, schmerzt noch immer. Doch sobald ich beschließe, loszulassen und nachzugeben, einfach auf den Vorgang zu vertrauen und das Summen durch mich hindurchfließen zu lassen, trifft mich ein Schwall Energie, der sich auf seltsame, fast schon peinliche Weise persönlich anfühlt.

»Spürst du was?«, will Jude wissen. Seine Stimme ist gedämpft.

Achselzuckend wende ich mich zu ihm um. »Es ist, als ... als würde man das Tagebuch von jemandem lesen. Oder zumindest ist es das, was ich hier spüre. Und du?«

Er nickt. »Dasselbe.«

»Aber ich dachte, es würde mehr sein wie ... Ich weiß nicht, wie ein Zauberbuch. Du weißt schon, auf jeder Seite ein anderer Zauberspruch.«

»Du meinst ein Grimoire.« Er lächelt und zeigt ein paar entwaffnende Grübchen und reizend schiefe Schneidezähne.

Ich ziehe die Brauen zusammen, dieses Wort kenne ich nicht.

»Das ist so etwas wie ein Kochbuch für Zauberei, mit sehr spezifischem Inhalt – Datum, Zeitpunkt, durchgeführtes Ritual, Ergebnis des Rituals, solche Sachen. Rein geschäftlich, nichts als die Fakten.«

»Und das hier?« Ich tippe mit dem Fingernagel auf die Seite.

»Mehr wie ein Tagebuch, genau wie du gesagt hast. Eine hochgradig persönliche Schilderung der Fortschritte einer Hexe – was sie getan hat, warum sie es getan hat, wie sie sich gefühlt hat, die Resultate, und so weiter, und so weiter. Deswegen werden diese Bücher auch oft in einem Code verfasst oder im thebanischen Alphabet, so wie das hier.«

Meine Schultern sinken herab, während ich auf meiner Unterlippe herumkaue und mich frage, warum eigentlich auf jeden winzigen Fortschritt, den ich mache, zwei Riesenrückschläge folgen.

»Hast du nach etwas Spezifischem gesucht? Nach einem Liebeszauber vielleicht?«

Mit schmalen Augen sehe ich ihn an und überlege, warum er das gerade gesagt hat.

»Entschuldigung.« Seine Augen wandern über mein Gesicht, verweilen ein paar Sekunden zu lange bei meinen Lippen. »Sieht irgendwie nach Ärger im Paradies aus, so wie ihr einander in letzter Zeit aus dem Weg geht, du und Damen.«

Ich schließe einen Moment lang die Augen und dränge das Brennen zurück. Eine Woche ist vergangen. Eine Woche ohne Damen – ohne seine süßen telepathischen Botschaften, seine warme, liebevolle Umarmung. Der einzige Hinweis darauf, dass er überhaupt noch existiert, ist der Nachschub an frischem Elixier, den ich in meinem Kühlschrank gefunden habe. Elixier, das er hereingeschmuggelt haben muss, während ich geschlafen habe, wobei er jede nur erdenkliche Vorbeugungsmaßnahme getroffen hat, um das zu erledigen, bevor ich aufwache. Jede Stunde, die vergeht, ist so schmerzhaft, so qualvoll, so einsam – ich habe keine Ahnung, wie ich diesen Sommer ohne ihn überstehen soll.

Judes Energie verändert sich, seine Aura zieht sich zurück, und ein empfindsamer Blauton flackert an ihren Rändern. »Also, ganz gleich, was du suchst«, meint er, jetzt wieder ganz sachlich, »hier drin wirst du es finden.« Er klopft mit dem Daumen auf die Seite. »Du musst dir ein bisschen Zeit lassen, um das alles aufzunehmen. Es ist eine sehr detaillierte Schilderung, und der Inhalt reicht ganz schön tief.«

»Wo hast du es gefunden? Und wie lange hast du es schon?«, setze ich hinzu; plötzlich muss ich das unbedingt wissen.

Er zuckt die Schultern und wendet den Blick ab. »Hab's irgendwo aufgelesen – von irgend so einem Typen, den ich mal gekannt habe.« Er schüttelt den Kopf. »Ist schon lange her.«

»Unpräzise bist du gar nicht, wie?« Ich gebe eine Art Halblachen von mir, das er nicht erwidert. »Jetzt mal ernsthaft. Du bist doch erst neunzehn – wie lange kann das denn schon her sein?« Während ich ihn mustere, muss ich daran denken, wie ich Damen dasselbe gefragt habe – lange bevor ich wusste, was er war. Ein plötzliches Frösteln prickelt auf meiner Haut, als ich ihn betrachte, die schiefen Schneidezähne, die Narbe, die seine Stirn zeichnet, das Dreadlock-Gewirr, das in diese vertrauten grünen Augen fällt ... vergewissere mich, dass er bloß jemand ist, den ich aus meiner Vergangenheit kenne, dass er ganz und gar nicht so ist wie ich.

»Wahrscheinlich hab ich nicht so das Wahnsinns-Zeitgefühl«, antwortet er, und das Lachen, das darauf folgt, ist unverbindlich, gezwungen. »Ich versuche, den Augenblick zu leben – das *Jetzt*. Trotzdem, das muss so vier, vielleicht fünf Jahre her sein, als ich angefangen habe, mich für so was zu interessieren.«

»Und hat Lina es gefunden? Wo hattest du es versteckt?«

Sein Gesicht läuft rot an. »So peinlich das auch ist, sie ist auf eine kleine Magiepuppe gestoßen, die ich gemacht habe, und ist vollkommen ausgeflippt. Dachte, es wäre eine Voodoopuppe. Hat das Ganze total falsch interpretiert.«

»Magiepuppe?« Ich habe keine Ahnung, was das ist.

»So eine Art Zauberpuppe.« Verlegen zuckt er die Achseln. »Ich war noch nicht trocken hinter den Ohren, was soll ich sagen? Ich war fehlgeleitet genug zu glauben, damit könnte ich ein bestimmtes Mädchen dazu kriegen, mich toll zu finden.«

»Und, hat's geklappt?« Ich halte den Atem an und frage mich, wieso diese schlichten Worte so ein *Ping* in meinem Bauch ausgelöst haben.

»Lina hat die Puppe vernichtet, bevor es funktionieren konnte. War auch besser so.« Wieder zuckt er die Achseln. »Das Mädchen war ein echtes Problem, hat sich herausgestellt.«

»Also dein üblicher Typ.« Die Worte purzeln heraus, ehe ich sie aufhalten kann.

Mit glitzernden Augen sieht er mich an. »Alte Gewohnheiten sind schwer zu überwinden.«

So sitzen wir da, die Blicke ineinanderverkrallt, mit angehaltenem Atem, und der Moment dehnt sich aus, wird immer länger, bis ich mich schließlich losreiße und mich wieder dem Buch zuwende.

»Ich würde dir wirklich gern helfen«, beteuert er. Seine Stimme ist leise und tief. »Aber allmählich habe ich das Gefühl, deine Reise ist zu privat für mich.«

Ich drehe mich zu ihm um und will gerade antworten, als er hinzufügt: »Keine Sorge. Ich hab's schon kapiert. Aber wenn du auf Zaubersprüche aus bist, dann gibt es da ein paar Dinge, die du wissen solltest. Erstens ist das ein letzter Ausweg – etwas, das man nur anwendet, wenn alle anderen Möglichkeiten ausgeschöpft sind. Und zweitens sind Zaubersprüche normalerweise bloß Rezepte für Veränderung, um zu kriegen, was man will, oder um gewisse Situationen zu ändern, die geändert werden müssen. Aber damit das funktioniert, müssen die eigenen Ziele absolut klar sein. Man muss sich das, was dabei herauskommen soll, bildlich vorstellen, und seine ganze Energie darauf ausrichten.«

»Wie beim Manifestieren«, bemerke ich und wünsche

mir, ich hätte es nicht getan, als ich sehe, wie sich sein Blick verändert.

»Manifestieren dauert zu lange – Magie ist unmittelbarer oder kann zumindest unmittelbarer sein.«

Ich presse die Lippen zusammen und bin schlau genug, nicht zu erläutern, dass Manifestieren auch augenblicklich vonstattengehen kann, wenn man erst einmal verstanden hat, wie das Universum funktioniert. Allerdings kann man nichts manifestieren, was man nicht kennt. Wodurch unter anderem das Gegengift absolut außer Reichweite ist.

»Stell dir das Ganze als Riesenkochbuch vor.« Jude tippt mit dem Fingernagel auf die Buchseite. »Eins mit Zwischenbemerkungen.« Er lächelt. »Aber nichts darin ist festgelegt, du kannst die Rezepte verändern, um sie deinen Bedürfnissen anzupassen, und dir entsprechend dein eigenes Werkzeug zusammenstellen –«

»Werkzeug?« Ich sehe ihn an.

»Kristalle, Kräuter, Elemente, Kerzen, Mondphasen – solche Sachen.«

Ich denke an die Elixiere, die ich gebraut habe, kurz bevor ich durch die Zeit zurückgereist bin. Damals habe ich das mehr als Alchemie betrachtet denn als Magie, obwohl es wohl in mancher Hinsicht so ziemlich dasselbe ist.

»Es hilft auch, den Zauberspruch in Reime zu fassen.«

»Wie ein Gedicht?« Erschrocken sehe ich ihn an. Vielleicht wird das hier ja doch nichts. In so etwas bin ich überhaupt nicht gut.

»Muss ja nicht Keats sein, nur irgendwas, was sich reimt und das irgendeine Bedeutung für das hat, was es ausrichten soll.«

Ich ziehe die Stirn kraus und fühle mich bereits entmutigt, noch ehe ich begonnen habe.

»Und, Ever …«

Ich sehe ihn an.

»Wenn du jemanden mit einem Zauberbann belegen willst, dann solltest du dir das vielleicht noch mal überlegen. Lina hatte Recht. Wenn man jemanden nicht mit weltlichen Mitteln dazu überreden kann, mit einem zu kooperieren oder die Dinge so zu sehen wie man selbst, dann ist es sehr gut möglich, dass es einfach nicht sein soll.«

Ich nicke und schaue weg; ich weiß, dass das auf manche Situationen vielleicht zutreffen mag, aber nicht auf meine.

Meine ist ganz anders.

FÜNFUNDDREISSIG

Ich habe bei dir auf der Arbeit vorbeigeschaut.« Haven mustert mich, ihr Blick wandert von meinem Haar zu der schwarzen Seidenschnur, an der mein Amulett hängt, das am Rand meines T-Shirts gerade noch zu sehen ist, ehe er wieder zu meinem Gesicht zurückkehrt.

Ich nicke kurz, ehe ich meine Aufmerksamkeit auf Honor richte. Wie sie mit Stacia und Craig und den anderen aus der Elite-Crew lacht, als wäre alles ganz normal – aber das ist es nicht. Sie beschäftigt sich jetzt mit Magie, ist laut Jude eine ernsthafte Schülerin *der Künste*. Alles ohne die Genehmigung ihrer Anführerin.

»Ich dachte, wir können vielleicht Mittag essen gehen oder so, aber dieser rattenscharfe Typ hinterm Tresen hat gesagt, du hättest viel zu tun.« Ihre Finger pulen an dem Zuckerguss auf ihrem Milchkaffee-Törtchen herum, während sie den Blick nicht ein einziges Mal von mir abwendet.

Miles schaut mit zusammengezogenen Brauen von seinem Handy auf. »Bitte? Hier gibt's irgendwo einen rattenscharfen Typen, und keiner hat mir was davon gesagt?«

Ich drehe mich zu ihm um; erst jetzt kommen Havens Worte bei mir an. *Sie ist in der Buchhandlung gewesen! Sie weiß, wo ich arbeite! Was weiß sie vielleicht sonst noch?*

»Oh, scharf ist der wirklich.« Haven nickt und sieht mich immer noch an. »*Muy caliente*, aber hallo. Aber offensichtlich ist Ever fest entschlossen, das geheim zu halten. Ich wusste nicht mal, dass der existiert, bis ich ihn mit eigenen Augen gesehen habe.«

»Woher weißt du denn, wo ich arbeite?«, frage ich und versuche, ganz lässig zu klingen und nicht zu zeigen, wie erschrocken ich in Wirklichkeit bin.

»Die Zwillinge haben es mir gesagt.«

Das wird ja immer schlimmer.

»Ich bin ihnen am Strand begegnet. Damen bringt ihnen das Surfen bei.«

Ich lächele, doch es ist ein dürftiges Lächeln, das sich völlig unecht anfühlt.

»Das erklärt wohl auch, warum du uns nichts von deinem neuen Job erzählt hast – du wolltest nicht, dass sich deine beste Freundin an deinen knackigen Kollegen ranmacht.«

Miles starrt mich an und lässt seine SMS für etwas sehr viel Spannenderes links liegen.

»Er ist mein *Boss*.« Abwehrend schüttele ich den Kopf. »Und es ist ja nicht so, als wär's ein Geheimnis oder so. Ich bin bloß noch nicht dazu gekommen, es zu erwähnen, das ist alles.«

»Ja, weil unsere Mittagspausengespräche dermaßen prickelnd sind, dass du's einfach nirgends einschieben konntest. *Bitte.*« Haven verdreht die Augen. »Das nehm ich dir nicht ab.«

»Äh, hallo? Ungefähr jetzt wäre eine Beschreibung nett!« Miles beugt sich eifrig vor und blickt von Haven zu mir.

Doch ich zucke lediglich die Achseln und sehe, wie Haven lächelt und ihr Törtchen hinstellt. »Stell dir den braungebranntesten, meeresgrünäugigsten, knackigsten, relaxtesten Surfer-Boy vor«, sagt sie und klopft Krümel von ihren schwarzen Jeans, »mit goldenen Dreadlocks, die heißeste

Nummer aller heißen Nummern, die du dir überhaupt denken kannst – dann das Ganze hoch zehn, und das *ist* er.«

»Echt?« Mit offenem Mund starrt Miles mich an. »Ich meine, *wirklich?*«

Seufzend zerpflücke ich mein Sandwich, während Haven beteuert: »Glaub mir, Worte können diesen extremen Knackigkeitsgrad gar nicht beschreiben. Die Einzigen, die da irgendwie rankommen, sind Damen und Roman, aber die sind ja auch mehr oder weniger eine Klasse für sich, also zählen sie eigentlich nicht. Wie alt ist der überhaupt?« Sie sieht mich an. »Scheint mir zu jung für einen Boss zu sein.«

»Neunzehn.« Ich möchte nicht über die Arbeit reden, über Jude oder über so ziemlich alles andere auf dieser Liste. Das hier ist genau das, wovor Damen mich gewarnt hat. Das, was ich vermeiden muss. »Da wir gerade von knackig reden, was macht eigentlich Josh?«, frage ich lächelnd. Ein ziemlich unbeholfener Übergang, aber ich hoffe, es klappt.

Dann sehe ich, wie ihre Aura wallt und aufflammt, während sie sich auf ihr Törtchen konzentriert. »Damit war in dem Augenblick Schluss, als er mir dieses Kätzchen andrehen wollte. Du hättest ihn mal sehen sollen, hat gelächelt, als wär's ein Supergeschenk.« Sie verdreht die Augen und reißt das Törtchen in zwei Teile. »Ich meine, jetzt mal ernsthaft. Wie dämlich kann man eigentlich sein?«

»Er wollte doch nur nett sein –«, setzt Miles an, doch Haven will nichts davon wissen.

»*Bitte.*« Sie macht ein finsteres Gesicht. »Wenn er wirklich verstanden hätte, was ich durchgemacht habe, dann hätte er mir nie irgendeinen Ersatz für Charm aufgedrängt. Irgendein niedliches Katzenbaby, dessen einzige Bestimmung es ist abzukratzen, nachdem ich es extrem ins Herz geschlossen habe, damit ich auch ja das absolute Maximum an Schmerz und Leiden durchmachen kann.«

Miles verdreht die Augen, während ich einwende: »Es muss aber doch nicht immer so –«

Sie fällt mir ins Wort. »Ah, wirklich? Nenn mir ein Wesen – ein *lebendes* Wesen –, das nicht entweder stirbt oder dich verlässt oder beides. Als ich dich das das letzte Mal gefragt habe, ist dir nichts eingefallen. Also Miles, mit deinem Augenverdrehen und deinem Feixen, dann mal los, lass mal was hören, nenne mir ein Wesen, das –«

Miles schüttelt den Kopf, die Hände zum Zeichen der kampflosen Aufgabe erhoben. Ihm ist jegliche Konfrontation verhasst, und er steigt mit Freuden aus diesem Spiel aus, ehe es richtig beginnen kann.

Haven grinst höhnisch, erfreut über unser kombiniertes Versagen. »Glaubt mir, alles, was ich getan habe, war, ihm zuvorzukommen. Irgendwann wäre es sowieso zu Ende gewesen.«

»Na ja.« Miles wendet sich wieder seiner SMS zu. »Wenn du mich fragst, ich konnte ihn gut leiden. Ich fand, ihr habt gut zusammengepasst.«

»Dann fang doch du was mit ihm an.« Haven grinst und schmeißt ein Törtchenstreusel nach ihm.

»Nein, danke. Zu dünn und zu niedlich.« Er lächelt. »Also, Evers Boss dagegen …«

Ich werfe Miles einen raschen Blick zu, betrachte prüfend seine Aura und sehe, dass er das größtenteils scherzhaft meint. *Größtenteils.*

»Er heißt Jude.« Seufzend finde ich mich damit ab, dass sich das Gespräch einmal komplett im Kreis gedreht hat. »Und soweit ich es sagen kann, steht er ausschließlich auf Mädchen, die nicht auf ihn stehen, aber du kannst es ja gern mal versuchen.« Ich schließe meine Lunchtasche und ziehe den Reißverschluss zu. Darin sind ein ungegessener Apfel, eine Tüte Chips und ein zerpflücktes Sandwich.

»Vielleicht solltest du ihn zu meiner Abschiedsparty einladen«, schlägt Miles vor. »Du weißt schon, damit ich mir einen schönen Abschied gönnen kann.« Lachend fährt er sich mit der Hand durch sein kurzes braunes Haar.

»Was das betrifft –«, meldet Haven sich zu Wort. Ihre Augen sind teilweise hinter den falschen Wimpern verborgen, mit denen sie gerade herumexperimentiert. »Meine Mom hat gerade das Wohnzimmer zerlegt. Im wahrsten Sinne des Wortes. Teppich raus, Möbel weg, Wände eingerissen. Was ja einerseits schön ist, denn so können sie das Haus auf keinen Fall verkaufen. Andererseits heißt das, wir können nicht bei mir feiern, deswegen hatte ich gehofft …«

»Klar.« Ich nicke und sehe mich zwei derart schockierten Gesichtern gegenüber, dass ich mich richtig schäme. Mir wird klar, dass ihre regelmäßigen Besuche, unser Freitagabend-Ritual mit Pizza und Jacuzzi in dem Moment aufgehört haben, als Damen in mein Leben trat. Jetzt jedoch, da er fort ist – oder zumindest entschlossen, sich eine Weile fernzuhalten –, vielleicht ist es ja an der Zeit, wieder damit anzufangen.

»Bist du sicher, dass Sabine nichts dagegen hat?«, erkundigt Miles sich mit hoffnungsvoller, aber vorsichtiger Stimme.

Ich schüttele den Kopf. »Solange es euch nicht stört, wenn Mr. Muñoz vorbeischaut, ist alles bestens.«

»Muñoz? Du meinst den *Geschichtslehrer?*« Die beiden starren mich fassungslos an. Meine beiden Freunde sehen genauso schockiert aus, wie ich es war, als ich das erfahren habe.

»Die beiden *haben was miteinander.*« Mir ist klar, dass ich ganz bestimmt nichts dagegen machen kann, so verhasst es mir auch ist.

Haven streicht sich den leuchtend blauen Pony aus dem Gesicht und beugt sich zu mir herüber. »Sekunde mal – nur damit ich das richtig verstehe, deine Tante Sabine hat was mit diesem scharfen Geschichtslehrer laufen?«

»Und wer steht jetzt auf Lehrer?« Miles lacht und knufft sie gegen den Arm.

Doch Haven zuckt bloß die Achseln. »*Bitte*. Tu doch nicht so, als wäre dir das nicht aufgefallen. Ich meine, für einen alten Knacker, besonders für einen mit Brille und Kakihose, ist der doch voll lecker.«

»Bitte nenn ihn nicht *lecker*.« Unwillkürlich muss ich lachen. »Und nur damit du's weißt, abends lässt er die Brille weg und schmeißt sich in Designerjeans.«

Haven lächelt und erhebt sich von der Bank. »Dann ist ja alles klar. Party bei dir. Das muss ich *unbedingt* sehen.«

»Kommt Damen auch?« Miles steckt sein Handy ein und beäugt mich vorsichtig.

»Äh ... Ich weiß nicht ... Vielleicht.« Ich kratze mich so heftig am Arm, dass ich genauso gut ein Schild um den Hals tragen könnte, auf dem steht: *HEY*, ALLE MAL HERSCHAUEN! ICH LÜGE! »Ich meine, er hat in letzter Zeit ganz schön viel um die Ohren, mit den Zwillingen und so ...«

»Schwänzt er deswegen schon die ganze Woche?«, erkundigt sich Haven.

Ich nicke und murmele irgendwelchen Blödsinn von wegen er macht seine Prüfungen früher, aber ich bin nicht mit dem Herzen dabei, und das merkt man. Die beiden nicken, doch nur mir zuliebe. Ihre Augen und ihre Auren sagen etwas ganz anderes; sie glauben mir kein Wort.

»Sorg bloß dafür, dass Jude kommt«, sagt Miles, und die bloße Erwähnung dieses Namens lässt meinen Magen tanzen.

»Ja, den brauch ich als Rückversicherung, falls das mit meinem Date nicht so hinhaut, wie ich hoffe.« Haven lächelt.

»Du hast ein Date?«, fragen Miles und ich wie aus einem Mund.

»Wer denn?«, will ich wissen, gerade als Miles feststellt: »Das ging ja flott!«

Doch Haven lächelt nur und winkt über die Schulter, als sie sich auf den Weg zum Unterricht macht. »*Ihr werdet schon sehen!*«, trällert sie.

SECHSUNDDREISSIG

Da ich mein Versprechen Mr. Muñoz gegenüber gehalten habe, indem ich beim Geschichtsunterricht war – was mir viel peinlicher war als ihm –, und da ich meinen anderen Lehrern nichts dergleichen versprochen habe, lasse ich den Rest des Tages sausen und fahre zur Buchhandlung.

Meine Gedanken wandern zu Damen, als ich den Coast Highway hinunterrolle, und ich stelle ihn mir so deutlich vor, dass er auf dem Beifahrersitz erscheint. Mich mit diesen dunklen Augen ansieht, die Lippen verlockend geöffnet, während er mir einen Strauß rote Tulpen auf den Schoß legt – und damit einen so greifbaren Schmerz auslöst, dass ich ihn verbanne, lange bevor er verblassen kann. Ich weiß genau, dass ein manifestierter Damen niemals genügen wird. Nicht wenn der echte da draußen ist – irgendwo – und darauf wartet, dass die drei Monate um sind.

Aber ich kann nicht warten. Ich *weigere mich* zu warten. Die einzige Möglichkeit, dieses leere Gefühl loszuwerden, ist, Damen zurückzugewinnen. Und die einzige Möglichkeit, das zu bewerkstelligen, ist, Romans Code zu knacken. Ein für alle Mal dieses Gegengift in die Finger zu bekommen, und dann sind alle meine Probleme gelöst.

Doch abgesehen von der Option, wieder bei ihm zuhause vorbeizuschauen, habe ich keinen blassen Schimmer, wo ich Roman finden soll. Genau wie Damen schwänzt er so ziemlich die gesamten letzten Schultage.

Ich fahre in die Gasse und schnappe mir den kleinen Parkplatz hinter dem Laden, dann fege ich mit solchem Tempo und solcher Wucht durch die Tür, dass Jude verdutzt aufschaut, als ich hinter den Ladentisch marschiere und nach dem Terminkalender greife.

»Glaub mir, wenn ich gewusst hätte, dass du schwänzt, hätte ich ein paar Sitzungen gebucht, aber so wie die Dinge liegen, ist nichts vorgemerkt.«

»Ich schwänze nicht«, nuschele ich undeutlich, obwohl wir beide wissen, dass ich genau das tue. »Okay, vielleicht doch.« Ich zucke die Achseln und werfe ihm einen raschen Blick zu. »Aber es ist die letzte Woche vor den Ferien, also ist das wirklich keine große Nummer. Du erzählst es doch niemandem, oder?«

Er wischt diesen Gedanken mit einer Geste beiseite und zieht die Schulter hoch. »Ich wünschte nur, ich hätte es gewusst. Dann hätte ich mein Surfbrett mitgebracht.«

»Das kannst du doch immer noch holen.« Ich gehe zu den Regalen hinüber und fange an, ein paar Bücher neu einzuordnen, denn ich möchte ein wenig Abstand zwischen uns bringen, damit ich der verlockenden Woge der Ruhe entgehen kann, die seine Nähe mit sich bringt. »Wirklich«, setze ich hinzu, als ich sehe, dass er sich nicht von der Stelle rührt. »Ich passe auf den Laden auf.«

»Ever, ich ...«, fängt er an.

Ich sehe ihn an, ahne, was jetzt kommt, und bin eifrig bemüht, jegliche Ängste zu zerstreuen, noch ehe er sie ausspricht. »Du brauchst mich nicht zu bezahlen«, sage ich, die Arme voller Bücher. »Ich bin nicht wegen der Überstunden hier. Es ist mir sogar egal, ob du mir überhaupt etwas zahlst.«

Eine Sekunde lang werden seine Augen schmal, dann

zwei. Er legt den Kopf schief, als er sagt: »Das ist dir wirklich egal, wie?«

Wieder zucke ich die Schultern und stelle die Bücher zurück. Dann nehme ich mir einen Augenblick Zeit, sie ordentlich aufzureihen, bevor ich erwidere: »Ja, das ist mir wirklich egal.« Es fühlt sich schön an, eine weitere Illusion loszuwerden, gang gleich, wie klein sie ist.

»Und warum genau bist du dann hier?«, will er wissen. »Wegen dem Buch?«

Ich drehe mich um und bin nervös, als mein Blick dem seinen begegnet. »Ist das so offensichtlich?« Ich ringe mir ein Auflachen ab.

Und bin erleichtert, als er mit dem Daumen über die Schulter hinter sich deutet und sagt: »Na, dann los, viel Spaß. Ich erzähl Damen auch nicht, was du treibst.«

Ich schieße einen Blick auf ihn ab, der deutlich macht, dass ich mit den Damen-Witzen nichts mehr am Hut habe, bis ich merke, dass er es ernst meint.

»Entschuldigung.« Er zuckt die Achseln. »Aber es ist ziemlich eindeutig, dass er nicht gerade darauf abfährt.«

Da ich auf gar keinen Fall mit ihm über Damen sprechen möchte, marschiere ich ins Hinterzimmer, nehme am Schreibtisch Platz und will gerade die Schublade mit Gedankenkraft aufsperren, als ich sehe, dass er mir gefolgt ist.

»Oh, äh, ich hab ganz vergessen, die ist ja abgeschlossen«, plappere ich und komme mir albern vor, als ich mit einer vagen Geste auf die Schublade deute. Mir ist klar, dass ich die schlechteste Schauspielerin aller Zeiten bin, aber ich versuche es trotzdem.

Er lehnt im Türrahmen und bedenkt mich mit einem Blick, der deutlich macht, dass er mir das nicht abkauft. »Das scheint dich letztes Mal aber nicht aufgehalten zu haben«, bemerkt er mit leiser Stimme. »Oder auch beim ersten Mal, als ich dich im Laden ertappt habe.«

Ich weiß nicht, was ich sagen soll. Meine Fähigkeiten einzugestehen, hieße, Damens wichtigste Regel zu brechen. Judes Blick lastet schwer auf meinem, als ich stammele: »Ich kann das nicht ...«

Er zieht die Augenbrauen hoch und weiß, dass ich das sehr wohl kann.

»Ich kann das nicht, wenn du zuschaust«, vollende ich den Satz.

»Hilft das?« Grinsend hält er sich mit beiden Händen die Augen zu.

Ich sehe ihn einen Augenblick lang an und hoffe, dass er nicht durch die Finger linst, dann hole ich tief Luft und schließe ebenfalls die Augen. Ich *sehe*, wie das Schloss aufspringt, ehe ich das Buch hervorhole. Dann lege ich es auf den Tisch, während er sich setzt, den Kopf zur Seite geneigt, einen Fuß auf das andere Knie gelegt. »Weißt du, Ever, du bist echt was Besonderes«, bemerkt er.

Ich erstarre; meine Finger schweben über dem uralten Wälzer, mein Herz pocht wie wild.

»Ich meine, deine *Begabung* ist etwas ganz Besonderes.« Farbe steigt ihm in die Wangen, als er hinzusetzt: »Ich bin noch nie jemandem begegnet, der solche Fähigkeiten hat wie du. Wie du Informationen aus einem Buch absorbierst, von einem Menschen ... Und trotzdem ...«

Ich starre ihn an, meine Kehle ist heiß und eng; ich ahne hier den Beginn von etwas, das ich lieber vermeiden würde.

»Und trotzdem hast du keine Ahnung, wer neben dir steht. Ganz dicht neben dir sogar.«

Ich seufze und frage mich, ob das jetzt der Augenblick ist, in dem er mir ein Pamphlet in die Hand drückt und mit

Volldampf in den Bekenntnis-Modus schaltet. Doch er deutet auf den Raum zu meiner Rechten und nickt und lächelt, als stünde da wirklich jemand. Doch als ich mich umdrehe, ist da nur leere Luft.

»Zuerst habe ich gedacht, du wärst in die Buchhandlung gekommen, um mich zu unterweisen. Du weißt ja, so etwas wie Zufall gibt es nicht – das Universum ist viel zu präzise für zufällige Ereignisse. Du bist aus einem ganz bestimmten Grund hergekommen, ob dir das jetzt klar ist oder nicht, und –«

»Ich bin von Ava hierhergebracht worden«, werfe ich ein; mir gefällt die Richtung nicht, die das Gespräch nimmt, und ich will, dass es aufhört. »Und ich bin zurückgekommen, um mit Lina zu sprechen, nicht mit *dir*.«

Doch er nickt nur völlig unbeeindruckt. »Und doch bist du zu einem Zeitpunkt zurückgekommen, als Lina nicht da war, und das hat es dir ermöglicht, *mich* zu finden.«

Ich rücke auf meinem Stuhl herum und hefte den Blick fest auf das Buch; ich kann ihn nicht ansehen. Nicht nach dem, was er gerade gesagt hat. Nicht nach meinem Ausflug mit Damen nach Amsterdam.

»Schon mal den Satz gehört: *Wenn der Schüler bereit ist, erscheint der Lehrer?*«

Ich zucke die Achseln und schiele schnell zu ihm hinüber, ehe ich den Blick wieder senke.

»Wir treffen auf andere Menschen, wenn wir ihnen begegnen sollen, wenn der richtige Zeitpunkt gekommen ist. Und auch wenn ich ganz bestimmt eine Menge von dir zu lernen habe, ich würde dich wirklich gern etwas lehren, wenn du mich lässt – wenn du dafür offen bist zu lernen.«

Ich kann seinen Blick spüren, schwer und eindringlich,

und da ich weiß, dass ich nicht viele Optionen habe, zucke ich lediglich die Schultern. Und sehe, wie er nickt und rechts an mir vorbeischaut, den Kopf schief gelegt, als sei dort jemand.

»Da ist jemand, der dir gern Hallo sagen möchte«, erklärt er, den Blick fest auf denselben Punkt gerichtet. »Allerdings warnt sie mich, du wärst skeptisch, also müsste ich mich ziemlich anstrengen, um dich zu überzeugen.«

Ohne zu blinzeln oder zu atmen, starre ich ihn an. Denke mir, wenn das ein Witz ist ... Wenn er mich irgendwie reinlegen will, dann ...

»Sagt dir der Name Riley was?«

Ich schlucke krampfhaft, unfähig zu sprechen. Meine Gedanken rasen rückwärts, durchforsten jedes Gespräch, das wir jemals geführt haben, suchen nach dem Moment, in dem ich das verraten haben könnte.

Geduldig sieht er mich an und wartet. Doch ich nicke nur und bin nicht gewillt, mehr preiszugeben.

»Sie sagt, sie sei deine Schwester – deine jüngere Schwester.« Er lässt mir keine Zeit zu antworten, als er hinzufügt: »Oh, und sie hat noch jemanden mitgebracht oder vielmehr ...« Er lächelt und streicht sich die Dreadlocks aus dem Gesicht, wie um besser *sehen* zu können. »Oder vielmehr ... einen Hund ... einen blonden –«

»Labrador«, ergänze ich fast gegen meinen Willen. »Das ist unsere –«

»Butterball.« Er nickt zustimmend.

»*Cup*. Butter*cup*.« Ich kneife die Augen zusammen und frage mich, wie er das hat missverstehen können, wenn Riley tatsächlich neben ihm steht.

Er fährt einfach fort: »Sie sagt, sie kann nicht lange bleiben, denn in letzter Zeit hat sie ziemlich viel zu tun, aber sie will, dass du weißt, dass sie sehr viel öfter bei dir ist, als du denkst.«

»Wirklich?« Ich verschränke die Arme und lehne mich auf meinem Stuhl zurück. »Und warum zeigt sie sich dann nicht?«, breche ich mit gerunzelter Stirn meinen Schwur, stumm zu bleiben, und gönne es mir, sauer auf sie zu sein. »Warum *tut* sie nichts, um sich bemerkbar zu machen?«

Jude lächelt ganz leicht, ein leises Zucken der Lippen. »Sie zeigt mir ein Blech mit ...« Er hält inne und kneift die Augen zusammen. »Brownies. Sie möchte wissen, ob sie dir geschmeckt haben?«

Ich erstarre und muss an die Brownies denken, die Sabine vor ein paar Wochen gemacht hat. Daran, wie das kleinste mit meinen Initialen gekennzeichnet war und das größte mit Rileys, genau wie sie es früher immer gemacht hat, wenn meine Mom welche gebacken hatte ...

Ich sehe Jude an, und meine Kehle ist so eng, dass kein Wort herauskommt. Gebe mir alle Mühe, mich zu fassen, als er sagt: »Außerdem will sie wissen, ob dir der Film gefallen hat – der, den sie dir gezeigt hat, im –«

Sommerland. Ich schließe die Augen, kämpfe mit den Tränen und frage mich, ob meine geschwätzige kleine Schwester ihm auch *davon* erzählen wird, doch er zuckt bloß die Achseln und lässt es damit bewenden.

»Sag ihr ...«, setze ich an, und meine Stimme ist so heiser und kratzig, dass ich mich räuspern und noch einmal von vorn anfangen muss. »Sag ihr *Ja* zu allem. Und dass ich sie lieb habe ... dass sie mir fehlt. Und sie soll bitte Mom und Dad grüßen. Und dass sie unbedingt eine Möglichkeit finden muss, wie ich wieder mit ihr sprechen kann ... Ich muss nämlich –«

»Da komme ich jetzt ins Spiel«, unterbricht er mich mit

leiser Stimme, und sein Blick sucht den meinen. »Sie möchte, dass ich euer Verbindungsmann bin, weil sie nicht direkt mit dir sprechen kann ... jedenfalls nicht außerhalb eurer Träume. Allerdings soll ich dir sagen, dass sie dich immer hören kann.«

Ich sehe ihn an, und die Skepsis gewinnt von Neuem die Oberhand. *Unser Verbindungsmann?* Würde Riley das wirklich wollen? Heißt das, sie vertraut ihm? Und wenn ja, *warum?* Weiß sie Bescheid über unsere Vergangenheit? Und was ist mit unseren Träumen – als sie mir das letzte Mal im Traum erschienen ist, war es mehr ein Albtraum. Ein Albtraum voller Rätsel, der keinerlei Sinn ergeben hat.

Wieder sehe ich Jude an und frage mich, ob ich ihm trauen kann – ob er das alles irgendwie erfindet? Vielleicht haben ihm ja die Zwillinge alles Mögliche erzählt ... Vielleicht hat er den Unfall gegoogelt und ...

»Sie muss jetzt weg«, verkündet er und nickt und lächelt und winkt meiner angeblich unsichtbaren Schwester zum Abschied zu. »Möchtest du noch etwas sagen, bevor sie geht?«

Ich umkralle die Kante meines Stuhls, starre auf den Schreibtisch hinunter und ringe nach Luft. Der Raum fühlt sich plötzlich eng an, beklemmend, als würde sich die Decke herabsenken, während die Wände sich nach innen neigen. Ich habe keine Ahnung, ob ich ihm trauen kann, ob Riley hier ist, ob irgendetwas von alldem überhaupt real ist.

Alles, was ich weiß, ist, dass ich hier rausmuss.

An die Luft.

Seine Stimme ruft mir nach, als ich vom Schreibtisch aufspringe und zur Tür stürze. Ich habe keine Ahnung, wohin ich laufe, doch ich hoffe, dort ist es weitläufig und offen und weit weg von *ihm*.

SIEBENUNDDREISSIG

Ich stürme zur Tür hinaus und halte auf den Strand zu; mein Herz rast, und meine Gedanken wirbeln wild umher. Dabei vergesse ich, auf ein normales Tempo herunterzuschalten, bis ich schon fast da bin. Ich lasse eine Sandwolke und verdutzte Menschen hinter mir zurück. Jeder schüttelt den Kopf und sagt sich, das habe er sich gerade nur eingebildet, das kann unmöglich sein. Niemand kann so schnell laufen.

Niemand, der so normal aussieht wie ich.

Ich lasse meine Flipflops liegen und wate tiefer ins Wasser, mache kurz Halt, um meine Jeans hochzukrempeln, doch dann beschließe ich, dass sich die Mühe nicht lohnt, als eine Welle sie bis zu den Knien durchnässt. Ich will nur etwas fühlen … etwas Greifbares, Körperliches … ein Problem mit einer offenkundigen Lösung. Anders als die, mit denen ich mich in letzter Zeit herumschlage.

Und obwohl mir Einsamkeit nicht fremd ist, habe ich mich noch nie so einsam gefühlt wie jetzt. Ich hatte immer jemanden, zu dem ich gehen konnte. Sabine, Riley, Damen, meine Freunde. Aber jetzt, da meine ganze Familie tot und Sabine mit Mr. Muñoz beschäftigt ist, da mein Freund sich eine Auszeit genommen hat und ich mich meinen Freunden nicht anvertrauen kann – wozu das alles?

Wozu diese Fähigkeiten haben, Energie manipulieren und Dinge manifestieren können, wenn ich nicht das Eine manifestieren kann, wonach ich mich wirklich sehne?

Wozu Geister sehen können, wenn ich die nicht sehen kann, die mir etwas bedeuten?

Wozu ewig leben, wenn ich *so* leben muss?

Ich gehe noch weiter hinein, sodass mir das Wasser bis zur Mitte der Oberschenkel reicht. Noch nie habe ich mich an einem überfüllten Strand so allein gefühlt, so hilflos an einem so strahlenden, sonnigen Tag. Ich weigere mich, mich vom Fleck zu rühren, als Jude von hinten an mich herantritt, mich an den Schultern packt und versucht, mich von den Wellen wegzuziehen. Genieße den Aufprall des Wassers, das meine Sachen durchnässt, das unaufhörliche Drängen und Ziehen, das mich in seinen Bann schlägt.

»Hey.« Die Augen gegen die Sonne zusammengekniffen, mustert er mich und lockert seinen Griff erst, als er sicher ist, dass ich okay bin. »Was hältst du davon, wenn wir wieder reingehen?« Seine Stimme klingt ruhig und behutsam, als wäre ich zerbrechlich, zart, zu so ziemlich allem imstande.

Ich bleibe, wo ich bin, den Blick fest auf den Horizont gerichtet. »Wenn das ein Witz war ... Wenn du irgendwie versucht hast, mich auf den Arm zu nehmen ...« Ich bin unfähig, den Satz zu Ende zu bringen, doch die Drohung steht unausgesprochen zwischen uns.

»Nie im Leben.« Er drückt mich fester, stützt mich und hebt mich über eine heranrollende Welle hinweg. »Du hast doch *meine* Lebensgeschichte gesehen, Ever. Am ersten Tag. Du weißt, was ich kann – was ich *sehen* kann.« Ich hole tief Luft und will gerade etwas sagen, als er hinzufügt: »Und nur damit du's weißt, sie war seitdem ein paar Mal bei dir. Allerdings war heute das erste Mal, dass sie was gesagt hat.«

»Und warum?« Ich drehe mich um, und unsere Blicke begegnen sich. Eigentlich habe ich keinen Grund, ihm zu glauben, aber ich muss so sicher sein, wie ich nur kann.

»Sie wollte wohl ein bisschen Vertrauen aufbauen, nehme ich an. Nicht anders als du.«

Ich blicke in diese seegrünen Augen; die Wahrheit liegt offen da, vor meinen Augen. Er lügt nicht, spielt keinerlei Spielchen, denkt sich das alles ganz sicher nicht aus. Er sieht Riley wirklich, und es geht ihm nur darum zu helfen.

»Ich glaube, deshalb haben wir einander gefunden.« Seine Stimme ist fast ein Flüstern. »Ich frage mich, ob Riley das so eingefädelt hat.«

Riley ... oder etwas anderes ... etwas Größeres als wir? Ich starre aufs Meer hinaus und überlege, ob er mich wohl erkennt, so, wie ich ihn wiedererkenne. Ob er dieses Zucken tief im Bauch spürt, das Prickeln auf der Haut, diese fremde und doch vertraute *Anziehung* – dasselbe, was ich fühle? Und wenn ja, was bedeutet das? Haben wir wirklich noch Unerledigtes aufzuarbeiten – Karma, mit dem man sich befassen muss?

Gibt es wirklich so etwas wie Zufall?

»Ich kann es dich lehren«, sagt er, und sein Blick ist wie ein Versprechen, das er einlösen will. »Eine Garantie gibt es nicht – aber ich kann's versuchen.«

Ich löse mich aus seinem Griff und wate noch weiter ins Wasser; es ist mir egal, dass mein Hintern zur Hälfte nass und der Rest von mir trocken ist.

»Jeder hat die Fähigkeit dazu. Genau wie auch jeder hellsehen kann – oder zumindest intuitiv. Die Frage ist nur, wie offen man ist, wie bereit, loszulassen und zu lernen. Aber mit deiner Begabung – es gibt keinen Grund, warum du nicht lernen könntest, sie auch zu sehen.«

Ich werfe ihm einen raschen Blick zu, aber nur ganz kurz. Etwas hat mich aufmerksam gemacht, etwas, das ...

»Der Trick liegt darin, die Vibration zu steigern – bis zu

einem Grad, wo –« Wir sehen die Welle erst, als sie sich bereits auftürmt und uns keine Zeit lässt, uns zu ducken, zu tauchen oder wenigstens wegzulaufen. Das Einzige, was mich davor bewahrt, weggeschwemmt zu werden, sind Judes unglaublich schnelle Reflexe und die Kraft seiner Arme.

»Alles klar?«, erkundigt er sich.

Doch meine Aufmerksamkeit ist ganz woanders, folgt jener warmen, wunderbaren Anziehungskraft, diesem vertrauten, liebevollen Wesen, das nur einem einzigen Menschen zu eigen ist – nur *ihm*.

Ich sehe, wie Damen durchs Wasser pflügt, das Surfbrett unter dem Arm; sein Körper ist so braun, so sehr wie von einem Bildhauer geschaffen, dass Rembrandt in Tränen ausbrechen würde. Das Wasser strömt hinter ihm, wie ein heißes Messer durch Butter, sauber, fließend, als teile er das Meer.

Meine Lippen öffnen sich, verzweifelt bestrebt, etwas zu sagen, seinen Namen zu rufen, ihn zu mir zurückzuholen. Doch gerade als ich das tun will, begegnen sich unsere Blicke, und ich sehe, was er sieht: Mich – mit nassem, wirrem Haar und verrutschten, klatschnassen Klamotten –, wie ich an einem heißen, sonnigen Tag im Meer herumtobe und Judes gebräunte, starke Arme mich noch immer umfasst halten.

Ich befreie mich aus Judes Griff, doch es ist bereits zu spät. Damen hat mich gesehen.

Ist schon weitergegangen.

Lässt mich ausgehöhlt und atemlos zurück, während ich ihm nachschaue.

Keine Tulpen, keine telepathischen Botschaften, nur eine traurige, öde Leere bleibt an seiner statt zurück.

ACHTUNDDREISSIG

Jude folgt mir aus dem Wasser; er ruft mir nach und versucht, mit mir Schritt zu halten. Schließlich gibt er auf, als ich die Straße überquere und auf das Geschäft zusteuere, wo Haven arbeitet.

Ich muss mit jemandem reden, mich einer Freundin anvertrauen. Alles auf den Tisch legen und es mir von der Seele reden, ganz gleich, was es kostet.

Immun gegen das Gewicht meiner triefnassen Jeans, den klatschenden Stoff, mein auf der Haut klebendes T-Shirt, komme ich gar nicht auf den Gedanken, etwas Trockenes zu manifestieren, bis ich die Ladentür erreiche und dort Roman vorfinde.

»Tut mir leid, Zutritt nur in angemessener Bekleidung.« Er lächelt. »Obwohl ich sagen muss, die Aussicht ist *wirklich* super.«

Ich folge seinem Blick bis zu meiner Brust und kreuze die Arme darüber, als ich feststelle, dass mein Top fast völlig durchsichtig geworden ist.

»Ich muss mit Haven reden.« Dann mache ich Anstalten, mich an ihm vorbeizudrängen, nur um abermals abgeblockt zu werden.

»Ever, bitte. Das hier ist ein Geschäft mit Klasse. Vielleicht solltest du wiederkommen, wenn du dich ein bisschen ... *gesammelt* hast.«

Ich schaue über seine Schulter und erhasche einen Blick

auf einen ziemlich großen, üppig dekorierten Raum, dass es einem vorkommt wie das Innere einer Wunderlampe. Kristallkronleuchter hängen von den Deckenbalken, eiserne Lampenhalter und gerahmte Ölgemälde zieren die Wände, während der Fußboden mit bunt gewebten, einander überlappenden Teppichen bedeckt ist. Antikes Mobiliar drängt sich zwischen zahllosen Kleiderständern voll erlesener Vintage-Klamotten und Schaukästen mit Nippes und Schmuck.

»Sag mir einfach, ob sie da ist.« Wütend funkele ich ihn an, allmählich geht mir die Geduld aus, als er mich feixend betrachtet. Ich versuche, ihre Energie aufzufangen, und gehe davon aus, dass er mich daran hindert, als ich nicht weit komme.

»Vielleicht, vielleicht auch nicht. Wer weiß?« Er greift in die Tasche, zieht eine Zigarettenschachtel hervor und bietet mir eine an. Doch ich verdrehe lediglich die Augen und schneide eine Grimasse. Dann sehe ich, wie er blinzelt, als er sein Feuerzeug an die Spitze der Zigarette hält, tief inhaliert und dann die Luft ausstößt, während er bemerkt: »Herrgott noch mal, Ever, leb doch mal ein bisschen! Bei dir ist Unsterblichkeit eine glatte Verschwendung.«

Mit zusammengezogenen Brauen wedele ich demonstrativ den Rauch von meinem Gesicht weg und frage: »Wem gehört dieser Laden?« Mir ist klar geworden, dass mir das Geschäft noch nie aufgefallen ist, und ich frage mich, wie er damit in Verbindung steht.

Er nimmt einen tiefen Zug und mustert mich mit katzenhaft schmalen Augen von oben bis unten. »Du glaubst, ich mache Witze, aber das stimmt nicht. Kein Unsterblicher, der etwas auf sich hält, würde sich jemals *so* sehen lassen.« Mahnend wedelt er mit dem Finger vor mir herum. »Und trotzdem ... trotzdem lass das Top ruhig an. Sorg nur dafür, dass du an dem Rest was änderst.« Er grinst mich lüstern an wie ein Raubtier.

»Wem gehört der Laden?«, wiederhole ich und spähe abermals durch die Tür. Allmählich nimmt eine Ahnung Gestalt an. Das hier ist nicht irgendein Nobel-Secondhandladen. Das da sind Romans persönliche Habseligkeiten. Die Sachen, die er während der letzten sechshundert Jahre gehortet und gewissenhaft Stück für Stück unter die Leute gebracht hat – ein Antiquitätenhändler.

Er stößt eine Reihe Rauchringe aus, bevor er antwortet. »Der gehört einem Freund. Geht dich nichts an.«

Misstrauisch kneife ich die Augen zusammen; das weiß ich besser. Es ist sein Geschäft. Er ist Havens Boss, derjenige, der ihr ihren Gehaltsscheck ausstellt. Doch ich will mir nichts anmerken lassen, also erwidere ich lediglich: »Dann hast du dir also einen Freund zugelegt. Der Arme.«

»Oh, ich habe mir eine Menge Freunde zugelegt.« Er grinst und nimmt einen weiteren tiefen Zug, ehe er die Kippe auf den Boden wirft und sie austritt. »Im Gegensatz zu dir verderbe ich es mir nicht mit anderen Leuten. Ich behalte meine Gaben sozusagen nicht für mich. Ich bin ein Populist, Ever. Ich gebe den Menschen, was sie wollen.«

»Und was ist das?« Ein Teil von mir fragt sich, warum ich noch hier stehe, den Gehsteig volltropfe und in meinen nassen Jeans und dem durchsichtigen T-Shirt bibbere, bloß um dieses sinnlose Geplänkel zu führen, während der andere Teil sich nicht von der Stelle rühren kann.

Er lächelt, und seine tiefblauen Augen bohren sich in meine. »Na ja, sie wollen eben, was sie wollen, nicht wahr?« Bei seinem tiefen Lachen – fast schon ein Knurren – überläuft es mich eiskalt. »Das ist doch nicht allzu schwer zu deuten. Vielleicht möchtest du ja mal raten?«

Wieder spähe ich über seine Schulter; ich bin sicher, dass ich dort eine Bewegung wahrgenommen habe. Ich hoffe auf Haven, doch es ist dasselbe Mädchen, dass ich vor seinem Haus gesehen habe, als ich damals dumm genug war, bei ihm aufzukreuzen. Ihr Blick begegnet dem meinen, als sie um den Ladentisch herum auf die Tür zukommt, wo wir stehen. Rabenschwarzes Haar, kohlschwarze Augen und glatte dunkle Haut – eine so exotische Schönheit, dass es mir den Atem verschlägt.

»Es war ja nett, mit dir zu plaudern, Ever, aber ich fürchte, es wird Zeit, dass du verschwindest. Nichts für ungut, Schätzchen, aber du siehst ein bisschen *ungepflegt* aus. Ist schlecht fürs Geschäft, wenn du hier herumlungerst. Könnte die Kunden vertreiben, verstehst du? Aber wenn du Busgeld brauchst ...« Er wühlt in seinen Taschen und holt eine Hand voll Vierteldollarmünzen hervor, ordentlich auf seiner Handfläche aufgereiht. »Ich habe ja keine Ahnung, wie viel so was kostet. Ich bin so lange nicht mit so einem Ding gefahren, seit –«

»Sechshundert Jahren«, ergänze ich und sehe, wie das Mädchen stehen bleibt und kehrtmacht, sobald Roman mit den Fingern wackelt, ein Zeichen für sie, sich zurückzuziehen. Eine Geste, die jemand anderes vielleicht nicht bemerkt hätte, ich aber schon. Sehe, wie sie anhält und in einem Hinterzimmer verschwindet, das ich nicht erkennen kann.

Ich wende mich ab; mir ist klar, dass ich hier nichts zu suchen habe. Romans Stimme ertönt hinter mir, als ich die Straße hinuntergehe. »Vor sechshundert Jahren gab's noch gar keine Busse!«, brüllt er mir hinterher. »Das wüsstest du auch, wenn du aufhören würdest, Geschichte zu schwänzen!«

Doch ich gehe einfach weiter und weigere mich mitzuspielen. Fast bis zur Ecke, als er mich mit seinen Gedanken packt: *Hey, Ever, was wollen die Menschen? Vielleicht solltest du mal darüber nachdenken, das könnte der Hinweis sein, der dich zu dem Gegengift führt.*

Ich stolpere und greife Halt suchend nach der nächsten Hauswand. Mit aller Kraft bemühe ich mich, aufrecht stehen zu bleiben, während Romans Stimme meinen Kopf ausfüllt. Sein Singsang-Akzent trällert: *Wir sind gar nicht so verschieden, du und ich. Wir sind uns beide sehr, sehr ähnlich. Und es wird nicht mehr lange dauern, Schätzchen, bis du Gelegenheit bekommst, das zu beweisen. Nicht mehr lange, bis du den Preis bezahlst.*

Er lacht herzhaft, als er mich loslässt und mich meiner Wege schickt.

NEUNUNDDREISSIG

Am nächsten Tag fahre ich zur Arbeit, als wäre nichts passiert. Ich bin fest entschlossen, diese unbeholfene Umarmung am Strand abzuhaken, ganz zu schweigen von einer gemeinsamen Vergangenheit, an die Jude sich nicht nur nicht erinnert, sondern aus der auch aus einem ganz bestimmten Grund niemals etwas geworden ist.

Aus einem ganz bestimmten Grund namens *Damen*.

Doch obwohl ich mich beeilt habe, ist es Miles und Haven trotzdem gelungen, mir zuvorzukommen. Beide lehnen am Ladentisch und flirten mit Jude.

»Was geht denn hier ab?«, frage ich und bemühe mich, meine Panik auf ein Minimum zu begrenzen, während mein Blick zwischen den dreien hin und her wandert. Haven triumphiert, Miles hat ganz glänzende Augen, und Jude findet das alles ziemlich amüsant.

»Wir verraten gerade deine sämtlichen Geheimnisse, übertreiben deine Fehler maßlos und, ach ja, wir laden Jude zu meiner Abschiedsparty ein – du weißt schon, für den Fall, dass du es vergisst.« Miles lacht.

Mit flammenden Wangen werfe ich Jude einen raschen Blick zu; ich weiß nicht recht, was ich sagen soll. Ich schaue ihn noch immer an, als Haven hinzusetzt: »Und wie das Glück es will, hat er an dem Tag nichts vor!«

Ich gehe um den Ladentisch herum, als wäre das völlig in Ordnung, als wäre es mir vollkommen egal, dass der Typ, mit dem ich mich anscheinend die letzten paar Jahrhunderte lang immer wieder zusammengetan habe – derselbe Typ, mit dem ich, wie mein Seelengefährte felsenfest glaubt, noch nicht fertig bin –, in ein paar Tagen in meinem Wohnzimmer Party machen wird.

Haven nimmt einen der Flyer zur Hand, auf denen für Judes Kurs geworben wird und wedelt damit vor meinem Gesicht herum. »Und wieso hast du nie was hiervon erzählt?« Sie runzelt die Stirn. »So was ist genau meine Kragenweite. Du weißt doch, dass ich da voll drauf abfahre.« Sie wendet sich ab, um Jude anzulächeln.

»Tut mir leid, aber das habe ich wirklich nicht gewusst.« Achselzuckend deponiere ich meine Tasche unter dem Ladentisch und schnappe mir den Hocker neben Jude. Ich weigere mich, bei etwas mitzumachen, was nicht einmal ansatzweise stimmt, und ich überlege, wie schnell ich sie wohl dazu überreden kann zu verschwinden.

»Na, tue ich aber. Schon seit einer ganzen Weile.« Sie zieht die Brauen hoch und sieht mich an, als wolle sie mich herausfordern, ihr zu widersprechen, doch ich steige nicht darauf ein. »Zum Glück hat Jude gesagt, er versucht, mich da noch mit reinzuklemmen«, fügt sie mit selbstgefälligem Grinsen hinzu.

Ich schieße einen Blick auf Jude ab, einen schnellen, harten, flüchtigen Blick und sehe, wie er ganz leicht die Schulter einzieht, als er in Richtung Hinterzimmer geht. Gleich darauf kommt er mit seinem Surfbrett unter dem Arm zurück und winkt uns dreien zu, als er zur Tür hinausgeht.

»Ich fasse es echt nicht, dass du uns den verheimlicht hast!«, stößt Miles hervor, kaum dass Jude weg ist. »Das ist *so was* von egoistisch! Vor allem, weil du doch schon eine eigene Sahneschnitte hast!«

»Ich fasse es nicht, dass du uns *das hier* verheimlicht hast«, wirft Haven ein, den Flyer noch immer fest in der Hand. »Du hast Glück, dass er mich noch aufnimmt.«

»*Ich* habe Glück?« Ich schüttele den Kopf. Das Letzte, was ich brauche, ist, dass Haven irgendwelche verborgenen hellseherischen Fähigkeiten entwickelt, da sie doch ohnehin schon viel zu viel mitbekommt – oder zumindest dann, wenn es um Damen und mich geht. »Außerdem hat der Kurs schon angefangen, deswegen hat er auch gesagt, er *versucht*, dich noch aufzunehmen.« Ich weiß genau, dass ich alles tun werde, was nötig ist, um aus diesem *versuche* ein *geht nicht* zu machen. »Und was ist mit deiner Arbeit? Gibt's da keine Überschneidungen?«

Verneinend schüttelt sie den Kopf; mein Widerstand macht sie nur noch entschlossener. »Nö, die haben kein Problem mit meinem Zeitplan – das geht schon klar.«

»Die?« Ich werfe ihr einen kurzen Blick zu, ehe ich nach dem Terminkalender greife und ihn in dem Versuch durchblättere, gleichgültig und unbeteiligt zu wirken, während ich in Wirklichkeit auf Alarmstufe Rot geschaltet habe.

»Die Geschäftsleitung.« Sie lacht und sieht mich an. »Meinetwegen meine Bosse.«

»Ist Roman einer von deinen Bossen?«

»Äh, hallo? Der geht auf die Highschool, erinnerst du dich?« Sie und Miles wechseln einen Blick, den ich lieber nicht deute.

»Ich bin gestern bei euch vorbeigekommen.« Ich betrachte sie eingehend, ihre Aura, ihre Energie, gerade dass ich nicht in ihrem Kopf hineinschaue. »Roman hat gesagt, du wärst nicht da.«

»Ich weiß, das hat er mir erzählt. Wir haben uns wohl verpasst.« Sie zuckt die Schultern. »Aber auch wenn du glaubst, wir haben das Thema gewechselt – haben wir nicht. Also sag schon, was läuft da mit dir und diesem Kurs? Warum willst du nicht, dass ich da mitmache? Weil du auf Jude stehst?«

»Nein!« Ich schaue von einem zum anderen und weiß genau, dass das zu schnell kam, zu heftig, und dass es ihren Verdacht nur noch bestärkt hat. »Ich bin immer noch mit Damen zusammen«, füge ich hinzu, auch wenn das nicht wirklich stimmt. Aber wie kann ich das ihnen gegenüber zugeben, wenn ich es nicht einmal mir selbst eingestehen kann? »Nur weil er nicht zur Schule kommt, heißt das doch nicht ...« Ich halte inne und weiß, dass es besser ist, jetzt aufzuhören. »Aber nur damit du's weißt, Honor macht da auch mit, und ich dachte, du willst bestimmt nicht im selben Kurs sein wie sie.«

»Im Ernst?« Haven und Miles bleibt der Mund offen stehen; vier braune Augen starren mich an.

»Und was ist mit Stacia? Und Craig?«, will Haven wissen, drauf und dran, das Ganze zu vergessen, wenn das gesamte Horror-Team mit von der Partie ist.

Und obgleich ich schwer versucht bin zu lügen, schüttele ich den Kopf. »Nein, nur sie. Komisch, nicht?«

Havens Aura flackert und flammt, sie wägt das Für und Wider ab, ihre hellseherischen Fähigkeiten an der Seite einer fiesen Zicke wie Honor zu entwickeln. Sie sieht sich im Laden um und fragt: »Also, was genau machst du hier eigentlich? Sagst du die Zukunft voraus und so?«

»Ich? Nein!« Ich presse die Lippen zusammen, greife nach dem Kasten mit den Kassenzetteln und gehe sie durch, bloß um ihrem durchdringenden Blick auszuweichen.

»Und wer ist diese Avalon? Taugt die was?«

Ich erstarre und bringe kein Wort hervor.

»Äh, hallo? Erde an Ever! Das Schild da, direkt hinter dir.

Das, auf dem steht: VEREINBAREN SIE NOCH HEUTE EINEN TERMIN MIT AVALON UND LASSEN SIE SICH DIE ZUKUNFT DEUTEN!« Sie schüttelt den Kopf, und es ist nur halb scherzhaft gemeint, als sie bemerkt: »Mann, bei dir läuft's wirklich nur übers gute Aussehen, wie?«

»Trag mich ein!«, sagt Miles. »Ich würde mir unheimlich gern von Avalon weissagen lassen. Vielleicht kann sie mir ja verraten, wo sich in Florenz die richtig heißen Typen rumtreiben.« Er lacht.

»Mich auch«, verlangt Haven. »Ich wollte mir schon immer mal die Zukunft voraussagen lassen, und im Augenblick käme das echt gerade richtig. Ist sie hier?« Sie sieht sich um.

Ich schlucke krampfhaft; ich hätte wissen müssen, dass es dazu kommen würde. Genau davor hat Damen mich gewarnt.

»Äh, hallo?« Haven winkt und wechselt einen Blick mit Miles. »Wir hätten gern einen Termin, bitte. Ich meine, du arbeitest doch hier, *oder?*«

Ich greife unter den Ladentisch, schnappe mir das Buch und blättere es so schnell durch, dass die Namen und Daten nur schemenhafte schwarze Buchstaben auf weißem Hintergrund sind. Dann knalle ich es zu und verstaue es wieder. »Sie ist total ausgebucht.«

»*Ooo – kay.*« Haven kneift die Augen zusammen, hat mich jetzt völlig durchschaut. »Wie siehst's dann mit morgen aus?«

Ich schüttele den Kopf.

»Übermorgen.«

»Auch ausgebucht.«

»Nächste Woche.«

»Tut mir leid.«

»Nächstes *Jahr.*«

Ich zucke die Achseln.

»Was läuft hier eigentlich?«

Ich sehe, dass beide mich anstarren, überzeugt, dass ich ihnen entweder etwas verschweige oder vollkommen durchgeknallt bin, oder beides. Mir ist klar, dass ich tun muss, was in meiner Macht steht, um ihren Verdacht zu zerstreuen, als ich sage: »Ich finde einfach, ihr solltet eure Kohle nicht zum Fenster rausschmeißen. So toll ist sie nicht. Ein paar Leute haben sich beschwert.«

Miles schüttelt den Kopf und sieht mich an. »Super Geschäftsgebaren, Ever.«

Haven jedoch lässt nicht locker. Unverwandt sieht sie mich an und nickt bedächtig mit dem Kopf, während sie verkündet: »Na ja, das hier ist bestimmt nicht der einzige Laden, wo man sich die Zukunft vorhersagen lassen kann. Und aus irgendeinem Grund, aus irgendeinem *seltsamen, unbekannten* Grund, bin ich jetzt versessener darauf als je zuvor.« Damit hängt sie sich ihre Tasche über die Schulter, greift nach Miles' Hand und zieht ihn mit, als sie auf die Tür zumarschiert. »Ich weiß nicht, was bei dir abgeht, aber du benimmst dich in letzter Zeit echt merkwürdig. Noch merkwürdiger als sonst.« Über die Schulter hinweg wirft sie mir einen sprechenden Blick zu, den ich lieber nicht interpretiere. »Ganz im Ernst, Ever, wenn du auf Jude stehst, dann sag's doch einfach. Allerdings solltest du es vielleicht zuerst mal Damen sagen – so viel Höflichkeit hat er verdient, findest du nicht?«

»Ich stehe nicht auf Jude.« Ich gebe mir Mühe, gelassen zu wirken, ganz gefasst, doch es geht voll daneben. Außerdem kommt es sowieso nicht mehr darauf an, sie sind bereits überzeugt, dass es so ist. Alle sind überzeugt. Alle außer mir. »Und glaub mir, hier geht überhaupt nichts ab, außer Prüfungen schreiben, Pläne für Miles' Party machen und der ganze ... übliche ... *Kram*.« Meine Stimme erstirbt, und mir ist klar, dass keiner von uns das glaubt.

»Und wo ist dann Damen? Wieso lässt er sich überhaupt nicht mehr sehen?«, will Haven wissen, während Miles neben ihr steht und nickt. Sie lässt mir ein paar Sekunden Zeit, um zu antworten, ehe sie hinzusetzt: »Weißt du, Freundschaften sollten eigentlich auf Gegenseitigkeit beruhen. Auf Geben und Nehmen. Auf *Vertrauen*. Aber aus irgendeinem Grund denkst du, du musst die ganze Zeit total auf perfekt machen. Als ob in deinem perfekten, hübschen Leben nie was schiefläuft. Als ob dich nie irgendwas nervt oder dich runterzieht. Und ich bin hier, um dir zu sagen, dass Miles und ich dich trotzdem gernhaben, ob du's glaubst oder nicht, auch wenn du mal einen nicht perfekten Moment hast. Verdammt, sogar wenn du mal einen nicht perfekten *Tag* erwischt hast, dann sitzen wir in der Mittagspause trotzdem mit dir zusammen und simsen dir während des Unterrichts irgendwas. Denn, verlass dich drauf, Ever, deine Vollkommenheits-Nummer nehmen wir dir sowieso nicht ab.«

Ich hole tief Luft und nicke. Mehr geht nicht. Meine Kehle ist so eng und heiß, dass ich beim besten Willen nicht sprechen kann.

Mir ist klar, dass sie warten, beide stehen an der Tür und sind bereit zu bleiben, wenn ich es nur sage, wenn ich den Mut finde, mich zu öffnen, und ihnen genug vertraue, um ihnen zur Abwechslung mal mein Herz auszuschütten.

Doch ich kann nicht. Wer weiß, wie sie reagieren würden, und ich habe schon genug um die Ohren.

Also lächele ich bloß und winke und verspreche, mich später bei ihnen zu melden. Und versuche, mich nicht innerlich zu krümmen, als sie die Augen verdrehen und gehen.

VIERZIG

Ich sitze im Hinterzimmer über das Buch gebeugt, als Jude hereinkommt. Er ist überrascht, dass ich noch da bin.

»Ich habe deinen Wagen hinten stehen sehen und wollte nachschauen, ob alles in Ordnung ist.« Er bleibt im Türrahmen stehen und sieht mich mit schmalen Augen an, ehe er sich auf den Stuhl vor dem Schreibtisch fallen lässt, wo er mich noch ein wenig weiter begutachtet.

Ich blicke mit geröteten Augen von dem Buch auf und schaue auf die Uhr. Verblüfft stelle ich fest, wie spät es geworden ist; es überrascht mich, dass ich schon so lange hier bin.

»Ich habe mich wohl ein bisschen festgelesen. Da muss man sich durch eine ganze Menge durchwühlen.« Damit schließe ich das Buch und schiebe es zur Seite. »Und das meiste davon ist nutzlos«, füge ich hinzu.

»Weißt du, du brauchst hier nicht die Nacht durchzumachen. Du kannst es gern mit nach Hause nehmen, wenn du möchtest.«

Ich denke an zuhause und die Nachricht, die Sabine vorhin auf meiner Mailbox hinterlassen hat, in der sie mich von ihren Plänen in Kenntnis setzt, heute Abend für Mr. Muñoz zu kochen. Entsprechend ist zuhause der letzte Ort, wo ich im Augenblick sein möchte.

»Nein, danke.« Ich schüttele den Kopf. »Ich bin fertig.« Mir wird klar, dass ich das ernst meine, in jeder nur möglichen Auslegung.

Dafür, dass das Buch so viel versprochen hat, habe ich bis jetzt nur Findezauber, Liebeszauber und eine zweifelhafte Heilbehandlung für Warzen mit unklarem Ausgang darin entdeckt. Nichts darüber, wie man die Auswirkung eines kontaminierten Elixiers rückgängig macht – oder wie man einen gewissen Jemand dazu bringt, mit dem Einzigen herauszurücken, das ich wirklich wissen muss.

Nichts, was für mich auch nur im Mindesten vielversprechend aussieht.

»Kann ich helfen?«, erkundigt er sich und liest mir die Niederlage vom Gesicht ab.

Ich setze zu einem Kopfschütteln an, denn ich weiß genau, dass er das nicht kann. Doch dann besinne ich mich eines Besseren. *Vielleicht ja doch?*

»Ist sie hier?« Mit angehaltenem Atem starre ich ihn an. »Riley – ist sie da?«

Er schaut rechts an mir vorbei und schüttelt dann den Kopf. »Tut mir leid. Ich habe sie seit –«

Obwohl seine Stimme verebbt, wissen wir beide, wie der Satz endet. Er hat sie seit gestern nicht mehr gesehen, seit Damen uns am Strand ertappt hat – einen Moment, den ich lieber vergesse.

»Also, wie genau bringt man jemandem bei, du weißt schon, Geister zu sehen?«

Einen Augenblick lang reibt er sich das Kinn, während seine Augen die meinen erforschen. »Ich kann nicht unbedingt jemandem beibringen, sie zu *sehen*.« Damit lehnt er sich auf seinem Stuhl zurück und legt den nackten Fuß aufs Knie. »Jeder Mensch ist anders – mit anderen Begabungen und Fähigkeiten. Manche sind von Natur aus Clairvoyants – haben die Fähigkeit zu *sehen*, oder Clairaudients, die können *hören*, oder Clairsentients –«

»Können *spüren*.« Ich nicke; ich weiß bereits, wohin das hier führt, und ich will endlich zu den netten Dingen kommen, zur Sache, zu dem Teil, der *mir* weiterhilft. »Und was bist dann du?«

»Alles drei. Ach ja, und auch noch Clairscent.« Er lächelt, ein rasches, freundliches Grinsen, das praktisch das Zimmer erhellt und bei dem mir wieder ganz komisch im Magen wird. »Das bist du wahrscheinlich auch. Das alles, meine ich. Der Trick besteht darin, deine Vibration weit genug zu steigern, dann bin ich sicher -«

Er sieht mich an und merkt, dass ich nach *Vibration* nicht mehr mitgekommen bin, und fügt hinzu: »Alles ist Energie, das weißt du doch, oder?«

Die Worte versetzen mich zurück zu jenem Abend am Strand, erst vor ein paar Wochen, als Damen genau dasselbe gesagt hat, über Energie, Vibrationen, all das. Mir fällt wieder ein, wie ich mich damals gefühlt habe, dass ich solche Angst hatte, ihm zu gestehen, was ich getan hatte. Dass ich naiv genug war zu glauben, das sei mein größtes Problem, schlimmer könnte es nicht werden.

Ich sehe Jude an, dessen Mund sich immer noch bewegt, während er immer weiter doziert und Energie, Vibration und die Fähigkeit der Seele erklärt weiterzuleben. Doch alles, woran ich denken kann, sind wir drei, Damen, ich und er – und ich frage mich, wie wir wirklich zusammenpassen.

»Wie denkst du eigentlich über frühere Leben?«, falle ich ihm ins Wort. »Du weißt schon, Reinkarnation. Glaubst du an so was? Glaubst du, die Menschen haben wirklich Karma von früher übrig, das sie bearbeiten müssen, immer wieder, bis sie es richtig hinkriegen?« Dann halte ich den Atem an und frage mich, was er wohl antworten wird, ob er irgendwelche Erinnerungen an uns hat, daran, wie wir einst waren.

»Warum nicht?« Er zuckt die Achseln. »Karma sticht so ziemlich alles. Außerdem, war's nicht Eleanor Roosevelt, die gesagt hat, wenn sie in irgendeinem anderen Leben auftauchen würde, wäre das ihrer Meinung nach nicht ungewöhnlicher, als dass sie in ihrem jetzigen wäre? Glaubst du etwa, ich werde der alten Eleanor widersprechen?« Er lacht.

Ich lehne mich zurück, betrachte ihn und wünsche mir, er wüsste Bescheid über unsere verworrene Vergangenheit. Und wenn auch aus keinem anderen Grund als dem, alles offen auf den Tisch zu legen, sodass ich Damen Bericht erstatten und beweisen kann, dass es damit vorbei ist. Und da ich insgeheim denke, dass es wohl mein Job ist, die Dinge am Laufen zu halten, atme ich tief durch und frage: »Hast du schon mal von jemandem namens Bastiaan de Kool gehört?«

Blinzelnd sieht er mich an.

»Das war ein ... Holländer ... ein Künstler ... hat gemalt und so.« Kopfschüttelnd schaue ich weg und komme mir albern vor, damit angefangen zu haben. Ich meine, wie soll ich denn jetzt weitermachen? *Also, nur dass du Bescheid weißt, Bastiaan, das warst du, vor über hundert Jahren – und die Frau, die du gemalt hast, war ich!*

Jetzt sehe ich ihn hier vor mir sitzen, ganz offensichtlich vollkommen ahnungslos, worauf ich hinauswill. Und abgesehen davon, ihn ins Sommerland zu eskortieren und die Galerie wiedererstehen zu lassen – was ich beides nicht tun werde –, gibt es keine Möglichkeit weiterzumachen. Ich werd's einfach aussitzen müssen. Werde warten müssen, bis meine drei einsamen Monate zu Ende sind.

Energisch schüttele ich den Kopf, entschlossen, das hinter mir zu lassen und mich mit dem zu befassen, was vor mir liegt. Also sehe ich ihn an, räuspere mich und frage: »Und wie genau steigert man seine Vibration?«

Als wir schließlich fertig sind, bin ich nicht näher daran, mich mit Toten zu unterhalten, als vorher. Zumindest nicht mit der Toten, die mich tatsächlich interessiert. Obwohl sich jede Menge andere Fehlinkarnierte bemerkbar gemacht haben, aber die habe ich so ziemlich alle abgeblockt.

»Man braucht Übung.« Jude schließt die Ladentür ab und begleitet mich zu meinem Auto. »Ich habe jahrelang jede Woche in einem spirituellen Zirkel gesessen, bis meine Kräfte völlig zurückgekehrt sind.«

»Ich dachte, die hättest du schon von Geburt an gehabt?«

»Hatte ich auch«, nickt er. »Aber nachdem ich sie so lange blockiert habe, musste ich mich echt anstrengen, sie neu zu entwickeln.«

Ich seufze unwillkürlich; ich kann mir nicht vorstellen, einer Gruppe beizutreten, die Séancen abhält, und ich wünschte, es gäbe eine einfachere Methode.

»Sie besucht dich in deinen Träumen, weißt du.«

Ich verdrehe die Augen und muss an jenen einen verrückten Traum denken, und ich weiß genau, dass das auf keinen Fall Riley war.

Doch er sieht mich nur an und nickt, als er hinzufügt: »Natürlich tut sie das. Das machen sie immer. So kommt man am leichtesten durch.«

An meine Wagentür gelehnt, die Schlüssel in der Hand, sehe ich ihn an. Mein Blick wandert über sein Gesicht. Mir ist klar, dass ich losfahren, dass ich Gute Nacht sagen und mich auf den Weg machen sollte, doch aus irgendeinem Grund bin ich unfähig, mich zu rühren.

»Nachts übernimmt das Unterbewusstsein die Regie und befreit uns von all den üblichen Beschränkungen, die wir uns selbst auferlegen, von all dem, was wir verdrängen. Von dem wir uns einreden, es könne nicht passieren, dass mystische

Dinge gar nicht möglich seien. Und dabei ist das Universum in Wirklichkeit magisch und mysteriös und viel gewaltiger, als es den Anschein hat, und nur ein hauchdünner Energieschleier trennt uns von ihnen. Ich weiß, es ist verwirrend, ihre Art, in Symbolen zu kommunizieren, und um ehrlich zu sein, ich weiß nicht, wie viel davon wir selbst sind – die Art und Weise, wie wir Informationen einordnen – und wie viel sie und die Einschränkungen, wie viel sie verraten dürfen.«

Ich hole tief Luft, und mein ganzer Körper erschauert, obgleich mir eigentlich nicht kalt ist. Ich grusele mich eher. Grusele mich vor seinen Worten, in seiner Gegenwart, davor, wie ich mich dabei fühle. Aber kalt ist mir nicht. Eigentlich überhaupt nicht.

Unwillkürlich überlege ich, was Riley wohl mit dem Gefängnis aus Glas gemeint haben könnte, damit, wie ich Damen sehen konnte, aber er mich nicht. Ich versuche, das Ganze zu betrachten, als wäre es ein Aufsatzthema, wie Symbolismus in einem Buch. Frage mich, ob das heißen soll, dass Damen irregeleitet ist, dass er nicht sehen kann, was genau vor ihm ist? Und wenn ja, was hat *das* zu bedeuten?

»Nur weil man etwas nicht *sehen* kann, heißt das nicht, dass es nicht existiert«, sagt er, und seine Stimme ist der einzige Laut in der stillen Nacht.

Ich nicke und denke, dass ich das besser wissen sollte als jeder andere, während Jude vor mir steht und immer weiter über Dimensionen und das Jenseits doziert und darüber, dass die Zeit nur ein erfundenes Konzept ist, das gar nicht wirklich existiert, und ich frage mich, was er wohl tun würde, wenn ich ihm ein ganz besonderes Geschenk machen würde. Wenn ich ihn einfach bei der Hand nehmen, die Augen schließen und ihn ins Sommerland mitnehmen würde, um ihm zu zeigen, wie tief es wirklich reicht …

Er erwischt mich, erwischt mich dabei, wie ich ihn ansehe. Wie mein Blick über seine glatte, dunkle Haut wandert, über seine goldenen Dreadlocks, die Narbe, die seine Stirn spaltet, bis er schließlich auf diese meergrünen Augen trifft, so tief, so wissend, dass ich rasch wegschaue.

»Ever«, stöhnt er auf, und seine Stimme ist schwer und leise, als er die Hand nach mir ausstreckt. »Ever, ich –«

Doch ich schüttele nur den Kopf und wende mich ab, steige ins Auto und fahre rückwärts aus dem Parkplatz. Dann schaue ich in den Rückspiegel und sehe ihn immer noch dort stehen und mir nachblicken, und sein Blick lässt seine Sehnsucht deutlich erkennen.

Wieder schüttele ich den Kopf, konzentriere mich von Neuem auf die Straße und sage mir, dass jene Vergangenheit, das, was ich einst empfunden habe, nichts mit meiner Zukunft zu tun hat.

EINUNDVIERZIG

Ursprünglich war die Party für Samstag geplant, doch da Miles schon Anfang nächster Woche abreist und bis dahin noch so viel zu tun ist, haben wir sie auf Donnerstag vorverlegt, den letzten Schultag.

Und obgleich ich es eigentlich besser weiß, obwohl mir klar ist, dass Damen jemand ist, der zu seinem Wort steht, bin ich dennoch enttäuscht, als ich zum Englischunterricht komme und er nicht da ist.

Ich werfe einen raschen Blick auf Stacia, die höhnisch grinst und den Fuß vorstreckt, als ich versuche, mich an ihr vorbeizulavieren, während Honor neben ihr sitzt und mitmacht, obwohl sie mir kaum in die Augen sehen kann – nicht bei dem Geheimnis, das wir teilen.

Und als ich mich hinsetze und mich umschaue, ist eines klar – alle haben einen Partner, einen Freund oder eine Freundin, mit dem sie reden können. Alle außer mir. Nachdem ich den größten Teil des Schuljahrs damit verbracht habe, mich mit jemandem anzufreunden, der sich weigert, hier aufzutauchen, ist sein Platz neben mir betrüblich leer.

Wie ein großer Eisblock dort, wo sonst die Sonne war.

Während also Mr. Robins ohne Ende über irgendetwas redet, was eigentlich niemanden richtig interessiert, ihn selbst eingeschlossen, lenke ich mich ab, indem ich meinen Schutzschild herunterfahre und meine Quanten-Fernbedienung auf meine sämtlichen Klassenkameraden richte. Eine

Kakophonie aus Farben und Geräuschen erfüllt das Klassenzimmer und erinnert mich daran, wie mein Leben früher war – mein Leben vor Damen, als ich ständig total überflutet wurde.

Ich stimme mich auf Mr. Robins ein, der sich auf den Augenblick freut, wenn es zum letzten Mal klingelt und er einen schönen, langen Sommer ohne uns genießen kann. Dann auf Craig, der vorhat, heute Abend mit Honor Schluss zu machen, damit er die nächsten drei Monate voll ausnutzen kann. Und weiter zu Stacia, die sich noch immer nicht an ihre kurze Zeit mit Damen erinnern kann, obwohl sie definitiv nach wie vor scharf auf ihn ist. Nachdem sie vor Kurzem herausgefunden hat, wo er immer surft, plant sie, den Sommer in diversen, ständig wechselnden Bikinis zu verbringen, entschlossen, das letzte Schuljahr an seinem Arm anzutreten. Und obwohl es mich ärgert, das zu sehen, zwinge ich mich, es mit einem Achselzucken abzutun und Honor anzupeilen. Überrascht stelle ich fest, dass sie ein ziemliches Programm hat, eins, das nichts mit Stacia oder Craig zu tun hat, sondern durchweg mit ihrem wachsenden Interesse für *die Künste*.

Ich fokussiere mich auf sie und blende alle anderen aus, um sie besser *sehen* zu können; ich bin neugierig, woher dieses plötzliche Interesse an Magie rührt. Vermutlich eine harmlose Schwärmerei für Jude, doch zu meiner Verblüffung *sehe* ich, dass es nichts dergleichen ist. Sie hat es satt, der Schatten zu sein, den das Scheinwerferlicht wirft, das B, das auf das A folgt. Hat das Leben auf der zweiten Leitersprosse satt, und sie plant den Tag, an dem das Blatt sich wendet.

Jetzt wirft sie einen schnellen Blick über die Schulter, schaut mich direkt an, und ihre Augen werden schmal, als wüsste sie, was ich *sehe* und wolle mich herausfordern, sie daran zu hindern. Sie hält noch immer Blickkontakt, als Stacia ihren Arm anstößt, mich ansieht und mit den Lippen das Wort *Freak* formt.

Ich verdrehe die Augen und will mich gerade abwenden, als Stacia ihr Haar über die Schulter wirft, sich zu mir herüberbeugt und fragt: »Sag mal, was ist eigentlich mit Damen? Hat dein Zauber aufgehört zu wirken? Hat er rausgefunden, dass du eine Hexe bist?«

Ich schüttele den Kopf und lehne mich auf meinem Stuhl zurück. Die Beine übereinandergeschlagen, die Hände auf der Schreibplatte gefaltet, projiziere ich ein Bild absoluter Gelassenheit, während ich sie mit einem so tiefgründigen Blick bedenke, dass sie sich unwillkürlich krümmt. Sie ist überzeugt, dass ich die einzige Hexe hier im Raum bin, und hat keine Ahnung, dass ihr getreuer Lakai ihren eigenen magischen Coup bereits geplant hat.

Mein Blick huscht zu Honor hinüber, spürt ihren Trotz, einen ganz neu gefassten Mut, den sie noch nie gezeigt hat. Unsere Blicke halten einander fest, dehnen sich aus, bis ich schließlich wegschaue. Und mir sage, dass mich das nichts angeht. Ich habe kein Recht, in ihre Freundschaft vorzustoßen. Kein Recht, mich einzumischen.

Also schließe ich sämtliche Farben und Laute aus, während ich auf meine Schreibplatte hinabblicke und ein Feld mit roten Tulpen auf mein Heft male. Für einen Tag habe ich genug *gesehen*.

Als ich zum Geschichtsunterricht komme, ist Roman bereits da; er hängt direkt vor der Klassentür herum und unterhält sich mit einem Typen, den ich noch nie gesehen habe. Sobald ich näher komme, verstummen die beiden und drehen sich zu mir um, um mich ausgiebig zu betrachten.

Ich erreiche die Tür in dem Moment, in dem Roman mir den Weg versperrt und lächelt, als meine Hand versehentlich seine Hüfte streift. Und er lacht noch mehr, als ich wegzucke und zurückweiche. Seine tiefblauen Augen blicken in meine, als er sich erkundigt: »Kennt ihr euch eigentlich schon?« Mit einem Kopfnicken deutet er auf seinen Freund.

Ich verdrehe die Augen; ich will nur ins Klassenzimmer und es hinter mich bringen, will dieses ganze fürchterliche vorletzte Schuljahr abhaken, und ich bin vollauf bereit, ihn beiseitezurammen, wenn es sein muss.

Seine Zunge schnalzt gegen seine Wange, als er bemerkt: »*So* was von unfreundlich. Im Ernst, Ever, du hast *keine* Manieren. Aber nichts liegt mir ferner, als etwas zu erzwingen. Also vielleicht ein anderes Mal.«

Er nickt seinem Freund zu, woraufhin dieser davongeht, und ich will mich gerade ins Klassenzimmer drängen, als ganz am Rande meines Blickfeldes etwas aufscheint ... das Fehlen einer Aura ... die physische Vollkommenheit. Und ich bin mir sicher, wenn ich genau hinsehen würde, würde ich ein Ouroboros-Tattoo finden, das es bestätigt.

»Was hast du vor?«, frage ich, und mein Blick heftet sich auf Roman, während ich mich frage, ob sein *Freund* einer der lange verschollenen Waisen ist oder irgendeine unglückliche Seele, die er vor Kurzem verwandelt hat.

»Das ist alles ein Teil des Rätsels, Ever. Das Rätsel, das du sehr bald wirst lösen müssen. Aber warum gehst du fürs Erste nicht rein und polierst deine Geschichtskenntnisse ein bisschen auf. Glaub mir.« Er lacht. »Es hat keine Eile. Deine Zeit kommt bald.«

ZWEIUNDVIERZIG

Obwohl ich Sabine gesagt habe, sie könne Mr. Muñoz ruhig zu der Party einladen, ist sie schlau genug, eine halbherzige Einladung zu erkennen, wenn sie eine hört – also hat sie andere Pläne gemacht, ein Glück für uns.

Ich bereite alle möglichen Sachen vor, die an Italien erinnern – Berge von Spaghetti, Pizza, Cannelloni – und schmücke das Haus mit roten, weißen und grünen Luftballons und einer Riesenmenge Gemälde – manifestierte Repliken von Botticellis *Primavera* und *Geburt der Venus*, der *Venus von Urbino* von Tizian und von Michelangelo *Doni Tondo* sowie einem lebensgroßen David draußen am Pool. Dabei muss ich die ganze Zeit daran denken, wie Riley und ich damals das Haus für jene schicksalhafte Halloweenparty dekoriert haben – an dem Abend, an dem ich Damen geküsst habe, an dem Abend, an dem ich Ava und Drina zum ersten Mal begegnet bin. Der Abend, der alles verändert hat.

Ich halte kurz inne, um alles zu begutachten, ehe ich zur Couch gehe und die Lotus-Position einnehme. Dann schließe ich die Augen und konzentriere mich darauf, meine Vibration zu steigern, so wie Jude es mich gelehrt hat. Riley fehlt mir so sehr, dass ich eigene Séancen abhalte und entschlossen bin, jeden Tag ein bisschen zu üben, bis sie erscheint.

Ich bringe den ganzen üblichen Lärm und das Geplapper in meinem Verstand zum Schweigen und bleibe dabei doch offen, empfänglich für alles, was mich umgibt. Dabei hoffe ich auf irgendeine Art von Veränderung, ein unerklärtes Frösteln, den Hauch eines Geräuschs, irgendein Zeichen, das beweist, dass sie nahe ist – doch ich bekomme nur einen Strom aufdringlicher Geister, die keinerlei Ähnlichkeit mit der vorlauten zwölfjährigen Schwester haben, nach der ich suche.

Und ich will gerade Schluss machen, als ein wabernder Umriss vor mir zu schimmern beginnt. Ich beuge mich vor, bemühe mich zu *sehen*, als zwei hohe Stimmchen sagen: »Was machst du denn?«

Sobald ich sie erblicke, springe ich auf; ich weiß, dass *er* sie hergebracht hat und hoffe, ihn noch zu fassen zu bekommen, ehe er wieder verschwindet.

Mein Losstürmen wird ausgebremst, denn Romy legt mir die Hand auf den Arm. »Wir haben den Bus genommen und sind den Rest gelaufen. Es tut mir leid, Damen ist nicht hier.«

Atemlos, aller Hoffnung beraubt, blicke ich von einem Zwilling zum anderen und gebe mir Mühe, mich zu fassen, während ich erwidere: »Oh. Also, was gibt's denn?« Ich überlege, ob sie wohl wegen der Party hier sind, ob Haven sie eingeladen hat.

»Wir müssen mit dir reden.« Romy und Rayne wechseln einen raschen Blick, bevor sie sich auf mich konzentrieren. »Es gibt da etwas, das du wissen musst.«

Ich kann es kaum erwarten, dass sie damit herausrücken, dass sie mir erzählen, wie unglücklich Damen geworden ist … wie er seinen Trennungsentschluss bereut … wie verzweifelt er mich zurückhaben will …

»Es geht um Roman«, verkündet Rayne, den Blick fest auf mich gerichtet; sie liest in meiner Miene, wenn auch nicht in meinen Gedanken. »Wir glauben, er macht andere – andere Unsterbliche wie *dich*.«

»Nur dass die eben nicht so sind wie *du*«, fügt Romy hinzu. »Denn du bist nett und all so was, und gar nicht böse wie er.«

Rayne ist wohl nicht gewillt, mich in diese Beschreibung mit einzuschließen.

»Weiß Damen davon?« Ich schaue zwischen ihnen hin und her, will das Zimmer mit seinem Namen füllen, ihn wieder und wieder herausschreien.

»Ja, aber er tut nichts.« Sie seufzt. »Er sagt, sie haben das Recht, hier zu sein, solange sie keine Bedrohung darstellen.«

»Und, tun sie das?« Wieder zuckt mein Blick zwischen ihnen hin und her. »Stellen sie eine Bedrohung dar?«

Die beiden sehen sich an und kommunizieren in ihrer stummen Zwillingssprache, dann wenden sie sich wieder mir zu. »Wir sind uns nicht ganz sicher. Rayne bekommt allmählich wieder ein bisschen *Gefühl*, und manchmal scheint es, als würden meine Visionen zurückkommen … Aber es geht alles ganz schön langsam – deshalb haben wir überlegt, ob wir wohl mal einen Blick in das Buch werfen dürften. Du weißt schon, das *Buch der Schatten*, das du im Laden aufbewahrst. Wir denken, das könnte vielleicht helfen.«

Mit zusammengekniffenen Augen betrachte ich sie misstrauisch und frage mich, ob sie sich wirklich wegen Romans Lakaien Sorgen machen oder ob sie ganz einfach versuchen, mich gegen Damen auszuspielen, um zu bekommen, was sie wollen. Dennoch besteht kein Zweifel, dass es wahr ist. Nach letzter Zählung gab es drei neue Unsterbliche in der Stadt, alle in Romans Umfeld. Die möglicherweise alle nichts Gutes im Schilde führen. Obwohl sie bisher nichts getan haben, was das beweisen würde.

Trotzdem, ich will nicht, dass sie denken, ich wäre so leicht um den Finger zu wickeln. »Und Damen ist damit einverstanden?« Wir drei sehen uns an, und wir drei wissen, dass es nicht so ist.

Die beiden wechseln in stummer Zwiesprache Blicke, dann übernimmt Rayne die Führung. »Hör zu, wir brauchen Hilfe. Damens Methode ist viel zu langsam, und wenn das so weitergeht, dann sind wir *dreißig*, ehe unsere Kräfte zurückkehren, und ich weiß nicht genau, wer weniger scharf darauf ist – wir oder *du?*« Ich mache keinerlei Anstalten zu widersprechen, schließlich wissen wir beide, dass es stimmt. »Wir brauchen etwas, das funktioniert, das schneller Ergebnisse bringt, und wir haben nichts, wohin wir uns wenden können, außer an dich und das Buch.«

Wieder schaue ich von einer zur anderen, dann werfe ich einen Blick auf die Uhr und überlege, ob ich es zur Buchhandlung schaffen, das Buch holen und rechtzeitig für die Party wieder hier sein kann. In Anbetracht dessen, wie schnell ich mich fortbewegen kann und dass es bis zur Party noch Stunden sind, ist eindeutig klar, dass dem so ist.

»Renn oder geh langsam, ganz egal.« Rayne nickt und weiß, dass es so gut wie abgemacht ist. »Wir warten hier auf dich.«

Ich gehe zur Garage; zuerst denke ich, dass Laufen vielleicht schön wäre. Wenigstens fühle ich mich dabei stark und unbesiegbar und von den Problemen, mit denen ich es zu tun habe, nicht ganz so überfordert. Aber da es draußen noch hell ist, fahre ich stattdessen mit dem Auto. Als ich beim Laden ankomme, macht Jude gerade früh Feierabend. Der Schlüssel steckt noch in der Tür, als er fragt: »Wolltest du nicht eine Party schmeißen?« Sein Blick wandert über mein T-Shirt, meine Shorts und die Flipflops.

»Ich habe was vergessen. Dauert auch nicht lange. Also geh ruhig, keine Sorge, ich kann abschließen.«

Er legt den Kopf schief und merkt genau, dass irgendetwas im Busch ist, trotzdem öffnet er die Tür und bedeutet mir einzutreten. Dann folgt er mir auf dem Fuß, sieht von der Tür aus zu, wie ich die Schublade öffne und den Geheimriegel hebe. Gerade will ich das Buch herausholen, als er sagt: »Du glaubst nie im Leben, wer heute vorbeigeschaut hat.« Ich werfe ihm einen kurzen Blick zu, dann öffne ich meine Tasche und versenke das Buch darin. »Ava«, verkündet er.

Ich erstarre, und mein Blick sucht seine Augen.

»Ist nicht wahr.«

Er nickt.

Ich schlucke heftig; mein Magen fühlt sich an wie ein wild hüpfender Pingpongball, als ich meine Stimme wiederfinde. »Was wollte sie denn?«

»Ihren Job, nehme ich an.« Jude zuckt die Achseln. »Sie hat als Selbstständige gearbeitet und wollte was Festeres. Schien ziemlich überrascht zu sein, als ich ihr erzählt habe, dass ich stattdessen dich eingestellt hätte.«

»Du hast es ihr gesagt? Das mit *mir?*«

Unbehaglich tritt er von einem Fuß auf den anderen und sieht mich an. »Na ja, ja. Ich dachte, da ihr beide doch Freundinnen seid und so …«

»Und was hat sie gesagt? Als du es ihr erzählt hast, was *genau* hat sie gesagt?« Mein Herz hämmert, meine Augen weichen nicht von seinen.

»Gar nichts, wirklich. Allerdings schien sie ziemlich verblüfft zu sein.«

»Verblüfft, dass ich *hier* bin – oder verblüfft, dass du mich eingestellt hast?«

Er steht einfach nur da und blinzelt; nicht gerade die Antwort, die ich brauche.

»Hat sie irgendetwas über *Damen* gesagt oder über *mich* oder über *Roman* … oder sonst was? Irgendwas? Du musst mir *alles* erzählen, lass *nichts* aus.«

Die Hände in einer spielerischen Geste des Aufgebens erhoben, tappt er rückwärts auf den Flur hinaus. »Glaub mir, damit hatte es sich so ziemlich. Danach ist sie gegangen, also gibt's da gar nichts groß zu erzählen. Jetzt komm schon, lass uns abhauen. Du willst doch wohl nicht zu spät zu deiner eigenen Party kommen, oder?«

DREIUNDVIERZIG

Jude hatte zwar angeboten, mir bis nach Hause hinterherzufahren und mir zu helfen, alles vorzubereiten, doch ich wollte vor ihm geheim halten, dass ich das Buch für die Zwillinge geholt hatte. Also dachte ich mir irgendeine Ausrede aus, von wegen, ich bräuchte noch Plastikbecher, und bat ihn, im Drogeriemarkt vorbeizuschauen und welche zu besorgen, am liebsten in Rot, Weiß und Grün. Dann verstieß ich bis nach Hause gegen sämtliche Geschwindigkeitsbeschränkungen und übergab die Beute.

»Zuerst ein paar Grundregeln«, verkünde ich und halte das Buch fest, trotz zweier wild danach greifender Händepaare. »Ich kann euch das Ding nicht einfach überlassen, es gehört mir nicht. Und ihr könnt es nicht mit nach Hause nehmen, dann flippt Damen aus. Also ist die einzige Möglichkeit, wie ihr all das umgehen könnt, dass ihr hier darin lest.«

Die beiden sehen sich an, ganz offensichtlich gefällt ihnen das nicht, doch sie haben keine andere Wahl.

»Hast du es gelesen?« Romy sieht mich unverwandt an.

Ich zucke die Achseln. »Ich hab's mit Intuition versucht, aber dabei ist nicht viel herausgekommen. Es ist mehr ein Tagebuch als irgendetwas anderes.«

Rayne verdreht die Augen und greift abermals nach dem Buch, während ihre Schwester sagt: »Du musst tiefer blicken, lies zwischen den Zeilen.«

Verständnislos schaue ich von einer zur anderen.

»Du schlidderst nur an der Oberfläche entlang. Das Buch ist nicht nur in thebanischem Code geschrieben, die Worte selbst sind auch ein Code.«

»Ein Code innerhalb eines Codes«, erklärt Rayne. »Von einem Zauber geschützt. Hat Jude dir das nicht gesagt?«

Ich erstarre und denke, dass er das ganz bestimmt nicht getan hat.

»Komm, wir zeigen's dir«, sagt Romy. Ihre Schwester schnappt sich das Buch, während wir die Treppe hinaufgehen. »Wir geben dir Unterricht.«

Ich lasse die Zwillinge im Wohnzimmer zurück, beide immer noch über das Buch gebeugt, während ich in meinen begehbaren Kleiderschrank trete und nach der Schachtel auf dem obersten Bord greife. Daraus hole ich mein Sortiment an Kristallen und Kerzen hervor, an Ölen und Kräutern, all das Zeug, das noch von den Elixieren übrig ist, die ich kurz vor dem blauen Mond gebraut habe, und manifestiere alles, was noch auf der Liste steht: Sandelholz, Weihrauch und ein *Athame* – ein zweischneidiges Messer mit juwelenbesetztem Griff, ganz ähnlich wie der Dolch, den Damen damals erschaffen hat.

Dann lege ich alles ordentlich zurecht, ehe ich aus meinen Kleidern schlüpfe und mein Amulett abnehme. Das lege ich auf das Bord, neben die kleine Metallic-Abendtasche, die mir Sabine vor ein paar Monaten geschenkt hat. Mir ist klar, dass der tiefe V-Ausschnitt des Kleides, das ich zu tragen beabsichtige, kein Versteck für das Amulett bietet. Außerdem werde ich es nach dem Ritual, das ich plane, auch nicht mehr brauchen.

Danach werde ich gar nichts mehr brauchen.

Dank Romy und Rayne ist mir der Schlüssel gegeben worden, nach dem ich die ganze Zeit gesucht habe. Und alles, was dazu nötig war, war eine Art Passwort, dass wir drei einen Kreis bilden, mit dem Buch in der Mitte, an den Händen gefasst, und jeder von uns einen Vers wiederholt, der folgendermaßen geht:

In den Welten der Magie – ist dieses Buch daheim
Für das wir die Erwählten sind – auf dass wir kehren heim
In mystischen Gefilden – weilen wir zurzeit
Betrachten dieses Werk und sehen – was darin liegt bereit

Mit den beiden neben mir presste ich die Hände auf die Vorder- und Rückseite des Buches, furchtsam und fasziniert zugleich, als es sich in einem Seitenwirbel öffnete, bis genau die richtige Stelle aufgeschlagen blieb.

Ich kniete davor nieder und traute meinen Augen kaum. Was früher eine Reihe verworrener, schwer zu entziffernder Codewörter gewesen war, war zu einem simplen Rezept geworden, das genau angab, was ich brauchte.

Ich werfe meine schmutzigen Sachen in den Wäschekorb und greife nach dem weißen Seidenmorgenrock, den ich kaum jemals trage, der aber für das Ritual genau richtig sein wird. Damit gehe ich ins Badezimmer, wo ich die Wanne für ein schönes, langes, heißes Bad volllaufen lasse; laut dem Buch ist das der erste wichtige Schritt bei jedem Ritual. Nicht nur, um den Körper zu reinigen und den Geist von aller Negativität und allen ablenkenden Gedanken zu befreien, sondern auch, um sich Zeit dafür zu nehmen, sich auf den Zweck des Zaubers zu besinnen, auf das Ergebnis, das man zu sehen wünscht.

Ich lasse mich ins Wasser gleiten, streue eine Prise Salbei und Beifuß hinein und füge noch einen durchsichtigen Quarz hinzu, um mir bei meiner Suche zu helfen und meinen Blick zu fokussieren. Dann schließe ich die Augen und rezitiere in einer Art Sprechgesang:

> *Reinige und stärke meinen Leib*
> *Dass meine Magie rechte Blüte treibt*
> *Mein Geist neugeboren, zum Flug aufgerafft*
> *Gibt heute Nacht meinem Zauber Kraft*

Dabei stelle ich mir die ganze Zeit Roman vor, hochgewachsen, gebräunt und mit goldenem Haar, wie seine blauen Augen in meine blicken, während er sich für die schrecklichen Schwierigkeiten entschuldigt, die er uns bereitet hat, wie er um Verzeihung bittet und seine Hilfe anbietet. Wie er bereitwillig das Gegengift für das Gegengift herausrückt, bekehrt und bereit, seine Fehler einzusehen.

Wieder und wieder lasse ich diese Vision ablaufen, bis meine Haut ganz schrumpelig ist und es Zeit wird weiterzumachen. Also steige ich aus der Wanne und ziehe meinen Morgenmantel an, gesäubert und gereinigt und vorbereitet. Ich lege meine Werkzeuge bereit, entzünde den Weihrauch. Dreimal führe ich das Messer durch den Rauch, während ich sage:

> *Ich rufe die Luft auf, die dunklen Energien aus diesem*
>   Athame *zu vertreiben*
> *Auf dass nur das Licht zurückbleibt*
> *Ich rufe das Feuer auf, alles Negative aus diesem* Athame
>   *herauszubrennen*
> *Auf dass nur das Gute zurückbleibt*

Diesen Vers wiederhole ich für die restlichen Elemente, rufe Wasser und Erde auf, um alles Dunkle zu vertreiben. Dann schließe ich die Weihe ab, indem ich Salz auf das Messer streue und die höchste aller magischen Kräfte anrufe, mit anzusehen, dass dies geschieht.

Sodann reinige und weihe ich das Zimmer, indem ich es dreimal umrunde und dabei sage:

> *Dreimal schreite ich dieses Rund*
> *Um Weihe und Macht zu verleihen diesem Grund*
> *Eure Macht, Euren Schutz beschwöre ich allhier*
> *Ziehe ihre magischen Kräfte zu mir*

Dann ziehe ich einen Zauberkreis, indem ich Salz auf den Boden streue, so ähnlich, wie Rayne es vor ein paar Wochen mit Damen gemacht hat.

Ich nehme meinen Platz in der Mitte des Kreises ein und beschwöre vor meinem geistigen Auge einen Kegel der Macht herauf, der um mich herum emporsteigt, während ich meine Kristalle zurechtlege, meine Kerzen entzünde und mich mit Öl salbe und dabei die Elemente Feuer und Luft anrufe, mir bei meinem Zauber beizustehen. Dann schließe ich die Augen, bis sich direkt vor mir eine weiße Seidenschnur und eine Roman-Replik manifestieren.

> *Wohin du gehst, wird mein Zauber folgen*
> *Wo du dich versteckst, wird mein Zauber finden*
> *Wo du ruhst, wird mein Zauber liegen*
> *Mit dieser Schnur dein Handeln bricht*
> *Mit meinem Blut kommt dein Wissen ans Licht*
> *Mit diesem Zauber binde ich dich an mich*

Ich hebe das *Athame* und ziehe es über meine Handfläche, folge dem Schwung der Lebenslinie, und Donnerapplaus dröhnt über mir. Mein Haar peitscht um mich herum, während ich in den wirbelnden Sturm blinzle; mein Blut tropft auf die Schnur, bis sie rot ist. Eilig knüpfe ich sie um Romans Hals, den Blick fest in seine Augen gebohrt. Meine Willenskraft ganz darauf gerichtet, dass er herausgibt, was ich suche, ehe ich ihn verbanne, als wäre er niemals erschienen.

Schließlich erhebe ich mich, zitternd und schwitzend, beglückt zu wissen, dass es vorbei ist, vorbei und vollbracht. Nur noch eine Frage der Zeit, bis sich das Gegengift gegen das Gegengift in meinem Besitz befindet und Damen und ich eins werden.

Der Wind beginnt nachzulassen, als das elektrische Knistern und Knacken allmählich vergeht, und ich sammle gerade die Steine zusammen und lösche die Kerzen, als Romy und Rayne zur Tür hereingestürzt kommen. Mit offenen Mündern und weit aufgerissenen Augen stehen sie da und starren mich an.

»Was hast du getan?«, ruft Rayne, und ihr Blick wandert von meinem magischen Salzkreis zu meiner Werkzeugsammlung und zu meinem blutigen Messer.

Ich sehe die beiden an, mit festem, sicherem Blick. »Ganz ruhig. Es ist vorbei. Ich habe es hingekriegt. Und es ist nur eine Frage der Zeit, bis alles wieder gut ist.«

Gerade will ich aus dem Kreis treten, als Romy schreit: »Halt!«

Die Hand vor sich hingestreckt, mit flammenden Augen, während ihre Schwester hinzufügt: »Nicht bewegen. Bitte, vertrau uns diesmal und tu, was wir sagen.«

Ich halte inne, schaue von einer zur anderen und frage mich, was denn so schlimm sein soll. Der Zauber hat gewirkt. Noch immer kann ich seine Energie in mir summen *fühlen*, und jetzt ist es nur noch eine Frage der Zeit, bis Roman aufkreuzt ...

»Diesmal hast du es echt verbockt«, stellt Rayne fest und schüttelt den Kopf. »Weißt du denn nicht, dass der Mond *dunkel* ist? Man darf bei Dunkelmond keine Magie wirken – *niemals!* Das ist eine Zeit der Besinnung, der Meditation, aber man übt nie, *niemals* Zauberei aus, es sei denn, man praktiziert die *dunklen Künste!*«

Wieder huscht mein Blick zwischen ihnen hin und her, und ich frage mich, ob sie das ernst meint, und wenn ja, was das schon ausmachen kann. Wenn der Zauber gewirkt hat, hat er gewirkt. Alles andere sind doch bloß Details. *Oder?*

Ihr Zwilling meldet sich zu Wort. »Wen hast du angerufen, dir beizustehen?«

Ich denke an den Reim zurück, der, auf den ich ziemlich stolz war, weil ich ihn mir aus dem Stegreif ausgedacht hatte. Die letzte Zeile kommt mir in den Sinn: *Eure Macht, Euren Schutz beschwöre ich allhier*, und ich sage sie für sie auf.

»Super.« Rayne schließt die Augen und schüttelt den Kopf.

Romy steht mit gerunzelter Stirn neben ihr. »Bei dunklem Mond ist die Göttin abwesend«, setzt sie hinzu, »während die Königin der Unterwelt die Herrschaft übernimmt. Mit anderen Worten, anstatt das Licht anzurufen, deinen Zauber zu wirken, hast du also die dunklen Mächte gebeten, dir beizustehen.«

Und Roman an mich zu binden! Mit weit aufgerissenen Augen starre ich die beiden an, erst die eine, dann die andere, und überlege, ob es eine Möglichkeit gibt, das Ganze rückgängig zu machen, schnell und einfach, bevor es zu spät ist!

»Es *ist* zu spät«, sagen beide, haben in meinem Gesicht

gelesen. »Alles, was du jetzt tun kannst, ist, auf die nächste Mondphase zu warten und zu versuchen, es dann rückgängig zu machen. Wenn man es überhaupt rückgängig machen kann.«

»Aber ...« Die Worte sterben auf meinen Lippen, als mir die Ungeheuerlichkeit meiner Situation allmählich bewusst wird. Damens Warnung von früher fällt mir wieder ein, dass Menschen, wenn sie sich mit Hexerei einlassen, sich manchmal übernehmen und schließlich einen viel dunkleren Weg einschlagen ...

Unfähig, ein Wort herauszubringen, sehe ich die beiden an. Sehe, wie Rayne zornig den Kopf schüttelt, während ihre Schwester mich betrachtet und sagt: »Alles, was du jetzt tun kannst, ist, dich und deine Werkzeuge zu reinigen, dein *Athame* zu verbrennen und das Beste zu hoffen. Und wenn du Glück hast, lassen wir dich dann aus dem Kreis, damit all die böse Energie, die du heraufbeschworen hast, nicht entweichen kann.«

»Wenn ich *Glück habe?*«

Ist das ihr Ernst? Ist es wirklich so schlimm?

Mein Blick huscht hastig zwischen den beiden hin und her, als Romy antwortet: »Leg's nicht darauf an. Du hast keine Ahnung, was du da angefangen hast.«

VIERUNDVIERZIG

Miles und Holt schlagen zusammen bei mir auf, und nach einem Blick auf die Deko flippt Miles total aus.

»Jetzt brauche ich gar nicht mehr nach Florenz zu fahren, da du Florenz zu mir gebracht hast.« Er drückt mich an sich und weicht dann hastig zurück. »Entschuldige, ich habe ganz vergessen, dass du nicht angefasst werden magst.«

Doch ich schüttele lediglich den Kopf und drücke ihn meinerseits. Ich fühle mich ziemlich gut, auch wenn Romy und Rayne vor mir stehen wie die Chinesische Mauer des Pessimismus – hochgezogene Brauen, verschränkte Arme, verkniffene Lippen –, während ich eine schnelle, aber gründliche Meditation in Sachen Erdung und Schutz durchführe. Mir starke weiße Lichtstrahlen vorstelle, die meinen Schädel durchdringen und durch meinen Körper strömen, ein Versuch, wenigstens etwas von dem Schaden abzuwehren, den ich ihrer Überzeugung nach angerichtet habe.

Aber um die Wahrheit zu sagen, ich sehe nicht recht ein, wieso. Nach dem anfänglichen Machtschub, gleich nachdem der Bindezauber vollendet war, hat sich alles wieder normalisiert. Der einzige Grund, weshalb ich die Meditation unter ihrer Anleitung überhaupt durchgezogen habe, ist, weil sie so aufgebracht waren, dass das die einzige Möglichkeit war, sie zu beruhigen. Jetzt aber denke ich insgeheim, dass das alles bloß ein großes Missverständnis war – eine totale Überreaktion ihrerseits.

Ich meine, ich bin unsterblich, bin mit einer Stärke und mit Kräften beschenkt worden, die sie sich nicht einmal ansatzweise vorstellen können. Also bezweifle ich ernsthaft, dass es für *mich* auch nur im Mindesten etwas ausmacht, wenn ich während des Dunkelmondes ein magisches Ritual durchführe, auch wenn das für *sie* durchaus eine ernsthafte Gefahr darstellen mag.

Und kaum habe ich Miles und Holt ihre Getränke gebracht, da klingelt es wieder, und dann noch einmal, und ehe ich es mich versehe, füllt so ziemlich die gesamte *Hairspray*-Besetzung plus Crew das Haus.

»Hm, er ist wohl doch nicht Havens Date, es sei denn, sie kommen getrennt?«, bemerkt Miles und deutet mit einem Kopfnicken auf Jude, als dieser den Raum betritt und sein freundliches Lachen lacht, bevor er sich mit alkoholfreier Sangria versorgt. Dann verschwindet er mit Holt und lässt uns allein.

»Netter Abschied.« Jude sieht sich um. »Da würde ich am liebsten auch gleich verreisen.«

Vage lächelnd sehe ich ihn an und frage mich, ob ihm wohl etwas an mir auffällt, ein Unterschied, eine Veränderung meiner Energie, ein neues Gefühl der Macht ...

Doch er lächelt nur und hebt seinen Becher. »Paris.« Er trinkt einen kleinen Schluck und nickt. »Ich wollte schon immer mal nach Paris. Nach London und Amsterdam auch. Eigentlich wäre mir so ziemlich jede europäische Großstadt recht.«

Ich schlucke heftig und bemühe mich, ihn nicht anzustarren. Insgeheim überlege ich, ob er es irgendwie weiß – ob es in seinem Unterbewusstsein begraben ist und ans Licht zu kommen versucht. Ich meine, warum sollte er sonst all die bedeutsamen Schauplätze unserer Vergangenheit aufzählen?

Er sieht mich an, grüne Augen blicken in meine, und er lässt den Moment so lange andauern, dass ich mich räuspere und sage: »Hm. Und ich hatte dich eher als Öko-Abenteurer eingestuft. Du weißt schon, Costa Rica, Hawaii, die Galapagosinseln – die Suche nach der perfekten Welle und all das.« Mir ist klar, dass das Auflachen am Ende des Satzes meinen plötzlichen Nervositätsanfall absolut nicht kaschiert hat, und ich bin gerade dabei, etwas ähnlich Blödes folgen zu lassen, als er über meine Schulter schaut und sagt: »Zugang.«

Ich drehe mich um und erblicke Haven, die beinahe winzig wirkt, mit dem hochgewachsenen, schlanken Mädchen aus dem Geschäft, wo sie arbeitet, auf ihrer einen und Roman auf ihrer anderen Seite. Der Unsterbliche, der auf dem Gang in der Schule stand, geht direkt hinter ihnen. Drei atemberaubende, auralose und mehr oder weniger seelenlose abtrünnige Unsterbliche, die Haven unwissentlich in mein Haus eingeladen hat.

Ich starre Roman mit schmalen Augen an; meine Finger suchen an meinem Hals nach dem Amulett, das ich nicht angelegt habe, und ich versichere mir, dass ich es nicht brauche. Jetzt habe ich das Sagen. Ich habe ihn herbefohlen.

»Ich habe mir gedacht, du hast bestimmt reichlich Platz und reichlich zu essen.« Haven lächelt; ihr Haar ist frisch gefärbt: ein ganz dunkles Braun, mit einer platinblonden Strähne vorne. Sie hat ihren üblichen Punk-Look gegen einen eingetauscht, der sogar noch krasser ist, aber irgendwie auch klassisch – eine Art post-apokalyptische Klassik, wenn es denn so etwas gibt. Und man braucht nur einen einzigen Blick auf die dunkle Schönheit neben ihr zu werfen, auf das Stachelhaar, die vielfach gepiercten Ohrläppchen, das zarte Kleid mit dem Spitzenkorsett, kombiniert mit schwarzen

Lederstiefeln, dann weiß man, wer Havens neuesten Richtungswechsel in Sachen Styling ausgelöst hat.

»Ich bin Misa.« Das Mädchen lächelt; ihre Stimme verrät den Hauch eines Akzents, den ich nicht einordnen kann. Ihre Hand greift nach der meinen, während ich mich innerlich gegen das Frösteln wappne. Der vertraute Schock, wie Eiswasser, das durch meine Adern schwärmt, bestätigt meinen Verdacht, doch er verrät mir nicht, ob sie eine von den Waisen ist oder erst vor Kurzem verwandelt wurde.

»Und Roman kennst du natürlich.« Wieder lächelt Haven und hebt die Hand, damit ich sehen kann, dass ihre und Romans Finger ineinanderverschlungen sind.

Doch ich weigere mich zu reagieren. Ich nicke nur lächelnd, als ob mir das alles überhaupt nichts ausmacht.

Tut es nämlich auch nicht.

Es ist jetzt nur noch eine Frage der Zeit, bis Roman das Gegengift herausrückt und tut, was ich sage. Das ist der einzige Grund, warum er hier ist.

»Oh, und das ist Rafe.« Sie deutet mit dem Daumen auf das Prachtexemplar direkt hinter ihr.

Dieselbe Gruppe Abtrünnige, von der die Zwillinge gesprochen haben; es fehlt nur noch Marco, der mit dem Jaguar, der anscheinend nicht hier ist. Und obgleich ich keinen blassen Schimmer habe, was sie im Schilde führen, worauf sie aus sein könnten, wenn sie sich mit Roman herumtreiben, haben die Zwillinge guten Grund zur Sorge.

Haven hält auf das Wohnzimmer zu; sie ist ganz wild darauf, Misa und Rafe ihren Freunden vorzustellen. Roman bleibt zurück und grinst mich an.

»Ich habe ganz vergessen, wie gut du aussehen kannst, wenn du dich ein bisschen anstrengst.« Er lächelt, und sein Blick gleitet über mein türkisblaues Kleid, verweilt bei dem tiefen V-Ausschnitt, auf der nackten Hautfläche, wo eigentlich mein Amulett sein sollte. »Dann ist das da wohl der Grund«, bemerkt er und deutet mit einem Kopfnicken auf Jude. »Schließlich weiß ich, dass das nicht mir gilt, und Damen scheint sich in letzter Zeit ziemlich rarzumachen, nicht wahr? Was ist passiert, Ever? Hast du deine Suche aufgegeben?«

Ich ermahne mich zur Ruhe, betrachte das zerzauste Haar, die Designer-Surfershorts, die Leder-Flipflops. Nichts an ihm scheint auch nur im Geringsten anders zu sein, dennoch wissen wir beide, dass es so ist. Das Leuchten in seinen Augen, der lüsterne Blick, sein Versuch, mich in Verlegenheit zu bringen – das ist alles nur Fassade, ein bisschen Aufschneiderei. Er versucht, das Gesicht zu wahren, bevor er mir gibt, was ich will.

»Also, wird nicht eingeschenkt?« Er nickt zu der mit alkoholfreier Sangria gefüllten Schüssel hinüber. »Oder ist hier Selbstbedienung?« Dabei beäugt er die Schüssel auf eine Art und Weise, die mich nervös macht.

»Ich glaube nicht, dass dir das schmeckt«, erwidere ich achselzuckend.

»Gut, dass ich mir selbst was mitgebracht habe.« Er zwinkert mir zu und hebt die Glasflasche. Dann hält er kurz vor den Lippen inne und kippt sie ein wenig in Judes Richtung. »Mal probieren? Kommt echt gut. Garantiert.«

Jude kneift die Augen zusammen, fasziniert von der funkelnden, schimmernden Flüssigkeit, die Roman vor ihm schüttelt. Und gerade will ich dazwischengehen, als Romy und Rayne die Treppe hinuntergepoltert kommen. Sie bleiben ruckartig stehen, als ihre Blicke dem von Roman begegnen, und sie wissen genau, dass ich für seine Anwesenheit verantwortlich bin.

»Na, wenn das nicht die katholischen Schulzwillinge sind.« Roman lächelt breit, während er sie betrachtet. »*Toller* neuer Look! Besonders du – du kleine Punk-Göttin.« Er nickt Rayne zu, woraufhin diese sich abwendet, während er ihr kurzes Kleid, die zerrissenen Strümpfe und die flachen schwarzen Lackschuhe mustert.

»Geht wieder nach oben«, sage ich zu den beiden; ich will sie so weit wie möglich von Roman weghaben. »Und ich –«

Als ich gerade sagen will, dass ich auch gleich komme, tritt Jude vor und stupst mich an. »Soll ich die beiden nach Hause fahren?«

Und obwohl mich die Idee nicht gerade begeistert, dass er zu Damen fährt, und Damen bestimmt noch weniger glücklich darüber ist, kann ich wirklich nichts anderes tun. Solange Roman in meinem Haus ist, sitze ich hier mehr oder weniger ebenfalls fest.

Ich folge ihnen zur Tür. Rayne zerrt an meinem Ärmel und zieht mich zu sich herab. »Ich weiß ja nicht, was du getan hast, aber hier braut sich was *ganz Schlimmes* zusammen.«

Ich will ihr widersprechen, doch sie schüttelt nur den Kopf und setzt hinzu: »Veränderungen bahnen sich an. Große Veränderungen. Und dieses Mal solltest du lieber richtig entscheiden.«

FÜNFUNDVIERZIG

Als Jude zurückkehrt, bin ich draußen am Pool und sehe zu, wie der blonde, sonnengebräunte, äußerlich prachtvolle Goldjunge Roman herumplanscht und alle auffordert, reinzuspringen und sich zu ihm zu gesellen.

»Kein Fan?«, erkundigt sich Jude, setzt sich neben mich und betrachtet mich eingehend.

Ich runzele die Stirn und sehe, wie Havens Aura aufleuchtet wie das Feuerwerk am 4. Juli und immer heller strahlt, wie sie sich an seinen Rücken klammert, während er untertaucht, und keine Ahnung hat, dass er gar nicht als ihr Begleiter hier ist, wie sie glaubt. Ich bin diejenige, die ihn hergebracht hat. Er ist jetzt an mich gebunden.

»Aus Sorge um deine Freundin?«

Ich fingere an dem kristallbesetzten Armband herum, an dem, das Damen mir an jenem Tag auf der Rennbahn geschenkt hat, drehe es unablässig herum, während ich mich frage, warum das so lange dauert. Wenn der Zauber wirklich gewirkt hat – und ich *weiß*, dass er gewirkt hat –, wieso habe ich dann das Gegenmittel noch nicht? Wieso zögert er das Ganze hinaus?

»Also, die Zwillinge – alles okay mit ihnen?«, frage ich, reiße meinem Blick vom Pool los und konzentriere mich auf Jude.

»Damen hat vielleicht Recht damit, dass das Buch zu stark für sie ist.«

Ich presse die Lippen zusammen; hoffentlich weiß Damen nicht, dass ich mich hinter seinem Rücken in seinen Unterrichtsplan eingemischt habe.

»Keine Angst.« Jude liest mir den Gedanken vom Gesicht ab. »Dein Geheimnis ist sicher. Ich hab's mit keinem Wort erwähnt.«

Ich seufze erleichtert. »Hast du ihn gesehen – Damen?«, frage ich. Die Kehle schnürt sich mir zu, mein Herz zieht sich zusammen, wenn ich nur seinen Namen ausspreche. Wenn ich mir vorstelle, wie er sich gefühlt haben muss, als er die Nemesis der letzten paar Leben, genau den Mann, den ich am Strand umarmt habe, vor seiner Haustür vorgefunden hat, mit Romy und Rayne neben sich.

»Er war nicht da, als ich angekommen bin, und die Zwillinge waren so durcheinander, da habe ich gewartet, bis er zurückgekommen ist. Ein tolles Haus hat er.«

Wieder presse ich die Lippen zusammen und frage mich, was er wohl gesehen hat, ob die Zwillinge ihn herumgeführt haben, ob Damens besonderes Zimmer wiederhergestellt worden ist.

»Ich glaube, er war ganz schön überrascht, mich in seinem Wohnzimmer vor dem Fernseher zu finden, aber nachdem ich alles erklärt habe, lief's eigentlich ganz gut.«

»Eigentlich?« Ich ziehe die Brauen hoch.

Er zuckt die Schultern und sieht mich mit einem unverwandten, direkten Blick an, ein Blick wie die Umarmung eines Geliebten.

Woraufhin ich mich abwende und mit zittriger Stimme frage: »Und, wie hast du's erklärt?«

Sein Atem streift kühl meine Wange, als er sich vorbeugt und flüstert: »Ich habe gesagt, ich habe die beiden an einer

Bushaltestelle vorgefunden und beschlossen, sie mitzunehmen. Alles im grünen Bereich, oder?«

Ich atme tief durch und konzentriere mich wieder auf Roman, sehe zu, wie er Haven auf seine Schultern hebt, damit sie mit Miles rangeln kann. Wie er herumplanscht und spielt und, zumindest an der Oberfläche, nichts anderes tut, als sich auf gute, saubere Art zu amüsieren – bis Roman sich umdreht und die Zeit stillzustehen scheint. Seine Augen finden die meinen, leuchten, spotten, als wüsste er, was ich getan habe. Und ehe ich blinzeln kann, ist er schon wieder in das Spiel vertieft, sodass ich bezweifle, ob ich wirklich gesehen habe, was ich gesehen zu haben glaube.

»Ja. Alles im grünen Bereich«, bestätige ich, und ein schrecklicher Schmerz drängt sich in mein Inneres, während ich mich frage, was genau ich da angefangen habe.

SECHSUNDVIERZIG

Nach Miles' drittem vergeblichen Versuch, mich dazu zu bewegen, ins Wasser zu springen, steigt er aus dem Pool und kommt auf mich zu. »Hey, was ist los? Ich weiß, dass du deinen Bikini anhast – ich kann die Träger sehen!« Lachend zieht er mich aus dem Liegestuhl hoch und drückt mich fest an sich, während er flüstert: »Hab ich dir eigentlich jemals gesagt, wie gern ich dich habe, Ever? Ja? Ja?«

Ich schüttele den Kopf und weiche zurück; dabei werfe ich Holt, der direkt hinter ihm steht, einen Blick zu. Der verdreht die Augen, während er an Miles' Arm zerrt und ihn zu überreden versucht, mich loszulassen und aufzuhören, mich vollzutropfen.

Aber Miles lässt nicht locker, er hat etwas zu sagen, und er wird nicht klein beigeben, bis er es los ist. Er schlingt einen nassen Arm um meine Schulter, lehnt sich fast auf mich drauf und lallt: »Ich meinnn das so wasss von Ernst, Ever. Bevor du an die Schule gekomm biss' ... da war'n immer nur ich un' Haven. Aber dann ... vonn dem Moment ann, alssu an unserm Tisch aufgetaucht biss' ... das war'ns dann ich unn Haven unn du.« Mit wackelndem Kopf sieht er mich an und bemüht sich, seinen Blick zu fokussieren, als er mich fester fasst und um sein Gleichgewicht kämpft.

»Wow ... das ist echt ... *tiefsinnig*.« Rasch schaue ich zu Holt hinüber, und wir beide verkneifen uns das Lachen, während wir jeder einen Arm um Miles legen und ihn in die

Küche lotsen, um ihm eine Ladung Kaffee zu verpassen. Gerade haben wir ihn am Frühstückstresen geparkt, als Haven und ihre drei unsterblichen Freunde hereinkommen.

»Geht ihr schon?« Blinzelnd stelle ich fest, dass sie wieder angezogen sind; ihre nassen Handtücher halten sie in den Händen.

Haven nickt. »Misa und Rafe müssen morgen arbeiten, und Roman und ich haben noch einen Termin.«

Ich sehe Roman an und halte seinen Blick mit meinem fest. *Wie kann er gehen, wenn er mir noch nicht gegeben hat, was ich will? Wenn er noch nicht einmal angefangen hat, vor mir zu kriechen und mich um Verzeihung anzuflehen, so, wie ich es vor mir gesehen habe?*

Wie kann er gehen, wenn das meinem Plan zuwiderläuft?

Ich folge ihnen zur Tür; mein Herz rast, als ich sein hoch erhobenes Kinn sehe, das Funkeln in seinen Augen, und ich weiß, das ist nicht gut. Irgendetwas ist schiefgegangen. Schrecklich schiefgegangen. Obwohl ich den Zauber genauso gewirkt habe, wie es in dem Buch stand, der Blick in seinen Augen und seine geschürzten Lippen zeigen deutlich, dass mich sowohl die Göttin als auch die Königin im Stich gelassen haben.

»Wo wollt ihr denn hin?« Ich versuche, seine Energie zu erspähen, doch es gelingt mir nicht.

Haven sieht mich mit hochgezogenen Brauen an; ein Lächeln liegt auf ihrem Gesicht, als Roman ihr den Arm um die Schultern legt und antwortet: »Privatparty. Aber für dich ist noch Platz, Ever. Vielleicht kannst du ja später vorbeikommen, wenn du hier fertig bist.«

Mein Blick begegnet dem seinen und hält ihm stand, bis ich mich losmache und wieder Haven ansehe. Und obwohl ich versprochen habe, es nicht zu tun, schaue ich geradewegs durch ihre Aura und in ihre Gedanken. Ich will unbedingt sehen, was dort drin lauert, was hier wirklich abgeht. Doch ich komme nicht weit, ehe ich aufgehalten werde, gegen eine Mauer laufe, die mir jemand in den Weg gestellt hat.

»Alles *klar?*«, erkundigt sich Roman und betrachtet mich eingehend, während er die Tür öffnet. »Du siehst ein bisschen ... *mitgenommen* aus.«

Ich hole tief Luft und will noch etwas erwidern, als Jude auf uns zukommt und meldet: »Jemand hat gerade auf den Teppich gekotzt.«

Und obwohl meine Aufmerksamkeit nur für einen Augenblick abgelenkt ist, genügt ihnen das, um das Haus zu verlassen. Roman sieht mich über die Schulter hinweg an. »Tut mir leid, dich sitzen zu lassen, Ever. Aber wir sehen uns bestimmt später noch.«

SIEBENUNDVIERZIG

Ich hatte gedacht, es wäre Miles, aber wie sich herausstellt, ist mit dem alles in Ordnung. Er hilft mir, die Schweinerei aufzuwischen und bemerkt lächelnd: »Also, *so was* nennt man Schauspielkunst. *Viva Firenze!*« Triumphierend rammt er die Faust in die Luft.

»Dann fehlt dir also wirklich nichts?« Ich reiche ihm ein sauberes Handtuch und habe ein schlechtes Gewissen, weil ich ihn hier putzen lasse, obwohl ich den Teppich verschwinden lassen und einfach einen neuen manifestieren werde, sobald alle weg sind. »Du bist gar nicht betrunken?«

»Überhaupt nicht! Aber worauf es ankommt, ist, du hast *geglaubt*, ich wäre betrunken.«

»Das Lallen, die Gleichgewichtsstörungen – sämtliche Anzeichen waren nachweislich vorhanden.«

Er rollt das Handtuch zusammen und will es mir gerade reichen, als Jude neben mir auftaucht und es entgegennimmt. »Wäsche?«, fragt er mit hochgezogenen Brauen.

Ich deute nur auf den Mülleimer, dann sehe ich Miles an. »Also, wer war's, wer hat Alkohol mitgebracht?«

»O nein.« Er schüttelt den Kopf und hebt abwehrend die Hände. »Ich sag dir das ja nicht gern, Ever, aber so ein kleines Zusammensein, wie du es da organisiert hast, ist auch als *Party* bekannt. Und selbst wenn du keinen Alk servierst, er findet trotzdem einen Weg hier rein. Von mir erfährst du nichts.« Er kneift die Lippen zusammen und zieht den imaginären Reißverschluss zu, der sie versiegelt, ehe er hinzufügt: »Ich würde vorschlagen, du schmeißt das alte Ding weg. Im Ernst, ich helfe dir beim Zusammenrollen. Wir brauchen bloß die Möbel umzustellen, dann merkt Sabine gar nicht, dass das Teil weg ist.«

Verneinend schüttele ich den Kopf. Dieser vollgekotzte Teppich ist mein kleinstes Problem, jetzt, da Roman nicht mehr mitspielt und er Haven zu irgendeinem mysteriösen *Termin* mitnimmt, den ich anscheinend nicht *sehen* kann. Und was sollte das von wegen, wir würden uns später sehen? War das eine Anspielung auf den Bindezauber oder *auf etwas anderes?*

Miles umarmt mich und drückt mich ganz fest. »Danke für die Party, Ever. Und auch wenn ich nicht weiß, was zwischen dir und Damen abgeht, eins muss ich doch sagen, und ich hoffe, du hörst mir zu und nimmst mich ernst. Bist du so weit?« Er hebt eine Braue und tritt zurück.

Ich zucke die Achseln. Mein Verstand ist anderweitig beschäftigt.

»Du verdienst es, glücklich zu sein.« Er sieht mir unverwandt in die Augen. »Und wenn Jude dich glücklich macht, dann solltest du deswegen kein schlechtes Gewissen haben.« Er wartet, wartet darauf, dass ich ihm antworte, doch als ich es nicht tue, fährt er fort: »Die Party ist ja irgendwie zu Ende, sobald jemand kotzt, nicht wahr? Also, wir hauen ab. Aber wir treffen uns doch vor Florenz noch mal, okay?«

Ich nicke und sehe zu, wie er und seine Freunde zur Tür gehen. »Hey, Miles, haben Roman und Haven was davon gesagt, wo sie hinwollten?«

Mit zusammengezogenen Brauen sieht Miles mich an. »Zum Wahrsager.«

Mir wird flau im Magen, obwohl ich keine Ahnung habe, wieso.

»Weißt du noch, neulich, als sie einen Termin wollte?«

Ich nicke.

»Das hat sie Roman gegenüber erwähnt, und der hat eine Privatsitzung arrangiert.«

»So *spät?*« Ich schaue auf mein Handgelenk, um die Uhrzeit zu bestätigen, obwohl ich gar keine Armbanduhr trage.

Doch Miles zuckt lediglich die Schultern und geht zum Auto, und ich frage mich, ob ich auch losfahren sollte. Ob ich versuchen sollte, Roman und Haven einzuholen und mich zu vergewissern, dass alles in Ordnung ist. Doch als ich abermals versuche, mich auf ihre Energie einzustimmen, komme ich nicht sehr weit. Tatsächlich erreiche ich überhaupt nichts.

Gerade will ich es noch einmal versuchen, als Jude ankommt und sagt: »Du musst den Teppich echt wegschmeißen. Das Ding stinkt zum Himmel.«

Ich nicke zerstreut und weiß nicht recht, was ich tun soll.

»Weißt du, was dagegen hilft?«

»Kaffeesatz«, murmele ich; mir fällt wieder ein, wie Mom mal Kaffeesatz benutzt hat, als Buttercup etwas Verdorbenes gefressen und in Rileys Zimmer gekotzt hatte.

»Na ja, ja, aber ich habe eher daran gedacht, vor dem Gestank zu *türmen*. Klappt bei mir immer.«

Ich sehe ihn an, und ein Lächeln erhellt sein Gesicht.

»Im Ernst.« Er hakt sich bei mir ein und geht mit mir nach draußen. »Wozu machst du dir denn all die Mühe mit den ganzen Dekorationen und dem Essen und hängst dich für die Abschieds-Poolparty für deinen Freund voll rein, wenn du den ganzen Abend bloß am Rand stehst und zuschaust, aber nicht ein einziges Mal reinspringst?«

Ich schaue weg. »Die Party war für Miles, nicht für mich.«

»Trotzdem.« Jude sieht mich auf eine Art und Weise an, die eine Flut der Ruhe durch meinen ganzen Körper strömen lässt. »Du siehst ein bisschen gestresst aus, und du weißt doch, was gut gegen Stress ist, oder?« Ich werfe ihm einen raschen Blick zu und sehe ihn lächeln, als er verkündet: »Blubbern.«

»Blubbern?«

Er deutet auf den Jacuzzi. »Blubbern.«

Ich hole tief Luft und betrachte den Jacuzzi – warm, einladend, und, jawohl, blubbern tut er auch. Dann sehe ich zu, wie Jude sich ein paar Handtücher schnappt und sie an den Rand legt, und da ich mir sage, dass ich nichts zu verlieren habe und dass ich davon vielleicht einen klaren Kopf bekomme, um einen neuen Plan zu schmieden, drehe ich mich um und zerre mir das Kleid herunter. Ein alberner Sittsamkeitsanfall, schließlich werde ich gleich halb nackt sein, aber trotzdem, ihm dabei gegenüberzustehen, das würde sich zu sehr wie Ausziehen anfühlen.

Zu sehr wie das Mädchen auf dem Gemälde.

Er geht zum Rand des Jacuzzis und taucht einen Zeh ein. Seine Augen werden riesengroß, und ich muss unwillkürlich lachen.

»Bist du sicher?« Ich schlinge die Arme um meine Taille, als wäre mir kalt, dabei versuche ich nur, seinen Blick abzuwehren. Ich *sehe*, wie seine Aura Funken sprüht und auflodert, als er mich betrachtet, wie seine Wangen sich röten, als er rasch wegschaut.

»Auf jeden Fall.« Er nickt, und seine Stimme ist belegt und rau, während er zusieht, wie ich in den Jacuzzi steige, wie ich zuerst in dem heißen Wasser zusammenzucke und mich dann langsam hineingleiten lasse. In Hitze und Blasen eintauche und dabei denke, dass das hier möglicherweise das Klügste ist, was ich bisher getan habe.

Ich schließe die Augen und lehne mich zurück. Meine Muskeln lockern sich, entspannen sich, als Jude fragt: »Ist da noch ein Platz frei?«

Ich blinzele, sehe, wie er sein Hemd auszieht, betrachte seine Brust, die sich deutlich abzeichnenden Bauchmuskeln, die Badeshorts, die ihm tief auf der Hüfte hängt. Dann wandert mein Blick wieder aufwärts, vorbei an seinen Grübchen und bis zu seinen Augen, zwei Seewasserteiche, die ich durch die Jahre hindurch gekannt habe. Sehe, wie er einen Schritt vorwärts macht und gerade ins Wasser steigen will, als ihm das Handy in seiner Tasche einfällt und er es auf ein Handtuch plumpsen lässt.

»Wessen Idee war *das* denn?« Er lacht und windet sich in dem Dampf und der Hitze, als er neben mir Platz nimmt und die Beine ausstreckt. Dabei landet sein Fuß aus Versehen auf meinem, und er lässt ihn einen Moment lang dort, ehe er ihn wegzieht. »Ja, das ist das Leben«, verkündet er, legt den Kopf zurück und schließt die Augen. Dann schielt er zu mir herüber und fügt hinzu: »Bitte sag mir, dass du das Ding andauernd benutzt, dass du es nicht einfach vergisst, bis irgendjemand dich überredet reinzusteigen?«

»Ist es das, was hier gerade läuft? Ich werde überredet?«

Er lächelt; dieses entspannte, lockere Grinsen lässt seine Augen aufleuchten. »Scheint, als bräuchtest du ein bisschen Überredung. Ich weiß nicht, ob es dir aufgefallen ist, aber du kannst manchmal ein bisschen heftig sein.«

Ich schlucke und möchte wegsehen, auf irgendetwas anderes schauen, nur nicht auf ihn, doch ich bin unfähig, mich seinem Blick zu entziehen.

»Nicht, dass da was dran verkehrt ist – heftig zu sein, meine ich ...«

Sein Blick wird tiefgründiger, bohrt sich in meinen, zieht mich zu sich wie einen Fisch an seiner Angel. Sein Gesicht schwebt so dicht vor meinem, dass ich die Augen schließe, um ihm zu begegnen; ich bin es leid, mich zu wehren, ihn ständig zurückzustoßen. Also sage ich mir, es ist ja nur ein Kuss. Judes Kuss. Bastiaans Kuss. Und hoffe, dass mir das ein für alle Mal verrät, ob Damens Ängste in irgendeiner Weise berechtigt sind.

Seine Woge gelassener Energie ist tröstlich, beschwichtigend, als seine Lippen sich öffnen und seine Hand mein Knie findet. Wir lehnen uns einander entgegen, und gerade sind unsere Münder im Begriff, miteinander zu verschmelzen, als sein klingelndes Handy unsere Trance stört.

Er zuckt zurück; der Verdruss steht ihm ins Gesicht geschrieben. »Soll ich rangehen?«

»Ich bin nicht im Dienst«, erwidere ich achselzuckend. »Du bist das Medium, sag du's mir.«

Er steht auf und dreht sich zu seinem Handtuch um, während ich ihn betrachte, die gestrafften Schultern, das scharfe V seiner Taille, und innehalte, als ich etwas ganz unten auf seinem Rücken bemerke. Etwas Rundes, Dunkles, kaum zu erkennen, aber trotzdem –

Er dreht sich wieder zu mir um, die Brauen zusammengezogen, die freie Hand über dem anderen Ohr. »Hallo?«, sagt er, und dann: »Wer?«

Lächelt mich an und schüttelt den Kopf, doch es ist schon zu spät.

Ich habe es gesehen.

Das unverwechselbare Bild der Schlange, die ihren eigenen Schwanz verschlingt.

Das Ouroboros-Zeichen.

Das mystische Symbol, das sich Romans abtrünnige Unsterbliche zu eigen gemacht haben, ist auf Judes Rücken tätowiert.

Mit unsicheren Fingern greife ich nach meinem Amulett, finde jedoch nur Haut. Und frage mich, ob das alles vielleicht damit zu tun hat, dass mein Zauber eine schlimme Wendung genommen hat, ob Roman das hier irgendwie eingefädelt hat.

»Ever? Ja, sie ist hier ... « Er sieht mich an und schneidet eine Grimasse, als er hinzufügt: »*Ooo-kaay*.«

Damit streckt er den Arm aus und versucht, mir das Telefon zu reichen.

Doch ich achte nicht darauf, sondern steige so schnell aus dem Jacuzzi, dass er den Kopf schüttelt und blinzelt. Hastig greife ich nach meinem Kleid und ziehe es mir über den Kopf; ich fühle, wie es feucht wird und an meiner Haut klebt, während meine Augen flammend in die seinen blicken und ich mich frage, was zum Teufel er vorhat.

»Es ist für dich«, sagt er, steigt aus dem Wasser und versucht abermals, mir das Handy zu geben.

»Wer ist da dran?«, will ich wissen; meine Stimme ist kaum ein Flüstern. Im Geiste sage ich eine Liste aller sieben Chakren und ihrer dazugehörigen Schwachpunkte auf und versuche, seinen herauszufinden.

»Ava. Sie sagt, sie muss mit dir sprechen. Alles in Ordnung?« Beklommenheit verdüstert sein Gesicht.

Ich trete zurück; ich weiß nicht, was hier läuft, aber mir ist klar, dass es alles andere als gut ist. Stoße durch seine Aura und versuche, in seine Gedanken zu schauen, doch dank des Schutzschildes, den er errichtet hat, bekomme ich nicht viel zu sehen.

»Woher hat sie deine Nummer?«, frage ich, den Blick fest auf ihn gerichtet.

»Sie hat mal für mich gearbeitet – erinnerst du dich?« Mit erhobenen Händen zuckt er die Schultern. »Ever, jetzt mal ernsthaft, was soll das alles?«

Mit hämmerndem Herzen und zitternden Händen sehe ich ihn an und sage mir, dass ich mit ihm fertigwerden kann, wenn es hart auf hart kommt. »Leg das Handy hin.«

»Was?«

»Leg es hin. Genau dahin.« Ich zeige auf einen Liegestuhl; mein Blick lässt den seinen nicht einen Moment lang los. »Und dann geh schnell weg, komm mir ja nicht zu nahe.«

Er sieht mich seltsam an, tut aber, was ich sage. Weicht zu dem Jacuzzi zurück, während ich das Telefon aufhebe und ihn dabei weiter beobachte.

»Ever?« Die Stimme ist abgehackt und drängend und gehört definitiv Ava. »Ever, du musst mir zuhören, wir haben keine Zeit für lange Erklärungen.« Wie betäubt, wie vor den Kopf geschlagen stehe ich da und starre immer noch Jude an, als sie sagt: »Irgendwas ist mit Haven passiert. Es geht ihr schlecht. Sie atmet kaum noch. Wir ... sie stirbt uns weg, wenn du nicht sofort zu Roman kommst.«

Ich versuche, das alles zu begreifen. »Wovon redest du eigentlich? Was ist los?«

»Du musst herkommen! Sofort! *Beeil dich* ... bevor es zu spät ist!«

»Ruf den Notarzt!«, schreie ich und höre ein gedämpftes Geräusch, eine Art Gerangel, ehe Romans aalglatte Stimme zu vernehmen ist.

»Das läuft nicht, Schätzchen«, schnurrt er. »Jetzt sei keine Spielverderberin und komm schnell her. Deine Freundin wollte sich die Zukunft weissagen lassen, und unglücklicherweise sieht ihre Zukunft jetzt nicht besonders rosig aus. Sie hängt am seidenen Faden. Also tu das Richtige und komm her. Sieht aus, als wär's an der Zeit für dich, das Rätsel zu lösen.«

Ich lasse das Handy fallen und stürze auf das Tor zu; Jude folgt mir auf dem Fuß und fleht mich an zu sagen, was los ist. Und als er den Fehler macht, mich an der Schulter zu packen, drehe ich mich um und knalle ihm so fest eine, dass er durch den Garten fliegt und in die Liegestühle kracht.

Aus einem Gewirr aus Gliedmaßen und Gartenmöbeln heraus starrt er mich fassungslos an und müht sich ab, auf die Beine zu kommen, während ich sage: »Nimm deine Sachen und verschwinde. Ich will dich hier nicht mehr sehen, wenn ich zurückkomme.«

Dann renne ich los und hoffe inständig, dass ich Haven erreichen kann, ehe es zu spät ist.

ACHTUNDVIERZIG

Ich renne.

An Autos vorbei, an Häusern, streunenden Hunden und Katzen. Meine Beine greifen aus, die Muskeln pumpen, tragen mich fast ohne einen einzigen Gedanken voran. Mein Körper bewegt sich wie eine gut geölte Maschine mit glänzenden neuen Teilen. Und obgleich es nur Sekunden sind, fühlt es sich an wie Stunden.

Stunden, seit ich Haven zuletzt gesehen habe.

Stunden, bis ich sie wiedersehen werde.

Und sobald ich ankomme, sehe ich *ihn*. Er trifft im selben Augenblick ein wie ich.

Sein bloßer Anblick lässt alles verblassen – alles hat keinerlei Bedeutung, jetzt, da er vor mir steht.

Mein Herz krümmt sich zusammen, während mein Mund trocken wird; eine solche Sehnsucht überwältigt mich, dass ich nicht einmal sprechen kann. Ich sehe meinen geliebten, wunderbaren Damen an ... schöner denn je im Licht der Straßenlaternen. Der Klang meines Namens auf seinen Lippen, so aufgeladen, so voll; es ist eindeutig, dass er genauso empfindet.

Ich gehe auf ihn zu, und aufgestaute Emotionen drängen an die Oberfläche, quellen über; ich habe ihm so viel zu erzählen, so viel zu sagen. Die Worte vergehen in dem Moment, in dem wir uns treffen, und Kribbeln und Hitze nehmen von meinem Körper Besitz. Ich will nur noch mit ihm verschmelzen, nie wieder von ihm getrennt sein ...

Seine Hand liegt auf meinem Rücken, holt mich näher heran, als Roman die Tür öffnet, von ihm zu mir schaut und sagt: »Ever, Damen, schön, dass ihr es geschafft habt.«

Damen stürmt durch die Tür und drückt Roman gegen die Wand, während ich an den beiden vorbeischlüpfe und ins Wohnzimmer eile. Suchend sehe ich mich nach Haven um, finde sie ausgestreckt auf der Couch liegen, bleich und regungslos. Soweit ich es erkennen kann, atmet sie kaum.

Ich stürze zu ihr, sinke neben ihr zu Boden und greife nach ihrem Handgelenk. Meine Finger tasten nach ihrem Puls, so, wie ich es einst in Damens Haus getan habe.

»Was habt ihr mit ihr gemacht?« Wütend funkele ich Ava an, die neben ihr kauert; mir ist klar, dass sie mit Roman im Bunde ist, die beiden spielen im selben Team. »Was. Habt. Ihr. Gemacht?«, wiederhole ich und weiß, dass ein rascher Tritt in ihr Wurzelchakra, das Zentrum für Eitelkeit und Habgier, ihr augenblicklich den Rest geben würde, wenn es dazu kommen sollte. Und ich überlege, ob Damen wohl schon dasselbe getan hat, ob er die Faust in Romans Sakralchakra gerammt hat, und es kümmert mich nicht mehr, ob es so ist.

Nicht nach dem, was sie meiner Freundin angetan haben.

Ava sieht mich an, ihr Gesicht hebt sich blass gegen ihr kastanienbraunes Haar ab. Ihre braunen Augen sind weit aufgerissen und flehen, erinnern mich an irgendetwas – an etwas, das zu erfassen mir keine Zeit bleibt –, als sie sagt: »Ich habe überhaupt nichts getan, Ever. Ich schwöre es. Ich weiß, du glaubst mir nicht, aber es ist wahr.«

»Du hast Recht, ich glaube dir nicht.« Wieder konzentriere ich mich auf Haven, drücke die Handfläche auf ihre Stirn, ihre Wange. Ihre Haut ist kalt und trocken, während ihre Aura immer schwächer leuchtet, dunkler wird und die Lebensenergie ihr entgleitet.

»Es ist nicht so, wie du denkst. Sie haben einen Termin mit mir gemacht … haben gesagt, es wäre für eine Party. Und als ich angekommen bin, habe ich das hier vorgefunden.« Kopfschüttelnd deutet sie mit einer Geste auf Haven.

»Aber natürlich bist du gekommen! Es ist schließlich dein lieber Freund Roman.« Ich betrachte Haven, suche nach Anzeichen von Misshandlungen, doch ich kann nichts entdecken. Sie sieht friedlich aus, ahnungslos, unwissend, dass ihr auf dieser Welt keine Zeit mehr bleibt. Ist auf dem besten Weg in die nächste, ins Sommerland, es sei denn, ich kann das verhindern.

»Ich habe versucht zu helfen … habe versucht …«

»Und warum hast du's nicht getan? Warum hast du Jude angerufen und nicht den Notarzt?« Wütend funkele ich sie an, während ich nach meiner Tasche greife, nach meinem Handy, und mir zu spät einfällt, dass ich ohne hergekommen bin. Also manifestiere ich ein Neues, gerade als Roman ins Zimmer kommt.

Ich schaue an ihm vorbei und suche nach Damen, und mein Herz gerät ins Taumeln, als ich ihn nicht sehe.

Roman schüttelt nur lachend den Kopf. »Ist ein bisschen langsamer als ich. Schließlich ist er älter, das weißt du doch!« Dann schnappt er mir das manifestierte Handy mit den Worten weg: »Glaub mir, Schätzchen. Das bringt auch nichts mehr. Scheint, als hätte deine Freundin eine Tasse sehr starken Belladonna-Tee getrunken.« Er deutet auf eine zarte Porzellantasse auf dem Tisch, deren Inhalt offenkundig vor Kurzem geleert worden ist. »Belladonna ist ein tödliches Nachtschattengewächs, falls du nicht damit vertraut sein solltest, und sie ist schon so weit, dass ihr medizinisch nicht mehr zu helfen ist. Nein, die Einzige, die sie jetzt noch retten kann, bist *du*.«

Ich kneife die Augen zusammen und bin mir nicht sicher, was er meint. Jetzt sehe ich Damen hinter ihm stehen; seine Augen sind wachsam und besorgt, als er meinen Blick erwidert. Und ich weiß, dass er versucht, mir irgendetwas zu sagen, mir eine telepathische Botschaft zu senden, die ich anscheinend nicht erfassen kann. Ich empfange nur ein ganz schwaches Echo, kann aber die Worte nicht verstehen.

»Das ist der Moment, Ever.« Roman lächelt. »Der Augenblick, auf den du gewartet hast!« Er breitet die Arme weit aus und deutet auf Haven, als sei sie der Hauptgewinn.

Ich schaue von ihm zu Damen und versuche immer noch, seine Botschaft zu empfangen, doch es gelingt mir nicht.

Romans Augen wandern über meinen Körper, gemächlich betrachtet er meine bloßen Füße, das feuchte Kleid, das mir am Leib klebt. Er leckt sich die Lippen, als er fortfährt: »Es ist wirklich ganz einfach, Schätzchen, einfach genug, dass sogar du es entschlüsseln kannst. Erinnerst du dich noch an den Tag, an dem du zu mir gekommen bist und wir über den Preis gesprochen haben?«

Rasch sehe ich zu Damen hinüber und erhasche ein Aufblitzen des Erschreckens auf seinen Zügen, des Unglaubens und des Schmerzes, ehe ich schnell wieder wegschaue.

»Uups!« Roman zieht die Schultern hoch und hält sich den Mund zu, während sein Blick zwischen uns beiden hin und her wandert. »Entschuldigung. Hab ganz vergessen, dass dein unerlaubter Besuch ja unser schmutziges kleines Geheimnis ist. Du wirst mir eine Indiskretion wohl verzeihen müssen, da es hier doch um Leben und Tod geht. Also, nur um euch auf den neuesten Stand zu bringen«, er nickt Ava und Damen zu, »Ever ist hier aufgekreuzt und wollte einen Deal machen. Anscheinend ist sie extrem scharf darauf, mit ihrem knackigen Freund in die Kiste zu steigen.« Er lacht, während er hinter die Bar geht, nach einem Kelch aus geschliffenem Kristall greift und ihn mit Elixier füllt, während Damen sich bemüht, ruhig zu bleiben.

Ich atme tief durch, rühre mich aber nicht von der Stelle. Mir ist klar, dass es nicht den leisesten Unterschied macht, ob Roman tot oder am Leben ist, er hat trotzdem die Kontrolle über alles. Sein Spiel. Seine Regeln. Und ich kann nicht umhin, mich zu fragen, wie lange er das schon treibt – wie lange ich mir eingebildet habe, ich würde tatsächlich Fortschritte machen, während ich lediglich blind gefolgt bin. Genau wie in der Vision, die er mir in der Schule gezeigt hat, beherrscht er uns alle.

»Ever«, Damen sieht mich an; da Telepathie nicht mehr funktioniert, ist er gezwungen, seine Gedanken laut auszusprechen, sodass alle im Zimmer sie hören können. »Ist das wahr?«

Ich schlucke heftig. »Komm einfach zur Sache.«

»Immer hast du es so eilig.« Roman schnalzt missbilligend mit der Zunge. »Im Ernst, Ever, für jemanden, der nichts hat als Zeit, ist das völlig unlogisch. Aber gut, ich spiele mit. Also sag mal, hast du einen Schimmer, irgendeine Ahnung, wohin all das führen könnte?«

Ich sehe Haven an, die kaum noch atmet, kaum noch am Leben ist, und will nicht zugeben, dass ich keine Ahnung habe, was er will, keinen Schimmer, was hier vorgeht.

»Weißt du noch, als du mich damals im Laden besucht hast?«

Damen bewegt sich, ich kann *fühlen*, wie sich seine Energie verlagert, doch ich schüttele nur den Kopf und werfe mit zusammengekniffenen Augen einen raschen Blick über die Schulter, als ich entgegne: »Ich wollte zu Haven, du warst nur zufällig da.«

»Details.« Roman wischt meine Worte mit einer Geste beiseite. »Es ist das Rätsel, auf das ich hinauswill. Erinnerst du dich an das Rätsel, das ich dir gestellt habe?«

Ich seufze und umklammere Havens Hand – kalt, trocken und reglos. Kein gutes Zeichen.

»*Den Menschen geben, was sie wollen.* Weißt du noch, wie ich das gesagt habe?« Er hält inne, wartet darauf, dass ich antworte, doch als ich es nicht tue, setzt er hinzu: »Die Frage ist – was *bedeutet* das, Ever? *Was* genau wollen die Menschen? Irgendwelche Vorschläge?« Er zieht die Brauen hoch und wartet, dann meint er mit einem Nicken: »Versuch mal, einen Moment einen etwas populistischeren Standpunkt einzunehmen. Mach schon, versuch's mal. Das ist was ganz anderes als deine und Damens elitäre Sichtweise, das versichere ich dir. Bei mir gibt's kein Zurückhalten der Gaben – ich teile sie freigiebig. Oder zumindest mit denen, die es meiner Ansicht nach verdienen.«

Ich drehe mich, drehe mich ganz zu ihm herum; urplötzlich beginne ich zu begreifen. Meine Stimme ist heiser und fast unhörbar, als ich hervorstoße: »Nein!«

Mein Blick huscht zwischen Roman und Haven hin und her, als mir die Wahrheit dessen aufgeht, was er will, der *Preis*, auf dem er beharrt.

Nein!

Mein Blick bohrt sich in Romans Augen, während Ava und Damen stumm bleiben und keine Ahnung haben, was hier wirklich abläuft.

»Das mache ich nicht«, erkläre ich. »Du kannst mich nicht dazu zwingen.«

»Würde mir nicht im Traum einfallen, Schätzchen. Wo bleibt denn da der Spaß?« Er lächelt, langsam und behäbig wie die Grinsekatze. »Genauso, wie du *mich* nicht dazu zwingen kannst zu tun, was du willst, mit deinen jämmerlichen Versuchen in Sachen Gedankenverschmelzung und den dunklen Mächten, die du gerade erst heraufbeschworen hast.« Er lacht und droht mir mit dem Finger. »Du warst ein sehr böses Mädchen, Ever. Mit Magie zu wirken, die du nicht verstehst. Mir war nicht klar, dass das Buch in deinen Händen enden würde, als ich es vor all den Jahren verkauft habe. Oder vielleicht doch?« Er schüttelt den Kopf. »Wer weiß?«

Die Wahrheit seiner Worte trifft mich mit voller Wucht. *Jude.* Hat er Jude das Buch verkauft? Und wenn ja, stecken sie unter einer Decke?

»Warum machst du das?« Es kümmert mich nicht mehr, ob Damen jetzt von der langen Liste meiner Wortbrüche weiß oder was Ava in ihrer Ecke denkt; ich konzentriere mich nur auf ihn und auf mich – als wären wir allein in diesem unheimlichen, gottverlassenen Zimmer.

»Na ja, das ist eigentlich ganz einfach.« Er lächelt. »Du bist doch so sehr darauf aus, Trennlinien zu ziehen, anders zu sein – schön, hier ist deine Chance, dich wirklich abzugrenzen, jetzt hast du Gelegenheit, zu beweisen, dass du ganz anders bist als ich. Und wenn du Erfolg hast, wenn du zweifelsfrei nachweisen kannst, dass wir uns nicht ähnlich sind, na ja, dann bin ich durchaus bereit, dir zu geben, was du willst. Ich gebe dir das Gegengift gegen das Gegengift, das Heilmittel für das Heilmittel, und du und Damen, ihr könnt euch in die Flitterwochensuite zurückziehen und loslegen. Das ist doch das, wovon du die ganze Zeit geträumt hast, nicht wahr? Das, was du die ganze Zeit geplant hast. Und alles, was du zu tun brauchst, um es zu erreichen, ist, deine Freundin sterben zu lassen. Wenn du Haven sterben lässt, dann gehört das *Auf Immer und Ewig* dir, mit Zufriedenheitsgarantie – mehr oder weniger.«

»Nein.« Ich schüttele den Kopf. »*Nein!*«

»Nein zum Gegengift oder zu *Auf Immer und Ewig*? Was denn jetzt?« Er schaut zwischen Haven und seiner Armbanduhr hin und her und lächelt, als er hinzusetzt: »Tick, tack, es wird Zeit, sich zu entscheiden.«

Ich drehe mich wieder zu Haven um; ihr Atem geht flach und ganz schwach. Ava sitzt daneben und schüttelt den Kopf, und Damen – mein ewiger Geliebter, mein Seelengefährte, der Mann, dem gegenüber ich so oft versagt habe – fleht mich an, nicht genau das zu tun, wozu ich neige.

»Wenn du zu lange zögerst, stirbt sie. Und wenn du sie zurückholst, na ja, das kann ein bisschen eklig werden, wie du ja weißt. Aber wenn du sie jetzt rettest, ihr einfach das Elixier einflößt, also, dann wacht sie auf und fühlt sich prima. Besser als prima. Und das Beste daran ist, so wird es *für immer* bleiben. Was schließlich *genau* das ist, was die Menschen wollen, nicht wahr? Ewige Jugend und ewige Schönheit. Gesundheit und Lebenskraft für alle Zeiten. Kein Altern, keine Krankheiten, keine Angst vor dem Tod. Ein endloser Horizont, und keine Grenze in Sicht. Also, wofür entscheidest du dich, Ever? Bleib bei deinen anspruchsvollen, elitären, eigennützigen Ansichten, beweise mir, dass du nicht im Mindesten so bist wie ich, behalte weiter alles für dich, verabschiede dich von deiner Freundin – und das Gegengift gehört dir. Oder …« Er lächelt und sieht mir unverwandt in die Augen. »Rette deine Freundin. Verschaff ihr einen Backstage-Pass zu genau der Stärke und der Schönheit, von der sie bisher nur träumen konnte. Genau das, wonach sie sich immer gesehnt hat, genau das, wonach *jeder* sich sehnt. Du *brauchst* nicht Lebewohl zu sagen. Es liegt ganz und gar bei dir. Aber wie gesagt, die Zeit läuft, also solltest du dich vielleicht beeilen.«

Ich betrachte ihr blasses, zerbrechliches Gesicht und weiß, dass ich dafür verantwortlich bin, dass es absolut meine Schuld ist. Vage bin ich mir bewusst, dass Damen neben mir ist, dass er drängt: »Ever, Liebling, bitte hör mir zu, das *kannst* du nicht tun. Du *kannst* sie nicht retten.« Ich will ihn nicht ansehen, und er fährt fort: »Du *musst* sie loslassen. Es geht *nicht* um uns – nicht darum, dass wir zusammen sein können. Wir finden eine Möglichkeit, ich verspreche es dir. Du kennst doch das Risiko, das damit verbunden ist ... Du weißt, das kannst du nicht machen – nicht nachdem du das Schattenland erlebt hast«, flüstert er. »Dem kannst du sie doch nicht ausliefern.«

»Ooh! Das *Schattenland* – klingt ja *gruselig!*« Roman lacht. »Erzähl mir bloß nicht, du meditierst immer noch, Alter? Rennst du immer noch im Himalaya rum und suchst nach Bedeutungen?«

Ich schlucke heftig und sehe weg, achte nicht auf die beiden. In meinem Verstand drängen sich Argumente, sowohl dafür als auch dagegen, als Ava sagt: »Ever. Damen hat Recht.«

Zornig funkele ich sie an, diese Frau, die mich aufs Übelste hintergangen hat. Die Damen verwundbar und hilflos zurückgelassen hat, nachdem sie mir versprochen hat, sich um ihn zu kümmern; eine willige Partnerin in Romans Spiel.

»Ich weiß, du traust mir nicht, aber es ist nicht so, wie du denkst. Hör doch, Ever, bitte, ich habe keine Zeit, es zu erklären, aber wenn du nicht auf mich hören willst, dann hör auf Damen. Er weiß, was er sagt, du kannst deine Freundin nicht retten, du musst sie loslassen.«

»Gesprochen wie eine wahre Abtrünnige«, fauche ich sie an und denke daran, wie sie sich mit dem Elixier davongemacht hat, und ohne Zweifel hat sie auch davon getrunken.

»Es ist nicht so, wie du denkst«, wiederholt sie. »Überhaupt nicht.«

Doch ich höre ihr nicht mehr zu, meine Aufmerksamkeit gilt wieder Roman, der jetzt an meiner Seite ist und den Kelch mit dem Elixier ein wenig schwenkt. Die Flüssigkeit schillert und funkelt, als er sie kreisen lässt und mir zu verstehen gibt, dass die Zeit gekommen ist, dass es Zeit ist, mich zu entscheiden.

»Haven wollte sich die Zukunft vorhersagen lassen, und wer könnte das besser als du, *Avalon?* Schade, dass Jude nicht hier ist, sonst könnten wir eine richtige Party feiern – oder eine Totenwache, je nachdem, wie's ausgeht. Was ist passiert Ever, es hat doch so ausgesehen, als wärt ihr ganz dicke, als ich das letzte Mal nachgeschaut habe.«

Ich schlucke, das Leben meiner Freundin hängt jetzt an einem Faden. Ein Faden den ich entweder durchschneiden kann oder …

»Ich mache dir ja wirklich nicht gern Druck, aber das ist der Augenblick der Wahrheit. Bitte enttäusch Haven nicht, sie hat sich so auf ihre Sitzung beim Hellseher gefreut. Also, was liegt an? Was sagen die Karten? Bleibt sie am Leben – oder stirbt sie? Du entscheidest über ihre Zukunft.«

»Ever«, sagt Damen, die Hand auf meinem Arm; der Energieschleier schwebt beharrlich zwischen uns, erinnert mich einmal mehr an meine immer zahlreicher werdenden

Fehler. »Das kannst du nicht tun, *bitte*. Du weißt, dass es nicht richtig ist. So schwer es auch ist, du hast keine andere Wahl, als Abschied von ihr zu nehmen.«

»Oh, eine *Wahl* hat sie sehr wohl.« Wieder schwenkt Roman den Kelch. »Wie weit bist du bereit zu gehen, um deine Ideale zu wahren und das zu bekommen, was du dir auf der Welt am meisten wünschst?«

»Ever, *bitte*.« Ava beugt sich zu mir herüber. »Das ist vollkommen verkehrt, es verstößt gegen das Gesetz der Natur. Du *musst* sie loslassen.«

Ich schließe die Augen, bin unfähig zu handeln – unfähig, mich zu rühren. Ich kann das nicht – ich kann diese Wahl nicht treffen ... Er kann mich nicht dazu zwingen ...

Romans Stimme schwebt über mir. »Also, das wär's dann wohl.« Er seufzt und tritt zurück. »Fein, Ever, du hast bewiesen, dass du Recht hast. Du bist nicht wie ich. Überhaupt nicht. Du bist wahrhaft elitär, ein Mensch mit hohen Idealen und noch höheren Ansprüchen, und jetzt darfst du auch noch mit deinem Freund schlafen! Gut gemacht! Und wenn man bedenkt, dass das lediglich das Leben deiner Freundin gekostet hat. Deiner armen, traurigen, verlorenen Freundin, die nur wollte, was alle wollen – das, was du bereits hast und das zu teilen du absolut in der Lage wärst. Gratuliere ... sollte ich das sagen?«

Er geht zum Flur, während ich vor Haven knie. Tränen strömen mir übers Gesicht, während ich meine Freundin betrachte. Meine arme, verlorene, verwirrte Freundin, die nichts von alldem verdient hat, die immer den Preis dafür bezahlt, dass sie Freundschaft mit mir geschlossen hat. Damens und Avas halblaute Stimmen neben mir, ein Wiegenlied aus Versprechen, Versprechen, dass ich es überstehen werde, dass ich das Richtige getan habe, dass alles gut wird.

Und dann sehe ich sie, die silberne Schnur, die den Körper mit der Seele verbindet. Ich habe davon gehört, aber *gesehen* habe ich sie noch nie, bis jetzt. Ich sehe, wie sie sich dehnt, so dünn, dass sie gleich reißen wird ... meine Freundin weit wegschicken wird, ins Sommerland ...

Ich springe auf, reiße Roman das Glas aus der Hand und zwinge Haven zu trinken.

Achte nicht auf das Stimmengewirr um mich herum, auf Avas durchdringendes Aufkeuchen, darauf, dass Damen mich anfleht, es nicht zu tun, oder auf Romans Ein-Mann-Applaus, begleitet von seinem lauten, vulgären Lachen.

Aber das alles ist mir egal.

Nur *sie* ist mir wichtig.

Haven.

Ich kann sie nicht loslassen.

Kann sie nicht sterben lassen.

Kann nicht Abschied nehmen.

Ich nehme ihren Kopf in die Arme und zwinge sie zu trinken.

Sofort kehrt die Farbe in ihre Wangen zurück, als sie die Augen aufschlägt und mich ansieht.

»Was zum ...?« Mühsam setzt sie sich auf und sieht sich um, schaut mit zusammengekniffenen Augen von mir zu Ava, Damen und Roman und fragt: »Wo bin ich?«

Mit offenem Mund starre ich sie an, habe jedoch keine Ahnung, was ich sagen soll. Ich weiß, so muss Damen bei mir zu Mute gewesen sein, nur ist das hier viel schlimmer.

Er wusste nichts vom Schattenland.

Ich schon.

»Damen und Ever haben beschlossen, zu uns zu stoßen, Schätzchen, und weißt du was? Die Zukunft sieht rosiger aus als je zuvor!« Roman hilft ihr auf die Beine. Er zwinkert mir zu und fährt fort: »Dir ging's nicht besonders, also hat Ever dir ein bisschen Saft gegeben, sie hat gedacht, ein bisschen *Zucker* bringt dich gleich wieder nach vorn – und verdammt, wenn das nicht geklappt hat! Und jetzt, Ava, sei ein Schatz und hol uns ein bisschen Tee, ja? Auf dem Herd steht eine frische Kanne.«

Ava erhebt sich und versucht, mich mit reiner Willenskraft dazu zu bewegen, ihr in die Augen zu sehen, als sie auf den Flur zustrebt. Aber ich tue es nicht. Kann es nicht. Kann niemanden ansehen. Nicht nach dem, was ich gerade getan habe.

»Schön zu wissen, dass du an Bord bist, Ever.« Roman bleibt dicht vor der Tür stehen. »Wie ich gesagt habe – du und ich –, wir sind gleich. Für alle Ewigkeit aneinandergebunden. Und nicht wegen des Zaubers, Schätzchen, sondern wegen unseres Schicksals ... unserer Bestimmung. Betrachte mich als weiteren Seelengefährten.« Er lacht, und seine Stimme ist ein Flüstern, als er hinzufügt: »Aber, aber, Süße, mach doch nicht so ein schockiertes Gesicht. Mich überrascht das nicht im Geringsten. Du bist nicht ein einziges Mal vom Drehbuch abgewichen. Jedenfalls bis jetzt nicht.«

NEUNUNDVIERZIG

Damen beugt sich zu mir herüber, und sein Blick ist wie eine Hand auf meinem Arm, warm, einladend, holt mich zu sich heran. »Ever, bitte, sieh mich an«, sagt er.

Doch ich starre weiter aufs Meer hinaus; das Wasser ist so schwarz, dass ich es gar nicht sehen kann.

Schwarzer Ozean, dunkler Mond, und eine Freundin, der dank mir das Schattenland winkt.

Ich steige aus seinem Wagen und gehe zum Klippenrand, starre die steile Felswand hinunter in die Finsternis. Werde von seiner Energie angezogen, als er hinter mich tritt, die Hand auf meiner Schulter, und mich dicht an seine Brust zieht. »Wir schaffen das, du wirst sehen.«

Ich drehe mich um und frage mich, wie er so etwas sagen kann. »Wie denn?«, setze ich an, und meine Stimme ist so dünn, als gehöre sie jemand anderem. »Wie sollen wir das machen? Wirst du ihr ein Amulett basteln und darauf bestehen, dass sie es jeden Tag trägt?«

Er schüttelt den Kopf, und seine Augen blicken unverwandt in meine. »Wie soll ich denn Haven dazu bringen, ihres zu tragen, wenn ich nicht mal dich davon überzeugen kann, deins umzulegen?« Seine Finger wandern zu meinem Hals, meiner Brust, streichen über die Stelle, wo die Kristalle sein sollten. »Was ist passiert?«

Ich drehe mich wieder um, will in seinen Augen nicht noch schlechter dastehen, indem ich erkläre, dass ich es abgenommen habe, weil ich allzu sehr auf meinen fehlgeleiteten Zauber vertraut habe.

»Was soll ich ihr sagen?«, flüstere ich. »Wie kann ich ihr nur erklären, was ich getan habe? Wie sagt man jemandem, dass man ihm ewiges Leben geschenkt hat, aber sollte man doch sterben, dann ist die Seele verloren?«

Damens Lippen sind ganz nahe, wärmen mein Ohr, als er antwortet: »Wir finden eine Möglichkeit ... Wir ...«

Ich schüttele den Kopf und mache mich los, starre in die Schwärze und meide seinen Blick. »Wie kannst du das sagen? Wie kannst du ...?«

Er tritt neben mich, und seine bloße Anwesenheit erhitzt meine Haut. »Wie kann ich was?«

Ich schlucke krampfhaft, unfähig, es auszusprechen, alles, was ich getan habe, in Worte zu fassen. Lasse mich von ihm in die Arme nehmen, ganz fest an seine Brust drücken und wünsche mir, ich könnte geradewegs in ihn hineinkriechen, mich neben seinem Herzen zusammenrollen und für immer dort bleiben – die sicherste Zuflucht, die ich jemals kennen könnte.

»Wie kann ich einem Mädchen verzeihen, das seine Freundin so lieb hat, dass sie nicht ertragen kann, sie loszulassen?« Er schiebt mir das Haar hinters Ohr und hebt mein Kinn an, sodass ich ihn ansehen muss. »Wie kann ich einem Mädchen verzeihen, die das geopfert hat, was sie sich die ganze Zeit gewünscht hat, all die *Jahre* lang? Die die unmittelbare Hoffnung fahren lässt, dass wir zusammen sein können, damit ihre Freundin *leben* kann? Wie kann ich *diesem Mädchen* verzeihen, fragst du?« Er sieht mich an, seine Augen forschen in meinen. »Das ist ganz leicht. Habe ich nicht eine ähnliche Entscheidung getroffen, als ich dich das erste Mal habe trinken lassen? Und dabei war das, was du getan hast, etwas viel Größeres, war ausschließlich von Liebe motiviert, während mein eigenes Handeln nicht ganz so lauter war. Ich war viel mehr daran interessiert, mein Leid zu lindern.« Er schüttelt den Kopf. »Hab mir eingeredet, ich hätte es für dich getan, und dabei war ich in Wahrheit selbstsüchtig und habgierig, habe mich ständig eingemischt, habe dich nie selbst wählen lassen. Ich habe dich *für mich* zurückgeholt – das ist mir jetzt klar.«

Ich wünschte, ich könnte ihm glauben – dass mein Entschluss edel war. Aber das ist anders. Was ich getan habe, war etwas ganz anderes. Ich wusste vom Schattenland, er nicht.

Ich sehe ihn an und erwidere: »Und das ist ja auch alles schön und gut, bis sie wieder in Schwierigkeiten gerät. Dann bin *ich* schuld am Tod ihrer Seele.«

Er schaut an mir vorbei, auf das unsichtbare Meer hinaus, das beständiges Wellenrauschen ans Ufer schickt. Wir wissen beide, dass es nichts mehr zu sagen gibt, keine Worte können das wiedergutmachen.

»Es war nicht ...« Ich stocke und komme mir albern vor, jetzt damit anzufangen, angesichts alles anderen, aber ich will trotzdem, dass er es weiß. »Es war nicht so, wie du denkst – mit mir und Jude – am Strand.« Ich schüttele den Kopf. »Es war nicht so, wie es ausgesehen hat.« Sein Kiefer spannt sich an, sein Griff lockert sich, doch ich hole ihn zu mir zurück, ich habe noch viel mehr zu sagen. »Ich glaube, er ist ein Unsterblicher. Ein Abtrünniger, wie Roman.« Damens starrt mich an, und seine Augen werden schmal, als ich hinzufüge: »Ich habe sein Tattoo gesehen, unten am Rücken.« Dann wird mir klar, wie sich das anhört, dass ich tatsächlich in der Lage war, seinen nackten Rücken aus der Nähe zu begutachten, also erkläre ich: »Er hatte eine Badehose an, und wir waren im Jacuzzi.« Ich schüttele den Kopf, das macht es auch nicht besser. »Das Ganze war bei Miles' Abschiedsparty ... und ... jedenfalls, als Ava angerufen hat, hat er sich umgedreht und nach dem Handy gegriffen, und da habe ich es gesehen. Die Schlange, die ihren eigenen Schwanz verschluckt. Das Ouroboros-Zeichen. Genau wie Drina eins hatte, wie das, das Roman am Hals hat. Genau dasselbe.«

»Ist es *ganz genauso* wie das von Roman?«

Ich blinzele und bin mir nicht sicher, was er meint.

»Hat es geflackert? Sich bewegt? Ist es verblasst und wieder sichtbar geworden?«

Ich schüttele den Kopf und frage mich, was das schon ausmachen könnte. Ich meine, sicher, ich habe das Tattoo nur ein paar Sekunden lang zu Gesicht bekommen, habe nicht mehr als einen kurzen Blick darauf erhascht, aber trotzdem ...

Er seufzt, löst sich von mir und setzt sich auf die Kühlerhaube seines Wagens. »Ever, das Ouroboros-Zeichen an sich ist nicht böse. Bei Weitem nicht. Roman und seine Schar haben seine Bedeutung verzerrt. Eigentlich ist es ein uraltes alchemistisches Symbol, das für Schöpfung aus Vernichtung steht, für ewiges Leben – so etwas eben. Viele Leute haben so eine Tätowierung, und das Einzige, was das Tattoo beweist, ist, das Jude auf Body-Art steht. Auf Body-Art und auf *dich*.«

Ich will ihn wissen lassen, dass das nicht auf Gegenseitigkeit beruht. Wie könnte es auch, wenn er da ist?

Mir wird klar, dass er meine Gedanken gehört hat, als er mich an sich zieht. »Bist du sicher? Du bist nicht wegen den Zaubertricks und dem Angeberauto schwach geworden?«

Ich schüttele den Kopf und schmiege mich an ihn, bin mir des Schleiers bewusst, der zwischen uns schwebt, überglücklich, dass unsere Telepathie wieder funktioniert. In Romans Wohnzimmer hatte ich schon Angst, ich hätte sie irgendwie kaputt gemacht.

Natürlich funktioniert sie wieder, denkt er. *Furcht trennt. Wer Angst hat, fühlt sich allein ... abgetrennt. Aber Liebe ... Liebe bewirkt genau das Gegenteil. Sie vereint.*

»Es gab immer nur *dich*«, sage ich, muss die Worte unbedingt laut aussprechen, sodass wir sie beide hören können. »Ausschließlich *dich*. Niemand anderen als *dich*.« Ich sehe ihm in die Augen und hoffe, dass das Warten vorbei ist, dass wir unseren Drei-Monate-Deal abhaken können.

Er nimmt mein Gesicht zwischen seine Hände und presst die Lippen auf meine. Seine warme, liebevolle Gegenwart ist die einzige Antwort, die ich brauche. Die einzige Antwort, die ich will.

Wir wissen beide, dass es so viel zu bereden gibt – Roman, Haven, die Zwillinge, Jude, das *Buch der Schatten*, Avas Rückkehr –, doch wir wissen, dass das warten kann. Jetzt möchte ich einfach darin schwelgen, bei ihm zu sein.

Ich lege ihm die Arme um den Hals, als er mich auf seinen Schoß zieht, und wir blicken hinaus auf etwas so Dunkles, so Gewaltiges, so Unendliches, so Ewiges, dass wir beide wissen, es ist da – obwohl wir es gar nicht sehen können.

DANKSAGUNG

Man braucht ein ganzes Team, um ein Buch zu machen, und ich habe unglaubliches Glück, mit einem so tollen Team zu arbeiten!

Ein Riesendankeschön an:

Bill Contardi – die perfekte Mischung aus Grips, Herz und durchtriebenem Sinn für Humor. Der beste Agent, den eine Autorin sich nur wünschen könnte!

Matthew Shear und Rose Hilliard – Ausnahmeverleger und Ausnahmelektorin. Ohne die beiden hätte ich es niemals geschafft!

Anne Marie Tallberg und Brittany Kleinfelter – die brillanten Köpfe, die hinter der immortalsseries.com-Website stehen. Danke für eure kreativen Einfälle und eure dringend benötigte Hilfe in Sachen Technik!

Katy Hershberger, die nicht nur einen tollen Musikgeschmack hat, sondern zufällig auch noch eine Superpublizistin ist!

Die unglaublich talentierten Mitarbeiter der Grafikabteilung, Angela Goddard und Jeanette Levy, die wunderschöne Buchcover entworfen haben! Zusammen mit allen anderen in der Marketing- und Vertriebsabteilung, in der Herstellung und in all den anderen Bereichen, die ich bestimmt vergessen habe. Danke für alles, was ihr tut – ihr seid die Größten, Leute!

Und außerdem alles Liebe und eine dicke Umarmung

für Sandy dafür, eine ständige Quelle der Inspiration sowie ständiger Anlass für Lachen und Spaß – mein ganz privater Damen Auguste.

Und es wäre absolut nachlässig von mir, *euch* nicht zu erwähnen, die Leser – über eure Nachrichten, E-Mails, Briefe und Kunstwerke freue ich mich jedes Mal aufs Neue. Danke, dass ihr so unglaublich phantastisch seid!

EVERMORE
DAS SCHATTENLAND

hat Ihnen gefallen?

Dann können Sie sich freuen,
dass es im vierten Roman von Alyson Noël

EVERMORE
DAS DUNKLE FEUER

genauso spannend weitergeht:

Ever würde alles dafür tun, endlich mit Damen zusammen sein zu können. Dafür hat sie das Leben ihrer Freundin Haven aufs Spiel gesetzt, und dafür begibt sie sich selbst immer wieder in größte Gefahr. Schuld daran ist ihr Erzfeind Roman, der den Schlüssel zu Evers glücklicher Zukunft mit Damen in seinen Händen hält. Schließlich sieht sie nur noch einen Ausweg: schwarze Magie. Wenn es ihr gelingt, das richtige Ritual auszuführen, dann wird sie die Kontrolle über Roman erlangen und ihn dazu bringen können, den Fluch außer Kraft zu setzen. Doch sie ahnt nicht, dass sie damit alles aufs Spiel setzt, ihre Freundschaft zu Haven und ihre Liebe zu Damen ...

»Wenn Sie die ewige, unsterbliche Liebe erleben wollen,
dann lesen Sie die geniale Romantic-Mystery-Reihe ›Evermore‹.«
denglers-buchkritik.de

Mehr Informationen unter www.evermore-unsterbliche.de
und www.alysonnoel.com.

**Auf den folgenden Seiten
finden Sie Ihre exklusive Leseprobe aus
DAS DUNKLE FEUER.**

UND SO GEHT ES WEITER:

»*Was?*«

Haven lässt ihr Törtchen fallen, das mit dem rosa Zuckerguss, den roten Streuseln und der silbernen Papiermanschette. Ihre stark geschminkten Augen forschen in meinen, während ich mich auf dem belebten Platz umsehe und mich innerlich krümme. Sofort bereue ich meinen Entschluss hierherzukommen. Dumm genug von mir zu glauben, ein Ausflug an einem schönen Sommertag zu ihrem Lieblingscafé, dem mit den leckeren Törtchen, wäre die beste Methode, es ihr beizubringen. Als könnte dieses kleine Erdbeertörtchen ihr die Eröffnung irgendwie versüßen. Jetzt jedoch wünsche ich mir nur, wir wären im Auto geblieben.

»Innenlautstärke bitte.« Ich versuche, das ganz locker rüberzubringen, höre mich aber stattdessen an wie eine missmutige alte Lehrerin. Sie beugt sich vor, streicht sich ihren langen, platinblond gesträhnten Pony hinters Ohr und kneift die Augen zusammen.

»Wie bitte? Tickst du noch ganz richtig? Ich meine, du knallst mir hier den totalen Hammer hin, und ich meine wirklich den *Mega*hammer, Marke: *Mir klingeln immer noch die Ohren, und mein Kopf dreht sich total* – und du musst das irgendwie noch mal wiederholen, nur damit ich sicher bin, dass du wirklich das gesagt hast, was ich glaube, und das Einzige, weswegen du dir einen Kopf machst, ist, *dass ich zu laut rede? Soll das ein Witz sein?*«

– LESEPROBE –

Ich schüttele den Kopf und schaue mich um, dann schalte ich voll auf Schadensbegrenzung. »Es ist nur …«, dränge ich mit gedämpfter Stimme. »Das darf niemand wissen. Es muss *unbedingt* geheim bleiben. Das ist *unumgänglich!*« Zu spät wird mir klar, dass ich mit genau dem Menschen rede, der noch nie fähig war, irgendjemandes Geheimnisse zu bewahren, schon gar nicht ihre eigenen.

Sie verdreht die Augen und rutscht auf ihrem Stuhl nach hinten, während sie vor sich hin brummelt. Ich nehme mir einen Moment Zeit, sie genau zu betrachten, und bin entsetzt, als ich sehe, dass die Zeichen bereits sichtbar sind: Ihre blasse Haut leuchtet und ist vollkommen rein und außerdem praktisch porenlos, während ihr welliges braunes Haar mit der blonden Strähne vorn so glänzt und strahlt wie eine teure Shampoo-Werbung. Sogar ihre Zähne sind ebenmäßiger, weißer, und unwillkürlich frage ich mich, wie das so schnell passieren konnte, mit nur ein paar kleinen Schlucken Elixier, da es bei mir doch so viel länger gedauert hat.

Mein Blick wandert weiter über sie, während ich tief Luft hole und mich kopfüber hineinstürze. Mein Versprechen vergesse, nicht die geheimsten Gedanken meiner Freundin zu belauschen, während ich mich bemühe, mehr zu erkennen, einen Blick auf ihre Energie zu werfen, die Worte zu hören, die sie für sich behält … Ich bin mir sicher, wenn Lauschen jemals gerechtfertigt war, dann jetzt.

Doch anstelle meines üblichen Platzes in der ersten Reihe finde ich eine unüberwindliche Mauer vor, die mir den Zugang verwehrt. Selbst nachdem ich ganz beiläufig die Hand ausstrecke, ihre Fingerspitzen mit meinen antippe und so tue, als interessiere ich mich für den silbernen Totenschädel-Ring, den sie trägt, komme ich nicht weiter.

Ihre Zukunft ist vor mir verborgen.

– LESEPROBE –

»Das ist einfach so …« Sie schluckt heftig und sieht sich um, betrachtet den plätschernden Springbrunnen, die junge Mutter, die einen Kinderwagen schiebt und dabei in ihr Handy brüllt, die Mädchen, die aus einem Geschäft für Badebekleidung kommen, die Arme voller Tüten. Schaut so ziemlich überall hin, nur nicht in mein Gesicht.

»Ich weiß, es ist ganz schön krass, *aber trotzdem* …« Ich zucke die Achseln; mir ist klar, dass ich das sehr viel besser rüberbringen muss, aber ich weiß nicht recht, wie.

»*Ganz schön krass?* So siehst du das also?« Sie trommelt mit den Fingern auf die Armlehne des grünen Metallstuhls, während ihr Blick langsam über mich hinweggleitet.

Ich seufze und wünsche mir, ich hätte das hier besser hingekriegt, wünsche mir, ich könnte das alles ungeschehen machen, aber dafür ist es zu spät. Mir bleibt nichts anderes übrig, als mich mit diesem Chaos auseinanderzusetzen, das ich angerichtet habe. »Ich habe wohl gehofft, *du* würdest es so sehen.« Wieder zucke ich die Achseln. »Verrückt. Ich weiß.«

Sie atmet tief durch; ihr Gesicht ist so regungslos, so ruhig, dass man unmöglich etwas darin lesen kann. Das Schweigen hängt zwischen uns, so lange, dass ich gerade etwas sagen, gerade anfangen will, um Verzeihung zu bitten, als sie hervorstößt: »Im Ernst? Du hast mich zu einer Unsterblichen gemacht? So … *ganz echt?*«

Ich nicke, und mein Magen ist ein einziges Nervenknäuel, als ich mich aufrichte und die Schultern straffe, mich für den Schlag wappne, der ganz sicher gleich kommen wird. Mir ist klar, dass mir nichts anderes übrig bleibt, als hinzunehmen, was immer sie austeilt, sei es nun verbal oder handgreiflich. Ich habe nichts Geringeres verdient, dafür, dass ich ihr Leben, so wie sie es gekannt hat, in Trümmer gelegt habe.

– LESEPROBE –

»Ich bin einfach …« Sie holt tief Luft. Ihre Aura ist unsichtbar und gibt keinerlei Hinweis auf ihre Stimmung, jetzt, da sie so ist wie ich. »Also … ich stehe total unter Schock. Ich meine, ganz im Ernst. Ich weiß nicht, was ich sagen soll.«

Ich presse die Lippen zusammen, lasse die Hände in den Schoß sinken und fingere an dem kristallbesetzten Armband herum, das ich immer trage. Dann räuspere ich mich und sage: »Haven, hör zu, es tut mir so was von leid. *So … dermaßen … unheimlich … leid.* Du hast ja keine Ahnung. Ich habe einfach …« Ich schüttele den Kopf und weiß, dass ich langsam auf den Punkt kommen sollte, aber ich habe das Gefühl, ich muss meine Sicht der Dinge erklären … die unmögliche Entscheidung, die zu treffen ich gezwungen war … wie es sich angefühlt hat, sie so hilflos zu sehen, so bleich, an der Schwelle des Todes, jeder flache Atemzug hätte durchaus ihr letzter sein können …

Doch ehe ich auch nur anfangen kann, beugt sie sich zu mir vor, die weit aufgerissenen Augen fest auf meine gerichtet. »*Spinnst* du?« Sie schüttelt den Kopf. »Du *entschuldigst* dich echt, wenn ich hier sitze und mich so dermaßen freue, so was von total von der Rolle bin, dass ich mir gar nicht vorstellen kann, wie ich dir jemals dafür danken soll!«

Hä?

»Ich meine, das ist doch *so was* von voll cool!« Sie grinst und hüpft auf ihrem Stuhl, während ihr Gesicht aufleuchtet wie eine Tausend-Watt-Birne. »Das ist echt das Aller-Allercoolste, was mir je passiert ist – und das verdanke ich ganz allein *dir!*«

Ich schlucke, schaue mich wieder nervös um und weiß nicht genau, wie ich reagieren soll. Das ist nicht das, was ich erwartet hatte. Nicht das, worauf ich mich gefasst gemacht hatte. Allerdings ist es so ziemlich genau das, wovor Damen mich gewarnt hat.

Damen … mein bester Freund … mein Seelengefährte … meine große Liebe. Mein unglaublich attraktiver, hinreißender, kluger, talentierter, geduldiger und verständnisvoller Freund, der wusste, dass das passieren würde und mich aus genau diesem Grund gebeten hat, mitkommen zu dürfen. Aber ich war zu stur. Habe darauf bestanden, es allein zu machen. Ich bin diejenige, die sie *verwandelt* hat – ich bin diejenige, die ihr das Elixier eingeflößt hat –, also bin ich auch diejenige, die es ihr erklären sollte. Nur läuft das Ganze überhaupt nicht so ab, wie ich gedacht habe. Nicht einmal ansatzweise.

»Ich meine, das ist doch so ähnlich wie ein Vampir zu sein, nicht wahr? Bloß ohne die Blutsaugerei?« Ihre funkelnden Augen suchen eifrig meinen Blick.

Ich stöhne auf und weiß genau, dass mir nichts anderes übrig bleibt, als diesen Zug wieder auf die Schiene zu setzen, ehe er komplett entgleist.

Gerade will ich zu einer Erwiderung ansetzen, als sie hinzufügt: »Oh, und auch ohne das mit den Särgen und keine Sonne und so!« Ihre Stimme wird vor Begeisterung lauter. »Das ist ja *so* was von irre – als ob ein Traum wahr wird! Alles, was ich immer gewollt habe, ist endlich passiert! Ich bin ein Vampir! Ein wunderschöner Vampir, aber ohne all die ekligen Nebeneffekte!«

»Du bist kein Vampir«, entgegne ich. Meine Stimme ist dumpf und teilnahmslos, und ich frage mich, wie das Ganze sich so entwickeln konnte. »So was gibt es nicht.«

Nein, keine Vampire, keine Werwölfe, keine Elfen, keine Feen – nur Unsterbliche, die sich dank Roman und meiner Wenigkeit zügig vermehren …

— LESEPROBE —

»Kann ich trotzdem Törtchen essen?« Sie zeigt auf das eingedellte Erdbeerteil, das geradezu danach schreit, gegessen zu werden. »Oder gibt's da irgendwas anderes, was ich ...« Ihre Augen werden riesengroß, und sie lässt mir keine Zeit zu antworten, ehe sie mit der flachen Hand auf den Tisch haut und kreischt: »O Mann – es ist dieser *Saft*, nicht wahr? Dieses rote Zeug, das ihr andauernd trinkt, Damen und du! Das ist es, wie? *Also*, worauf wartest du? Gib das Zeug schon her. Ich kann's gar nicht erwarten loszulegen!«

»Ich habe keins dabei«, wehre ich ab und sehe, wie ihre Miene sich enttäuscht verdüstert, während ich hastig erkläre: »Hör zu, ich weiß, du findest, das hört sich alles echt cool an und so – und einiges daran ist auch cool, da gibt's gar keine Zweifel. Ich meine, du wirst nie alt, kriegst nie Pickel oder gespaltene Haarspitzen, du wirst nie Sport machen müssen, und vielleicht wirst du sogar noch größer – wer weiß? Aber da gibt's auch noch was anderes, Sachen, die du wissen musst, damit du ...« Meine Worte geraten bei dem Anblick ins Stocken, wie sie so schnell und so anmutig aus ihrem Stuhl aufspringt wie eine Katze – ein weiterer Nebeneffekt der Unsterblichkeit.

Sie hüpft von einem Fuß auf den anderen. »Bitte. Was gibt's da schon groß zu wissen? Wenn ich höher springen und schneller laufen kann und nie alt werde, was soll ich da noch brauchen? Klingt doch, als wäre bei mir für den Rest der Ewigkeit alles klar!«

Nervös blicke ich mich um, fest entschlossen, ihre Begeisterung zu bremsen, bevor sie etwas völlig Abgedrehtes anstellt – etwas, das die Sorte Aufmerksamkeit erregt, die wir uns nicht erlauben dürfen. »Haven, bitte. *Setz dich hin*. Das hier ist ernst. Es gibt noch mehr zu erklären. Eine ganze Menge sogar«; meine Stimme klingt hart und brutal, doch sie hat keinerlei Wirkung auf sie. Sie steht einfach kopfschüttelnd vor mir und weigert sich nachzugeben. So trunken von ihren neuen unsterblichen Kräften, dass sie die Trotzstufe überspringt und gleich auf Angriff schaltet.

»Bei dir ist *alles* ernst, Ever. Alles, was du tust oder sagst, ist ja *so* verdammt ernst. Ich meine, *ehrlich*, du drückst mir die Schlüssel zum Königreich in die Hand, und dann verlangst du, dass ich stillsitze, damit du mich vor der dunklen Seite warnen kannst? Wie bescheuert ist *das* denn?« Sie verdreht die Augen. »Komm schon, sei mal ein bisschen locker, okay? Lass es mich doch mal ausprobieren, mal 'ne Probefahrt machen, sehen, was ich draufhabe. Ich mach sogar ein Rennen mit dir! Die Erste, die vom Bordstein aus bei der Bibliothek ankommt, hat gewonnen!«

Seufzend schüttele ich den Kopf und wünsche mir, dass das nicht nötig wäre, doch mir ist klar, dass hier etwas Telekinese angesagt ist. Das ist das Einzige, was alldem ein Ende machen und ihr zeigen wird, wer hier wirklich das Sagen hat. Ich kneife die Augen zusammen, während ich mich mit aller Kraft auf ihren Stuhl konzentriere und ihn so schnell über den Boden rutschen lasse, dass er ihre Knie einknicken lässt und sie sich gezwungenermaßen hinsetzt.

»Hey, das hat echt wehgetan.« Sie reibt sich das Bein und schaut mich wütend an.

Doch ich zucke nur die Schultern. Sie ist unsterblich, sie kriegt keine blauen Flecken. Außerdem gibt es noch Vieles, das sie wissen muss, und wenn sie so weitermacht, bleibt nicht genug Zeit, also beuge ich mich vor, vergewissere mich, dass sie mir ihre ganze Aufmerksamkeit schenkt, und sage: »Glaub mir, du kannst das Spiel nicht spielen, wenn du die Regeln nicht kennst. Und wenn du die Regeln nicht kennst, passiert mit Sicherheit irgendjemandem was.«

Wird die Liebe endlich siegen?

416 Seiten
ISBN 978-3-442-20380-2

»Wenn Sie die ewige, unsterbliche Liebe erleben wollen,
dann lesen Sie die geniale Romantic-Mystery-Reihe ›Evermore‹.«
denglers-buchkritik.de

Die SPIEGEL-Bestsellerserie Evermore bei Page & Turner:

Die Unsterblichen 978-3-442-20360-4
Der blaue Mond 978-3-442-20361-1
Das Schattenland 978-3-442-20377-2
Das dunkle Feuer 978-3-442-20378-9
Der Stern der Nacht 978-3-442-20379-6
Für immer und ewig 978-3-442-20380-2

PAGE & TURNER
Überall, wo es Bücher gibt und unter www.pageundturner-verlag.de